KB231544

가짜 경감 듀

이 　동 　윤

서울대에서 사회학을 전공했다. 미스터리 애독자인 그는 고전부터 현대, 본격 추리부터 코지까지 폭넓은 미스터리를 독자에게 소개하기 위해 번역의 길로 뛰어들었다. 옮긴 책으로 루이즈 페니의 『치명적인 은총』, 루스 렌들의 『활자 잔혹극』 등이 있다.

THE FALSE INSPECTOR DEW
by Peter Lovesey

Copyright © Peter Lovesey, 1982
Korean translation copyright © Elixir, an Imprint of MUNHAKDONGNE Publishing Corp., 2012
All rights reserved.

This Korean edition is published by arrangement with VANESSA HOLT LTD.
through EYA (Eric Yang Agency), Seoul.

이 책의 한국어판 저작권은 EYA(Eric Yang Agency)를 통해 VANESSA HOLT LTD와 독점 계약한 '엘릭시르, (주)문학동네'에 있습니다.
저작권법에 의하여 한국 내에서 보호를 받는 저작물이므로 무단 전재와 무단 복제를 금합니다.

이 도서의 국립중앙도서관 출판시도서목록(CIP)은 e-CIP 홈페이지(http://www.nl.go.kr/ecip)와 국가자료공동목록시스템(http://www.nl.go.kr/kolisnet)에서 이용하실 수 있습니다.
CIP제어번호 : CIP2012002777

The False
Inspector
Dew

가짜 경감 듀

피터 러브시

이동윤 옮김

탄산수처럼 톡톡 튀는 선상 미스터리

엘릭시르

차
례

013   **Part 1**   방랑자

029   **Part 2**   라임라이트

147   **Part 3**   녹아웃

245   **Part 4**   그의 새 직업

299   **Part 5**   뉴욕의 왕

453   **Part 6**   이민자

466   작가 정보 – 피터 러브시

474   해설 – 이동윤

'잭 더 리퍼' 사건을 제외하면,

내가 해결하지 못한 살인 사건은 존재하지 않는다.

/

전직 경감 월터 듀

『크리펜을 체포하다』(블래키 선 출판사, 1938) 중

/

/

The False Inspector
Dew

육십 년이 지났지만 가짜 경감 듀 사건의 진상을 아는 사람은 아무도 없었다.

단 한 조각 남아 있던 증거조차 경찰청장의 명령으로 파기되었다.

/

하지만 스코틀랜드 야드(런던 경찰청)에서는 큐나드 해운 회사의 문서실에 보관된

다른 정보가 존재한다는 사실을 알지 못했다.

/

그 기록은 모리타니아 호의 선장 및 고급 선원들의 진술이었다.

그리고 1921년 9월 9일 오후 9시 30분에 선장이 큐나드 해운 본사와

스코틀랜드 야드로 보낸 결정적인 전보 내용도 포함되어 있었다.

/

경찰청장이 책상 위에 놓인 전보를 집어 든 다음 날 아침,

그 사건들은 재구성되기 시작한다.

/

/

Part 1

방 랑 자

The Vagabond

001

☆☆☆

1921년 9월 9일. 모리타니아 호.

선상에서 의문사가 발생하여 스코틀랜드 야드의 듀 경감에게 수사
를 의뢰하였음.

스코틀랜드 야드 수사과 앞.

선장 A. H. 로스트론 발신.

듀 경감이라. 청장은 그를 기억하고 있었다. 크리펜 박사를 체
포한 사람이었다. 1910년의 일이었다. 그리고 듀 경감이 같은 해에
경찰을 사직했다는 사실 역시 분명히 기억하고 있었다.

그는 연필을 집어 전보 하단에 이렇게 적었다.

과거 스코틀랜드 야드 경관모

'이 무슨 웃기는 상황이지? 자네 부서는 다들 코미디언이라도 된 건가?'

그는 웃음을 머금고 전보를 부청장에게 보냈다.

그날 부청장은 찰리 채플린을 맞이하러 워털루 역에 나가 있었다. 이백 명의 경관들이 팔짱을 끼고 늘어서 호위 지원에 나섰다. 채플린이 구 년 동안의 미국 생활을 마치고 런던으로 돌아온 것이다. 당시 그는 카노 극단 무대의 희극인 중 한 명에 지나지 않았으나, 지금은 세계에서 가장 유명한 인사 중 한 명이었다. 수천 명의 사람들이 역에 모여들었다.

열차가 증기를 뿜어내며 들어오자, 부청장은 간부들을 채플린이 타고 있는 객실로 보냈다. 그들은 채플린이 죄수라도 되는 양 그를 포위하고는 서둘러 플랫폼을 빠져나왔다. 개찰구 너머로 군중들이 운집해 있었지만, 푸른 제복을 입은 경찰들은 흔들림 없이 자리를 고수했다. 채플린은 대기하고 있던 리무진 안으로 밀려 들어갔다. 그의 모습을 본 사람은 몇 명 되지 않았다.

부청장은 경찰차에 탑승하여 차량을 선도하며 리츠 호텔로 향했다. 피커딜리는 마치 휴전이 선포된 날로 되돌아간 것만 같았다. 그들은 세인트 제임스 스트리트를 통해 알링턴 스트리트로 들어가는 뒷길을 이용했다.

채플린과 그의 사촌은 창백한 얼굴로 문이 굳게 잠기고 창문이 올라간 란체스터 리무진 안에 앉아 있었다. 사람들은 활짝 웃는 얼굴을 차창에 들이밀었다. 차량 행렬은 느릿느릿 움직였다. 어디선가 더 많은 경찰들이 나타나더니 채플린에게 차에서 내리라고 말했다. 리츠 호텔 뒷문에 도착한 것이다. 그는 뒷문으로 들어가기를 거부했다. 위풍당당하게 고국으로 돌아왔기 때문이다. 그는 하잘것없는 무대의 일원이었던 시절부터 종종 리츠 호텔에 투숙하는 꿈을 꾸곤 했다. 군중들은 부유하고 유명한 상류 사회 사람들 사이에 자신 같은 작은 부랑자가 들어서는 모습을 보고 싶어 모인 게 아닌가. 그는 정문으로 들어가겠다고 선언했다.

차량 행렬은 느릿느릿하게 피커딜리로 들어섰다. 채플린은 차에서 나와 발판을 밟고 일어서 손을 흔들었다. 사람들은 그를 향해 몰려들었다. 부청장은 자포자기하는 심정이었다. 타고난 재능인지 훈련의 결과인지는 알 수 없었지만, 채플린은 군중을 통제한 후 짧은 연설을 시작했다. 군중들은 진지하게 경청하고 환호하며, 길을 열어 그를 호텔 안으로 들여보내 주었다. 그러나 사람들은 해산하지 않았다. 하이드 파크 코너에서 피커딜리 서커스까지의 왕복 차선이 모두 마비되었다. 채플린은 호화 객실로 들어갔다. 그는 창문을 열고 꽃병에서 카네이션을 뽑아 군중들에게 던져 주었다. 경찰이 해산하기까지는 몇 시간이 더 걸렸다.

부청장은 밤늦게 스코틀랜드 야드로 돌아왔다. 처리해야 할 서류가 있기 때문이었다. 배도 고프고 다리도 아팠다. 도착한 편지들을 서둘러 훑어보았다. 청장이 보낸 전보 문구와 그 아래 적힌 우스꽝스러운 메시지도 읽었다.

'자네 부서는 다들 코미디언이라도 된 건가?'

그는 웃을 수 없었다.

그는 월터 듀를 생생하게 기억하고 있었다. 듀가 아무리 높은 명성을 얻었을지언정 뛰어난 형사는 아니라는 게 그의 생각이었다. 듀는 증거 수집에 소홀했으며, 지나치게 상냥해서 살인범인 크리펜에게조차 지대한 동정심을 보여 주었다. 유죄 선고를 받아 낼 수 있었던 것은 행운이었고, 듀 본인도 그 사실을 알고 있었다. 항소가 기각되던 날, 월터 듀는 경찰을 사직했다. 당시 갓 마흔에 접어드는 나이였다. 부청장은 연금을 받아 생활하는 처지를 그렇게 반기는 사람을 본 적이 없었다. 듀는 영국 남부에 위치한 휴양지인 워딩의 해안가로 이주했다. 그런 그가 대양 여객선에 나타나 사건 수사를 돕겠다고 하다니 이상한 일이 아닐 수 없었다.

그러나 듀라는 남자의 존재 자체가 수수께끼인데다 바다 위에서는 선장의 말이 곧 법이었다. 듀 경감이 전설에 걸맞은 활약을 보여 줄지 지켜보는 것도 흥미로울 터였다.

지금은 그저 지켜보는 것 말고는 할 수 있는 일도 달리 없었다.

부청장은 전보에 표시를 한 후 서류함에 던져 놓고는, 머릿속에서 지워 버린 후 택시를 타러 나갔다.

다음 날 한 계원이 이 전보용지를 가져가 서류 보관용 상자에 정리해 버렸다.

002

가짜 경감 듀가 될 운명을 지닌 이는 바라노프라는 사람이었다. 그의 인생은 1915년 5월 7일까지는 평범했으나, 자신도 모르는 사이에 제1차 세계 대전중 일어난 악명 높은 사건에 휘말리고 말았다.

아일랜드 남부 해안 바다는 물결 하나 없이 투명하고 푸르렀다. 큐나드 해운의 대형 여객선 루시타니아 호는 이천여 명의 승객과 승무원, 그리고 이백이십 톤의 탄약과 육십육 톤의 폭발물을 극비리에 싣고, 햇빛을 받으며 퀸스타운 항을 향하여 증기를 내뿜으면서 항해하고 있었다. 예정된 항로에 독일군 잠수함 유보트가 출몰한다는 소식에 퀸스타운으로 목적지를 변경하라는 지시를 받았던 것이다.

오후 2시 10분, 망루에서 주변을 감시하던 선원이 무언가 물살을 하얗게 가르며 배의 우현으로 다가오는 모습을 발견했다. 형태와 속도를 감안하면 어뢰의 구동 모터에서 발생하는 압축 공기 방울이 분명했다. 어뢰가 배에 명중하리라는 것은 두말할 나위 없었다. 그는 소리를 질러 함교에 이 사실을 알렸다.

윌리엄 터너 선장은 평상시와 다름없이 함교에서 점심 식사를 마쳤다. 범선 시대부터 배를 탄 베테랑 뱃사람인 터너는 이런 최신식 여객선 위에서 벌어지는 사교 생활을 좋아하지 않았다. 전날 밤에는 일등실 승객들과 저녁 식사를 함께 하느라 마음을 단단히 먹어야 했다. 식사 후 흡연실에서 일등실 승객들이 그에게 가하는 심문은 종교 재판을 방불케 했다. 그들의 대변인은 한 극단의 베테랑 연기자인 바라노프라는 사람이었다. 그는 아들고 함께 영국으로 귀국하는 중이었고, 다리에는 깁스를 하고 있었다. 그는 공격적인 태도로 왜 급사들이 선실 창문을 검게 가려 놓았는지, 왜 구명보트를 즉시 사용 가능하도록 바깥에 매달아 두었는지, 왜 승객들이 갑판에서 담배를 피우지 못하도록 하는지 설명해 달라고 요구했다. 터너 선장은 교전 지역에서 통상적으로 행하는 예방책이라고 설명했다. 그러나 이 설명은 바라노프를 안심시키지 못했다.

어뢰가 루시타니아 호 함교의 앞부분에 명중했다. 물기둥과 연기와 파편이 선장의 시선을 가렸다. 그는 갑판장에게 미처 닫지 못한 방수문을 모두 닫으라고 외치고는, 화재나 침수가 발생하지 않았는지 계기판을 살폈다. 배가 십오 도가량 기울어 있었다.

두 번째 폭발이 루시타니아 호를 더욱 강렬하게 뒤흔들었다. 다른 어뢰가 명중한 것은 아니었다. 극비리에 실은 화물이 폭발한 것이었다. 터너 선장은 구명보트를 내리라고 명령했다. 그런데 연기와 먼지 사이로 차가운 공기가 얼굴에 와 닿자 선장은 공포에 질렸다. 배가 움직이는 동안에는 구명보트를 안전하게 내릴 수 없었기 때문이다.

삼등 기관사 조지 리틀은 전속력으로 후진하여 배의 움직임을 막으라는 선장의 명령을 들었다. 그는 공포에 질려 토할 것만 같았다. 지난번 점검에서 저압 터빈 밸브에 이상이 발생했다는 사실이 드러났다. 전속력으로 후진하면 증기가 역류하여 위험한 결과를 초래할 수 있다는 사실은 이미 선장에게 보고했었다. 그러나 리틀에게는 선택의 여지가 없었다. 그는 명령에 따랐다. 그러자 곧바로 역류가 일어나 주 증기관이 파열되었다. 놀라 당황한 리틀은 다시 기관실 제어 장치를 전속력 전진으로 전환해 버리고 말았다. 역류 때문에 증기의 기세는 약해졌지만, 루시타니아 호는 여전히 전진하고 있었다.

원양 여객선에서 점심 식사를 서둘러 마치는 사람은 없었기에 어뢰가 명중했을 때 흰색과 황금색으로 치장된 루이 16세 시대풍 식당에는 일등실 승객들이 많이 남아 있었다. 월터 바라노프는 다리가 불편한 아버지와 함께 출입구의 계단 근처 테이블에 앉아 있었다. 그는 무슨 일이 벌어졌는지 확인하러 갑판으로 뛰어나갔다. 앞 갑판은 벌써 물에 잠겨 있어서 곧 배가 침몰하리라는 사실이 명확했다. 그는 아버지를 데리러 다시 내려가야 했다. 늙은 바라노프는 곡예사였다. 미국에서 순회공연을 하는 와중에 곡예용 외줄에서 떨어져 다리에 복합 골절을 입고 말았던 것이다. 그래서 육군 치과의사인 아들이 휴가를 받아 아버지를 영국으로 데려오는 길이었다. 아버지는 목발 때문에 신속하게 움직일 수 없어서, 그들은 마지막에야 식당을 빠져나왔다.

구명보트가 있는 갑판에서는 생존자들이 남은 평생 동안 꿈에서도 잊지 못할 일이 벌어지고 있었다. 배가 기울어져 우현의 구명보트를 내릴 수 없게 되자, 승객들은 좌현에 매달린 구명보트를 차지하려고 달려들었다. 책임자인 앤더슨 부선장이 휘하 승무원들을 제 위치에 집합시켰을 때는, 겁에 질린 승객들이 한 척에 최대 여든 명까지, 열한 척의 구형 구명보트와 열세 척의 접이식 구명보트를 가득 채우고 난 후였다. 구명보트가 안쪽으로 흔들리는 것을 막기 위해 각 보트에는 쇠사슬이 달려 있었으며, 이 쇠사슬은 갑판 가장자리의 안쪽 뱃전에 연결되어 있었다. 삼등 흔해사 앨버트 베스틱이 첫 번째 보트를 배 바깥으로 넘기는 일을 도와 달라고 외쳤다. 보트는 아무것도 싣지 않은 상태에서도 오 톤은 나가거니와, 사람을 태우면 그 두 배의 무게가 나간다.

지원자들이 보트를 밀기 시작하자 누군가 쇠사슬을 풀었다.

보트가 안쪽으로 휘청하면서 무력한 지원자들 머리를 넘어 접이식 보트에 타고 있던 사람들 위로 충돌했다. 두 척의 구명보트의 잔해와 백여 명의 절규하는 부상자들이 배 앞쪽으로 미끄러져 함교 상부에 또다시 충돌했다.

순식간에 다음 보트에서도 똑같은 아수라장이 벌어졌다. 승무원들이 승객들에게 보트에서 내리라고 악을 쓰는 와중에도, 다른 세 척의 보트가 갑판과 충돌하면서 피로 물든 나무 파편과 시체들을 향해 달려들었다.

선실 급사 캐서린 바턴은 아래 갑판에 내려와 경보를 듣지 못한 일등실 승객이 있는지 확인하는 중이었다. 객실 문 상당수가 열려 있었다. 승객들 중 가장 부유한 앨프리드 밴더빌트는 이미 8호실에서 나가고 없었으며, 공연 연출가인 칼 프로먼도 10호실에 없었다. 그러나 뉴욕 사교계의 유명 인사 딜리아 호크먼 부인의 객실인 12호실에서는 무슨 소리가 들렸다. 바턴이 안을 들여다보자 누군가가 화장대 앞에 앉아 있었다. 호크먼 부인이 아니라 검정색 정장을 입은 뚱뚱하고 젊은 남자였다. 그는 보석 상자를 열고 주머니를 채우고 있었다. 바턴은 그를 제지하려 했다. 도둑은 돌아서더니 그녀의 머리를 향해 보석 상자를 휘둘렀다.

바턴과 같은 복도에 있던 선실 급사 해밀턴은 무슨 일이 일어났는지 모른 채 홀수 번 방을 확인하고 있었다. 문이 쾅 닫히는 소리가 들렸고 곧이어 얼굴을 모르는 젊은 남자가 그를 향해 다가왔다. 해밀턴은 그에게 구명조끼를 착용하라고 주의를 주었지만, 그는 아무런 대꾸도 하지 않고 해밀턴을 지나쳐 승강구를 향하여 달음박질쳤다. 다시 선실을 점검하기 시작한 해밀턴은 복도 끝에 가서야 바턴이 다른 쪽 선실을 살펴보지 않았다는 사실을 깨달았다. 돌아가 보니 12호실 문이 잠겨 있었다. 그녀는 선실 안에 의식을 잃고 쓰러져 입과 코에서 피를 흘리고 있었다. 그러나 해밀턴과 바턴 모두 살아남을 수 있었다.

구명보트가 있는 갑판에서는 앤더슨 부선장이 보트에 타고 있던 승객들을 일부 설득하여 내리게 함으로써, 인력으로 보트를 가로대 바깥으로 밀어낼 수 있었다. 보트가 일등실 갑판 높이까지 내려가자 더 많은 사람들이 달려들었다. 보트에 타고 있던 사람들은 노를 휘둘러 그들을 저지해야만 했다. 보트에 타고 있던 사람들 중 한 명이 위쪽에 있는 선원들에게 좀 더 아래로 내려 달라고 소리쳤다. 그때 일이 벌어졌다. 쇠사슬이 연결되어 있는 선미 부분이 떨어져 나간 것이었다. 보트가 뒤집어져 타고 있던 사람들은 바다로 추락했다. 보트는 일순간 제자리에서 흔들거리다가 뱃머리마저 떨어져 나가고 말았다. 오 톤짜리 구명보트가 물에 빠진 사람들 위에 떨어졌다.

그 외에도 세 척의 구명보트가 루시타니아 호 좌현에 돌출된 리벳에 부딪혀 산산조각이 나 가라앉고 말았다.

앤더슨 부선장은 루시타니아 호에서 사망했다.

뉴욕에 거주하는 아이작 레만은 자신의 객실에서 권총을 한 정 갖고 나와, 아직 내리지 않은 구명보트 한 척에 올라탔다. 보트는 승객들로 가득 차 있었다. 바닷물이 갑판까지 차오르면 보트를 매단 쇠사슬을 끊으려고 도끼를 든 선원이 대기하고 있었다. 레만은 선원에게 당장 쇠사슬을 끊으라고 요구하면서, 그렇게 하지 않으면 총으로 쏘겠다고 협박했다. 선원이 쇠사슬을 끊어 버리자 보트는 접이식 구명보트 위로 떨어져 다른 보트와 마찬가지로 갑판의 경사면을 미끄러져 갔다. 삼십여 명이 이 충돌로 사망하였지만 레만은 살아남았다.

많은 승객들과 승무원들은 구명보트에 올라타려고 악다구니를 쓰는 무리에 굳이 끼지 않으려 했다. 칼 프로먼 부부와 앨프리드 밴더빌트는 입구 홀에서 광주리로 만든 아기용 침대에 구명조끼를 묶으려 애를 썼다. 침대 속에는 점심 식사 후 놀이방에서 자고 있던 갓난아기들이 있었다. 프로먼 부부와 밴더빌트는 침대 속의 아기들과 함께 익사했다.

첫 번째 폭발 후 약 십오 분이 지나자 루시타니아 호의 뱃머리가 해저 화강암에 충돌했다. 선미 부분이 물 위로 높게 솟아, 스크루가 허공에서 계속해서 회전했다. 수백 명의 사람들이 아직 배 안에 남아 있었다. 몇몇은 구명보트를 내리기 위해 의미 없는 발버둥을 쳤다. 선미마저 침몰하면서 조용히 파도에 몸을 맡기는 사람들도 있었다. 그들 중에는 월터 바라노프와 깁스를 한 그의 아버지도 있었다. 이 둘은 물 위에 떠 있다가 구명보트에 구조되었다.

보일러가 폭발했다. 네 개의 거대한 굴뚝 중 하나가 연기와 불꽃 위로 쓰러졌다. 몇 초 후에는 배 전체가 가라앉았다. 선장인 윌리엄 터너는 바닷물이 들이닥치기 전까지 선교에 매달려 있었다. 그는 살아남았지만, 이후 정부 조사에서 이 사실이 드러나면서 겁쟁이 취급을 받았다.

루시타니아 호의 생존자는 총 764명이었다. 그들 중 상당수는 바다에 떨어졌거나, 뛰어들었거나, 배에 남았다가 물에 빠진 사람들로, 우현에서 성공적으로 분리된 여섯 척의 구명보트에 올라탈 수 있었던 사람들이었다. 부유물을 붙잡고 떠다니다 살아남은 사람들도 있었다. 한 장교는 어머니와 함께 중앙 라운지에 있던 그랜드 피아노 위에 올라가 있기도 했다.

1201명이 목숨을 잃었다. 며칠이 지나자 아일랜드 해변에서 시체들이 발견되었다. 큐나드 해운과 유족들이 내건 현상금 덕택에 수색 작업은 빠르게 진척되었다. 시체 한 구당 일 파운드, 미국인은 이 파운드, 앨프리드 밴더빌트는 천 파운드였다.

Part 2

라임라이트

Limelight

001
☆☆☆

가짜 경감의 탄생, 그 2단계는 1921년 봄에 시작되었다.

앨마 웹스터는 치과 진료용 의자에 앉아 바타노프가 쥐고 있는 기구는 무시한 채 그의 오른손에 집중했다. 앨마는 바타노프의 손가락에 풍성하게 나 있는 금빛 털을 살펴보다가 털이 나 있는 방향을 따라 손등을 거쳐 셔츠 소맷부리까지 올라갔다. 손목에는 더욱 진하고 거칠게 털이 돋아 있었다.

그녀는 그를 미치도록 사랑했다.

이날은 세 번째 진료였고, 치료는 앞으로 적어도 육 주 동안은 계속될 예정이었다.

"치아 상태에 대해서는 걱정할 필요가 없습니다. 숙녀분 정도의 나이라면…… 혹시 나이가? 스물네 살 정도인가요? 같은 나이대의 여성들에 비해 꽤 괜찮은 상태입니다. 충치가 조금 있지만, 그게 답니다. 치아를 뽑을 필요는 없겠군요. 전 치아 유지가 중요하다고 생각하거든요, 웹스터 씨. 치료에는 시간이 좀 걸릴 것 같지만 변명은 하지 않겠습니다. 귀중한 시간을 많이 뺏게 되겠지만, 나중에 결과를 보고 나면 실망하지 않을 겁니다."

앨마는 단 한순간도 귀중한 시간을 허비했다고 아까워하지 않았다. 치과 진료에 대한 그녀의 혐오는 이턴 플레이스에 있는 치과에 발을 들여놓는 순간 어디론가 사라져 버렸다. 진료실 내부는 마치 겨울 궁전*처럼 치장되어 있었다. 벽돌과 놋쇠로 만든 커다란 벽난로에는 통나무 장작이 타오르고 있었고 천장에는 샹들리에가 빛나고 있었다. 금테 액자에는 건장한 검은 말을 탄 코사크 기병의 초상화가 걸려 있었고, 황금색 아프간 양탄자 위에는 샬리아핀**만큼 덩치 큰 사람도 앉을 수 있도록 제작된 가죽 안락의자가 놓여 있었다. 발칸 지역의 담배 냄새도 풍겼다. 바라노프는 흑단 책상 앞에 앉아 무언가를 쓰고 있었다. 그는 즉시 자리에서 일어나 미소를 띠며 가볍게 목례했다. 두 눈이 마주치자 앨마는 무언가가 피부 아래를 찌르면서 타오르는 듯한 이상한 기분을 느꼈다.

앨마는 바라노프가 말한 자신의 나이를 정정하지 않았다. 그녀는 사실 스물여덟 살이었다.

열다섯 살 때 앨마는 위더***의 로맨스 소설을 접했다. 위더의 작품들은 그녀의 가장 소중한 보물이었다. 그녀는 『나방』의 주인공인 비어 허버트와 자신 사이에 공통점이 많다는 사실을 알고 놀랐다. 그녀 역시 독서와 경치를 바라보는 것을 좋아했고, 자신의 아름다운 미모를 깨닫지 못하고 있었으며, 자신을 제대로 알아주지 않는 무책임한 어머니를 두고 있었다. 그리고 그녀는 세상에는 오직 두 종류의 남자밖에는 없다는 사실을 누구보다도 정확히 꿰뚫고 있었다. 바로 테너 가수 코레즈처럼 멋지면서도 상처받기 쉬운 타의 모범이 되는 남자와, 주로프 대공처럼 차마 말할 수 없는 방식으로 불쌍한 여성들을 가지고 노는 데 열중하는 짐승 같은 남자뿐이었다. 위더에 대한 앨마의 열정에 도전하기 위해서는 보통 글솜씨로는 부족했다. 그러다가 결국 에설 M. 델●●●●이라는 작가가 『독수리의 길』이라는 작품에서 별똥별이 떨어지는 산 정상에서 닉이 뮤리얼에게 청혼하는 클라이맥스 장면으로 앨마의 마음을 얻는 데 성공하고야 말았다.

이는 전쟁 전의 일이었다. 전쟁은 모든 것을 바꿔 놓았다. 그녀는 소설 읽기를 그만두고 직장을 얻었다. 그녀는 탄약 공장에서 일하는 여자들처럼 머리카락을 잘라 단발머리가 되었다. 그렇다고 탄약 공장에 취업한 것은 아니었다. 그녀의 집에서 버스로 닿을 수 있는 곳에는 탄약 공장이 없었기 때문이다. 그녀는 《리치먼드 트위커넘 타임스》의 투고란을 담당했다. 어느 날 머리를 짧게 자르고 집에 돌아와 거울을 본 그녀는 자신의 외모가 변했다는 사실을 깨달

●　　**겨울 궁전** _ 제정 러시아 군주가 겨울을 보내기 위해 상트페테르부르크에 지은 궁전.
●●　**표도르 샬리아핀** _ 러시아의 오페라 가수. 190센티미터에 가까운 거구였다.
●●●　**위더** _ 영국의 소설가. 대표작으로는 「플랑드르의 개」가 있다.
●●●●**에설 M. 델** _ 영국의 로맨스 소설가.

았다. 더 이상 아름다운 얼굴이 아니었다. 용감무쌍하고 투지 넘치는 얼굴이었다. 움푹 들어간 두 눈에는 길고 짙은 눈꺼풀이 있어, 세상의 가장 어두운 부분조차 연민 어린 마음으로 볼 수 있었다. 코는 옆에서 보면 너무 길다고 생각했지만, 그녀는 이제 더 이상 남자들 앞에서 고개를 발딱 젖히거나 부끄러운 듯 머리를 젓지 않았기 때문에 개의치 않았다. 입은 더 이상 큐피드의 활처럼 아름다운 곡선을 그리지 않았다. 그녀의 입매는 작고 단호해졌다. 안색은 창백했고 목이나 귀에도 아무런 장신구를 달지 않았다. 그녀는 로라 숙모에게 물려받은 리치먼드 힐의 삼 층짜리 하얀 집에서 홀로 지냈으며 밤에는 전선에 나가 있는 군인들에게 줄 양말과 방한모를 짰다.

휴전이 이루어지자 앨마는 오히려 적응하기 어려웠다. 전시 체제 국가에서의 처신법만 배워 왔기 때문이다. 가난하지 않았기에 굳이 일을 할 필요가 없어서 신문사 일을 그만두었다. 그러나 오래 지나지 않아 기차역 옆에 있는 꽃집에서 일주일에 사흘간 시간제로 일하게 되었다. 이 일은 그녀에게 세상에 필요한 사람이라는 느낌을 다시 선사했다. 화환이나 꽃으로 만든 장신구를 사러 오는 유가족들에게 위로를 건넬 수 있는 기회를 얻게 되었다. 그녀는 자신의 남편도 프랑스에서 귀환하지 못했다는 말을 하곤 했다. 각반을 차고 지팡이를 든 신사들이 상의에 꽃을 꽂을 사러 오는 모습을 보는 것도 좋았다. 그녀는 다시 볼연지를 조금씩 바르기 시작했다. 장미

꽃 사이에 있으면 너무 창백해 보였기 때문이다.

앨마가 치통을 호소했을 때 바라노프를 추천해 준 사람은 바로 꽃집 주인인 맥스웰 부인이었다. 리치먼드에도 치과는 몇 군데 있었지만, 맥스웰 부인은 확신을 갖고 추천해 줄 곳은 없다고 생각했다. 부인은 요즘 젊은 여자들이 치과 의사를 고르는 데 왜 그리 안목이 없는지 이해할 수 없었다. 목걸이에 달린 진주에 흠집이 나면 리치먼드 중심가에 있는 싸구려 보석상으로 교환하러 가지는 않는다. 런던에 있는 본드 스트리트나 리젠트 스트리트에 있는 제대로 된 가게에 가는 것이다. 하지만 진주가 몇 알이 있든 훨씬 더 소중한 것은 치아가 아닐까?

바라노프는 처음부터 앨마에게 강한 인상을 심어 주었다. 그녀의 꿈에 항상 등장하는 젊은 남자들과는 전혀 달랐다. 일단 젊은 나이가 아니었다. 아무리 낮게 잡아도 마흔다섯 살은 되어 보였다. 머리카락과 수염은 희끗희끗 세어 있었다. 눈꺼풀은 피부가 접힌 부분에서 주름이 져 있었다. 눈매와 입가의 가는 주름을 따라 섬세한 희로애락의 감정을 엿볼 수 있었다. 창백한 두 눈은 청명하게 빛났다. 그는 지금 하고 있는 일에 더할 나위 없이 만족하는 듯 보였다.

첫 번째 진찰 때 바라노프는 안락의자로 앨마를 안내하고는, 치아 상태에 대해 정중하게 몇 가지 질문을 했다. 진료비에 대한 이야기도 했지만 그녀는 거의 알아듣지 못했다. 그의 목소리가 음악 소리 같았기 때문이다. 라흐마니노프의 전주곡처럼 느릿느릿하면서도 낭랑한 목소리였다.

앨마는 넋을 잃고 흰색 장갑을 악어가죽 핸드백 위에 포개 놓은 채 조용히 앉아 있었다. 자리에서 일어나라고 할 때 내가 너무 흥분한 나머지 쓰러져 버리면 어떻게 될까? 그가 재빨리 다가와 나를 잡아 줄까? 두 팔로 단단히 끌어안고 긴 의자까지 데려가 줄까? 머리를 그의 가슴에 기대고 기절하면 이 사람의 심장 소리가 들릴까?

"이제 시작할까요, 웹스터 씨?"

"시작이요?"

"진찰 말입니다. 긴장하셨다면 조금 더 이야기를 나누어도 좋고요."

"아, 아니에요. 준비됐어요. 감사합니다."

"좋습니다. 그러면 상태를 보도록 하겠습니다."

바라노프가 신호를 보내자 간호사가 책상 뒤에 드리워진 진홍색 벨벳 커튼을 젖혔다. 간호사는 나이를 가늠할 수 없는 못생긴 동양인이었고, 옅은 푸른색 간호사복을 깔끔하게 차려입고 있었다. 정중한 태도로 봐서 바라노프의 부인이나 정부는 아닌 것 같았다.

커튼 뒤에는 검은 사각형 대리석 위로 진료용 의자가 있었다. 의자 위와 그 주변에는 치과 치료용 기구 세트와 조절이 가능한 조명이 설치되어 있었다. 옅은 푸른색 천으로 덮인 바퀴가 달린 철제 탁자도 있었다. 바라노프는 의자를 향해 한 손을 뻗으며 안심시키려는 듯 미소를 지었다. 옅은 푸른색 천은 치료용 가운이었다. 앨마가 의자에 앉자 간호사는 가운을 그녀의 몸 위에 덮었다. 치료용 기구가 놓여 있는 탁자는 더 이상 그녀에게 보이지 않았다. 간호사도 마찬가지였다. 오직 흰색 리넨 상의를 입은 바라노프밖에 보이지 않았다. 그는 가까이 다가와 호감 가는 태도로 그녀의 얼굴을 바라보았다. 그녀는 얼굴을 붉히지 않고 그의 시선을 마주했다. 전혀 부끄럽지 않았다. 그녀는 섹스에 대해 잘 알고 있었다. 마리 스톱스•의 글을 읽었으니까.

"부탁드립니다."

앨마는 계속해서 그의 눈을 들여다보았다.

바라노프는 그녀의 입을 가리켰다.

"아, 예."

그가 왼손에 든 치료용 기구를 입안에 넣는 순간, 전등 빛에 무엇이 반짝였다. 결혼 금반지였다. 앨마는 갑자기 고개를 움직였다.

"아프신 건 아니죠?"

"아니에요."

"어디 불편하신가요?"

"아무 문제없어요."

그는 손을 움직이다가 앨마의 볼연지를 문지르고 말았다. 반지를 낀 손가락 관절에 분홍색 얼룩이 묻어났다.

그녀는 조용히 앉아 있었다. 이 사람 부인은 아마 죽었을 거야. 볼셰비키 공산당 당원에게 사살됐겠지. 아니면 혁명 이후에 닥친

• **마리 스톱스** _ 영국의 작가이자 여성 운동가. 영국 최초의 피임 교육 기관을 설립하였다.

오랜 유배 생활을 감당할 수 없었을 거야. 명복을 빌어요. 바라노프 씨는 이국땅에서 슬픔을 안고 살아가야 한다. 이 얼마나 가여운지.

앨마는 슬픔에 대해서도 잘 알고 있었다. 그녀 역시 몇 년 동안 슬픔에 젖어 지냈기 때문이다. 1914년 부활절 주간의 월요일, 막 스무 살이 된 앨마는 단짝인 아일린과 큐 왕립 식물원에서 수선화를 둘러보며 거닐던 중이었다. 두 사람은 움직일 때마다 주름이 지는, 커다랗고 부드러운 챙이 달린 흰 모자를 쓰고 있었다. 머리 위에 떠 있는 먹구름에는 신경 쓰지 않았다. 장대비가 내려 목면 드레스를 적시기 시작할 때, 두 사람은 건물이나 온실에서 멀리 떨어진 호수 서쪽 기슭에 있었다. 그들은 장난스레 호들갑을 떨며 쏟아지는 빗줄기를 가로질러 비를 피하러 주목 나무 밑으로 달려갔다. 두 사람은 서로의 모습을 보며 키득거리기 시작했다. 새로 산 모자는 방수모처럼 늘어져 있었다.

갑자기 웃음이 뚝 그쳤다. 누군가 품위 있게 헛기침을 한 것이다. 젊은 남자가 평평한 모자를 쓰고 트위드 재킷을 입은 채 큰 우산을 들고 나무 반대편에 서 있었다. 그는 에드워드 영국 왕세자처럼 훤칠했다. 그는 모자를 들어 올려 인사를 건네고는 자신을 아서라고 소개했다. 아서는 우산 속에서 바짝 붙어도 괜찮다면 그들을 정문까지 바래다주겠다고 제안했다. 두 사람은 다시 키득거리고는 양쪽에서 그의 팔짱을 꼈다.

빅토리아 게이트에 도착해서도 비는 여전히 내리고 있었다. 아서는 건너편에 있는 메이드 오브 오너라는 찻집에서 차와 케이크를 대접하겠다고 고집했다. 그들은 창가 자리에 앉았는데 비가 창문을 타고 흘러내렸다. 아서는 케임브리지의 피터하우스 칼리지에 다니다 부활절 휴가를 맞아 런던에 왔다고 말했다. 집에만 있기 따분해서 대부분의 시간을 큐 왕립 식물원에서 보낸다는 것이었다. 그는 이 말을 하면서 앨마의 손을 건드렸다. 순간 그녀는 그의 손가락에 힘이 들어가는 것을 느꼈다. 그녀의 심장이 고동쳤다.

그날 밤 앨마는 잠을 이룰 수가 없었다. 아침이 되자 그녀는 옅은 분홍색 정장에 하얀 실크 스타킹을 신고 큐 왕립 식물원으로 향하는 버스를 탔다. 그녀는 주목 나무 아래에 서서 두 시간을 기다렸다. 앨마는 관람 시간 종료를 알리는 종이 울릴 때까지 아서를 찾아 식물원을 헤매고 다녔다. 외로웠다. 금요일에도 식물원으로 향했다. 비가 내렸고 그는 보이지 않았다. 그녀의 옷은 엉망이 되었다. 버스 안에서 그녀는 소리 죽여 울었다.

그녀는 집에 돌아오자마자 목욕부터 했다. 따뜻한 욕조 속에서 젊은 남자와의 행복한 연애는 꿈도 꾸지 못할 운명이라고 생각하니 자포자기하는 심정이 들었다. 물이 차가워지자 욕조에서 나와 가운을 입었다. 초인종 소리가 울렸다. 아일린이 합창 연습에 가자고 찾아온 것이었다. 그녀는 큐 왕립 식물원을 헤매느라 너무 피곤해서 가지 못하겠다고 대답했다.

자존심이 상하기도 하고 아일린의 호기심을 만족시킬 필요도

있어, 앨마는 이야기를 지어내기 시작했다. 에설 M. 델의 소설에
상당 부분을 빚진 이야기였다.

아서랑 주목 나무 아래에서 만나자고 몰래 약속했거든. 그래서
거기 가 봤는데 그가 보이지 않는 거야. 그때 머리 위에서 부드럽게
내 이름을 부르는 소리가 들렸어. 나무 위에 앉아 있었던 거지. 아
무 말도 하지 않고 나무에서 뛰어내리더니 나를 와락 끌어안고 정
열적으로 키스를 하더라. 처음에는 그가 껴안자 몸이 굳어 버렸는
데, 피가 통하기 시작하자 나도 몰랐던 힘을 발휘해서 그를 밀쳐 버
렸지 뭐야. 도망가지는 않았어. 입술이 달아오르고 가슴이 두근거
렸지만, 그를 정면으로 마주 보고는 비난하는 듯한 눈빛을 보냈지.
그러자 그의 얼굴이 벌게지더니 내 아름다움에 압도되어 정신이 없
었다고 하는 거야. 이런 예의 없는 행동은 이제까지 한 번도 해 본
적이 없다면서 말이지. 하지만 나를 향한 열정을 억누를 수가 없어
서 다시 이런 일이 일어나지 않으리라는 보장은 할 수 없다고 하더
라니까. 솔직한 태도에 깜짝 놀라고 말았어. 그런 짐승 같은 거친
행동과 솔직한 말투 뒤에서 나를 둘러싼 생명력이 느껴졌어. 그래
서 마음을 조금은 누그러뜨리고는 전에 갔던 찻집까지 함께 걸어갔
어. 거기서 케임브리지에서 열리는 오월 무도회 때 자기 파트너가
되어 달라고 부탁하더라. 불타는 눈빛에 최면이라도 걸린 것 같아.
같이 가겠다고 허락했으니 말야.

앨마는 이렇게 지어낸 환상에 실체를 부여하기 위해, 아일린에

게 다음 날 오후 무도회 드레스를 지으러 함께 가 달라고 부탁했다. 그러자 그녀의 절망감이 상상도 못할 정도로 누그러졌다.

그녀의 거짓말은 계속되었다. 오월 말이 되자 그녀는 아일린에게 무도회 이야기를 들려주었다.

아서는 처음에는 흠 잡을 데 없이 굴었는데, 밤이 깊어서 매그덜린 다리 아래에서 배를 탔을 때 내 뺨에 키스하면서 결혼해 달라고 속삭였어. 그러자 나도 모르게 그 사람을 끌어당겨 떨리는 입술을 허락하고 말았지 뭐야. 하마터면 결혼하겠다고 대답하는 걸 잊어버릴 뻔했어. 아마존에서 선교 활동중인 아서 부모님께서 돌아오시는 크리스마스 때까지는 이 사실을 비밀로 하기로 했어.

앨마는 세세한 점까지 꾸며 대는 자신의 재주에 스스로도 놀라고 말았다. 크리스마스가 되어서도 약혼반지를 끼지 않는 이유까지 생각해 두었다. 아서의 부모님은 정글에서 행방불명이 되고 말았다. 아서는 구조대를 이끌다가 불치의 열대 풍토병에 걸리게 되리라. 아니면 독화살에 맞아 쓰러지는 걸로 할까.

실제로 벌어진 사건들이 앨마의 이야기에 좀 더 흥미로운 요소로 자리매김했다. 그해 팔월 독일이 벨기에를 침략하였고 그다음 날 영국이 참전했다. 전국에서 무수히 많은 청년들이 징집되었다. 대학생들도 학업을 중단하고 국왕과 조국을 위해 자원입대하였다. 아서 또한 그들 중 한 명이라는 데에는 추호의 의심이 없었다. 구월이 되자 앨마는 프랑스에서 온 편지를 한 통 받았다고 아일린에게 말했다. 그는 장교로 임명되어 근위 보병대에 부임하였다. 그녀는 언제든 그가 전사했다고 말하기만 하면 이 사기극을 끝낼 수 있다는 사실을 깨달았지만, 별로 그러고 싶지 않았다. 연인이 무사히 살아 돌아오기를 기원하는 용감한 여성 역할을 해 보고 싶었다. 그녀는 적십자에 가입하여 방한모를 떴고, 적십자 지역 위원회에 나가서는 '누군가'의 남편이나 연인이 참호 속에서 편히 지낼 수만 있다면 그것만으로 만족한다고 이야기했다. 누가 물어보면 그녀는 주저하지 않고 약혼자가 출전했다고 대답하곤 했다.

전쟁이 계속되면서 아서는 혁혁한 공을 세웠다. 참호 속에서 이 년 동안 버텨 냈던 것이다. 앨마는 그에게 누브 샤펠에서의 용맹을 기려 십자 훈장을 수여했다. 1916년도 막바지에 이르자 그녀는 그를 공군으로 전속시켰다. 그는 편대장이 되어 독일에 위험한 공습을 가하는 와중에 격추 기록을 경신하였다. 적십자 부인회 회원 중한 명이 자신의 오빠가 핸들리 페이지 항공기 제작 회사에서 일한다면서, 앨마에게 아서는 어떤 비행기를 타느냐고 물었다. 이에 앨마는 편지에 그런 말은 한 줄도 적혀 있지 않다고 대답했다. 전쟁 전 함께 지냈던 짧은 추억에 대해서만 이야기하고 있다는 식이었다. 오직 집으로 돌아와 결혼할 생각만 하는 사람처럼.

앨마는 누구보다 간절히 휴전이 성립되기를 고대했다. 그리고 정말로 휴전이 이루어지자 아서가 아직 살아 있다는 사실을 깨달았다. 두 사람을 위하는 마음에 신이 난 아일린은 결혼식 날짜가 언제가 될지 궁금해했다. 앨마는 잠깐 동안 생각한 다음, 결혼식이 좀 늦어질지도 모른다고 말했다. 아서가 유럽에서 유행하는 감기에 걸려 병원에 입원한 것이다. 편지에는 그리 심한 상태는 아니지만 운신이 불편하다고 적혀 있었다.

다음번 아일린이 앨마를 만났을 때 그녀는 상복을 입고 있었다. 그녀는 믿을 수 없을 정도로 의연했다.

앨마는 아무도 이해할 수 없는 방식으로 아서의 죽음을 애도했다. 그녀의 삶에 커다란 구멍이 뚫린 셈이었다. 사람들은 바깥 경험을 좀 더 해 보라고 친절하게 그녀에게 충고해 주었다. 새 시대가 도래했다. 즐거운 일들이 넘쳐 나기 시작했다. 영화관이나 댄스홀, 나이트클럽 같은 곳이 도처에 생겨났다. 앨마는 아직 젊었지만, 마치 자신은 다른 시대에 속한 사람 같았다. 아직 1920년대를 맞이할 준비가 되지 않았다. 젊은 남자들에게도 끌리지 않았다.

"입을 조금만 더 크게 벌려 주세요. 아프면 말씀하시고요."

그녀는 아프지 않으리라고 확신했다. 바라노프는 훌륭한 치과 의사였다. 그리고 훌륭한 연인이 될 터였다.

"환자분 중에서는 마취를 해 달라고 하는 분도 계시죠. 클로로포름 말입니다. 하지만 이렇게 해도 아프지 않다는 걸 알려 드리고 싶습니다."

바라노프 씨는 좀 더 품위가 있었던 전쟁 전 시대의 사람이야. 공공 무도회장 같은 곳에는 가지 않을 거야. 가까운 친지들과의 저녁 식사 자리에서만 세공된 유리잔처럼 빛나는 화술을 발휘하겠지. 낭랑한 목소리로 하는 말은 무엇이든 멋지게 들려. 러시아인치고는 놀랄 정도로 영어에 능통한데. 아무도 외국인이라고는 생각하지 못할 거야. 영국인 가정 교사에게 귀족 교육을 받았을 테지.

"스트랜드에 미국인 치과 의사가 한 명 있습니다. 치관이나 부분 의치를 전문적으로 취급하는 사람이지요. 그 사람은 무대 연기자들이 보는 《스테이지》라는 잡지에 매주 광고를 냅니다. 자신이 치료한 환자 중 배우처럼 저명한 사람들 명단을 광고에 싣는 거죠. 당사자의 허락을 받았을 테니 뭐라고 할 생각은 없습니다. 물론 저는 그런 짓을 하지 않습니다. 환자분 성함이 다음 주 신문에 실리는 일은 없을 거라고 약속드리죠. 제가 못마땅하게 생각하는 건 '미국식 무통 치과 치료'라는 광고 문구입니다. 마치 미국인만이 환자에게 고통을 주지 않고 치료하는 비밀스러운 방법을 알고 있다고 하는 것 같지 않습니까? 그 미국식 무통 치료법의 비결을 알려 드리죠. 낡은 클로로포름이에요, 웹스터 씨. 저는 마지막 수단으로 사용할 뿐입니다. 신중하게 작업하면 고통을 주지 않고 치료할 수 있는데 말이죠. 이제 입안을 헹구세요."

물이 담긴 커다란 잔이 앨마의 손에 쥐어졌다. 간호사가 옆에서 사기그릇을 들고 서 있었다.

"다시 한번 살펴보겠습니다."

그녀는 그의 말을 믿었다. 그는 그녀에게 고통을 줄 사람이 아니었다. 그녀의 입안을 살펴보려고 몸을 굽히자 그의 허벅지와 배가 그녀의 오른팔을 지그시 눌렀다. 그녀는 팔에 힘을 주지 않으려 애를 썼다. 이제껏 만난 사람들 중 그가 가장 사랑스러운 남자라는 사실을 그에게 알려 줄 방법을 조만간 찾아야 했다.

"말씀드려도 괜찮을지 모르겠지만, 치과 치료라는 명목하에 자행된 끔찍한 일도 있었습니다. 전쟁 전으로 기억하는데, 홀러웨이에 아내를 살해한 의사가 있었죠. 크리펜이라는 사람 말입니다. 아마 기억 못하시겠죠. 당시에는 아직 머리를 땋고 다니는 어린 시절이었을 테니까요. 그 사건은 굉장한 화제를 쿨러일으켰습니다. 경찰이 방문했을 때 크리펜 박사와—이런 말을 써서 죄송합니다만—그의 정부情婦는 배편을 구해서 캐나다로 도망친 후였습니다. 이름이 에설이었나, 하여튼 젊은 여자는 남장을 했고, 크리펜은 콧수염을 밀고 안경도 벗은 다음 그녀의 아버지 행세를 했지요. 그런 변장도 소용이 없었나 봅니다. 선장이 항해 첫날 정체를 꿰뚫어 보고는 무선 통신을 보냈으니까요. 스코틀랜드 야드에서는 도착지에서 그들을 체포하려고 형사 한 명을 쾌속선으로 급파했습니다. 그 형사가 듀 경감이죠. 입을 헹구세요."

바라노프가 조명을 조절하는 동안 간호사는 충전재를 배합했다. 그가 다시 가까이 다가왔다.

"거의 끝나 갑니다. 그런데 크리펜 박사가 치과 의사로서 무슨 짓을 했는지 궁금하시죠? 살인 사건을 저지르기 전에 그는 젊은 미국인 의사와 동업을 하고 있었습니다. 자신들이 예일에서 치의학을 전공했다고 소개하면서요. 크리펜은 의사라고도 할 수 없는 사람이어서 보통은 경영을 맡았고 이따금 진료를 돕는 정도였습니다. 그리고 에설은 간호사였지요. 이제 이야기의 핵심입니다. 에설은 두통이 심했습니다. 신경성이었죠. 그런데 두 사람은 두통의 원인이 그녀의 치아에 있다고 생각해서 이를 모두 뽑아 버린 겁니다. 한 번에 스물한 개나 말이죠. 당시 그 불쌍한 여자는 당신보다 나이가 많지 않았을 겁니다. 그건 범죄예요. 그 여자의 성이 기억이 나지 않는군요. 좀 이국적인 이름이었는데."

앨마는 입을 움직이지 않은 채 '르 네브'라고 말하려고 했다.

"웹스터 씨. 힘드시겠지만 몇 분만 더 참아 주시기 바랍니다."

그녀는 크리펜·사건을 기억하고 있었다. 신문은 몇 주 동안이나 그 이야기로 가득했었다. 1910년은 그녀가 열일곱이 되던 해로, 에설 M. 델의 소설을 읽던 시기였다. 그녀는 그 사건에 강한 연민을 느꼈다. 열흘씩이나 변장한 채 애처롭게 그 비좁은 증기선 갑판을 서성거렸을 두 도망자에게는 동정을 금할 수 없었다. 선장의 재빠른 눈치와 무선 통신의 기적 덕택에, 신문을 읽을 줄 아는 사람들은 누구든지 듀 경감이 수갑을 들고 토론토에서 대기하고 있다는 사실을 알고 있었다. 그녀는 그들의 체포 소식을 듣고 눈물을 흘렸다. 자신도 체포당하는 순간에 위엄을 잃지 않을 수 있을까. 사랑, 오직 사랑이야말로 두 사람의 용기를 북돋아 주었으리라.

"자, 됐습니다."

바라노프는 치료 기구를 앨마의 입에서 꺼냈다.

"오늘 저녁에는 이쪽 치아를 사용하지 마세요. 다음 진료 예약은 간호사가 잡아 줄 겁니다. 어디 불편한 곳은 없나요?"

"그 여자 성이 르 네브였다고 말하려고 했었어요. 에설 르 네브요."

"그렇군요. 대단한 기억력인데요."

"영국의 모든 신문에 났으니까요."

"아, 기억납니다."

"1910년에 영국에 계셨어요?"

"태어나서부터 쭉 영국에서 살았는데요."

바라노프는 웃으며 말했다.

"하지만……."

"러시아인인 줄 아셨죠? 그렇게 짐작한 것도 무리가 아니죠. 그렇게 생각한 사람이 당신이 처음도 아니고요. 아버지의 성함은 헨리 브라운이었습니다. 극단에서 외줄 곡예사로 활동하셨죠."

그는 재빨리 팔을 활짝 펼치는 동작을 취했다.

"위대한 바라노프 나가신다."

앨마는 어안이 벙벙해졌다.

"그러면 영국인이신가요?"

"세례명은 월터 브라운입니다. 그런데 안색이 안 좋아 보이는군요."

"부친께서 극단에서 쓰는 예명으로 바라노프라는 이름을 사용하신 거고요?"

"그래서 그 이름을 간판에 걸게 되었죠. 이 바닥에서는 이국적인 이름을 쓰는 게 나쁘지 않거든요. 영국 사람들은 월터 브라운이라는 평범한 이름을 가진 사람이 괜찮은 치과 의사일 거라고는 믿지 않으니까요."

그녀는 아무런 말도 할 수 없었다.

"표정이 안 좋으시군요. 이건 지극히 합법적인 겁니다. 아버지에게는 무대 예명에 지나지 않았지만 저는 개명 신청까지 했으니까요. 당시 결혼을 생각하고 있었는데, 아내 역시 굉장히 좋아했습니다. 아내도 무대에 오르는 사람이니까요. 리디아 바라노프라는 이름이 배우로서는 나쁘지 않죠? 들어 보신 적 있을 겁니다. 연극 무대에서는 꽤 알려진 사람이니까요."

부인이 살아 있었구나.

그녀는 살짝 휘청거렸다. 어서 여기서 나가야지. 그녀는 그에게서 몸을 돌려 진료실을 가로질렀다. 눈물이 차올라 앞이 잘 보이지 않았다. 간호사가 문을 열어 주고는 진료 예약 카드를 앨마의 손에 쥐어 주었다.

그녀는 거리로 나서자마자 카드를 찢어 가까운 배수구에 던져 버렸다.

002

이 사건에는 젊은 여자가 또 한 사람 등장한다. 여자의 이름은 포피 듀크다.

포피는 다른 사람들과는 정반대로 안식일을 준수했다. 엿새 동안 쉬고 일요일에 일을 했다. 일터는 페티코트 러 인 시장이었다. 그녀의 나이는 열여덟이었고, 반짝이는 눈에 장난치는 듯한 미소가 깃들어 있었으며, 금발 머리는 자연스럽게 곱슬거렸다. 그녀는 뛰어난 도둑이었다. 사람들과 부딪히며 "죄송합니다"라고 말할 때마다, 긴 손가락의 날렵한 손은 원래 주인의 주머니 속에서 지갑을 빼내곤 했다. 그런 찰나의 동작으로 핸드백과 그 안에 든 지갑을 열어, 주인은 물론이고, 지갑에 든 돈을 합법적인 방법으로 가져가려는 노점 상인도 모르게 지폐를 슬쩍할 수 있었다. 그녀는 이 시장에서 현대판 로빈 후드 같은 존재였기에 시장 상인들은 관용을 베풀곤 했다. 물건을 사기보다는 구경만 하려고 오는 사람들만 노렸던 것이다. 게다가 대여섯 명의 아이들에게 바람잡이나 조수 역할을 시킨 후 수고비도 후하게 쳐주었다.

이날 아침 일을 시작하려는 찰나, 완벽한 사냥감이 걸려들었다. 세련된 정장을 입고 중절모를 쓴 상당히 젊은 남자가 사관용 트렌치코트를 망토처럼 어깨에 걸치고 있었다. 그는 차를 파는 노점상 앞에 멈춰 서더니, 잔돈이 없다며 일 파운드짜리 지폐를 내놓아 상인을 짜증 나게 만들었다.

"자, 여기요, 총각."

노점상 여자는 한 움큼의 동전을 남자의 손에 떨구며 말했다.

"잔돈 세 볼 거요?"

그녀는 그에게 차 한 잔을 건네주었다.

남자는 여전히 지갑을 손에 쥐고 있어서, 트렌치코트 주머니 속에 지갑을 넣고 나서야 차를 받아 들 수 있었다.

포피가 움직였다. 이 건수를 다른 초짜 소매치기에게 넘길 생각은 추호도 없었다. 그녀는 차례를 기다리는 사람처럼 남자의 뒤에 섰다. 그러고는 왼손으로는 주머니 덮개를 들추고 지갑을 찾았다.

주머니 속에서 웬 손이 그녀의 손을 움켜쥐자, 그녀는 경악했다. 손을 뺄 수 없었다. 남자는 몸을 돌리더니 씩 웃었다. 여전히 오른손에 찻잔을 든 채였다. 그녀의 손을 잡고 있는 것은 가슴을 가로질러 코트 안감 솔기 틈으로 뻗은 그의 왼손이었다.

"음, 포피. 이렇게 쉽게 잡혀서야 어린애에게서 사탕 뺏는 것 같잖아."

"손이 잡혔네."

"두말하면 잔소리지. 놓아줄 생각은 없으니 문제 일으키고 싶지 않으면 바짝 붙어 따라와. 저쪽에 택시를 세워 두었으니까."

"체포하는 거야? 한 번만 봐줘, 아저씨."

"걷기나 해, 포피."

그녀는 그의 말에 따랐다. 꼬마 공범들이 가세해 함께 잡혀가기라도 하면 큰일이다. 혼자라면 그리 무거운 형을 받지 않을 것이다.

화이트채플 하이 스트리트에서 대기하고 있던 택시에 도착하자, 그는 포피의 손을 놓아주었다. 포피는 수갑이 채워질 거라고 생각했지만, 그는 아무 짓도 하지 않았다.

"저기, 짭새가 아닌가 보네? 그럼 뭐야?"

그는 단호하게 포피를 택시 안으로 밀어 넣고 옆에 올라탔다.

"포피, 오늘은 네 생일인 거다."

그는 또다시 싱긋 웃어 보이며 말했다.

"대체 무슨 소리 하는 거야? 날 어디로 데려가는 건데?"

"선물을 고르러 가는 거야, 귀염둥이 아가씨."

"나를 어떤 여자라고 생각하는 거야?"

"진정해. 드라이브나 하려는 거니까. 알았지?"

택시는 런던 금융가와 홀번 스트리트를 지나 옥스퍼드 스트리트에 도착했다. 포피는 상대를 노려보며 대체 누구인지 가늠해 보려 했다. 신사처럼 차려 입었지만 신사는 아니었다.

택시는 좌회전하여 본드 스트리트에서 멈췄다.

"여기서 뭘 하려고?"

포피가 따져 물었다.

"내려. 그러면 알려 주지. 하지만 쓸데없는 짓을 하면 안 돼. 여긴 아주 비싼 동네니까."

그는 눈이 휘둥그레진 포피를 드레스 가게로 데려갔다. 잡지에 서밖에 볼 수 없었던 가게였다.

"한 벌 골라. 파티용으로."

"잠깐 기다려……. 대체 진짜로 원하는 게 뭐야?"

"알려 주지, 포피."

그는 그녀와 함께 쇼윈도를 들여다보며 입을 열었다.

"네가 런던에서 가장 똑똑한 소매치기라고 하더군. 널 하룻밤 고용하고 싶어. 파티라서 드레스가 필요한 거고. 저기 은색 스팽글 이 달린 검정 드레스는 어때? 내 밑에서 일하려면 옷차림부터 제대 로 갖춰야지. 드레스는 가져도 돼. 알았지?"

003
☆☆☆

리디아 바라노프는 푸트니 힐에 있는 커다란 저택에서 전화를 걸었다. 오디션에서 돌아오자마자 줄곧 전화기를 붙잡고 있었다. 지금은 송화기에 대고 소리를 지르고 있었다. 그녀는 통화를 하는 상대에게 무능하다며 화를 냈다. 사소한 문제가 왜 이렇게 커다란 골칫거리가 되어 버렸는지 이해할 수 없다고 말이다.

아래층 현관문이 열리더니 월터가 안으로 들어왔다. 가정부 실 비아가 평상시처럼 그의 모자와 코트, 우산을 받아 들기 위해 기다리고 있었다.

장황한 비난 소리가 계속해서 들려왔다. 월터는 위층을 흘끔 올려다보았다. 그는 실비아를 바라보고는 무슨 일이냐는 듯 눈썹을 추켜올렸다. 실비아는 고개를 흔들 뿐이었다. 인상을 찌푸리며 응접실로 들어간 월터는 위스키를 따라 단숨에 들이켰다.

2층으로 올라가자 리디아는 멍청한 직원에게 자신의 귀중한 시간을 낭비할 수 없다는 말을 퍼붓는 중이었다. 그녀는 다음 날 아침 10시부터 11시 사이에 반드시 책임자가 전화를 해야 한다고 말하고는 수화기를 내려놓았다.

"오늘 하루는 어땠어?"

그녀는 그가 뭐라고 대답하든 무시할 것만 같은 무심한 말투로 물었다.

"끔찍했어."

그는 강한 어조로 말했다.

"별것 아닌 작자들이 내 시간을 허비한단 말이지. 예약 취소가 두 건인데, 한마디 설명도 없었다고. 의사에게 사전에 알려 주는 것 정도는 기본 예의 아닌가? 버크 부인에게는 그 정도도 기대하면 안 되겠지. 그녀는 건망증이 끔찍하니까. 아마 내일쯤 호들갑을 떨며 나타날걸. 하지만 두 번째 환자인 웹스터 씨는 시간 약속 지킬 정도의 분별은 있는 사람 같았는데. 지난 삼 주 동안 같은 요일에 같은 시각으로 진료를 잡아 줬거든. 치료가 그리 아픈 것 같지도 않았는데. 이해가 안 돼."

"다 끝났으면 내 이야기를 들어 줄 거지?"

그녀는 연기 훈련을 받았기 때문에 자신의 무대를 꾸미는 방법을 잘 알고 있었다. 이날 아침 그녀는 리치먼드 극장에서 상연되는 〈즐거운 쿠엑스 경*〉의 단역 오디션을 보고 온 참이었다. 그녀는 서른네 살이었고, 1914년 이래로 웨스트 엔드** 무대에 서지 못했다.

"오디션 결과가 실망스러웠나 보네."

"실망스러워? 우스꽝스러웠다고. 한심해서 정말."

배역 담당자가 리디아의 이런 모습을 보았더라면, 그녀는 분명 남은 연기 인생 내내 주연을 맡을 수 있었을 것이다. 그녀는 분노하면 다른 사람이 되어 버리기 때문이다. 평소의 창백한 피부는 열병에 걸린 것처럼 분홍색으로 변했다. 곱슬거리는 검은 머리카락은 그녀가 고개를 흔드는 동작에 맞춰 춤을 췄다. 콧구멍은 넓어지고 갈색 눈은 집시는 저리 가라 할 정도의 정열로 불타올랐다.

"그 연출가는 미쳤어. 그 인간이랑은 절대 일을 함께 할 수 없어. 내 경력을 망치고 말걸. 연극의 주제를 전혀 이해하지 못한다니까. 피네로에 대해 전혀 모른다고."

"누가 그 배역을 맡았는데?"

"무대 경험이 육 주밖에 안 된 지저분한 꼬마 애라나 뭐라나. 대역이라면 시켜 주겠다는 거야. 그게 무슨 소린지 알아? 막간 휴식 때 초콜릿이나 팔라는 소리라고. 〈두 번째 탱커레이 부인***〉에 출연한 적이 있다고 했는데도."

"그랬더니 뭐라고 했는데?"

"이건 희극이라는 거야. 내 연기 경력과는 맞지 않는대. 나도 그 말에는 동의해 줬지. 당신들이 찾고 있는 종 험이란 코크런**** 이 제작한 보드빌 무용극에서나 찾아볼 수 있는 게 아니냐고도 했고. 나는 그 정도까지 추락하지는 않아서 다행이라는 말도 해 줬어."

"맞는 말이군."

"그렇게 말하고는 극장을 나왔어. 너무 화가 나서 내 연기 단평을 모아 놓은 스크랩북을 놓고 왔지 뭐야."

"어쩌면 그걸 보고선 자신들이 큰 실수를 했다는 사실을 알아차릴지도 모르지."

"그럴 가능성은 없을걸. 어쨌든 배역은 다 정해졌어. 이제 와서 주연을 맡아 달라고 해도 절대로 안 해. 나도 자존심이 있다고. 하지만 스크랩북은 찾아야 하는데."

"분명 그렇겠지."

"월터, 여보."

"왜?"

"당신이 가져다주면 안 돼?"

"내일은 시간이 안 나는데. 하루 종일 예약이 차 있어."

"그럼 오늘 밤에 가면 되겠네."

두 사람 사이에 일순간 침묵이 흘렀다.

●　　**즐거운 쿠엑스 경** _ 영국의 극작가 아서 윙 피네로가 집필한 코미디극.
●●　**웨스트엔드** _ 런던 중심지의 서쪽 지역. 극장이 밀집해 있다.
●●●　**두 번째 탱커레이 부인** _ 아서 윙 피네로가 집필한 사회 비판극.
●●●●**코크런** _ 영국의 연극 제작자. 특히 경쾌한 무용극 분야에서 큰 성공을 거두었다.

"한 시간도 안 걸릴걸. 요리사한테 자기 저녁 식사가 식지 않도록 주의하라고 말해 둘게."

그녀는 그에게 가볍게 키스했다.

"절대 잃어버려서는 안 되는 물건이라는 거 알잖아."

그는 실비아에게서 모자와 코트를 다시 받았다.

리디아는 창문 밖으로 그가 역 앞에서 택시를 잡으러 언덕을 내려가는 모습을 바라보았다. 환자들은 저 사람을 존경할지 몰라도, 집에서는 내 말대로만 한다니까. 내 은혜를 아는 거지. 그녀의 돈과 선견지명이 아니었더라면, 그는 여전히 지방의 허름한 극장을 전전하면서 터무니없는 독심술 연기를 해 대며 사람들을 등쳐먹고 있었을 터였다. 리디아만이 그는 무대 체질이 아니라고 설득할 수 있었다. 그녀는 치과 의사가 전망이 밝다는 사실을 지적하면서, 그런 확신에 대한 증표로 그와 결혼했다. 치기공사로 레딩에서 견습 과정을 밟았을 때도, 뉴캐슬 어폰 타인에 있는 치과 병원에서 삼 년 동안 인턴 생활을 할 때도 그녀가 비용을 치렀다. 월터는 그때가 생애에서 가장 행복했다. 비로소 천직을 찾은 것이었다. 당시 그녀는 〈두 번째 탱커레이 부인〉에 출연하고 있었기 때문에, 두 사람은 거의 만나지 않았다. 연기 활동이 그녀의 에너지를 소진시키는 동시에 그녀의 자아를 실현시켰기 때문이다.

두 사람의 시간제 결혼 생활은 월터가 1914년 최종 시험에 통과해서 치과 의사 면허를 딸 때까지 지속되었다. 그는 수여식에 참석하기 위해 런던에 왔고, 리디아는 그를 이끌고 프라스카티 레스토랑으로 점심 식사를 하러 갔다. 주방에서 계속해서 웬 소음이 흘러나오고 있었다. 종업원이 그들에게 뉴스를 들었냐고 물었다. 로이드 조지 수상이 하원에서 연설했고, 영국은 독일과의 전쟁에 돌입했다는 소식이었다. 서른 이하의 미혼 남성은 군에 지원하라는 강력한 권고를 받았다. 월터는 기혼이었고 나이는 서른아홉이었다. 그러나 그는 스트랜드에 있는 입대 접수처를 찾아갔다. 그리하여 그는 사 년 동안 국왕과 조국을 위하여 스코틀랜드 북부에서 병사들의 이를 뽑았다.

리디아에게 전쟁은 그리 좋은 상황이 아니었다. 오디션을 볼 만한 연극이 거의 제작되지 않았다. 건장한 남자 배우들은 대부분 입대했다. 울위치에서 〈하버 라이트*〉를 공연했을 때에는, 주연 남자 배우가 너무 늙어서 그녀 앞에 무릎을 꿇고 사랑을 고백한 다음 그녀가 일으켜 줘야 할 지경이었다.

1917년이 되자 리디아는 낙심하여 무대 활동을 중지하고, 아버지에게 상속받은 푸트니 힐의 커다란 저택에서 전쟁 전 그녀의 연기에 대한 단평들을 읽으며 보냈다. 그녀는 성적으로도 욕구 불만이었다. 포트넘 메이슨 홍차 가게에서 일하는 수염 난 남자에게 은밀한 마음을 품기도 했지만, 아무 일도 일어나지 않았다. 독일군의 유보트 때문에 영국에서의 삶은 더욱 고단해졌다. 식량 부족 사태가 벌어졌다. 배급제가 시행될 거라는 소문이 떠돌았다. 사재기는

● **하버 라이트** _ 영국의 극작가 조지 로버트 심스가 쓴 빅토리아 시대 연극.

범죄로 취급당했다. 리디아의 가정부는 입이 싼 사람이었다. 경찰이 리디아의 저택을 수색하여 포트넘 메이슨 홍차 예순여덟 상자를 발견했다. 홍차는 몇 개만 빼고 몰수당했다. 리디아는 십 파운드의 벌금과 칠 파운드의 수색 비용을 물어야 했다. 그녀의 이름은 신문에까지 실렸다. 《타임스》에 그녀의 이름이 실린 것은 그때가 처음이었다.

월터는 줄지어 서 있는 택시 중 첫 번째 차에 올라탔다. 리치먼드 극장에 도착하여 기사에게 요금을 지불하기까지는 이십 분도 채 걸리지 않았다. 7시를 갓 넘긴 시각이었다. 극장 안은 조용했다. 저녁 공연은 8시 30분에 시작된다. 현재 공연하고 있는 것은 무용극이었다. 리디아의 말이 맞았다. 보드빌은 죽어 가고 있었다. 독심술 공연 역시 동물 곡예나 댄 레노*와 함께 사라져 버린 지 오래였다.

그는 매표소 점원에게 사정 이야기를 했다. 그녀는 특등석 고객을 위한 바로 가 보라고 했다. 바에는 한 무리의 사람들이 있었고, 시가 연기가 실내를 가득 메웠다. 가식적인 손짓과 튀는 듯한 목소리가 짧게 울려 퍼지는 것으로 보아, 〈즐거운 쿠엑스 경〉에 출연하는 배우들과 연출자임이 분명했다. 배역을 따내 신이 난 신인 배우도 있었다.

월터는 단맛이 덜한 셰리주를 주문해서 사람들이 제일 많이 모여 있는 곳으로 향했다. 사람들의 대화를 듣자 하니 재스퍼라는 남자가 연출자인 것 같았다. 재스퍼는 한 손을 빨간 머리 소녀의 어깨에 두르고 있었는데, 소녀는 그가 말을 꺼낼 때마다 간드러진 웃음을 터뜨렸다. 그녀는 요새 유행하는 등이 파인 드레스를 입고 있었다. 리디아보다 열 살은 어려 보였다.

그는 대화가 끊기기를 기다렸다. 재스퍼는 소녀에게 마티니를 한 잔 더 권하며, 술을 주문하기 위해 바 쪽으로 몸을 돌렸다. 그 기회를 틈타 월터가 자신을 소개했다.

"이름이 멋지군요. 누구시죠?"

"오늘 오후 제 아내 리디아가 당신에게 오디션을 받았습니다."

"같은 거 한 잔, 조지."

재스퍼가 바텐더를 불렀다.

"배역을 못 따냈더군요."

"선생님, 관계자들 모두 지긋지긋해하는 게 오디션이죠. 때로는 저도 잘못된 결정을 내리곤 합니다. 하지만 다 끝난 다음에 탓하는 일은 없습니다. 그런 짓은 용납되지 않아요."

"아내가 연기 단평이 담긴 스크랩북을 놓고 왔습니다."

"아, 그랬군요. 맙소사, 그게 어디 있더라."

등을 드러낸 여자가 돌아보았다.

"저기 있어요. 읽어 본 내가 한마디 하자면 그녀는 나보다 확실히 경험이 풍부하던데요."

"나라면 그런 말을 하지 않을 텐데, 블란치."

빈정거리는 듯한 굵은 목소리가 들렸다.

"시궁창 같은 마음을 가진 사람도 있겠죠."

블란치는 세상이 싫어졌다는 듯 말했다.

"술이나 마셔."

재스퍼는 퉁명스럽게 말했다. 그는 월터의 팔을 잡고 실내를 가로질러 스크랩북이 놓여 있는 탁자로 향했다.

"오디션에서 리디아는 훌륭했습니다. 프로 배우이니까요, 바라노프 씨. 부인의 재능은 굉장히 뛰어납니다. 저 혼자서 결정할 수만 있었다면…….."

월터는 목소리를 높이는 것처럼 보이지 않으려 노력하며 그의 말을 잘랐다.

"저도 무대에 섰던 경험이 있습니다. 세 살 적부터 그런 위선적인 말들을 들어 왔죠. 아내의 경력에 조금이라도 관심이 있으시다면, 그녀가 명예를 지킬 수 있도록 사실대로 말씀해 주셨으면 합니다."

그의 힐난은 합리적이었기에 더욱 강력했다.

바 안이 갑자기 조용해졌다. 저쪽에서 누가 큰 소리로 불렀다.

"재스퍼, 무슨 일 있어요?"

"아니, 아무것도 아냐."

재스퍼는 대답을 하고는 월터에게 말을 건넸다.

"사실대로 말하자면 부인은 젊은 여자 역을 맡기에는 너무 성숙합니다. 그렇다고 미망인이나 보모 연기를 할 정도의 나이도 아니고요."

그는 자신의 평에 부드러움을 더하려 한마디를 덧붙였다.

"부인께서는 그리 오래 기다리지 않아도 될 겁니다."

월터는 아무 말도 하지 않았다. 그는 스크랩북을 집어 들었다.

"여배우라면 누구에게나 이런 힘겨운 시절이 있기 마련입니다. 부인께서 연극 제작의 다른 분야로 시선을 돌리신다면 무조건 환영할 텐데요. 그만한 경험이면 분장에 대해서도 잘 아시겠지요. 재봉에 조예가 있다면 의상 담당은 어떻습니까?"

월터는 기가 막힌다는 듯 그를 쏘아보았다.

"택시는 어디서 잡을 수 있습니까?"

"이 시간이라면 역으로 가셔야 할 겁니다. 극장을 나가자마자 오른쪽으로 가세요. 거기서 다시 오른쪽으로 꺾으면 됩니다. 부인께 오디션에 응해 주셔서 감사하다는 인사를 전허 주십시오."

월터는 아래층으로 내려가 재스퍼가 가르쳐 준 대로 역으로 향했다. 역에 도착하자 택시를 탔다. 택시가 달리는 와중에 무언가가 그의 눈에 띄었다. 그는 기사의 어깨를 두드렸다.

"잠깐 세워 주겠습니까? 저기 꽃집 앞에 말입니다. 아내에게 꽃을 사 주고 싶군요."

"서두르십쇼, 손님. 다른 차에 방해되니까요."

그는 꽃집에 들어가 꽃병에 꽂힌 꽃들을 둘러보았다.

안쪽에서 점원이 나왔다.

"안녕하세요, 손님. 무얼…… 어머나!"

그녀는 월터를 바라보며 말을 잇지 못했다.

"안녕하십니까, 꽃을…… 아니, 웹스터 씨 아니십니까?"

"그래요."

앨마는 속삭이듯 대답했다.

"월터 바라노프, 치과 의사입니다. 기억하고 계시죠? 오늘 예약된 진료 시각에 오지 않으셨더군요. 알고 계셨나요?"

그녀는 부끄러운 나머지 얼굴이 분홍색으로 물들었다. 아무 말도 할 수 없었다.

월터 역시 분명 당혹스러워 보였다.

"비난하는 것처럼 들렸다면 죄송합니다. 우연히 뵙게 되어 놀랐을 뿐입니다."

"아……."

그녀는 꽃 한 송이를 들고 있었다. 이윽고 줄기를 잘게 부러뜨리기 시작했다.

"오늘 아내가 리치먼드 극장에서 오디션을 받았습니다. 배우라서요."

"예, 말씀하셨지요."

그는 아직 리디아의 스크랩북을 들고 있었다.

"극장에 두고 왔더군요. 그녀의 연기 평을 모아 놓은 거죠. 소중한 물건입니다. 이걸 찾으러 갔었습니다."

밖에서 택시 기사가 경적을 울렸다.

"장미를 좀 살까 합니다. 열두 송이면 되겠죠."

"예. 어떤 색으로 할까요?"

그녀는 가게를 가로질러 꽃병들이 놓여 있는 곳으로 향했다. 빨간색과 분홍색 말고도 노란색과 흰색 등 여러 가지 색이 있었다.

"열두 송이에 삼 실링입니다."

그는 스크랩북을 카운터 위에 올려놓고 주머니를 뒤져 돈을 찾았다.

"색깔은 아무래도 좋은데. 분홍색으로 하죠."

"여러 색을 섞는 것도 가능하답니다."

경적 소리가 다시 들렸다.

"그렇게 해 주세요."

"직접 골라 주시겠어요?"

그는 그녀 옆에 서서 여러 가지 색깔의 장미를 열두 송이 골랐다. 그녀는 장미를 포장했다. 그는 그녀에게 돈을 지불했다.

"감사합니다. 서둘러야 할 것 같군요. 택시가 기다리고 있어서요."

그는 모자를 살짝 들어 올렸다.

"다시 뵀으면 좋겠네요, 웹스터 씨."

월터가 가게에서 나가고 택시가 출발한 후, 얄마는 카운터 위에 놓인 스크랩북을 발견했다.

004

이 이야기에 등장하는 또 다른 여성을 찾기 위해서는 무대를 파리로 옮겨야 한다.

마저리 리빙스턴 코델은 어디에 가든 금요일 밤이면 뜨거운 물로 목욕을 하곤 했다. 특히 터키식 사우나를 선호했으며, 목욕을 마친 다음에는 전신 마사지도 받아야 했다. 원기를 회복하기 위한 방법으로는 목욕 후 마사지가 제일이었다. 그녀의 경험으로는 진한 커피를 마시거나 미네랄 염제를 섭취하거나 칵테일을 마시거나 공원을 산책하는 것보다 훨씬 효과적이었다. 그녀는 생명력이 넘친다는 평판을 자랑스러워했다. 그녀는 어떤 파티든 더욱 활기차게 만들기 때문에 여러 파티에 초대를 받았다. 나이는 비밀이었지만, 지금의 남편은 세 번째이고 딸의 나이는 스물두 살이었다. 금요일 밤에 받는 마사지가 좋은 점은 완전하게 휴식을 취할 수 있다는 것이었다. 마저리가 살고 있는 뉴욕에는 기가 막힌 벨벳 같은 손을 가진 조그만 남자 마사지사가 브롱크스에서 출장을 오곤 했다. 마사지사는 그녀의 어느 남편보다도 마저리의 비밀스러운 바람이나 두려움에 대해 더 잘 알고 있었다.

이날 밤 마저리는 세 번째 남편 리비와 함께 투숙하고 있는 파리의 칼튼 호텔 마사지실에 누워 있었다. 올해는 딸 바버라가 소르본 대학 미술학부 과정을 수료한 기념으로 유럽으로 여행을 온 참이었고, 딸과 함께 뉴욕으로 돌아갈 예정이었다. 그녀는 간단한 영어로 그녀의 어깨를 풀어 주고 있던 알제리인에게 이런 얘기를 해 주었다. 그는 머리숱이 적고 연필처럼 가는 콧수염을 기른 호남형이었다. 숨결에서는 마늘 냄새가 났다. 그녀는 얼굴을 반대편으로 돌렸다.

"이번에는 발목을 부탁할게요."

그녀는 그가 알아듣지 못했을까 봐 발을 살짝 흔들었다.

"난 정말로 이렇게 멋진 발목을 주신 하느님께 감사드리고 있다니까요. 이제껏 결혼했던 세 명의 남편들이 모두 내 발목에 반했다는 사실을 믿을 수 있어요? 규칙적으로 마사지를 받으면 앞으로도 계속 날씬하게 유지할 수 있답니다. 발목 말이에요. 좋아요. 거기 아주 좋아요. 리비는 리빙스턴의 애칭인데요, 내 세 번째 남편이랍니다. 멋진 사람이에요. 물론 더글러스 페어뱅크스*만큼 미남은 아니지만, 그래도 그만의 매력이 있으니까요. 가끔 리비가 내 발목을 마사지하게 해 달라고 애원하지만, 그 부탁은 들어준 적이 없어요. 전문가에게 맡겨야 할 일이니까요. 음. 당신 실력이 꽤 좋군요. 이름이 뭐죠?"

"알랭입니다, 부인."

"그래요, 알랭. 여자들은 몸을 잘 가꿔야 한다는 게 내 지론이에요. 언제 누가 보고 있을지 모르잖아요. 사 년 전 뉴욕 빌트모어 호텔에서 있었던 일을 말해 줄게요. 일곱 명의 생면부지의 남자들과

● **더글러스 페어뱅크스** _ 무성 영화 시대에 활동했던 미국의 배우 겸 감독.

엘리베이터에 갇히고 만 거예요. 2층과 3층 사이에서 거의 한 시간 동안이나 멈춰 있었죠. 나는 굉장히 겁에 질렸어요. 그런데 알랭, 거기서 리비를 만난 거예요. 엘리베이터 안에 함께 있었던 일곱 명 중 하나라고 생각하죠? 음, 아니에요. 기술자가 간신히 엘리베이터 문을 열었을 때 그는 2층에서 바라보고 있었어요. 엘리베이터가 2층에 있던 사람들 머리보다 높은 곳에 있어서, 발목밖에는 보이지 않았다나요. 그는 내 발목에서 눈을 뗄 수가 없었대요. 로맨틱하지 않아요?"

"유쾌한 이야기로군요."

"우리는 그해 결혼했고, 그는 아직도 내가 모를 거라고 생각하면서 내 발목을 훔쳐보곤 해요. 우리는 서로에게 헌신적이에요. 내 딸 바버라도 나처럼 남편 운이 좋아야 할 텐데. 정말로 예쁜 아이인 걸요. 나를 닮아서 피부도 하얗고 고전적인 외모인데다 머리카락은 놀랄 정도로 아름다운 갈색이랍니다. 하지만 그 애는 남자들을 겁먹게 해요. 지나치게 엄격하게 굴거든요. 수학을 전공해서 그런지 하는 이야기라고는 계수 같은 것들뿐이에요. 우리는 그 애의 견문을 넓혀 주려고 일 년 동안 소르본 대학으로 유학을 보냈어요. 어쩌면 파리 남자들이 인생의 다른 면을 가르쳐 주지 않을까 기대를 했던 거죠. 뭐, 지금은 그리스인에 미쳐 있지만요."

"그리스인이라고 하셨나요, 마담?"

"기원전 5세기 사람이에요. 오늘 오후에도 리비랑 나를 루브르

박물관으로 안내하더라고요. 괜찮아요. 대수 같은 것에서 벗어날 수 있는 기회잖아요. 매력적인 젊은 교수라도 만날 수 있지 않을까 하는 실낱같은 기대를 품고 있었죠. 완전 착각이었어요. 엄밀히 따져서 고대 미술품밖에는 없었으니까요. 물론 루브르에는 멋진 그리스 조각상도 몇 점 있기는 하지만요. 남성들을 아무런 꾸밈없이 실물 크기 그대로 전시해 놓은 게 멋지잖아요. 여기저기 실물보다 큰 조각상도 있더라고요. 리비에게 그리 나쁘지 않다고 말해 줬죠. 그런데 바버라는 그런 조각상에는 눈길 하나 주지 않고 우리를 끌고 그런 전시실은 지나치는 거예요. 고개 한번 돌리지 않았다니까요. 그 애는 우리에게 그리스 화병을 보여 주고 싶어 했어요. 화병이라니요! 그 애는 화병들이 가장 멋지대요. 난 좌절해서 벤치에 주저앉고 말았죠."

"그리 나쁜 소식은 아니로군요, 마담."

"그게 무슨 뜻이에요?"

"화병을 안 보셨나요?"

"몹시 좌절했다고 했잖아요."

"그 화병에는 말입니다, 부인. 작은 남자들이 잔뜩 그려져 있습니다."

알랭은 집게손가락과 엄지손가락으로 크기를 가늠해 주었다.

"옷을 전부 벗은 채로요. 어쩌면 따님은 작은 남자부터 시작하려는지도 모릅니다."

"흠."

코델 부인은 곰곰 생각에 잠겼다. 그녀는 이내 키득거리기 시작했다.

"작은 남자들이라. 마음에 들어요."

"저도 그리 큰 편은 아니지요, 마담."

그녀는 웃었다.

"남자 키에는 관심 없지만, 우리 딸애 남편은 부자여야만 해요."

005
☆☆☆

월터가 푸트니 힐로 돌아왔을 때는 저녁 식사가 식어 버린 후였다. 요리사는 샐러드라도 만들어 오겠다고 했다.

리디아는 두 사람의 대화를 듣고 있다가 남편이 응접실에 들어오자 말했다.

"당신이 늦장을 부려서 그래."

"당신이 이걸 좋아할 것 같아서."

그는 그녀에게 장미 꽃다발을 건넸다.

그녀는 놀라는 한편 기뻐하는 기색이 엿보였다. 월터가 외출한 동안 영원히 그를 떠나 버릴까 하는 생각마저 했던 터였다.

"어디서 났어, 월터?"

그녀로서는 최상의 감사 표시였다.

"옆집 정원에서 꺾어 온 건 아니야."

그녀는 꽃다발을 돌려주었다.

"실비아더러 꽃병에 꽂아 놓으라고 해. 그 사람들이 내 스크랩북은 돌려줬어?"

"응."

그러나 스크랩북은 그의 손에 없었다. 그리고 리디아는 자신이 스크랩북에 대해 물었을 때 월터의 빈손이 살쩍 긴장하는 모습을 놓치지 않았다.

"누굴 만났어?"

"연출자. 극장 안에 있는 바에 있더라고."

"놀랄 일도 아니네. 오디션 볼 때도 진 냄새가 끔찍했으니까."

"당신 연기는 훌륭했다고 하던데."

"위선자 같으니. 언제나 말은 그런 식으로 하지."

"당신에게 말 좀 잘 전해 달래."

"흠."

그녀는 거만하게 입을 다물었다.

"이거 실비아한테 주고 올게."

"그래서 뭐라고 그랬어?"

"뭐라고 그랬냐니?"

"무슨 말을 잘 전해 달라고 했냐고."

"아, 당신은 진정한 프로라던데."

"그걸 모르는 사람이 어디 있어!"

"그것 말고도 해 준 말이 있어."

"또 무슨 말을 했는데?"

"일단 실비아부터 찾아보고."

그는 복도로 나갔다.

"당신 방에 두라고 할까? 마졸리카* 화분에 꽂아서 계단에 놓아도 괜찮을 것 같은데."

"그냥 실비아한테 맡겨. 복도 탁자 위에 놓아두고 와. 재스퍼가 정확히 어떤 말을 했는지 얘기해 보라고."

그는 주방으로 통하는 복도를 걸으며 대답했다.

"부르고뉴 와인 한 잔 어때? 샐러드랑 먹으면 좋을 텐데."

그녀는 짜증이 섞인 신음 소리를 냈다. 저 진절머리 나는 남자는 이따금 말을 얼버무리곤 했다. 진짜로 충격적인 말을 하려는 건지, 아니면 스크랩북에 대해 감추고 싶은 게 있는 건지 알 수가 없었다. 일부러 저런 행동을 하는 거야. 연극이 내 인생에서 얼마나 중요한지 알고 있으면서. 그녀는 마약을 하듯 무대에 서는 것을 갈망했다. 지방 극단의 오디션까지 보는 일은 고통스러웠지만, 도저히 가만히 있을 수 없었다.

그녀는 실제로 아버지가 소유했던 여섯 개의 극장 중 한 곳의 대기실에서 태어났다. 그녀가 기억하는 한 그녀 인생의 모든 것은 무대와 연결되어 있었다. 그녀는 스무 살이 되기도 전에 피네로, 배리, 쇼 같은 작가들을 만났다. 아델피 극장에서 공연을 하기도 했다. 허버트 트리** 선생님은 일이 년만 지나면 그녀는 웨스트 엔드의 관객들을 모두 사로잡을 수 있는 힘을 갖게 될 거라고 말했다. 그러나 그녀는 연극에만 무작정 몰두하는 삶은 위험하다는 사실을 진작부터 알고 있었다. 무대 바깥의 현실 세계와 접점을 만들어 두는 것이 그녀의 성격에도, 예술 세계에도 모두 중요한 일이었다. 그녀는 월터와 결혼했고, 아버지에게 물려받은 유산으로 그를 치과의사로 만드는 데 투자했다. 월터는 비현실성을 가로막는 그녀의 울타리였다. 이를 뽑는 남편만큼 현실적인 존재가 또 있겠는가?

월터가 쟁반에 샐러드와 와인 두 잔을 담은 채 응접실로 돌아왔다. 그중 한 잔을 격식을 갖춰 그녀에게 건넸다. 그는 그녀의 아버지가 가족 기도를 할 때 사용하던 높은 안락의자에 앉아 리디아를 바라보았다. 그녀는 조바심 내며 치마를 잡아당겼다.

월터가 입을 열었다.

"여보. 당신과 긴밀하게 의논하고 싶은 일이 있어."

006
☆☆☆

꽃집 문에 영업 종료를 알리는 표지판이 붙었다. 블라인드도 내렸다. 금전 수납기에 있던 돈이 금고로 옮겨졌다. 앨마는 내일 오전

● **마졸리카** _ 이탈리아의 화려한 장식용 도자기.
●● **허버트 트리** _ 셰익스피어 연극에 주력했던 영국의 배우 겸 연출가.

에 교회에서 결혼하는 신부가 들 부케를 만들며 하루의 일을 마감하는 중이었다. 머릿속이 바라노프에 대한 생각으로 꽉 차 있어 부케를 만들고 있다는 사실조차 잊어버릴 뻔했다. 손가락이 떨리는 바람에 카네이션을 철사로 묶다가 꽃봉오리 한 송이를 꺾고 말았다. 그녀는 얼른 새 꽃을 한 송이 집어 들었다.

불안하다기보다는 설레는 마음이었다. 월터가 그렇게 쉽게 자기 가게에 찾아와 엄청나게 당황했다. 마치 『사막의 램프•』에서 스텔라가 조금도 행복하지 않은 신혼여행을 하고 있을 때 갑자기 에버라드 멍크가 찾아왔던 것처럼 놀랍고도 로맨틱한 사건이었다. 월터는 그다지 많은 말을 하지 않았지만 그저 찾아왔다는 사실 하나만으로도 그녀가 알아야 할 것을 모두 알려 준 것이나 다름없었다. 그녀가 일하는 곳을 찾아올 정도로 그녀에게 관심이 있었던 것이다.

그는 이곳을 찾느라 엄청나게 고생했음이 틀림없었다. 그녀는 꽃집에서 일하고 있다는 사실을 그에게 말해 준 적이 없었으니까. 간호사가 준 서류 양식을 채울 때도 이곳에 대한 이야기는 전혀 하지 않았다. 월터는 ― 마음속에서는 이미 그를 이름으로 부르고 있었다 ― 이곳 주소를 수소문해서 나를 찾아온 거야. 그저 예약 시간을 한 번 지키지 않았을 뿐인데. 그가 나를 원한다는 사실을 이보다 더 분명하게 표현할 수 있을까? 그는 유부남이었지만 그 사실은 중요하지 않았다. 부인보다 나를 더 갈망하고 있으니까.

그녀는 으쓱한 기분이 들면서도 흥미롭기도 하고 흥분되기도

했다. 그녀는 소설 속 여자들이 느꼈던 것과 비슷한 무모한 감정에 사로잡혀 있었다. 그녀는 이런 상황이 찾아오면 운명이라고 생각하고 받아들이기로 스스로에게 약속했었다. 소설 속 여주인공을 휘황찬란하게 수식하는 말처럼, 발랄하고 생기가 넘치며 부지런하고 열렬하게 살아야지.

출발은 썩 좋지 못했다. 그가 가게에 들어왔을 때 혀가 굳어 버린 것처럼 아무 말도 하지 못했던 것이다. 자신감을 고취시킬 필요가 있었다. 자신이 월터의 삶에서 무엇보다도 중요하다는 사실을 안 이상, 신경이 과민한 여학생처럼 굴 필요는 없었다. 앨마는 보란 듯이 카운터에 두고 간 저 스크랩북을 들고 오늘 밤 그의 집에 찾아가고 싶은 강한 충동을 억제했다. 내일 점심때까지 기다렸다가 병원으로 가져가자.

대신 오늘 밤에는 스크랩북을 집으로 가져가 살펴볼 작정이었다.

007
☆☆☆

리디아는 부르고뉴 와인을 홀짝이면서 월터가 말하는 모습을 가만히 지켜보았다. 그렇게 하도록 내버려 둔 적은 극히 드물었다. 하루 종일 사람 입속이나 들여다보는 사람에게 중요한 이야기가 있을 리 없었으니까. 하지만 오늘 밤은 예외였다. 그녀는 주의 깊게 듣고 있었다.

"당신이나 나나 현대 연극이 어떤 상황인지 잘 알고 있지."

그는 샐러드에 소금을 대충 뿌리며 말했다.

"기고만장한 지방의 극장 연출가 입에서 듣지 않더라도, 요즘에는 재능이란 게 전혀 중요하지 않다는 사실을 알잖아. 최근 몇 달 동안 오디션에서 어떤 일을 겪었는지 생각해 봐. 뇌물 수수나 족벌, 학벌, 정치, 섹스, 암거래 같은 천박한 것들로 넘쳐 났잖아. 난 가끔 당신이 그 훌륭한 경험을 살려 연극 제작의 다른 분야로 진출하면 어떨까 하는 생각을 해. 적어도 미친 연극계가 제정신을 차릴 때까지는 말이야. 신기하게도 재스퍼 역시 같은 제안을 하더군."

"다른 일을 해 보라고?"

리디아는 침착한 목소리로 말했다.

"바로 그거야. 고민해 볼 가치는 있지 않을까?"

리디아는 미소를 지었다.

"여보, 나도 똑같은 생각을 했어. 이렇게 지내서야 아무런 의미가 없으니까. 배우 인생을 망치고 말 거야. 스트레스 때문에 신경도 날카로워지고 소화도 잘 안 돼. 결국에는 우리 결혼 생활에도 악영향을 끼치겠지. 당신 말이 맞아. 다시는 영국 극단에서 오디션을 보지 않겠어. 미국으로 갈 거야."

월터는 음식을 씹던 입을 멈췄다.

"미국이라고?"

"놀란 것 같네."

"당신 진심이야?"

"당연하지. 내 재능을 영화에 바칠 생각이야."

"하느님 맙소사."

"이것도 연극의 다른 분야잖아."

그녀는 자신의 결정을 공표하면서 점점 더 만족스러운 기분이 들었다. 월터의 얼굴은 창백했다.

"내가 말하려던 건 그런 게 아니야."

"생각해 봐. 괜찮은 영화들은 미국에서만 나오고 있어. 영화계에는 나 정도 경력의 여배우가 부족하다는 사실도 명백하지 않아? 메리 픽퍼드●를 봐. 그 여자가 연극계에서 한 일이 뭐가 있지? 기시 자매●●는? 시다 배라●●●는? 수백만 명의 사람들이 알고 있는 스타라고 해도, 그 사람들이 연기에 대해 대체 뭘 알겠어, 월터?"

"영화와 연극 연기는 다르지 않아? 사라 베르나르●●●●도 영화에서는 별다른 성공을 거두지 못했잖아."

"베르나르는 다 늙어서 영화를 찍었잖아."

"하지만 영화는 전혀 다른 종류의 예술이야, 리디아. 우선 소리가 없잖아. 무대에서 당신 목소리는 표현력이 굉장히 풍부하지만 영화에서는 그 목소리를 들을 수 없다고. 그런 낭비가 어디 있어?"

그가 반대하리라는 것은 예상하고 있었다. 어차피 그가 이길 리가 없었다.

● **메리 픽퍼드** _ 무성 영화 시대에 주로 활동했던 미국 출신 캐나다 영화배우.
●● **기시 자매** _ 20세기 초 미국 영화계에서 활동했던 릴리언 기시와 도로시 기시 자매를 지칭한다.
●●● **시다 배라** _ 무성 영화 시대의 섹스 심벌이었던 미국의 배우.
●●●● **사라 베르나르** _ 프랑스의 국가적인 연극배우.

"몸짓이랑 표정을 좀 더 가다듬어야지. 결심했어, 월터. 아까 전화 통화하던 말 들었지? 집을 팔 생각이야. 배편도 다 알아봤어. 가능한 한 빨리 떠나고 싶어."

그는 떨리는 손으로 쟁반을 한쪽으로 치웠다.

"그럼 나는? 내 병원은 어떻게 되는 건데?"

"내가 말하지 않았나? 당신도 나랑 함께 갔으면 좋겠어. 병원을 팔고 할리우드에서 새로 개업하는 거야. 영화배우 중에는 치과 치료를 원하는 사람이 많을걸. 얼굴이 화면에 크게 나오잖아."

그는 일어나 창가로 가서 밖을 내다보았다. 심한 충격을 받은 게 분명했다.

리디아는 동정심을 느꼈다. 그녀 또한 여러 오디션에서 받은 충격으로 고생했기 때문이다. 월터는 늘그막에 접어들면서 피신처에 숨어들었다. 편안한 일상생활에 안주해 버린 것이다. 다른 사람들의 눈에는 치과 의사라는 직업이 형언할 수 없을 정도로 따분하게 보이겠지만, 월터는 이 생활이 즐거웠다. 병원은 번창하고 있었다. 이턴 스퀘어에 개업한 병원치고는 충분한 수입을 올리지 못하고 있지만, 앞으로 일 년 정도만 지나면 재정적으로 독립할 수 있을 것이다. 이를 포기하고 미국으로 간다는 것은 커다란 희생이었다.

월터의 속내가 뻔히 들여다보였다. 그는 돌아서더니 캘리포니아에서 사는 것은 위험하다든지 하는 말을 늘어놓았다. 경쟁 영화사끼리 폭력 사태를 일으킨다더라. 폭력배들을 고용한다더라. 스튜

디오 주변에는 높은 담장을 치고 무장 경비원과 경비견이 지킨다더라는 등.

리디아는 동요하지 않았다. 그녀는 영화사가 스타 배우들에게 소홀히 대할 리 없다고 말했다.

월터는 더욱 애가 탔다. 병원 매상을 끌어 올리기 위해 기울였던 노력들이 떠올랐다. 이제껏 끌어모았던 저명인사 출신 환자들이나 훌륭한 병원 설비를 버리는 것은 미친 짓이라고 말했다.

그러자 리디아는 자기 혼자 위험한 캘리포니아로 떠날 테니 혼자 남아 있으라고 이죽거렸다. 그녀는 월터의 눈에 비친 표정을 읽고는 앞으로는 한 푼도 지원해 줄 수 없다고 덧붙였다.

그는 리디아의 배우 경력으로 화제를 바꿨다. 영국 연극계에서 그녀의 명성은 더할 나위 없이 훌륭하지만, 미국에까지 그 명성이 미치지는 않았을 거라고 못을 박았다.

리디아는 웃었다.

"자기야, 당신은 잘못 알고 있어. 지금까지 당신에게 숨겨 왔던 사실이 있는데 이제 털어놓아도 좋겠지. 사실은 할리우드에 아는 사람이 있어. 영화계에서는 모르는 사람이 없을걸. 찰리 채플린이야."

"채플린? 당신이 찰리 채플린을 안다고?"

"전쟁 전에 그가 카노 극단에 소속되어 있을 때부터 알고 지냈어. 스트레텀 엠파이어 극장 프로그램에 함께 출연했던 적도 있고. 당시는 아빠가 엠파이어 극장을 갖고 계실 때였는데, 그때 난 아직 진지하게 배우가 되리라는 생각은 하지 않았었어. 나는 양키 두들 걸스라는 군무 합창단원이었고, 찰리는 〈노래하지 않는 새•〉의 우스꽝스러운 주정뱅이 역할이었어. 그는 당시 기껏해야 열여덟 살이었을 거야. 여자애들 쫓아다니느라 정신이 없었지. 무대 가장자리에서 우리들을 훔쳐보곤 했어. 컵받침 같은 눈에다 코는 빨개가지고 흰 나비넥타이에 연미복을 입고 서 있는 모습이 얼마나 웃겼는지, 다들 깔깔댔다니까. 어느 날 밤에는 너무 웃다가 무대에서 미끄러져서 요란하게 엉덩방아를 찧었지 뭐야. 내 친구 헤티 켈리가 찰리에게 윙크를 하니까, 대책 없이 헤티에게 반해 버리더라고. 아직 열다섯 살밖에 안 된 애한테 프로포즈를 하더라니까. 아, 그래. 찰리라면 아주 잘 알고 있어. 스크랩북에 다 나와 있다고. 어서 가서 가져와. 보여 줄 테니까."

월터는 와인을 찾아 두리번거렸다.

"한 잔 더 어때? 〈어깨, 총〉에서 채플린의 연기는 참 좋았지. 난 그 영화를 스코틀랜드에서 봤어. 당신도 본 적 있어?"

그녀는 와인 잔 위에 손을 올려놓았다.

"우선 스크랩북에 있는 단평을 보여 주고 싶은데."

"아버지께서 미국에 계셨었잖아. 사고가 난 것도 미국에서였고. 채플린을 만나 보신 적이 있을까?"

"월터, 내 스크랩북이 어떻게 됐는지 말해 봐."

그는 헛기침을 했다.

"사실은 잘 모르겠어. 분명 받아 오긴 했는데, 집에 와 보니 없더라고."

"그게 무슨 소리야? 설마 잃어버린 거야?"

"어디에 두고 왔나 봐. 택시에 두고 내렸나? 졍말 미안해, 여보."

그녀는 의자에서 일어났다. 그를 경멸하듯 노려보았다. 그리고는 조용한 목소리로 말했다.

"그 스크랩북은 내가 갖고 있는 물건 중 가장 소중한 거야. 얼마를 준대도 바꿀 수 없어."

리디아는 응접실을 뛰쳐나가더니 복도에서 그가 사 온 장미를 집어 들어 바닥에 내동댕이쳤다. 그녀는 위층의 자기 방으로 올라가 문을 걸어 잠갔다. 그러고는 이내 침대에 쓰러져 울기 시작했다.

잠시 후 그녀는 담배를 피웠다. 뒷문에서 요리사가 퇴근하는 소리가 들렸다. 실비아가 다락방으로 올라가는 소리도 들렸다.

방문에서 가벼운 노크 소리가 나더니, 월터의 목소리가 들렸다.

"자고 있어, 리디아?"

그녀는 대답하지 않았다. 그에게 할 말은 아두것도 없었다.

그가 손잡이를 돌리더니 문이 잠겼다는 사실을 알아차리는 모습이 소리로 느껴졌다.

"리디아, 여보, 나야."

그녀는 딱 잘라 말했다.

"저리 가."

● **노래하지 않는 새** _ 영국의 뮤지컬 감독 프레드 카노가 제작한 뮤지컬.

"어디에 두고 왔는지 방금 기억났어. 장미를 보니까 생각나지 뭐야. 장미를 샀던 꽃집에 두고 왔어. 장미색을 고르려고 스크랩북을 카운터 위에 놓아뒀거든. 밖에 택시를 대기시켜 뒀는데 계속해서 경적을 울리기에 마음이 급해져서 깜빡 잊고 두고 나왔어. 내일 찾아올게. 가게가 리치먼드 역 근처야. 리디아, 듣고 있어? 내일 오전 중에 찾아온다니까."

"아니, 됐어."

"뭐라고?"

"더 이상 당신을 믿을 수가 없어. 내가 직접 갈 거야. 거기 있으면 다행이겠지."

"하지만 그 가게 점원은 당신을 모르는데."

"바보 아냐? 스크랩북에는 내 사진 천지라고."

잠시 침묵이 흘렀다.

"다른 이야기인데, 미국 가는 거 말이야. 우리 조금 더 생각을 해 본 다음에 다시 이야기하자."

"더 이상 이야기할 것 없어. 이미 결정했으니까. 난 갈 거야, 월터. 당신은 당신 마음대로 해."

008

포피는 칙샌드 스트리트에 있는 구멍가게 우 층의 가정집에 살면서 매트리스를 동생 로즈와 함께 썼다. 이 집 딸들은 모두 꽃 이름을 따서 이름을 지었다. 로즈는 일곱 살이었다. 그녀는 새벽같이 일어나 아래층으로 내려가 우유 배달부들이 말을 짐차에 매는 모습을 즐겨 보았다. 그때가 포피가 팔다리를 활짝 펴고 침대 한가운데를 차지할 수 있는 유일한 기회였다. 로즈의 활기찬 무릎이나 팔꿈치로부터 안전하게 깊은 잠에 빠져들 수 있었던 것이다. 일요일을 제외하면 오전 11시까지 자는 것이 그녀의 일상이었다. 늦잠 자는 데에는 아무런 양심의 가책도 없었다. 그녀가 거리에서 벌어 오는 돈으로 온 식구가 생계를 꾸렸으니까.

이날 월요일 오전에는 로즈가 담요를 잡아당기는 바람에 깜짝 놀라 잠에서 깨어났다. 오전 9시를 갓 지났을 때였다.

"언니, 일어나."

"좀 내버려 둬. 안 그러면 죽여 버린다."

"아래층에 어떤 남자가 언니를 만나러 왔는데?"

"무슨 남자?"

그녀는 침대에서 일어나 욕설을 뱉으며 발을 끌고 계단으로 가 아래를 내려다보았다.

"그 인간이네!"

그녀는 재빨리 시선이 닿지 않는 곳으로 몸을 숨기고 어젯밤에 입고 잤던 셔츠 단추를 신경질적으로 채우기 시작했다.

"아이고, 맙소사."

"무슨 일인데?"

로즈가 흥미를 보이며 물었다.

"금방 나간다고 전해 줘."

그녀는 이렇게 말하고는 옷을 찾으러 갔다. 전날 있었던 일을 잊고 있었다. 시장에서 그녀를 함정에 빠뜨린 남자는 '사업'에 대해서는 아무에게도 이야기하지 말라며 알쏭달쏭한 경고를 했다. 포피는 어젯밤 흑맥주를 엄청나게 마시고 그 일을 잊어버린 터였다. 그래서 오늘 아침에는 죽을 것만 같았다. 어쨌거나 저 남자는 수상했다. 어쩌면 가까스로 위기를 모면했는지도 몰랐다.

그러나 그는 아무 짓도 하지 않았다. 그러고는 오늘 아침 약속한 대로 포피를 비싼 드레스 가게에 데리고 가려고 여기 나타난 것이었다.

포피는 로즈의 등 뒤에 대고 소리쳤다.

"차라도 대접해 줘."

그러고는 셔츠를 벗고 어떤 옷을 입을지 고민했다.

그녀가 내려가자 그는 아버지의 의자에 앉아 있었다. 커다란 푸른색 눈에 잘 빗어 넘긴 금갈색 머리카락을 보니 꽤 괜찮게 생긴 사람이었다. 조사하는 듯한 그의 시선에도 포피는 아랑곳하지 않았다. 사보이 호텔에도 입고 갔다고 주장하는 중고 크레이프 마로캥 드레스를 입고 있었기 때문이다. 그녀는 이 옷을 시장에서 중고로 사서 약간 수선했다. 재봉에는 자신이 있었다. 푸른색이 좀 바래긴 했지만 지금이 몸에는 더 잘 맞았다.

"속에 뭘 입었어?"

정말로 이상한 놈이야. 그녀는 멸시를 담아 그를 노려보면서 자신의 잔에 차를 따랐다.

"치수를 재려면 옷을 벗어야 하기 때문에 물어본 거야."

거기까지는 생각하지 못했다. 그녀는 방으로 돌아가 속옷을 찾아보았다.

집을 나선 그녀는 택시가 대기하고 있지 않아 실망했다. 그러나 택시는 옆 거리 모퉁이 부근에서 기다리고 있었다. 그녀가 웃자 남자는 뭐가 우스우냐고 물었다. 그녀는 거리에서 배운 〈찾기 힘든 핌퍼넬〉이라는 노래를 흥얼거렸다.

그는 재미있어하는 것 같지 않았다.

"내 이름은 잭이야."

택시는 얼마 가지 않아 멈췄다. 포피는 밖을 내다보았다. 그 순간 잭은 무언가를 그녀의 손에 쥐어 주었다. 라벤더 향 비누였다. 택시가 멈춘 곳은 올게이트 하이 스트리트에 있는 대중목욕탕 앞이었다.

"정말 짜증 나네."

그녀는 이렇게 내뱉었지만 우아한 드레스 가게를 떠올리고는 오래 걸리지 않을 거라고 말했다.

겨우 본드 스트리트에 도착하자 그녀는 잭의 선견지명에 감사했다. 아름다운 금박 의자에 앉아 눈앞에 펼쳐지는 갖가지 천을 감상하는 호사를 누린 후, 몸 치수를 재러 들어갔다. 잭이 없는 곳에서는 그녀에 대한 태도가 달라질 거라고 생각했었지만, 점원들은 여전히 그녀를 마담이라고 부르면서 입고 온 드레스를 벗는 것을 도와주고 벗은 옷이 파리에서 맞춘 최신 유행 드레스라도 되는 양 푹신한 옷걸이에 걸어 주었다. 치수를 재는 사람은 세 명이었다. 한 사람은 포피의 외모와 몸매에 대해 칭찬을 늘어놓으며 그녀의 말 상대가 되어 주었다. 다른 사람은 줄자로 치수를 쟀다. 세 번째 사람은 치수를 기록했다. 포피는 말을 거의 하지 않았다. 그녀가 고른 천은 완성을 기다리다가 목이 빠질 정도로 아름다운 황금빛 크레이프 드 신 원단이었다. 재봉사는 수요일 오후에 가봉하러 오라고 했다.

드레스는 금요일에 완성되었다. 이번에는 점원들도 사실대로 말했다. 정말 아름다우세요, 마담.

흰 종이로 포장한 드레스를 검정색과 은색으로 치장된 상자 속에 넣고 가게를 나서자 잭이 말했다.

"이번에는 구두와 스타킹을 사야지. 그다음에는 내 아파트로 가자고."

포피는 어렸지만 세상 물정 모르는 아이는 아니었다. 남자가 여자를 집에 초대한다는 게 어떤 의미인지는 알고 있었다. 잭의 이러한 환대 뒤에는 무엇이 숨어 있을지 진작부터 의심하고 있었다. 하지만 옷상자를 팔에 끼고 그와 함께 리젠트 스트리트를 걷고 있자니, 새삼 만족스러운 기분이 들었다. 아무도 나더러 값싼 여자라는 말은 하지 못할 테지.

게다가 그는 상당히 잘생긴 남자였다.

잭이 그녀를 데리고 간 곳은 하이드 파크가 내려다보이는 조지 왕조풍의 저택이었다. 벽에는 은색과 흰색이 섞인 벽지가 발려 있었다. 광택이 나는 중국식 캐비닛과 동양풍 깔개도 있었다. 벽난로 옆에는 킹 찰스 스패니얼을 안은 여자가 서 있었다. 그녀는 주름을 잡은 실크 드레스를 입고 있었고, 어깨에는 향내 제비꽃 다발이 달려 있었다. 우아해 보이는 여자였다.

"포피, 이쪽은 케이트야."

잭은 활짝 웃으며 덧붙였다.

"나의 사랑하는 아내야."

"당신이 그 소매치기로군요. 그런 일을 할 사람으로는 보이지 않는데."

케이트의 목소리는 외모에는 미치지 못했다.

"그래서 더욱 적임자라고 했잖아."

잭은 디캔터를 들고 말했다.

"진에 뭘 섞어 줄까, 포피?"

킹 찰스 스패니얼

스패니얼의 한 종류로

17세기 영국의 찰스 2세가

이 품종을 좋아해서 이런 이름이 붙었다.

"아무것도 타지 말고 줘. 고마워."

"그래선 안 돼요. 토닉을 타서 마셔 보라고 허, 잭."

케이트가 단호하게 말했다.

포피는 잔을 받아 마셔 보다가 재채기를 하고 말았다.

"이래서는 상류 계급 사람처럼 보이지 않겠는데. 내게 그걸 기대했다면 말이지."

"그 자체로 완벽해."

잭은 이어서 케이트에게 고개를 끄덕였다.

"드레스를 입혀 놓으면 엄청나게 멋지다고."

케이트가 드레스를 입어 보라고 하자, 포피는 드레스를 꺼내 몸에 대 보았다.

"대담한 디자인이네. 당신이 직접 골랐나요?"

포피는 이 질문을 무시하기로 결정했다. 케이트가 질투하고 있다는 것이 느껴졌는데, 그 이유는 알 수 있을 것 같았다. 그녀는 드레스를 상자에 넣고 말했다.

"나한테 무슨 일을 시키려는지 말해 주지 않을 거야?"

"지금 알려 주지."

잭이 대답했다.

"한 장 뽑아 봐."

그는 어디서 꺼냈는지는 알 수 없지만, 완벽한 부채꼴 모양으로 펼친 카드를 한 벌 들고 있었다.

포피는 카드를 한 장 골랐다.

"뭘 뽑았는지 말할까?"

잭이 고개를 끄덕였다.

"하트 7이야."

잭은 카드를 모아 섞었다.

"여기에 올려놔."

그녀는 잭이 카드 위에 다른 카드 뭉치를 올려놓는 모습을 바라보았다. 그는 몇 번이나 카드를 섞었다.

"이제 네 카드를 찾을 수 있겠어?"

"맨 위?"

그는 고개를 흔들었다.

"당신은 속았어요. 그 안에 당신 카드는 없어요."

케이트가 말했다.

포피는 카드를 전부 들고 하트 7을 찾아보았다. 천천히 카드를 살펴보았다. 그러나 그중에 하트 7은 없었다.

"굉장한 마술이네. 당신 마술사야?"

"아니."

그는 카드를 집어 들고 다시 부채꼴 모양으로 펼쳤다.

"아무거나 하나 골라."

그녀가 뽑은 카드를 보자 하트 7이었다.

"굉장한데."

"이 사람 왼손을 봐요. 손바닥에 숨기고 있어요."

케이트는 따분해하는 목소리로 말했다.

"잘 봐."

잭은 유리 테이블 위에 카드를 다섯 장씩 두 벌로 나누었다.

"네 카드를 봐."

그녀의 카드는 클로버 8, 9, 10, 잭, 퀸이었다.

"방금 네게 스트레이트 플러시를 줬어. 그 패라면 뭐라도 걸어 보지그래, 새 드레스라도? 아니, 그러지 않는 게 좋아. 내 패는 로열 스트레이트 플러시거든."

그가 카드를 뒤집자 다이아몬드 에이스, 킹, 퀸, 잭, 10이 차례로 모습을 드러냈다.

"난 마술사가 아냐. 몇 가지 트릭을 아는 정도지. 사람들을 즐겁게 해 주려는 게 아냐. 나는 카드로 먹고살고 케이트도 마찬가지야. 이 일이 얼마나 쉬운 돈벌이인지 모르지?"

"오, 안 돼."

포피는 당황해서 말했다.

"뭐가 문제야?"

"내 도움이 필요해서 저 드레스를 사 준 거지?"

"맞아."

"잭, 엉뚱한 사람을 골랐어. 때려죽인다고 해도 난 카드는 칠 줄 모른단 말이야."

009

이날 아침, 리치먼드 역 옆에 있는 꽃집에서는 폭력 사건이 일어났다. 문을 연 지 몇 분 후 비취색 벨벳 모자를 쓰고 검정색 비버털 코트를 입은 여자가 가게 안으로 들어섰다. 앨마는 창가에 둘 꽃을 고르고 있었다. 어제 사진을 봤기 때문에 그녀가 리디아 바라노프라는 사실을 알아차렸다. 그 얼굴에는 〈트릴비•〉에 캐스팅되어 로열 윈저 극장에 섰을 때의 소녀 같은 부드러움도, 〈하버 라이트〉에서 맡았던 도라 베인의 연약함도 찾아볼 수 없었다. 그래도 우아한 이목구비와 자신만만한 표정은 여전히 그대로여서, 배우라는 점은 숨길 수가 없었다.

전날 밤 잠자리에서 앨마는 천천히 스크랩북을 넘겨 보았다. 젊은 시절 월터의 결혼식 사진이나 군복을 차려 입은 그의 모습을 보고 싶었지만 이내 실망하고 말았다. 스크랩북은 리디아의 배우 활동 기록뿐이었으며, 그중 대부분은 전쟁 전 기록이었다. 그녀는 오늘 아침 캔버스 천으로 된 쇼핑백에 스크랩북을 넣고, 비가 올 것을 대비하여 털실로 짠 스카프까지 덮어 가져왔다. 지금 쇼핑백은 그녀 뒤쪽 벽걸이에 걸려 있었다.

앨마는 손님들의, 특히 여자 손님들의 무례한 태도에 익숙해져 있었다. 그들에게 그녀는 여점원일 뿐이다. 그녀에게 있어 손님이란, 꽃향기를 맡으려 코를 벌름거리면서 그녀 쪽은 흘끗 쳐다보지도 않고 가격이나 묻는 사람이었다. 다른 손님을 맞이하러 자리를 비우면 장갑을 낀 손가락으로 카운터를 두드리거나 하는 사람이었다. 직접 꽃을 골라 놓고는 좀 더 싱싱한 것으로 바꿔 달라고 항의하는 사람이었다. 그러나 그녀는 리디아 바라노프 같은 사람에게는 대비할 수 없었다.

앨마는 점심시간을 틈타 스크랩북을 가지고 병원에 찾아가려고 마음먹고 있었다. 월터에게 직접 건네줄 작정이었다.

그래서 리디아가 휘몰아치듯 들어와 스크랩북을 달라고 요구했을 때, 그녀는 주저했던 것이다.

"무슨 책 말씀이신가요, 부인?"

"감히 나한테 그딴 식으로 나와?"

"죄송합니다, 부인. 하지만 전에 뵌 기억이 없는데요."

리디아는 마치 바보 천치에게 말하듯이 입을 열었다.

"어젯밤에 내 남편 바라노프가 여기 놓고 갔잖아."

앨마는 이쯤에서 돌려주어야겠다고 생각했다. 스크랩북을 꺼내려 몸을 돌렸다. 순간 스크랩북이 왜 그녀의 쇼핑백에 들어 있는지 설명해야 한다는 사실을 깨닫고 불안감에 휩싸였다. 그녀는 바라노프 씨의 병원으로 직접 가져다줄 생각으로 쇼핑백에 넣어 두었다고 말하려 했다. 순간 리디아가 그녀를 잡아챘다.

"거기 뭐가 들어 있는 거야? 대체 왜 내 스크랩북이 네 쇼핑백에 있지?"

● **트릴비** _ 프랑스 출신의 영국 작가 조르주 듀 모리에의 동명의 소설을 각색한 작품.

그녀는 대답을 기다리지도 않고 앨마의 손에서 쇼핑백을 빼앗아 스크랩북을 잡아 빼고는 쇼핑백과 스카프를 가게 저편으로 던져버렸다. 창가에 놓여 있던 글라디올러스 화병이 엎질러졌다. 바닥에는 물줄기가 흘렀다. 리디아는 그런 모습에도 전혀 개의치 않았다. 그녀는 꽃병을 세우러 나온 앨마를 붙잡았다. 블라우스 옷깃을 틀어쥐고 카운터에 밀어붙였다.

"네가 무슨 짓을 했는지 뻔하지. 내 스크랩북을 집에 가져가서 다 봤잖아. 그건 폭력이야. 프라이버시 침해라고. 이런 역겨운 짓은 절대 용납할 수 없어."

그녀는 앨마의 뺨을 세게 후려쳤다.

주인인 맥스웰 부인이 가게에 나온 오전 10시 15분쯤에는 글라디올러스 꽃병은 다시 창문 옆 제자리에 정리되어 있었다. 바닥도 걸레로 깨끗이 닦은 후였다. 그녀는 앨마를 칭찬했다. 아침에 몇 분만 시간을 들여 물걸레질을 하면 하루 종일 가게가 깨끗하기 때문이다. 청소는 언제나 보람이 있었다. 맥스웰 부인은 앨마를 쳐다보다가 그녀의 뺨이 붉게 물든 것을 알아차렸다. 그녀는 앨마가 수줍음을 타서 얼굴을 붉혔다고 생각했다. 종업원들에게 해 주는 칭찬이야말로 최고의 보너스라는 것이 맥스웰 부인의 오랜 신조였다.

앨마는 아무 말도 하지 않았다. 리디아 바라노프와의 사건에 대해서는 입을 다물고 있기로 결심했다. 굴욕을 겪고 폭행까지 당했지만, 다른 사람의 동정 따위는 필요하지 않았다. 리디아가 뺨을 때리고 스크랩북을 가지고 가게를 떠난 후 시간이 조금 흐르자, 그녀는 불쾌하다고는 할 수 없는 감정을 느꼈다. 모서 혈관이 확장되어 피가 한쪽 뺨으로 쏠렸다. 홍조가 주는 자극으로 인하여 따끔거리는 아픔도 잦아들었다. 앨마는 리디아가 남편의 사랑을 잃고 자포자기한 여자라고 결론을 내렸다.

가게에 손님이 없을 때면 앨마는 뒤쪽 방에서 화분이나 화환을 만들어야 했다. 점심 무렵에는 호랑가시나무를 철사로 묶어 장례식에서 쓸 십자가를 만들고 있었다. 귀에 익은 목소리가 들렸다. 월터 바라노프가 맥스웰 부인과 가게 앞에서 이야기를 나누고 있었다. 앨마는 숨을 죽이고 기다렸다. 맥스웰 부인이 문틈으로 얼굴을 내밀더니, 어떤 신사가 앨마를 개인적인 용무로 만나고 싶어 한다는 말을 전해 주었다. 부인의 목소리에는 불신감이 서려 있었다. 그녀는 앨마의 점심시간을 앞당겨 주었다.

믿기지 않게도, 몇 분 후 그녀는 월터와 함께 햇살이 내리쬐는 리치먼드 그린을 걷고 있었다. 그녀는 꿈이 아니라고 확신하기 위해 익숙한 사물들에게 시선을 보냈다. 크리켓 경기장에 모여 있는 비둘기, 줄지어 서 있는 느릅나무, 극장의 초록색 지붕, 커다란 조지 왕조풍 건물 사이로 난 골목길 같은 것들을 바라보았다.

월터에 목소리에는 굉장히 걱정하는 빛이 엿보였다. 뺨과 목 근육은 팽팽하게 긴장해 있었고, 평상시에는 떡 벌어진 어깨도 조금 굽어 보였다. 그럼에도 그는 품위를 잃지 않았다. 다른 사람의 잘못을 대신 짊어지고 사과하려는 모습이 앨마에게는 더욱 매력적으로 보였다.

"가능한 한 서둘러 왔습니다. 리디아가, 그러니까 내 아내가 병원에 전화를 걸었습니다. 당신을 때렸다고 하더군요. 정말인가요?"

그녀는 최대한 침착하게 대답했다.

"부인께서 굉장히 화가 나셨나 봐요. 제 쇼핑백에 스크랩북이 들어 있는 걸 보셨거든요. 제가 그걸 집에 가져가서 봤다고 생각하셨을 거예요."

"사정이 그렇다고 해도…… 당신 뺨을 때리지 말았어야 했습니다."

월터는 앨마를 똑바로 마주 보면서 걱정하는 듯한 손짓으로 팔을 어루만지려 했다.

"괜찮습니까?"

"문제없어요. 아픈 것보다 놀랐어요. 사실은, 수치스러웠죠."

"옷이 상하지는 않았습니까? 물도 쏟아졌다고 하던데요."

"다른 피해는 없었어요. 다른 사람들에게 말하지도 않았고요."

"그렇게까지 해 주시다니 어떻게 감사드려야 할지 모르겠습니다, 웹스터 씨."

그녀는 여성만의 갑작스러운 무모함을 발휘하여 입을 열었다.

"앨마라고 부르셔도 좋아요."

그가 반쯤 눈을 돌린 순간 두 사람의 눈이 마주쳤다. 이제까지

한결같았던 그의 태도가 흔들린 것으로 보아 많이 놀란 것 같았다. 그녀에게 흥미를 느낀 것이 분명했다. 그는 다시 예전의 태도를 고수하려는 듯 재빨리 두 손을 모았다.

"저기, 그러니까…… 앨마…… 이 불쾌한 일이 왜 발생했는지 해명하고 싶습니다. 그게 최소한의 예의인 듯하군요."

"그럴 필요 없어요."

"꼭 그렇게 하고 싶습니다. 저녁 식사를 함께 할 기회를 주시겠습니까? 내일 밤 괜찮으신가요? 근처에 괜찮은 프랑스 레스토랑이 있습니다. 조용한 곳이니까 편하게 이야기를 나눌 수 있습니다."

그녀의 심장이 미친 듯이 달음박질쳤지만, 그럼에도 평정심을 유지하고 제안을 받아들일 수 있었다. 집 주소를 알려 주자 그는 데리러 가겠다고 약속했다. 이제 그의 눈에 생기가 돌아왔고 좀 더 쾌활해 보였다. 그는 모자를 살짝 들어 올려 인사를 하고 역 쪽으로 성큼성큼 걸어갔다.

앨마는 책으로밖에 접해 보지 못했던 형언할 수 없는 기쁨에 젖어, 떨리는 흥분에 소리 지르고 싶은 심정으로 쉬지 않고 공원을 걸어 다녔다. 뺨 한 대 맞은 값치고는 굉장하잖아! 사랑하는 남자에게 저녁 식사 초대를 받은 것이다. 그가 유부남이라는 사실은 그녀의 승리를 빛나게 할 뿐이었다. 부정한 짓은 하나도 하지 않았으니까. 앞으로 무슨 일이 일어나든 리디아가 예의를 저버린 대가로 치러야 할 값일 뿐이었다.

앨마는 콧노래를 흥얼거리며 듀크 스트리트에 있는 미용실로 가서 예약을 했다. 그녀가 가게로 돌아오자 맥스웰 부인은 종업원이 남자를 가게로 불러들이는 것은 탐탁지 않다고 말했다. 앨마는 다시는 그런 일이 없을 거라고 차분히 대답했다.

010
☆☆☆

다음 날 저녁 7시 30분, 월터가 집으로 찾아왔다. 앨마는 가정부 브리짓에게 그를 맞이할 때까지 있어 달라고 부탁했다. 그녀가 화장대 앞에 앉아 있으니 아래층에서 목소리가 들렸다. 그녀는 목에 향수를 뿌리고 가볍게 두드렸다. 그러고는 자리에서 일어나 입고 있던 크레이프 샤르뫼즈 드레스의 옷매무새를 가다듬었다. 손가락으로 짙은 호박색 목걸이 위치도 매만졌다. 준비는 끝났다. 이날 저녁은 그녀의 인생에서 가장 중요한 순간이었기에, 평정심을 유지하려고 노력했다. 이런 침착함이야말로 월터가 미처 몰랐던 여성의 매력이겠지.

그녀는 케이프를 어깨에 걸치고 아래층으로 내려가 그를 맞았다. 브리짓은 월터에게 색이 연하고 단맛이 덜한 셰리주를 따라 주었다. 월터는 신중하게 의도적으로 격식을 갖췄다. 그는 앨마에게 한 걸음 다가와 고개를 숙이고는 그녀를 "웹스터 씨"라고 불렀다.

이날 저녁 그의 옅은 푸른색 눈은 더욱 음영이 짙어 보였다. 야회복에 흰 넥타이를 매고 있으니 피아니스트나 외교관이라고 해도 좋을 정도였다. 금으로 된 커프스 버튼에는 루비가 하나씩 박혀 있었다.

그는 리치먼드 힐에서 불과 사십오 미터 떨어진 곳에 있는 블랙 그레이프라는 가게에 예약을 해 두었다. 그곳은 매일 아침 그녀가 지나갈 때마다 셔터가 내려져 있었다. 그러다가 저녁이 되어 퇴근할 때가 되면 테이블마다 촛불이 켜져 있었고 은으로 된 소금과 후추 단지와 수련 모양으로 접은 붉은색 냅킨이 보였다. 그녀가 이곳에 들어온 것은 처음이었다.

구석 자리로 안내받은 두 사람이 앉을 수 있도록 종업원이 테이블을 조금 빼 주었다. 그들이 앉은 후 종업원이 테이블을 도로 제자리로 돌려놓아 무릎이 가려지자, 앨마는 마치 한 침대 속에 있는 것 같다는 지나친 생각을 했다. 두 사람은 메뉴판을 받아 들었다. 그녀는 프랑스어를 알고 있었지만 월터의 설명을 잠자코 듣고 있었다. 그는 종업원의 이름을 물어본 다음, 주방장에게 가서 앨마 웹스터와 월터 바라노프가 오늘 밤 저녁 식사를 하러 레스토랑을 방문했다는 사실을 전하도록 했다.

"여기 사람들은 저를 모를 텐데요."

종업원이 주문을 받고 물러나자 앨마가 속삭였다.

"이제 알게 될 겁니다."

월터는 목소리를 낮추지도 않은 채 말했다.

"저에 대해서도 모를 테지만, 앞으로는 알아 두는 게 좋을 거라고 생각할 겁니다. 이게 일류 레스토랑 서비스를 하는 곳과 그렇게 하지 못하는 곳의 차이입니다. 그런데 앨마, 당신의 세심한 마음 씀씀이에 감사해야겠군요."

그녀는 살짝 눈살을 찌푸렸다.

"무슨 말씀이시죠?"

그는 꽤 엄격한 표정으로 말했다.

"부정할 생각은 말아요, 아가씨. 메뉴판을 쉽게 읽을 수 있지 않습니까?"

앨마는 잘못을 저지른 아이처럼 얼굴을 붉혔다. 그녀는 그의 노련한 태도가 좋았다. 마치 『독수리의 길』에 나오는 한 장면 같았다.

"왜 그렇게 짐작하셨죠?"

"짐작한 게 아닙니다. 당신의 눈을 봤으니까요. 전쟁 전에 저는 극장에서 독심술 공연을 하면서 겨우 먹고살았습니다. 독심술은 열에 아홉은 속임수지만, 훈련을 계속하다 보면 관찰을 통해 꽤 정확한 사실을 알아낼 수 있습니다. 예를 들어, 지금 누가 우리 이야기를 하고 있다는 걸 아시겠어요?"

"예?"

종업원이 다가와 그녀의 등 뒤에서 말했다.

"지배인님이 잘 부탁드린답니다, 바라노프 씨. 동행하신 숙녀분과 당신께 샴페인 한 잔씩 드리고 싶다고 합니다."

"기꺼이 받도록 하죠. 고맙다고 전해 줘요."

월터는 앨마를 향해 말했다.

"봤죠?"

"정말 대단해요."

"사람들의 눈을 잘 보고 어떻게 반응하는지 관찰한 다음 내가 무슨 말을 할까 예상하는지도 파악하면, 상대가 말하려 들지 않는 내용까지 알아낼 수 있습니다."

앨마는 웃었다.

"앞으로 더 조심해야겠는데요."

"걱정하실 필요는 없습니다. 그다지 대단한 능력은 아니니까요. 그렇지 않다면 지금쯤 포커 선수가 되어서 팔자를 고쳤을 겁니다."

"어떻게 독심술사가 되셨나요?"

"균형 감각이 전혀 없었거든요. 전 아버지처럼 외줄타기를 할 수 없었죠. 외발자전거도 못 타고 저글링이나 칼 던지기에서 소질이 없었습니다. 아시겠지만. 극단에 소속되어 생활하다 보면 예능인의 자식들도 대부분 예능인의 길로 접어들게 됩니다. 다른 일을 배울 기회가 거의 없으니까요. 저는 여덟 살 때 마술사의 플랜트plant 역할을 했죠."

"플랜트라고요?"

월터의 눈이 반짝였다.

"제라늄 같은 식물을 말하는 게 아닙니다. 플랜트란 관객인 척

객석에 앉아 있는 조수 같은 겁니다. 어린아이가 재킷 속에 토끼 한 마리와 비둘기 두 마리를 숨기고 꼼짝 않고 앉아 있기란 보통 힘든 일이 아닙니다. 이 년 정도 그 일을 계속하다가 쓸 만한 나이가 되자 독심술사의 제자가 되었죠. 그때도 플랜트 역할이었지만요."

"이번에도 제라늄은 아니었을 테죠?"

"그보다는 물망초에 가깝겠군요."

월터는 그녀의 웃음에 답하듯 말했다.

"예전보다는 적성에 맞는 편이어서, 열일곱 살 때 처음으로 직접 독심술 쇼를 하게 되었습니다. 놀라운 천리안, 독심술사 월터 바라노프가 등장했죠."

"굉장했겠는데요."

"제 기량이 그랬으면 좋았을 텐데요. 앨마, 고백하건대 무대에서는 잘 안 되더군요. 관객 앞에만 나서면 뭔가 사달이 나곤 했습니다. 무대 공포증 때문은 아니었습니다. 정반대에 가까웠죠. 지나치게 자신감이 넘쳐 일을 그르쳤으니까요. 정해진 말을 하는 대신 즉흥적으로 대사를 지어내곤 했습니다. 그 때문에 쇼의 핵심이 되는 기계적인 트릭을 열에 아홉은 망치기 일쑤였어요. 훌륭한 연기자들은 무대에 오르기 전에 바싹 긴장을 합니다. 저는 그런 사람이 못 됐죠."

"말씀하신 것만큼 나쁘지 않았다는 거 알아요."

"아뇨, 정말 끔찍했습니다. 몇 년 동안 그 일을 계속했는데, 순전히 아버지의 부탁을 받은 극장 지배인들의 배려 덕택이었죠. 그러다가 리디아를 만났습니다. 아시다시피 리디아의 아버지는 스트레텀 엠파이어 극장을 소유하고 있었죠. 당시 리디아는 전업 배우가 되기 전이어서, 장난삼아 제 조수로 참여하게 된 겁니다. 일주일도 못 돼서 그녀는 제 쇼를 완전히 바꿔 놓았어요. 상상도 못할 성공을 거두었다니까요."

월터의 눈이 반짝이고 있었다. 그는 과거를 회상하며 미소를 띠고 고개를 흔들었다.

앨마는 질투심이 솟아났지만 강하게 억눌렀다.

"정확히 어떻게 바꿔 놓았는데요?"

"드라마가 필요하다고 생각한 그녀는 공연중 관객석에 앉아 있다가 제 능력을 의심하는 척했어요. 제 기술은 속임수라고 사람들에게 선언했죠. 자리를 박차고 통로를 걸어와 무대에 올라서 제 트릭을 폭로하려고 했습니다. 그때 관객들이 환호하는 장면을 보셨어야 하는 건데요. 처음에 제가 투시 능력을 시험해 보려다 실패하자, 관객들은 죄다 일어나 그녀에게 박수갈채를 보냈습니다. 그러다가 다음에 한 시도가 성공하자 사람들은 쥐 죽은 듯 고요해졌죠. 대단한 드라마였어요. 리디아의 반응은 너무나 훌륭해서 최고의 멜로드라마 주인공도 저리 가라 할 정도였죠. 그녀가 믿을 수 없다는 듯이 눈을 휘둥그렇게 뜨기만 해도 저는 연기에 집중해서 거창하게 마무리할 수 있었습니다. 마지막에는 장내가 떠나갈 정도로 환호성이 들렸죠."

"그래서 리디아랑 결혼하셨나요?"

월터는 몽상에서 깨어났다.

"여러 가지 일들이 있었죠."

앨마는 지나치게 관심이 동하는 것을 느끼고, 내색하지 않으려 하면서 다음에 이어질 말을 기다렸다.

"리디아랑은 엠파이어 극장에서 일주일 동안 함께 공연을 한 후 헤어졌어요. 그녀가 본격적으로 배우 일을 시작했으니까요. 그래서 저는 그녀 없이 별 볼일 없는 독심술 공연을 계속했습니다. 기운 빠지는 일이었지만, 입에 풀칠은 해야 했고 달리 할 줄 아는 일도 없었으니까요. 그 무렵 리디아의 아버지께서 돌아가시면서 그녀에게 상당한 재산을 물려주셨어요. 극장이 네 채에 음악 공연장도 두 채나 됐으니까요. 그녀는 배우 일로 바빠서 경영은 벅찬 일이었지만, 그래도 꺾이지 않고 운영해 나갔습니다. 그러다가 리디아는 저를 떠올렸고, 우리는 캔터베리 성당에서 결혼했습니다."

월터는 웃었다.

"제가 그렇게 형편없어 보였나 봅니다. 리디아에게 설득당해 공연을 때려치우고 그녀와 결혼했으니까요. 그녀는 제가 치과 의사가 되기 위해 공부하는 동안 교육비를 댔죠. 그녀가 말하기를, 세상에는 독심술사보다는 치과 의사가 더 필요하다나요."

앨마는 감정을 억누를 수 없었다.

"이런 말씀드리는 건 실례일 테지만, 두 분의 결혼이 마치 거래라고 말씀하시는 것 같아요."

그는 송아지 고기에 후추를 쳤다.

"예, 거래라는 말이 정확할 겁니다."

두 사람 사이에 침묵이 흘렀다. 앨마는 더 이상 그를 몰아붙일 엄두가 나지 않았지만, 마음만은 쉬지 않고 내달리고 있었다.

마침내 월터가 입을 열었다.

"리디아의 돈이 탐나서 결혼했다고 생각하실 수도 있겠군요."

"절대 아니에요. 분명 서로 사랑하고 계시잖아요."

그녀의 얼굴이 붉게 물들었다.

"사랑이요? 저는 종종 사랑이란 과연 무엇인지 의문이 듭니다."

"일종의 마술이 아닐까요? 다른 것들을 압도하는 힘이잖아요."

"전 마술에 재능이 없었죠."

"실제로 사랑이 닥치면 분명히 알 수 있을 거예요."

"그렇다면 저는 아마 리디아를 사랑한 적이 없나 봅니다."

그녀는 월터의 밝게 웃는 모습만으로는 자신에게 속내를 솔직하게 털어놓았는지 알 수 없었다.

"부인은 아름다운 분이시던데요. 굉장한 생명력이 느껴졌어요."

"당신은 정말로 마음이 넓은 분이시군요. 리디아에게 심한 꼴을 당하고도 그런 말씀을 해 주시다니요."

"공정하게 따지면 부인께서 화를 내셨던 것도 당연해요. 제 쇼핑백 속에 스크랩북이 있는 걸 보셨으니까요. 분명 제가 집에 가져가서 살펴봤다고 생각하셨을 거예요."

앨마는 잠시 말을 끊었다.

"사실 부인 짐작이 맞았어요. 당신에 대한 게 들어 있지 않을까 생각했었거든요."

월터는 그녀의 말을 듣지 못했는지 아무런 내색도 하지 않았다.

"리디아는 오래전부터 스트레스가 극심했어요. 1914년부터 주연 배역을 맡지 못했거든요. 오디션에도 여러 번 참가했지만 경험이 부족한 어린 배우에게 배역을 빼앗기기 일쑤였습니다. 그래서 제 마음도 편치 못합니다."

"왜 그러시죠?"

"리디아의 경력은 점점 시들어 가는데, 제 쪽은 점점 나아지고 있으니까요. 리디아가 제게 치과 의사가 되라고 권했고, 교육비까지 모두 지원해 주었죠. 이턴 플레이스에서 개업할 설비도 마련해 주었고요. 아직도 병원 임대료를 내주고 있습니다. 제게 굉장히 많은 돈을 들였죠."

"부인을 두고 혼자 성공한다고 해서 자신을 탓할 수는 없어요. 부인의 기대에 부응하신 거잖아요. 부인께서도 성공을 바라셨을 테고요."

앨마는 충동적으로 말했다.

"예, 그 사실은 분명합니다."

그의 목소리에서 근심이 사라지고 부드러움마저 느껴졌다.

앨마는 평정심을 잃지 않겠다고 다짐했던 것을 기억했다.

"그러면 왜 죄책감을 느끼시죠?"

월터는 몸을 돌려 그녀를 바라보았다.

"정말로 다정하시군요. 전 아직 가게에서 그녀가 왜 당신을 공격했는지 제대로 설명을 드리지 않았습니다. 전날 밤 우리는 부부 싸움을 했습니다. 드문 일이 아니었죠. 실망스러운 일이 거듭되다 보니 그녀는 제게 미친 듯이 화를 내면서 스트레스를 풀곤 합니다. 평소에는 제가 참는 편인데, 그날 밤에는 그녀가 너무 놀라운 이야기를 꺼내서 감당할 수 없었어요. 영국 연극계에 지독한 환멸을 느껴 미국으로 가서 영화배우가 되겠다고 하더군요."

앨마의 심장이 뛰기 시작했다.

"진심이었나요?"

"그런 것 같아서 걱정입니다. 이미 해운 회사에 배편까지 문의를 했더군요. 그녀는 예전에 찰리 채플린과 공연을 했던 적이 있었습니다. 그는 미국에 유나이티드 아티스트라는 회사를 차렸어요. 메리 픽퍼드랑 더글러스 페어뱅크스와 함께요. 리디아는 채플린이 자신을 기억하고 영화배우 활동에 도움을 줄 거라고 확신하고 있어요."

"참 엉뚱한 생각이네요. 그러면 당신은요? 당신은 어떻게 하라고 하셨나요?"

그는 어깨를 움츠렸다.

"그녀는 제 생각을 해 준 적이 없습니다. 지금은 미국에서 살 생각에 푹 빠져 있어요. 리디아에게는 미국행은 칠 년 동안의 마음의 상처를 끝낼 수 있는 계기인가 봅니다. 저도 함께 가는 걸로 정해 놓았고요."

"그러면 병원은요?"

"지금 병원은 팔고 미국에서 새로 개업하라고 하더군요."

"미국식 무통 치료 같은 거요?"

그는 깜짝 놀라 그녀를 바라보았다.

"제가 그 이야기를 한 적이 있던가요? 예, 저는 미국에 갈 생각만 하면 진저리가 납니다."

"부인께 그 이야기를 해 보셨나요?"

"시도는 해 봤습니다. 그녀는 내가 함께 가든 여기에 남든 관심이 없는 것처럼 보였어요. 우리는 전에 떨어져 지냈던 적이 있었습니다. 치과 공부를 할 때와 전쟁이 발발했을 때였지요. 우리의 결혼 생활은 일반적인 모습과는 달랐습니다. 보시다시피 전 리디아에게 모든 것을 빚지고 있어요. 그 보답으로 저는 항상 동정심을 갖고 이야기를 들으면서 그녀를 지지해 주려고 했죠. 하지만 이번만큼은 기가 막혀서 아무 말도 할 수 없었습니다. 엎친 데 덮친 격으로 이제까지 그녀의 연기 단평이 담긴 소중한 스크랩북마저 잃어버렸죠. 나중에서야 어디에 놓고 왔는지 기억이 났지만, 그때는 이미 리디아가 화가 머리끝까지 나서 위층으로 올라가 버린 뒤였어요. 다음 날 아침에 그 화가 당신을 덮친 겁니다."

앨마는 미소를 지었다.

"그래서 당신 탓이라고 하셨군요."

"맞습니다."

그들은 화제를 바꿔 꽃집이나 정원, 좋아하는 산책로에 대한 이야기를 나눴다. 종업원이 와서 테이블을 치웠다. 그들은 치즈와 비스킷을 먹으며 커피를 마셨다. 월터는 계산을 하고 팁도 넉넉하게 주었다. 지배인이 두 사람을 배웅하면서 앨마에게 붉은 장미를 선사했다. 그녀는 우아하게 장미를 받아 들고는 월터와 은밀하게 미소를 나눴다. 이 장미는 그녀가 일하는 꽃집에서 레스토랑에 납품하는 물건이 분명했다.

월터는 앨마를 집까지 바래다주었다. 앨마의 집은 가까웠다. 현관 앞에서 그녀는 감사의 표시를 했다. 당장은 미국으로 떠나지 않았으면 좋겠다는 말도 덧붙였다. 그가 이유를 묻자, 아직 치료가 다 끝나지 않았기 때문이라고 명랑하게 대답했다. 그는 따뜻한 미소를 지었다. 월터의 눈가에 자리 잡은 잔주름은 고마움을 나타내는 두 사람만의 신호 같았다. 그는 가식 없이 저녁 시간을 보낼 수 있어 즐거웠다고 말했다. 그리고 미국행은 아직 결정하지 않았다는 말도 덧붙였다.

월터가 말하는 동안, 앨마는 그를 가만히 바라보았다. 이번 만남으로 그녀는 그에 대해 많은 것을 알 수 있었다. 그의 침착함은 거짓이었다. 그는 혼란스러운 상황에 처해 있었다. 어린 시절부터 그의 인생은 주변 환경에 좌우되었지만 조용히 체념한 채 고통을 감내했다. 아버지의 뜻에 따라 기질적으로 맞지 않는 무대 생활에 청춘을 바쳤다. 새로운 직업을 가질 수 있는 기회 때문에 사랑이 없는 결혼 생활을 유지했다. 그런데 이제는 좌절하다 못해 맹렬한 적의를 품게 된 아내가, 마음의 평온을 얻고 자존심을 유지할 수 있는 그의 생계 수단마저 파괴해 버리려는 것이었다. 그는 필사적으로 도움을 원하고 있었다.

앨마는 그에게 이제껏 경험하지 못한 사랑을 느꼈다. 가까운 시일 내에 자신의 마음을 전해야 했다. 하지만 오늘은 아니었다.

지금으로서는 월터가 독심술 능력을 발휘하여 그녀와 다시 만날 약속을 잡는 것으로 충분했다.

"아까 당신이 이야기했던 산책로 말인데요. 리치먼드 파크의 왜가리 둥지로 이어지는 길 말입니다. 일요일에 걸어 보고 싶어졌어요. 그 숲 이름이 뭐였죠, 앨마?"

"시드머스예요."

그녀는 말을 덧붙이기 전에 잠시 주저하는 모습을 보일 정도의 분별력은 갖고 있었다.

"괜찮으시다면 안내해 드릴게요. 몇 시에 가실 건가요?"

월터는 대낮이든 밤이든 내키는 대로 고를 수 있었다. 앨마는 시간에 상관없이 반드시 나갈 작정이었으니까.

011

파리 칼튼 호텔에서는 여름날에 날씨가 맑으면 테라스에 아침 식사를 준비해 주었다. 따뜻한 햇살, 부드럽게 부는 바람과 커피 향기는 마저리 리빙스턴 코델의 낭만적인 마음에 불을 붙이기 충분했다. 이날 아침에는 그녀에게 또 다른 충동이 샘솟았다.

"리비, 내 사랑."

그녀는 하얀 금속 테이블에 앉아 있는 남편 곁으로 다가가며 큰 소리로 말했다.

"정말 놀라운 이야기를 들었지 뭐야."

리빙스턴 코델은 파리의 아침 식사와 도저히 타협할 수 없었다. 갓 구운 롤빵을 배를 채울 정도로 양껏 먹으면 소화 불량에 걸렸다. 그렇다고 그레이프프루트 한 조각과 따뜻한 요리를 주문하면 음식이 나오기까지 너무 시간이 걸려 점심때까지 배가 꺼지지 않았다. 그는 아내에게 눈길도 주지 않은 채 입을 열었다.

"자리에 앉기 전에 저 빌어먹을 종업원에게 너 베이컨과 콩팥을 넣은 파이가 어떻게 됐는지 물어봐 주겠어? 주문한 지 이십 분은 더 지났다고."

리빙스턴 코델 부인은 종업원에게 남편의 음식을 빨리 가져오라고 손짓했다. 리비는 프랑스인 종업원에게 음식을 빨리 내오라고 닦달을 할 사람처럼 보이지 않았다. 그는 의자에 기분 좋게 앉아 있었다. 키가 작고 뚱뚱한 그는 몇 해 전 시카고에서 산 싸구려 리넨 재킷을 입고 있었다. 희끗희끗 새치가 보이는 금발에 가까운 머리카락을 가진 어디서나 흔히 볼 수 있는 스타일의 남자였다. 눈썹은 색이 진하지 않고 숱도 별로 없어서, 유순한 사람이라고밖에 생각할 수 없었다. 프랑스인 종업원을 포함한 전 세계 사람들 중, 마저리 리빙스턴 코델을 제외하면 그의 몸 중 보이지 않는 부분에 충격적인 문신이 새겨져 있다는 사실을 아는 사람은 없었다.

종업원은 고개를 끄덕였으나, 그게 무슨 뜻인지는 알 수 없었다. 리빙스턴 코델 부인은 자리에 앉았다.

"리비, 내 뉴스 듣고 싶지 않나 보지?"

"그런데 라파예트 갤러리에서 세일을 한다던데."

"그래?"

그녀는 자신이 모르는 일을 그가 어찌 알고 있나 싶어 그의 회색 눈을 자세히 들여다보았다.

"당신은 구제 불능이야. 지금 농담한 거지? 내 뉴스는 확실히 믿을 수 있는 거야. 들어 봐. 마사지를 한 번 더 받으려고 프런트에 다녀오는 길이었는데, 운이 좋게도 사환들이 수레로 짐을 옮기는 모습을 봤지 뭐야. 커다란 트렁크 네다섯 개랑 그보다 작은 짐도 몇 개 있었어. 당신 내 성격 알지, 리비. 꼬리표를 훔쳐보지 않고는 견딜 수가 없지 뭐야. 당신은 믿지 못할 거야. 그 화물은 폴 웨스터필드 2세의 짐이었어!"

"아, 그래."

리비는 잠시 동안 침묵을 지켰다.

"대체 내 파이는 언제 가져올 작정이지?"

"여보, 폴 웨스터필드 2세라고 했잖아."

"난 그런 사람 모르는데."

"뉴욕에서 가장 훌륭한 신랑감 중 하나라고. 아버지가 백만장자 건축가라니까. 허드슨 강 건너편 뉴저지에 들어선 아름다운 목조 가옥들을 설계한 사람 말이야."

리빙스턴 코델 부인은 눈을 감고 한숨을 쉬었다.

"폴이 이런 시기에 여기에 묵다니 분명 천우신조야. 바버라가 공부를 마쳤으니 그에게 파리를 안내해 줄 수 있잖아. 바버라는 파리에 대해 잘 아니까. 이건 그 애에게 절호의 기회야. 당신이 파리에 처음 여행 온 스물네 살짜리 남자애라면 자기를 데리고 여기저기 구경시켜 주는 귀여운 미국 여자애가 고맙지 않겠어?"

리비는 고개를 흔들었다.

"잊어버려. 그 남자가 어디 루브르에서 고대 그리스에 대한 특별 강의를 들으려고 왔겠어? 게다가 우린 이번 주말에 영국으로 떠나잖아. 사보이 호텔에서는 제대로 된 아침 식사를 할 수 있다는 이야기를 들었다고. 확실하다니까."

리빙스턴 코델 부인은 입술을 삐죽거리며 혼잣말로 투덜거렸다. 리비는 여자들에게 중요한 일엔 둔감하다니까. 그의 문신을 생각하면 충분히 용서할 수 있었다. 하지만 가끔씩은 자신이 하는 말에 귀를 기울여 주었으면 하는 마음도 있었다.

"바버라가 그 문제는 잘 해결하고 있는 것 같은데?"

"그게 무슨 소리야?"

"당신 오른쪽을 봐."

"세상에!"

리빙스턴 코델 부인이 속삭이듯 말했다.

그녀의 딸 바버라가 크림색 스리피스의 정장을 입은, 키가 훤칠하고 이지적으로 생긴 젊은 남자의 손을 잡고 테라스를 가로질러 이쪽으로 걸어오고 있었다. 그의 옆에 있으니 폭이 좁은 갈색 스커트 차림의 바버라가 확실히 볼품없어 보였다. 그러나 그녀의 눈은 밝게 빛나고 있었다. 마저리마저 이제껏 한 번도 보지 못한 눈빛이었다.

"엄마, 리비 아저씨. 대학 친구 폴 웨스터필드를 소개할게요. 방금 로비에서 우연히 만났다는 게 믿어져요? 대학에서 수학 수업을 함께 들었어요. 정말 놀랍죠?"

"웨스터필드 씨랑 아는 사이였니?"

리빙스턴 코델 부인의 목소리는 거의 들리지 않을 지경이었다.

"엄마가 하는 말에는 신경 쓰지 마. 엄마는 내 주변 일 킬로미터 내에 접근한 오십 살 이하의 남자는 모두 내 장래 남편감이라고 생각하니까. 내가 너 같은 수학 천재랑 사귈 바에야 차라리 죽어 버리는 게 낫다고 생각한다는 걸 엄마는 몰라. 이쪽은 양아버지인 리비라고 해. 정확히는 두 번째 양아버지지만."

"파리에는 무슨 일로 왔나, 폴?"

리비가 물었다.

"런던 가는 길에 잠시 들러 명소나 둘러볼까 해서요. A. N. 화이트헤드와 함께 집필한 책 때문에 버트런드 러셀 박사와 인터뷰를 해야 하거든요."

"『수학 원리』 말이에요."

바버라가 말했다.

"그래서 파리에 들러서 소르본의 수학 교수들을 만나는 것도 괜찮겠다고 생각했습니다."

"바버라가 교수를 많이 소개시켜 줄 거예요."

리빙스턴 코넬 부인이 대화에 끼어들었다.

"엄마, 난 여기 미술 공부를 하러 왔다는 거 알잖아. 어차피 폴은 내 소개 같은 건 필요 없어. 순열과 이항 정리에 대한 논문을 써서 전 세계적으로 유명하니까. 난 그저 강의실에서 얘 뒤에 앉아서 양말에 구멍이 났다고 알려 주기나 하는 여학생이었다고."

폴 웨스터필드는 웃다가 헛기침을 하더니 얼굴이 빨개졌다. 세 가지 행동을 동시에 해치운 셈이었다.

"우리 부모님이 이렇다니까. 더 이상 잡지 않을게. 이렇게 우연히 만나다니 정말 반가웠어."

"동감이야. 그럼 안녕히 계세요."

그는 재빨리 걸어가 버렸다.

"오늘 하루를 어떻게 보내야 할지 좋은 생각 없으세요?"

바버라가 명랑하게 말했다.

012
☆☆☆

앨마는 월터를 설득해서 리디아와 함께 미국으로 가지 못하게 하리라고 확신했다. 그녀는 월터가 자신과 사랑에 빠지게 될 거라는 자신이 있었다. 에설 M. 델의 소설에서 참된 사랑은 어떠한 난관도 극복할 수 있다는 사실을 배웠으니까. 두 사람의 나이 차이에도 낙심하지 않았다. 그가 유부남이라는 사실에도 양심의 가책을 받지 않았다. 그는 리디아를 사랑해서 결혼한 것이 아니었기 때문이다. 리디아가 남편을 버리고 미국으로 떠나기로 한 이상, 그에게는 다른 사랑을 받아들일 수 있는 권리가 있었다. 그는 이제 곧 앨마에게로, 이제껏 미처 알지 못했던 지극한 행복 속으로 들어올 터였다. 두 사람의 마음이 조화를 이룬 상태야말로 사랑의 가장 높은 경지였다. 그가 키스를 해 주면 분명 천상의 음악이 들려오리라.

그렇다고 일요일에 리치먼드 파크에 있는 왜가리 둥지까지 산책할 때부터 천상의 음악 소리를 들을 수 있으리라고는 기대하지 않았다. 그렇다고 아주 불가능한 일만은 아닐 터였다. 조용한 오솔 길을 한가로이 걸으며 서로의 인생에 대해 이야기를 나누며 신뢰를 쌓아 가게 되리라. 희망과 불안, 좋아하는 것과 싫어하는 것을 이야 기하면서 서로의 공통점을 발견하게 되리라.

그러나 산책은 실망스러웠다. 월터는 친밀한 대화를 나누려는 시도를 하지 않았다. 그는 치아 관리법에 대해서만 이야기를 했다. 마치 앨마가 앞니와 송곳니의 차이점에 대해 엄청난 관심을 보이기 라도 한 듯 치아 구조에 대해 상세히 묘사했다. 적어도 하루에 이를 두 번 닦으라고 권하기도 했다. 치과용 약품에 대해서도 일일이 열 거했다. 침전시킨 석회는 괜찮지만 장뇌를 섞은 석회는 에나멜층에 손상을 주기 때문에 나쁘다는 식이었다. 산성 가글액이나 철분이 들 어 있는 강장제는 정제가 아닌 한 사용하지 말라고 주의를 주었다.

어쩌면 자신의 전문 분야에 대한 지식으로 그녀에게 깊은 인상 을 심어 주고 싶었는지도 몰랐지만, 효과는 전혀 없었다. 앨마는 방 치된 듯한 기분을 느꼈다. 이런 이야기를 들으려고 리치먼드 파크 까지 온 것이 아니었다. 그가 이야기를 늘어놓는 동안, 그녀는 자신 에게 납득이 가는 설명을 하려고 노력했다. 어쩌면 그는 자신의 양 심과 싸우고 있을지도 몰랐다. 불륜 관계로 발전할 수 있는 친밀함 을 애써 피하려는 것일 수도 있었다. 자신의 마음속 정열을 아직 신 뢰하지 못하는지도 몰랐다.

앨마는 거의 입을 열지 않았다. 월터에게서 개인적인 이야기를 이끌어 내는 것은 불가능하다고 지레 포기해 버린 탓이었다.

그러나 산책이 끝나고 공원 정문으로 돌아오자, 월터는 오후 내내 그랬던 것처럼 산만한 어조로 이야기를 꺼냈다.

"제가 굉장히 따분하게 굴었죠? 테라스 가든스를 지나면 바로 강이 있다는 걸 아시나요? 한 시간 정도 보트를 빌려 타는 건 어떨까요? 더 이상 치아 이야기는 하지 않겠다고 약속합니다."

급경사를 내려갈 때 그녀는 그의 팔을 잡았다.

태도가 달라졌다. 강가로 내려가자 공기가 싸늘해져서, 그는 재킷을 벗어 그녀의 어깨에 둘러 주었다.

그는 노를 잘 젓지 못했다. 그녀에게 물을 몇 번 튀기고는 굉장히 미안해했다. 앨마는 웃었다. 그녀는 월터가 자신에게 신경을 써주는 게 기쁜 나머지 괜찮다고 말했다. 그 말은 진심이었다.

"마지막으로 보트를 탔던 건 육 년 전의 일이었습니다. 그때는 저 말고도 노를 젓는 사람들이 일흔 명이나 있었기 때문에 별로 연습이 되지 못했죠."

"노를 젓는 배에 일흔 명씩이나 타나요? 도대체 무슨 일을 하고 계셨던 거예요?"

앨마는 웃으며 말했다. 월터도 따라 미소를 지었다.

"살아남으려고 애를 썼죠. 사실은 웃을 일이 아니었습니다. 루시타니아 호의 생존자였거든요."

"어뢰를 맞고 침몰한 배 말씀이신가요? 그 루시타니아 호에 타고 계셨다고요?"

"아버지도 함께요. 아버지를 미국에서 모시고 오려고 특별 휴가를 낸 참이었습니다."

"위대한 바라노프 말씀이시군요."

"한때 위대했다고 말하는 게 나을지도 모릅니다. 1915년에는 순회공연을 다니기에는 너무 나이가 드신 상태였죠. 그러다 외줄에서 떨어지셔서 다리가 부러졌습니다. 아버지는 투지가 굉장한 분이셨죠. 루시타니아 호가 침몰하기 전날에는 유보트의 공격에 대한 예비 조치가 명백하게 이루어지고 있는 이유를 승객에게 알려 주지 않는다며, 사람들을 이끌고 선장에게 가서 항의를 하셨을 정도였으니까요. 불쌍한 아버지는 항상 싸움거리를 찾아다니는 분이셨습니다. 저와는 다르셨죠. 저는 가장 쉬운 길을 택하는 사람이니까요."

"아버지께서는 그때 돌아가셨나요?"

"아뇨. 살아남으셨습니다. 엉덩이까지 오는 깁스를 한 채 한 시간 동안이나 물속에 계셨죠. 결국에는 둘 다 구경보트에 구조되었어요."

"분명 당신이 아버지께서 가라앉지 않도록 떠받치고 계셨겠죠. 당신은 말씀하시는 것보다 훨씬 용감한 분이세요. 아버지의 목숨을 구하셨잖아요."

"예, 하지만 가끔은 그러지 않았으면 좋았을 거라는 생각을 합니다. 아버지는 불구가 됐습니다. 다시는 외줄을 타지 못하게 되었죠. 결국 반년 후 목을 매셨습니다. 당신이 타셨던 곡예용 줄로 말입니다."

"월터, 세상에 그런 일이…….."

"예, 비극이었습니다."

월터는 고개를 숙였다.

두 사람은 다시 몇 분 동안 말없이 앉아 있었다. 월터는 트위커넘 쪽으로 천천히 노를 저었고, 이윽고 섬 때문에 물길이 두 갈래로 나뉘는 구간에 이르렀다. 강폭이 더 좁은 쪽 기슭에는 버드나무 한 그루가 자연스럽게 아치를 그리고 있었다.

"여기서 잠시 쉬었다 갈까요?"

월터는 보트를 몰고 철제 고리가 박혀 있는 강둑으로 향했다. 배를 묶어 놓고는 노를 배 위로 끌어 올려 놓았다.

"앉아 계신 쿠션에 한 사람 더 앉을 자리가 있을까요?"

그녀는 가슴이 두근거렸다. 그토록 실망스러웠던 산책 이후에 맞이하는 가슴 떨리는 순간이었던 것이다. 그녀는 수줍게 웃었다.

"물론이에요. 재킷은 다시 가져가시는 게 좋겠어요. 노를 젓지 않으니 곧 추워질 거예요."

그녀는 옆으로 비켜 자리를 만들며 말했다. 월터는 버드나무 가지를 붙잡고 움직여 그녀의 옆에 앉았다.

"춥지 않습니다. 제 손을 만져 보세요."

그녀는 이제까지 절망적인 심정이었지만, 이제 곧 황홀경 속으로 뛰어오르리라는 사실을 문득 알아차렸다. 앨마는 두 손으로 월터의 손을 잡고 크기를 가늠해 보다가 손끝으로 그의 손등에 난 털을 쓰다듬었다. 그녀는 잡은 손을 놓지 않았다.

"구명보트에 탔던 사람들은 당신이 거기 있어서 기뻐했을 거예요."

"어째서요?"

"그들에게 의지가 되고 자신감을 심어 주셨잖아요. 속으로는 어떻게 생각하고 계시는지는 모르지만, 당신은 조용히 빛나는 분이에요. 다른 사람들에게 힘을 주는 분이에요."

"그래서 당신에게도 힘이 되었나요?"

그는 살짝 놀라며 물었다.

그녀는 가만히 그의 눈을 바라보았다.

"얼마나 큰 힘이 되었는지 몰라요. 매 순간마다 점점 자신감이 생기는걸요."

그는 살짝 얼굴을 찡그렸다. 그녀의 말이 뜻하는 바가 무엇인지 확신할 수 없었지만, 어쨌든 미소를 지어 보였다.

"어떤 자신감 말인가요?"

그녀는 주저했다. 그녀가 상상해 낸 몽상 속에서도 키스해도 좋다는 말을 해야 하는 순간은 존재하지 않았던 것이다. 그녀는 충동적으로 입을 열었다.

"제가 눈을 감는다면 실망할 일은 없을 거라는 자신감요."

그녀는 말이 끝나자마자 눈을 감았다. 무엇보다 그녀 자신의 대담함에 놀랐다. 그가 아직도 뒤로 물러설지도 모른다는 굴욕적인 생각이 그녀의 마음속에 번쩍 떠올랐다. 너무나 선명하고 끔찍한 생각이어서, 앨마는 월터의 손을 끌어당기다가 그에게 쓰러지고 말았다.

두 사람의 얼굴이 부딪혔다. 그녀는 그의 거친 콧수염을 느낄 수 있었다. 여전히 눈은 꼭 감은 채였다.

월터의 목소리가 들렸다.

"이런, 다치지 않았나요?"

그녀는 눈을 떴다.

"괜찮아요……. 하지만 정말 바보 같은 짓을 한 것 같네요."

그녀는 눈물이 쏟아지기 직전이었다.

그는 앨마의 심정을 이해하는 것 같았다.

"그런 생각 하지 말아요. 그럴 필요 없으니까. 서로가 서로에게 놀랐을 뿐이에요. 머리를 뒤로 젖히고 쉬도록 해요. 가만히 있어요. 움직이지 말고."

그녀는 치과 진료용 의자에 앉아 있는 것처럼 그의 말에 따랐다.

월터는 얼굴을 가까이했고, 두 사람의 입술이 가볍게 닿았다. 외간 남자가 그녀의 입술에 키스를 한 것은 처음이었다. 머릿속에서 음악이 울려 퍼지지도 별똥별이 반짝거리며 눈앞에 떨어지지도 않았지만 그녀는 지극히 만족스러웠다.

"이제 다시 노를 저어 돌아가야겠군요."

헤어지기 전, 앨마는 지난번 식사의 답례로 저녁에 집에서 식사를 대접하겠다고 말했다. 월터는 초대에 응했지만 그날 저녁이 아니었다. 그는 이틀 후 화요일에 방문하겠다고 약속했다.

그녀는 홀로 저녁을 보내면서 버드나무 아래에서 했던 키스를 계속해서 떠올려 보았다. 그에게는 어떤 의미였을까? 결혼한 사람이라면 응당 자신의 아내하고만 나누어야 할 욕망이었기 때문에, 스스로를 억제하려 애를 썼던 걸까? 그의 차분한 태도 아래에는 죄책감과 열정이 무르익고 있을까? 아니면 내가 무안해하지 않도록 동정심에 그랬던 걸까?

그녀는 『발프레의 바위*』에서 쉽게 동요하지 않는 주인공으로 등장하는 트레버 모던트를 떠올렸다. 그는 자신의 감정을 숨기며 일부러 무관심한 척 행동했지만, 실상은 진실되고 의지할 수 있고 너그러운 사람이라는 점에서 월터와 꼭 닮았다. 앨마는 그 책을 읽을 때만 해도 트레버에게 마음이 동하지 않았지만, 이상하게도 지금은 그가 매력적으로 보이기 시작했다.

● **발프레의 바위** _ 에설 M. 델이 1914년에 발표한 로맨스 소설.

013

화요일에는 키스를 하지 않았다. 대화만 나누었을 뿐이었다. 성실하고 진지한 대화였다. 앨마는 대화가 키스보다 두 사람을 더욱 가깝게 묶어 준다는 사실을 깨달았다. 월터가 그녀를 자신이 겪고 있는 결혼 생활의 위기 속으로 끌어들였기 때문이다. 그는 리디아가 여전히 미국행을 진지하게 생각하고 있다고 말했다.

"도통 그에 대한 이야기는 하려 들지 않아요. 착착 준비를 해 나갈 뿐이죠. 채플린에게 자신이 미국에 간다는 편지를 쓰기도 했고요. 집은 진작에 내놓아서 사람들이 집을 보러 오고 있어요. 장식품은 가져가기 힘들다고 친구들과 이웃들에게 나눠 주고 있고. 게다가 여행용 옷도 잔뜩 사들이고 있더라고요."

"아직 배표는 끊지 않았고요?"

"집이 팔리는 대로 예약하기로 했어요. 내게 말해 주기로는 부동산 업자를 통해 두 사람 정도가 사겠다고 나선 모양이에요."

그는 잠시 멈췄다가 말을 이었다.

"더군다나 치과 설비도 매각한다고 하더군요."

그녀는 음식을 내갈 준비를 하던 작은 탁자에서 몸을 돌렸다.

"월터, 그건 말도 안 돼요. 아직도 그녀는 당신이 이제까지 노력해 온 것들을 다 포기해 버릴 거라고 생각하는 거예요?"

"그럼요."

그녀는 그의 목소리에서 포기하는 듯한 느낌을 받았다.

"설마 그렇게 할 생각은 아니죠?"

그녀는 닥쳐오는 불안감을 감추지 못한 채 물었다. 그러고는 식사 준비에 몰두하려 했다.

그는 어두운 목소리로 대답했다.

"나는 거부할 입장이 못 돼요. 앨마. 이 일로 얼마나 고민했는지 몰라요. 리디아의 돈이 없으면 병원을 유지할 수가 없어요. 환자들에게 청구하는 돈만으로는 집세와 생활을 감당하기에는 턱없이 부족하니까요. 몇 년만 지나면 가능할 테지만 아직은 아니에요."

"임대료가 덜 나가는 병원을 얻을 수는 없나요?"

"이렇다 할 자금이 없으니까요. 애초에 말이 안 되는 이야기에요."

그녀는 앞이 먹먹해졌다. 월터는 그녀를 두고 떠날 작정이었다. 앨마는 눈물을 참으려 애를 썼다.

"하지만 미국으로 간다는 생각 자체가 말이 안 되는걸요."

월터는 고개를 끄덕였다.

"나도 알아요, 앨마. 돈키호테 같이 황당하고 비현실적인 생각일 뿐이죠. 그녀는 우리가 가진 모든 것을 걸고 있어요."

그런데도 그녀에게 항복해 버리다니! 왜 그녀와 싸울 준비를 하지 않는 걸까? 그에게 다른 방법이 있다는 사실을 알려야 했다.

"월터, 예전에 리디아와 결혼한 것은 사업상 거래였다고 말한 적이 있죠?"

"그래요."

그는 시무룩한 표정으로 덧붙였다.

"그리고 이제 그 대가를 지불해야 하는 거죠."

"이렇게 설득할 수는 없을까요? 당신이 이곳에서 계속 병원을 하고 있으면, 그녀가 미국에서 일이 잘 풀리지 않더라도 돌아올 곳이 생기는 셈이라고 설득하면요? 그게 더 합리적인 선택이잖아요."

"당신 말은 굉장히 합리적으로 들리지만, 리디아는 미국에서 실패할 가능성은 아예 고려하고 있지 않아요."

앨마는 항복하지 않았다.

"당신이 나중에 뒤따라간다고 하면 일단은 혼자 가겠다고 할 수도 있지 않을까요? 집이랑 병원을 정리하려면 할 일이 산더미잖아요."

월터는 그런 일을 처리해 주는 변호사가 있다고 말했다. 앨마는 고집을 부렸다. 이야기에 열중한 나머지, 월터가 앨마의 요리 솜씨를 칭찬한 것은 오리찜을 비롯한 요리를 모두 먹어 치우고 접시를 내갔을 때였다. 그는 리디아의 마음을 움직일 수 있을지 여전히 의심스러웠다. 하지만 리디아가 할리우드에서 유명해질 때까지 자신은 영국에 남아 있는 게 좋겠다고 제안하는 데에는 동의했다.

그는 리디아의 반응을 알려 주기 위해 금요일 점심시간에 광장에서 만날 약속을 했다.

"지금은 모두에게 힘든 시기예요."

월터는 모자를 쓰며 말했다.

"정말이지 내 문제로 당신에게 부담을 지워서는 안 되는데."

"당신 문제를 함께 나누고 싶어요."

월터가 떠난 후, 그녀는 재떨이에서 그가 피우다 남은 시가를 발견했다. 그날 밤 그녀는 침실에서 성냥으로 시가에 불을 붙이고 그가 곁에 있다는 상상을 했다.

어느 순간에서인가 괜찮은 생각이 하나 떠올랐다. 화려하면서도 위험한 최후의 수단이었다. 아침이 되면 터무니없게 보일 터였다. 그러나 그녀가 생각을 거듭하여 단계별로 계획을 짜 나가다 보니, 왠지 그럴듯하다는 생각이 커져만 갔다.

014
☆☆☆

금요일에 월터가 전해 준 소식은 그녀가 걱정하던 것보다 더 나빴다. 저택 계약이 완료된 것이다. 리디아는 보름 후에 사우샘프턴에서 출항하는 모리타니아 호 이인용 일등실을 예약했다.

"이인용이라고요? 아직 당신이 함께 갈 거라고 믿고 있는 거예요?"

그는 시선을 돌려 공원 건너편에 있는 느릅나무를 바라보았다.

앨마는 그의 소매를 움켜쥐었다.

"월터, 그래서 뭐라고 했어요?"

그는 왼손으로 조심스럽게 그녀의 손을 덮었다. 그의 손은 떨리고 있었다.

"앨마, 그동안 당신은 내게 얼마나 다정하게 대해 줬는지 몰라요."

"떠날 건가요?"

그는 고개를 끄덕였다.

"선택의 여지가 없어요. 변호사가 일을 처리하고 있어요. 내 병원을 매각하는 일까지."

"하지만 병원은 당신 것이잖아요."

"병원을 꾸려 온 사람은 나지만, 법적으로 병원은 리디아 소유예요. 그녀가 병원 설비 비용을 치렀을 때 내가 서류에다 서명을 했었거든요. 그녀가 나를 쥐고 있는 셈이에요."

"안 돼요."

앨마는 월터의 재킷에 얼굴을 묻고 그를 끌어안았다. 그녀는 온몸을 떨며 흐느꼈다.

그날 오후 앨마는 꽃집에 출근하지 않았고, 월터 역시 병원에 전화를 걸어 오후 예약을 취소시켰다. 두 사람은 트위커넘 강변을 따라 걸었다. 마블 힐 파크에 들어서자 그들은 뿌리째 뽑힌 나무 옆에서 남의 눈에 띄지 않는 곳을 발견했다. 월터는 나무줄기에 기대앉아 앨마의 머리와 어깨를 부드럽게 안았다. 두 사람은 오랫동안

이야기를 나누었다. 월터는 모든 사실을 인정했다. 미국행은 대실패로 돌아갈 것이다. 채플린은 물론이고 할리우드의 그 어떤 사람도 리디아에게 관심을 보이지 않고. 그녀의 재산도 오래가지 못하리라. 월터는 쉽게 병원을 개업하지 못하고 리디아는 분개하다 못해 세상에 적의를 품게 되리라.

"하지만 그녀는 이성적으로 행동하려 들지 않아요. 내가 어떤 말을 하든 자신의 예술적 재능에 대한 공격으로 받아들인다니까요. 자신의 운명을 따르겠대요."

"그러면 당신이 함께하든 말든 그녀는 가 버리겠군요."

"그래요."

앨마는 사랑하는 남자를 위해 싸우고 있었다. 적은, 자신의 경력만을 생각하는 리디아가 아니었다. 그녀는 월터의 운명론적 체념과 맞서고 있었다. 그에게 자신만의 선택지가 있다는 사실을 납득시켜야 했다.

"아버님께서 루시타니아 호에서 목숨을 건지신 후 얼마 안 돼서 스스로 목숨을 끊으셨다는 말씀을 하셨죠? 당신은 아버님이 그 배에서 살아남은 게 마치 아무런 의미가 없다는 말투였어요."

"사실이 그랬으니까요. 차라리 물에 빠져 돌아가시는 게 나았죠."

"미국에 가는 것이야말로 당신 목숨을 던지는 일이 아닐까요?"

"앨마, 여기서 직업도, 살 집도 없이 살아갈 수 없어요."

"나랑 같이 살아요."

"뭐라고요?"

놀라서 어쩔 줄 모르는 듯한 기색이 그의 눈을 스치고 지나갔다.

"안 돼요. 그럴 수는 없습니다."

그녀는 월터에게 털어놓아야겠다고 결심한 말을 음미하면서 그의 눈을 흔들림 없이 바라보았다.

"월터, 당신을 사랑해요."

월터는 그녀의 팔을 좀 더 꽉 쥐었다. 그는 눈을 감았다.

"이렇게 되는 게 두려웠어요."

"두렵다고요?"

"앨마, 난 그동안 이기적으로 굴었어요. 당신의 친절함을 이용해서 동정을 사려 들었죠. 당신은 내가 문제를 직시할 수 있도록 도와주었어요. 하지만 이제 끝내야겠습니다. 우리 둘 다 그 이유를 알고 있지 않습니까?"

앨마는 그동안 책에서 이런 장면을 몇 번이나 접하며 한숨과 눈물을 쏟아 냈지만, 같은 일이 그녀에게 일어나자 낭만적인 감정 대신 집착이 앞섰다. 그녀는 똑바로 앉아 월터를 정면으로 보며 말했다.

"당신이 나를 사랑한다고 말해 줄 거라고는 생각하지 않았어요. 나는 스물여덟 살인데도 아직 남자 경험이 전혀 없는걸요. 하지만 내가 무슨 이야기를 하고 있는지는 알아요. 그 미친 여자가 당신 인생을 망치는 걸 두고 보지는 않을 거예요."

월터는 고개를 흔들었다.

"당신 인생도 망치게 될 거예요, 앨마. 내 말을 들어요. 방금 당신이 한 말에 가슴이 끓어오르기는 했지만, 나는 돈 한 푼 없는 유부남인데다 당신보다 스무 살은 많아요. 이게 어느 정도의 추문이 될지 생각해 봐요."

"생각해 봤어요. 추문 따위 상관 안 해요. 진실을 모르는 사람들이 떠들어 대 봤자 자기 자신만 깎아내리는 셈이 될 테니까요. 내가 진심이라는 걸 알아 줘요."

앨마는 열정적으로 말했다.

두 사람은 강기슭을 따라 오던 길을 되짚어 나갔다. 그녀는 리치먼드 다리를 건너 그녀의 집까지 오는 동안 내내 자신의 주장을 꺾지 않고 애원했다. 월터 역시 부드럽지만 단호하게 자신의 입장을 고수했다. 현관에 이르자 그녀는 잠깐 들렀다 가지 않겠냐고 물었다.

"아뇨, 이제 헤어져야 합니다. 둘 다 품위는 잃지 말아요."

그녀는 월터의 눈이 젖어 있는 것을 보았다. 이 불행하고 감정을 드러내지 않는 남자가 지금 무슨 생각을 하고 있는지는 마음속으로 추측해 볼 수밖에 없었다.

그녀는 반신반의하면서 물었다.

"다시는 만날 수 없나요?"

그는 고개를 끄덕였다. 그리고는 그녀에게 키스했다.

앨마는 입술을 강하게 밀어붙이며 이 키스가 언제까지나 끝나지 않기를 기원했다. 월터는 두 손을 그녀의 얼굴에 대고 부드럽게 그녀를 떼어 냈다.

"내가 그 여자를 죽여 줄 수도 있어요."

월터는 얼굴을 살짝 찌푸리더니 그녀를 바라보았다. 그 찌푸린 표정은 이내 사라진 대신 앨마가 보기에 뭔가 깨달았다는 듯한 표정이 그의 얼굴에 떠올랐다. 그는 다시 얼굴을 찌푸리더니 고개를 저었다.

"당신을 잊지 못할 겁니다."

앨마는 손을 내밀었지만, 그는 돌아서서 빠른 걸음으로 언덕을 내려가고 있었다.

015
☆☆☆

리빙스턴 코델 일가는 토요일에 런던 사보이 호텔에 도착했다. 마저리는 토트넘 핫스퍼 축구팀의 전담 마사지사로부터 마사지를 받았는데, 그는 마사지를 마찰이라고 불렀다. 그녀는 전에 없이 피부가 굉장히 쓰라렸지만, 그날 밤에는 사보이 오피언 악단의 연주가 끝날 때까지 춤을 추었고, 그 후에는 리비를 설득하여 리젠트 스트리트에 있는 실버 슬리퍼 클럽으로 향했다. 그곳에서 그녀는 새벽 3

시까지 투명한 바닥 위에서 원스텝 춤을 췄다. 덕분에 리비는 일요일의 영국식 아침 식사 풀코스를 놓치고 말았다. 마저리는 그런 그를 달래려고 런던에서 공연하는 최신 쇼인 〈낙천주의자 모임〉 표를 예매했다.

"이번 주 금요일 저녁에 원형 관람석 맨 앞자리 세 장을 예매했어."

마저리는 월요일에 이렇게 통보했다.

"코러스 걸도 나오나?"

마저리는 딸 바버라에게 윙크했다.

"기디언이란 테너가 나온다는 말을 들었어. 목소리가 꿀처럼 달콤하다나."

"엄마, 못되게 굴 생각은 없지만, 엄마만 괜찮다면 난 안 갔으면 좋겠는데."

바버라는 테이블 냅킨을 배배 꼬면서 말했다.

"그래? 리비, 이 애한테 뭐라고 한마디 해 줘."

리비는 《데일리 메일》에서 눈을 떼지 않았다. 그는 영국 신문을 굉장히 좋아했다.

"그럼 내가 할게. 내가 하고 싶은 말은, 그런 식으로 살다가는 인생이 속절없이 지나가 버린다는 거야, 이 아가씨야. 네 머릿속은 대수라든지 낡은 도자기 같은 걸로 가득 차서 어디 친구라도 있니? 너야 〈낙천주의자 모임〉 같은 뮤지컬에 관심이 없을지는 모르지만,

그래도 거기 갔다 오면 나중에 최소한 사람들이랑 이야기는 나눌 수 있잖아. 네가 무슨 혹평을 하든, 분명 너랑 이야기를 하고 싶은 멋진 영국 청년들이 있을걸. 금요일 밤에 다른 좋은 계획이라도 있는 거니?"

"사실은 그래."

"대체 무슨 일인데?"

"버트런드 러셀 박사의 철학 강연이 있어."

"세상에. 이번에는 철학에 빠진 거니?"

"아니야. 철학에 빠진 사람은 폴 웨스터필드야. 나랑 같이 가자고 했어."

리비는 신문 너머로 두 사람을 바라보고 말했다.

"그 녀석, 괜찮은 놈이로군."

016
☆☆☆

리디아는 토스트 한 조각을 집어 버터를 바르기 시작했다. 그녀는 빵에서 눈을 떼지 않은 채 말했다.

"오늘 병원에 가면, 간호사더러 앞으로 일주일 동안만 나오면 된다고 말해 뒤. 병원 넘겼으니까."

그녀가 이 소식을 월요일 오전까지 숨기고 있었던 이유는 주말

동안에는 싸우고 싶지 않았기 때문이다. 월터는 이 빼는 일에 대해서라면 지나치게 집착하는 모습을 보이곤 했으니까.

"어떻게 했다고?"

믿을 수 없는 소식에 그의 목소리가 날카로워졌다.

"치과를 팔았다고, 여보. 그 이야기는 끝난 걸로 아는데. 사이먼 에드워즈라는 잘생기고 매력적인 사람한테 넘겼어. 내 친구 매기의 시댁 쪽 친척이래. 지난 십 년 동안은 마일 엔드 로드에서 유대인 재단사들에게 금니 씌우는 일만 하면서 고생했다던데. 정말 기뻐하더라."

월터는 접시를 한쪽으로 밀어 놓았다. 얼굴빛은 보라색으로 변했다.

"난 그런 인간 본 적도 없다고. 병원에 와 본 적이나 있대?"

"아, 갔었어. 월터. 금요일 오후에 데려갔지. 당신은 병원에 없더라. 간호사가 당신이 전화를 걸어서 오후 예약을 취소하라고 했다던데. 어디 안 좋기라도 했던 거야? 어쨌든 사이먼은 마음에 쏙 들었는지, 다음 주까지 준비를 마치고 들어오겠더. 요점은 텅 씨인지 뭔지 하는 간호사는 필요 없다는 거야. 자기랑 일하던 조수를 데려오겠대."

"리디아, 당신은 이해하지 못하는 모양인데, 난 한 번도 보지 못한 사람에게 내 환자들을 넘겨줄 수 없어."

"여보, 그는 흠 잡을 데 없이 존경할 만한 사람이야. 차터하우스●

●　**차터하우스** _ 1868년. 공립 학교 법령에 의해 정해진 최초의 공립 학교 아홉 군데 중 하나.

를 나왔다니까 당신보다는 훨씬 낫잖아. 당신도 곧 만나게 될 거야. 수요일에 당신이랑 환자 기록을 살펴보고 싶대. 가구나 치료용 기구, 심지어는 수술에 쓰는 겸자 같은 것도 죄다 인수하겠다고 했어."

"기구는 넘기지 않아! 젠장, 미국에서도 필요한 거라고."

리디아는 손톱에 바른 매니큐어를 긁어 냈다.

"수련의 때부터 계속 쓰던 거야."

계속해서 말을 잇자, 분노 또한 순식간에 솟아올랐다.

"이럴 수는 없어, 리디아. 바이올린 연주자에게 바이올린을 뺏는 것과 마찬가지란 말이야."

월터의 기준에서 이 정도로 화를 내는 것은 폭발하는 것이나 다름없었다. 리디아는 태연하게 말했다.

"여보, 당신도 이제 알아야겠지. 실은 말이지. 당신이 앞으로 할 일에 대해 생각이 바뀌었어. 이젠 치과 기구 따위는 필요 없어. 치과 의사보다 훨씬 중요한 일을 해야 하니까. 영화사랑 계약을 조율할 대리인이 필요해. 그 일은 당연히 당신이 해야지. 유명 영화배우의 미래를 생면부지의 미국인에게 맡길 수는 없잖아. 당신밖에 없어."

그는 덫에 걸린 동물처럼 그녀를 바라보았다. 아무 말도 할 수 없었다. 그저 고개만 저을 뿐이었다.

"이건 내게 중요한 일이야. 당신은 요 몇 년 동안 사람들 이에서 구멍이나 찾으며 즐겁게 지냈잖아. 이제 변화를 가져 볼 시기야."

"난 변화가 필요하다고 한 적 없어."

월터는 거의 협박하는 듯한 낮은 목소리로 말했다.

리디아는 월터의 반항에는 익숙하지 않았다. 원래는 대리인 일을 하게 되면 수수료를 충분히 받을 수 있을 거라고 할 생각이었다. 그러나 대신 이렇게 말했다.

"당신에게는 선택권이 없어, 월터. 돈도 없이 어떻게 미국에서 치과를 개업할 거야? 이제 사람들은 거리에서 이를 뽑지 않는다고."

"병원을 매각한 대금이 있잖아. 에드워즈가 얼마를 낸 거야?"

"그 돈은 내 거야."

"내가 병원을 키웠어. 나도 돈을 가질 권리가 있잖아, 제발."

"변호사 생각은 다르던데, 여보. 분별 있게 굴어. 우리 둘 다 내 미래를 생각해야 하잖아."

그는 일어나 소리쳤다.

"무슨 미래가 그래!"

그는 자리를 박차고 일어서 집을 나섰다. 현관문이 쾅 소리를 내며 닫혔다.

순간 리디아는 월터가 자신의 대리인으로서 적합한 사람인지 의문이 들었다. 그러나 곧 아무래도 괜찮다고 생각했다. 그에게 바라는 것은 그저 쇼윈도의 마네킹 정도의 역할이었기 때문이다. 할리우드에서는 누구든 대리인을 두고 있다. 월터에게는 전화 정도나 받으라고 하고, 실제 결정은 그녀가 내릴 작정이었다.

그녀는 위층으로 올라가 화장을 고쳤다. 이날 오전에는 변호사와 만나기로 했다. 그리고 여행에 필요한 옷도 더 구입해야 했다. 닷새 동안의 항해 동안 적어도 하루에 세 번은 옷을 전부 갈아입을 작정이었다.

리디아가 머리 손질을 하고 있을 때 전화벨이 울렸다. 그녀는 실비아더러 전화를 받으라고 했다. 잠시 후 그녀가 침실 입구에 나타났다.

"마님께 온 전화입니다. 여자분이던데요."

"누구래?"

"말씀 안 하셨습니다."

리디아는 계단을 내려가면서 뒤를 돌아보며 말했다.

"대체 내가 뭣 때문에 월급을 주는 건지."

그녀는 수화기를 들었다.

"리디아 바라노프입니다."

상대는 잠시 주저하다가 입을 열었다.

"댁의 남편 일로 말씀드릴 게 있는데요."

"누구시죠?"

"당신 남편을 걱정하는 사람이에요."

"그게 무슨 소리야? 당신, 누군지 말하는 게 좋을 거야."

"내가 누구인지는 신경 쓰지 마세요, 바라노프 부인. 같은 여자로서 부탁드리지만, 남편을 그렇게 함부로 대하지 말아 주세요. 남편분께서는 당신이랑 미국에 가기 싫다고 하시던네요. 이곳에서 행복하시니까요. 지금까지는 그에게 친절하게 대해 주셨잖아요. 두 분이 서로 사랑하는 사이라면 저도 이런 부탁드리지는 않겠지만, 당신도 알다시피 그렇지 않잖아요. 부탁이니 관용을 베푸셔서, 그분이 사랑하는 사람과 영국에 머물 수 있도록 해 주세요."

"뭐라고? 누군지는 모르겠지만, 당신 미친 거 아냐? 당신 혹시 그 간호사야?"

리디아는 수화기를 귀에 바짝 가져다 댔다. 전화가 끊기기 전에 여자의 정체를 알아내고 싶었다. 이 목소리에는 어딘지 모르게 귀에 익은 구석이 있었다.

"부탁드립니다, 바라노프 부인. 그분을 자유롭게 놓아주세요."

"이게 무슨 말도 안 되는 짓이야!"

"저는 이치에 맞게 행동하려고 노력하고 있어요. 우리 세 사람을 위해서요. 제가 당신 남편을 사랑하고 있다는 사실은 하느님께서도 아신답니다."

"남편은 그런 말 한 적이 없는데. 지금 내 남편 애인이라는 소리야?"

"마음대로 생각하세요. 그러면 이혼해 주시겠어요?"

리디아는 웃음을 터뜨렸다.

"이봐, 아가씨, 누군지는 모르겠지만, 아니 짐작 가는 사람은 있긴 해. 어쨌든 당신 좀 지나친 거 아냐? 내 남편은 내가 잘 알아. 정부란 게 뭔지도 모르고, 그런 여자랑 뭘 해야 할지도 모르는 사람이야. 그러니 당신이 누군지 털어놔 봐. 피차 농담이라고 생각하자고."

"농담 아니에요. 이름을 말씀드려도 모르실걸요. 월터에게 물어보시는 게 낫겠네요. 부인께 어디까지 털어놓느냐는 그분 마음일 테지만요. 하지만 그분을 과소평가하셔서는 안 돼요. 그리고 이게 마지막이라고 생각하지 마세요."

전화가 끊겼다.

리디아는 전화기 옆에 하염없이 주저앉았다. 온몸이 떨렸다. 그녀는 간신히 일어나 술 진열장으로 가서 브랜디를 따랐다. 그러고는 단숨에 들이켰다.

"월터, 이 짐승 같은 놈. 상종 못할 짐승 같으니!"

017
☆☆☆

앨마는 맥스웰 부인에게 인사를 하고 우산을 펼쳤다. 고작해야 몇 분 정도 내릴 소나기였지만, 필요 이상 가게 입구에 서서 시간을 지체할 생각은 추호도 없었다. 그녀는 어서 집으로 돌아가, 자신의 기도가 이루어져 현관 깔개 아래에 편지가 기다리고 있는지, 혹은 문을 열고 들어갔을 때 전화벨이 울리지는 않을지 알아보고 싶었다. 그러나 그런 일은 없을 터였다.

그녀가 밖으로 두어 걸음 내딛자, 누군가 그녀의 팔을 잡고 우산을 빼앗았다. 월터는 한마디 말도 하지 않고 그녀를 이끌고 서둘러 길을 건너 택시에 태운 후 옆자리에 올라탔다. 그의 옷은 흠뻑 젖어 있었다. 앨마는 그에게 몸을 바짝 붙인 다음 그의 뺨에 키스했다. 뺨이 차가웠다.

"두 번 다시 볼 수 없을 줄 알았어요."

"그러다 당신도 젖겠어요."

그는 코트와 모자를 벗고 그녀를 끌어당겼다. 앨마는 이번에는 그의 입술에 키스했다. 그녀는 더할 나위 없이 행복했다. 월터는 그녀의 목덜미를 움켜쥐고 묶어 놓은 머리카락을 풀었다.

"아내에게 전화를 걸었다고 당신에게 화를 내야 하는데."

"뭐라도 해야 했어요. 화났어요?"

"그래야 하지만…… 아무 소용없다는 걸 알잖아요. 그녀가 절대 이혼에 동의할 리가 없어요."

그는 작게 키득거렸다.

"하지만 리디아는 나에게 애인이 있다는 사실을 알고 굉장한 충격을 받았어요."

앨마는 그에게 바짝 붙었다.

"내가 정말로 당신의 애인인가요?"

"리치먼드 힐 끝에 찻집이 있어요. 그곳으로 갈까요?"

두 사람이 택시에서 내렸을 때는 이미 빗줄기가 가늘어져 있었다. 가게는 비를 피해 들이닥친 사람들로 가득했지만, 마침 자리에서 일어나는 사람이 있었다. 그 자리는 옷걸이에 가려 조용했다. 월터는 리디아가 미국에서 치과를 열어 주겠다는 말을 번복하고, 그녀의 대리인을 맡으라고 했다는 이야기를 했다.

그녀는 얼굴에서 핏기가 가시는 느낌이었다.

"나 때문이에요?"

그는 테이블 위로 손을 뻗어 그녀의 손 위에 얹었다.

"그렇지 않아요, 앨마. 오늘 아침 식사 때 통보했어요. 병원을 팔아 치우고는 내게는 한 푼도 줄 수 없다고 하더군요."

앨마는 고개를 천천히 저을 뿐, 아무 말도 하지 않았다. 월터가 뭔가 중요한 이야기를 하려고 한다는 사실을 직감적으로 눈치챘기 때문이다. 그는 아직 그녀의 손을 잡고 있었다.

"미국으로 가지 않기로 결심했어요."

"어머나, 월터!"

"인생을 망치는 행동이라는 건 알아요. 하지만 어떻게든 해 봐야죠."

"우리 함께 길을 찾아봐요."

"안 돼요. 고맙지만 그럴 수는 없어요. 당신이 사람들 입방아에 오르게 할 수는 없어요."

"다른 사람들이 어떻게 생각하든 조금도 상관없어요. 당신을 사랑하니까!"

그는 고개를 떨구고 찻잔을 바라보았다.

앨마는 지금이야말로 지난밤 자리에 누워 잠들지 못하고 밤새도록 생각해 낸 계획을 말할 때라고 생각했다. 이렇게 사람들이 많은 찻집에서 냉정하게 이야기를 꺼내는 것은 무모하지만, 지금이 아니면 언제 말할 기회가 생길지 알 수 없었다. 그녀는 목소리를 낮췄다.

"다른 방법이 있어요."

"음?"

그는 고개를 들지 않았다.

"예전에 내가 치료를 받을 때, 아내에게 견딜 수 없을 정도로 심한 취급을 당했던 남자 이야기를 한 적 있었죠? 그에게 깊은 마음을 품고 있던 다른 여자와 사랑에 빠진 남자 이야기 말이에요."

그는 고개를 들더니 아무것도 모르겠다는 표정으로 바라보았다.

"그런 이야기를 한 적은 없는 것 같은데……."

"크리펜 박사 말이에요."

"아……."

그는 충격을 받은 듯했다.

앨마는 그가 제지하기 전에 입을 열었다.

"그들은 변장을 했기 때문에 붙잡힌 거예요. 그런 꼴로 작은 증기선을 타고 바다를 건너려 했으니 선장이 의심할 수밖에요."

"크리펜은 살인범이에요."

"리디아가 모리타니아 호 객실을 예약했다고 했죠."

"그래요. 하지만 난 안 가요."

"리디아가 아니라 나랑 함께 간다면요? 난 바라노프 부인의 신분으로 배를 타는 거예요. 어려운 부분은 하나도 없어요, 월터. 아무도 우리를 의심하지 않을 거예요. 누가 바라노프 부인과 내가 다른 사람이라는 걸 알겠어요? 닷새만 지나면 미국에 도착해서 평생 부부로 살아갈 수 있어요."

"하지만 리디아는 어떻게 하죠?"

"클로로포름."

"담배 한 대 피워야겠군."

그는 담배를 한 대 물고 불을 붙이려다가 성냥개비 두 개를 부러뜨렸다.

"진심으로 하는 말이에요?"

"당연하죠."

"그럴 수 없어요. 아무리 리디아라지만."

"할 수 있어요. 당신은 용감한 사람이에요. 물에 빠진 아버님을 구했잖아요."

그는 간신히 미소를 지을 수 있었다.

"그건 다른 일이었죠."

"비웃지 말아요. 충동적으로 떠올린 생각이 아니에요. 며칠 동안 계획을 세워 봤어요. 모르겠어요? 리디아는 미국으로 떠나는 배편을 예약하면서 우리에게 기회를 준 거예요. 크리펜 박사와 에설이 갖지 못한 기회를요."

누가 말을 걸었다.

"뜨거운 물 좀 더 드릴까요, 손님?"

두 사람은 고개를 들어 여자 종업원을 바라보았다. 그녀의 얼굴에서는 하루 종일 일하느라 고단한 표정밖에 보이지 않았다.

"아뇨, 괜찮습니다."

월터는 이렇게 말하고 계산을 했다. 두 사람은 가게를 나왔다.

햇빛이 희미하게 비치고 있었다.

"그들이 잡힌 이유는 듀 경감이 지하실 바닥에 매장된 크리펜 부인의 시체를 찾아냈기 때문이에요."

"또 한 가지."

앨마는 월터의 말을 무시하면서 이야기를 꺼냈다. 두 사람은 함께 리치먼드 힐을 오르고 있었다.

"내가 리디아 역할을 한다면 그녀의 필적을 흉내 낼 수 있어요. 내가 수표를 써서 병원을 판 금액을 당신한테 넘기면 되잖아요. 다른 수표도 얼마든지 발행할 수 있고요. 그 돈이던 아무 걱정 없이 살 수 있을 테니, 당신은 미국에서 가장 훌륭한 치과 으사가 될 수 있다고요."

"리디아의 돈을 쓰자고요?"

"그 돈에 손대지 않는 게 더 범죄라고요."

앨마는 말하면서 그의 팔을 꼭 붙들었다.

"기발하군요. 정말 기발한 생각이에요."

월터는 미소를 지었다.

"그녀의 여권을 써야 할 테지만, 그것도 문제없을 거예요. 나랑은 키도 같고 둘 다 갈색 눈이잖아요. 그녀가 나보다 피부색이 좀 더 어둡지만, 사진으로는 알 수 없을 거예요. 어차피 여권 사진과 똑같은 사람은 없잖아요. 게다가 옆에서 당신이 보증해 줄 테고."

"분명 우리가 놓치고 있는 부분이 있을 텐데."

"그런 거 없어요, 월터. 출항 전날 밤 그녀에게 클로로포름을 쓰면 친구들도 그녀를 찾지 않을 거예요. 그때쯤이면 변호사에게 줄 서류에도 서명을 다 해 놓았을 테고요. 은행에서도 그녀의 돈을 미국으로 이체해 놓았겠죠. 우리는 그저 커다란 배에 타기만 하면 함께 새 생활을 시작할 수 있어요. 신혼여행인 셈이죠."

월터는 멍한 듯 보였다. 계획의 대담성에 충격을 받은 게 분명했다. 그는 처음에는 이 계획을 거부하는 듯 보였지만, 시간이 지나자 계획의 결점을 찾으려 했다. 이제 그는 계획을 진지하게 고려하고 있었다. 앨마는 그의 눈에서 마음을 읽을 수 있었다. 급기야 월터는 리디아에게 클로로포름을 사용할 필요가 있다고 타협하기에 이르렀다.

월터는 몇 가지 난점을 들었으나 지엽적인 문제일 뿐이었다. 맥스웰 부인에게는 뭐라고 할 것인지, 리치먼드 힐에 있는 집은 어떻게 할 것인지 물었다. 그녀의 가족과 친구들은 어떻게 할 것인지에 대해서도 물었다.

질문의 성격이나 물어보는 태도로 보건대, 월터가 결심을 굳히기 시작했다는 사실은 분명했다. 앨마는 맥스웰 부인에게 뭐라고 둘러댈지 이야기했다. 집은 교회에서 알고 지내던 사람에게 세를 놓을 것이라고 했다. 그들에게는 미국의 겨울 날씨를 맛보고 싶다고 할 작정이었다. 친한 친구들에게도 그렇게 말을 할 생각이었다. 가까운 친척은 없었다. 일주일이면 모든 준비를 끝낼 수 있었다.

월터는 주의 깊게 그녀의 말을 들었다. 그러고는 잠시 동안 침묵을 지켰다.

앨마는 그의 옆에서 걸으며 언덕을 올랐다. 그녀는 자신을 억눌렀다. 그를 닦달해서 결정을 내리게 하고 싶지 않았기 때문이다. 그가 이 계획의 견실함을 알아주기를 바랐다. 그녀에게는 잘될 것이라는 확신이 있었다.

마침내 월터가 입을 열었다.

"리디아를 어떻게 처리할지 생각해 봐야겠어요."

월터의 말투에서 앨마는 그가 결심했다는 사실을 알 수 있었다.

Part 3

녹 아 웃

The Knockout

001
☆☆☆

앨마에게는 리디아를 처리하고 월터와 함께 미국으로 도피하는 일이 에설 M. 델의 소설에서 읽었던 어떤 장면보다도 더 낭만적으로 느껴졌다. 『다이아몬드 잭[●]』도 시시할 지경이었다. 이 계획은 사악하고 대담하기 이를 데 없어, 그 어떤 결혼 예식보다도 더 강력하게 그녀와 월터를 이어 줄 터였다. 비밀이 두 사람을 영원히 결속시켜 주리라. 두 사람은 맨해튼에서 호화롭게 살고, 월터는 뉴욕에서 가장 훌륭한 치과 의사가 되리라. 나이아가라, 낸터킷, 뉴올리언스, 샌프란시스코 등지로 여행을 떠나리라. 그녀가 상상 속에서 미국 여행을 하고 있던 와중에, 월터가 입을 열었다. 그녀와는 달리 그는 영국에서 진창에 빠져 꼼짝달싹 못하고 있었다.

● **다이아몬드 잭** _ 에설 M. 델이 1912년에 발표한 소설.

"이제 정말 어떻게 처리해야 할지 결정해야 할 텐데."

"처리한다고요?"

"리디아 말이에요."

"결정했잖아요."

"아니, 그게 아니라, 그 후에 어떻게 할지 말이에요. 그녀를 어디에 두면 좋을지."

"아……."

두 사람은 리치먼드 테라스 가든스의 벤치에 앉아 있었다. 지는 태양 아래에서도 템스 밸리의 구석구석이 눈에 훤히 들어오는 구월의 아름다운 저녁이었다.

"크리펜 박사는 부인을 지하실에 묻었어요."

앨마가 말했다.

"그리고 듀 경감이 삽을 들고 지하실로 내려갔죠."

"지독한 사람이에요."

월터는 어깨를 으쓱했다.

"그저 직업에 충실했던 거죠."

"정원은 어때요?"

그는 고개를 흔들었다.

"우리 집 정원은 구기장처럼 잔디를 짧게 깎아 놓았어요. 군인 출신의 정원사가 일주일에 닷새 정원을 돌보러 오죠. 왕실 근위대 장교였던 사람이에요. 그 사람 눈을 피할 수는 없어요."

"욕조에 두고 사고로 익사했다고 하면 어때요?"

"법정에 서게 될 텐데."

"정말 미치겠네!"

앨마가 좌절감에 외쳤다.

"다른 일은 모두 완벽한데."

"앨마, 이건 현실적인 문제라고요. 흥분하는 건 아무런 도움이 안 돼요."

앨마는 이런 가벼운 책망을 듣는 게 기뻤다. 꼭 아내에게 하는 행동 같았기 때문이다. 게다가 완벽을 기하는 모습을 보니, 그가 과연 끝까지 밀고 나갈 수 있을까 하는 의심도 사라졌다. 월터는 마치 이를 뽑을 때 사소한 사항까지 확인하듯이 침착하고 계획적인 태도를 견지했다.

"차가 있으면 어디엔가 버리고 오면 될 텐데."

"그건 안 돼요. 제대로 될 리가 없어요. 사람들 눈에 금세 띌 테니. 버나드 스필스베리라는 사람에 대해 들은 적 있어요?"

"검시관 말이에요?"

"그 친구는 사인을 간단히 말하는 법이 없어요. 살인범의 모자 크기나, 셔츠는 어디서 사는지, 달걀은 어떻게 요리하는 걸 좋아한다든지 하는 내용을 발표한다니까요. 시체를 내버리는 건 위험해."

앨마는 살인범이니 시체니 하는 말에 충격을 받았다. 월터는 그녀가 예전에 감히 시도해 봤던 것보다 훨씬 현실적인 계획을 짜면서, 그 계획에 딸린 냉엄한 현실을 직시하고 있었다. 그녀는 불안감을 감추기 위해 일부러 가볍게 말했다.

"그렇다고 우리랑 함께 가자고 할 수도 없고."

그는 앨마에게 몸을 돌려 손목을 잡았다.

"할 수 있어! 정답이에요, 앨마. 바로 그거야."

"무슨 말인지 모르겠어요."

"바다에 빠뜨리면 돼요. 어두워진 다음에 창문 밖으로 밀어 버리는 거죠. 절대 발견되지 않을 거예요."

"하지만 어떻게 그녀를 배에 태우죠?"

그는 웃음을 터뜨렸다.

"자기 발로 타게 하죠. 굉장해. 당신은 천재야!"

"지금 나는 전혀 이해하지 못하고 있다는 거 알죠?"

"설명해 줄게요. 다른 계획은 잊어버리고 잘 들어요. 리디아에게 미국에 함께 가지 않겠다고 말할 거예요. 그녀는 엄청나게 화를 내면서 꺼지라고 하겠죠. 영화배우로서의 앞날에 끼어드는 건 누구라도 용납할 수 없을 테니까. 그녀는 집도 병원도 내 기구도 모두 팔아 버리고 다음 토요일에 모리타니아에 오를 테죠. 하지만 그녀는 우리 역시 같은 배에 탔다는 사실은 알 수 없을 겁니다. 가명으로 이등실을 하나 예약하겠어요."

"이인용 객실을요?"

"아니, 당신은 내 객실에 몰래 타는 거죠."

"월터, 그건 안 돼요. 들통 날 거예요."

"절대 그렇지 않아요."

그는 딱 잘라 말했다.

"내가 전에도 대서양 횡단 여객선에 타 본 적이 있다는 사실을 잊은 건 아니겠죠? 출항 당일에는 천여 명이나 되는 친지들이 승객들을 배웅하러 배 위에 올라와요. 그런 난리도 없지. 출항하기 한 시간 전에 급사가 종을 울리며 배웅하러 온 사람들은 하선하라고 알리고 다니지만, 꼭 뒤에 남는 사람이 나온다니까요. 나중에 해안 안내를 하는 부속선을 타거나 아니면 셰르부르에서 내리면 된다는 걸 아니까. 앨마, 한 시간 정도 몰래 타고 있는 건 정말 간단해요. 그리고 그 정도 시간이면 충분하지. 그 후엔 당신이 일등실 투숙객이 되는 거예요. 리디아 바라노프 부인이 되는 거죠."

"그러니까 당신 말은 그때까지……."

앨마는 말을 더듬거렸다.

월터는 고개를 끄덕였다. 그는 이 새로운 계획이 완벽하다고 확신하는 듯 말이 더욱 빨라졌다.

"당연히 가능한 한 빨리 처리해야겠죠. 나는 농도가 높은 클로로포름 병을 주머니에 숨기고 일등실로 갈 겁니다. 내가 노크를 하면 그녀는 깜짝 놀랄 테지만, 곧바로 방으로 들여보내 줄 거예요. 그러면 그녀를 침대 위에 쓰러뜨리고 곧바로 클로로포름을 사용할 겁니다. 몸싸움으로는 내게 상대가 안 될 테니. 숨이 완전히 끊어졌다는 확신이 서면, 시체를 어딘가에 숨겨 둘게요."

"여행용 트렁크요!"

앨마가 흥분해서 말했다.

"완벽해요. 어두워질 때까지 기다렸다가 창문 밖으로 밀어 버리는 겁니다. 모리타니아 호는 정오에 출발해요. 점심 식사 시간은 1시부터니까, 그때 일등실 식당으로 가서 승무원에게 당신이 리디아 바라노프 부인이라고 하고 일인용 테이블을 마련해 달라고 해요. 승무원들은 의심하지 않고 믿을 겁니다."

"당신은 어떻게 하려고요?"

"리디아의 객실 문에 '깨우지 마시오'라는 팻말을 붙여 두고 안에 들어가 있을 겁니다. 중요한 건 당신이 할 일이에요. 승객과 승무원 들의 눈에 당신이 리디아라는 인상을 확실히 심어 줘야 해요. 점심 식사는 느릿느릿 먹고 그 후에는 라운지에서 사람들과 담소라도 나눠요. 그리고 일등실 갑판을 돌아다니다가 갑판 담당 승무원을 보면 해가 잘 드는 곳에 의자를 예약해 둬요. 상대방이 당신의 이름을 확실히 들었는지 확인해 보고. 할 수 있겠어요?"

"그럼요, 할 수 있어요."

"좋아요. 오후 늦게 리디아의 객실로 오면 내가 문을 열어 주겠어요."

"월터, 그 계획은 성공할 거예요!"

그녀는 그의 뺨에 키스한 후 그의 어깨에 머리를 기댔다.

"기가 막힐 정도로 간단한 일이에요."

월터는 아직 성공을 확신하지 못하는 것 같았다. 그는 계획의 남은 부분을 확실히 하기 위해 이야기를 계속했다.

"내가 객실 열쇠를 하나 줄 테니, 그때부터는 마음대로 드나들 수 있어요. 하지만 그 후에도 우리는 계속 거리를 유지해야 해요. 당신은 저녁 식사 후 밤늦게 객실로 돌아와요. 그때쯤이면 나도, 시체도 보이지 않을 거야. 나는 이등실로 돌아가고 닷새 후에 뉴욕에서 당신을 만나는 거죠. 이 계획이라면 잘될 것 같은데."

"당연히 잘될 거예요, 월터."

"감히 말하자면 친애하는 크리펜 박사도 이 계획의 가치를 알아줄 테지. 시체를 지하실에 숨기지도 않고 우스꽝스러운 변장도 하지 않으니까. 게다가 이 모든 비용은 하늘에 있는 아내가, 즉 피해자가 내는 거죠."

월터의 입꼬리가 살짝 올라갔다.

"모리타니아 호에서 사용할 가명은 생각해 뒀어요?"

"아직. 간단한 이름이 좋겠죠. 그러고 보니 옛날 이름인 브라운도 괜찮겠군요. 아버지의 옛날 친구 중에서 위조 여권을 만드는 사람이 있었는데 실력이 녹슬지 않았다면 여권도 구할 수 있을 거예요. 내일 만나 볼게요."

"브라운은 본명 같지가 않아요."

"하지만 그게 본명인데."

"크리펜 박사는 로빈슨이라는 가명을 썼지만 그것도 이상하게 들리기는 마찬가지였다고요."

"그러면 생각하고 있는 이름이라도 있어요?"

"짧고 간단하지만 흔하지 않은 이름이어야 해요."

그녀는 두 손을 모으고 말했다.

"생각났어요."

"듀?"

"맞아요! 내 마음을 읽었군요!"

"월터 듀. 스코틀랜드 야드에 감사해야겠군."

그는 키득거리며 웃기 시작했다.

"마음에 들어요. 누가 월터 듀라는 이름을 가진 사람을 의심하겠어요?"

그가 큰 소리를 내며 웃자 앨마도 이에 동참했다. 두 사람의 웃음소리는 계단을 타고 흘러 내려갔다. 장엄한 석양이 모든 사물을 낭만적인 짙은 빨강색으로 물들였다.

002

☆☆☆

런던에서 보낸 마지막 일주일 동안 바버라는 예전과는 다른 모습으로 지냈다. 수수한 차림을 버리고 세련되게 치장하기 시작한 것이다. 바스코 미용실에서 아름다운 갈색 머리를 잘라 단발머리가 되었다. 옆머리는 파마를 해서 웨이브를 넣었다. 얼굴에는 흰색 분을 바르고 입술은 진홍색으로 칠했다. 나이츠브리지에 있는 상점에서는 모피 숄 한 장과 이브닝드레스 다섯 벌을 샀다. 그녀는 금요일까지 한 번씩 입어 보고는 두 벌을 더 샀다.

바버라가 변하게 된 계기는 버트런드 러셀 박사의 강연 때문이었다. 바버라는 강당을 나서자마자 미용실로 향했다. 그녀의 어머니 마저리는 딸의 변신에 경악했다. 그녀는 브랜디를 더블로 마신 후, 이런 딸의 변화를 이번 여행의 최대 성과로 들었다. 남편 리비에게는 철학에 뭔가 특별한 게 있는 것 같다고 말했지만 리비의 생각은 달랐다. 바버라가 변한 이유는 폴 웨스터필드가 그녀보다 강연에 더 큰 관심을 보였기 때문이라는 것이다.

"그 애가 폴에게 관심이 있는 게 맞다면, 무슨 음모를 꾸미고 있는 것 같아. 오늘 오후에는 포브스라는 남자와 데이트를 한다고 하던걸."

마저리가 말했다.

포브스는 바버라를 카페 드 파리에서 열린 댄스파티에 데려갔고, 그곳에서 그녀는 아널드라는 남자를 만났다. 그는 외눈 안경을 썼고 굉장히 재미있는 사람이었다. 아널드는 그래프턴 갤러리에서 그녀에게 케이크와 아이스커피를 대접했다. 그 갤러리는 그녀 같은 젊은 여성들이 선정적인 그림을 보고 당황해하지 않도록 그림 일부를 얇은 종이로 가려 놓고 있었다. 새벽 2시까지 흑인 악단이 재즈를 연주했는데, 아널드는 원스텝 춤을 추다가 한 여자를 팔꿈치로 찌르고 말았다. 여자는 아이스커피를 파트너의 바지에 쏟았고, 아널드는 그림을 가려 놓은 종이를 뜯어 옷을 닦아 주었다. 그러는 동안 렉스라는 젊은 남자가 바버라에게 생전 이렇게 매력적인 여자는 처음 본다며 말을 걸었다.

렉스는 매우 정열적이었다. 다음 날 그는 클라리지스 호텔에서 점심을 함께 들다가, 예약해 놓은 스위트룸에서 바버라가 자신을 행복하게 해 주지 않으면 자살할 거라고 협박했다. 그는 바버라에게 협박이 사실이라는 것을 납득시키기 위해, 주머니에서 은색 리볼버를 꺼내 테이블 위에 올려놓았다. 바버라는 침착했다. 자신은 매력적인 여자이지, 쉬운 여자가 아니었으니까. 그녀는 권총을 집어 샴페인 얼음통에 빠뜨렸다. 나중에 아널드에게 들은 이야기에 따르면 렉스는 클라리지스 호텔에서 권총을 꺼내 들기로 유명한 모양이었다.

바버라는 그 주에 두 번, 사보이 호텔 로비에서 폴 웨스터필드와 마주쳤다. 첫 번째는 포브스와 함께 있을 때였고, 두 번째는 아널드와 함께였다. 이 두 번의 우연한 만남은 폴에게 긍정적인 효과를 발휘했다. 금요일 아침, 그는 식당으로 통하는 계단에서 그녀를 불러 세웠다. 그러고는 머리가 굉장히 멋지다는 칭찬을 늘어놓았다. 그는 그녀에게 저녁 약속이 있는지 물었다.

바버라는 한 친구에게 카페 로열에서 뭔가 있다는 이야기를 들었지만 그다지 흥미가 없다고 대답했다. 런던에서의 마지막 밤이니 좀 더 즐기고 싶다는 것이었다.

"내일 떠난다고? 모리타니아 호를 타고? 잘됐군! 나도 그래. 오늘 밤은 런던에서 실컷 놀아 보자고."

"뭘 할 건데?"

바버라는 조심스럽게 물었다. 철학 강연 따위에는 절대 참석하기 싫었다.

"버클리 레스토랑에서 파티가 있어. 대부분은 미국 대사관에서 일하는 사람들일 거야. 젊은 사람들 말이야. 개중에는 아주 괜찮은 사람들도 있다고 하던데. 놀러 오라는 소리를 들었는데, 함께 가지 않을래?"

그녀는 웃으며 고개를 끄덕였다.

바버라는 의도했던 성과를 달성했다. 그녀는 어머니 눈에 든 남자들이라면 누구든 피하려 드는 경향이 있었지만, 폴 웨스터필드에게는 마음이 끌렸다. 그녀는 자신이 하는 말을 진지한 눈빛으로 경청하는 그의 모습이 좋았다. 흥미가 동하는 일이 생겼을 때 한쪽 눈썹을 치켜 올리는 모습도 좋았다. 고양이처럼 간결하면서도 사람을 현혹하는 발걸음으로 방 안을 가로지르는 모습도 좋았다. 여유 속에서 힘이 느껴졌다.

모리타니아 호에서 닷새를 함께 보낼 생각을 하니 그녀 역시 평상시처럼 행동할 수 있었다. 그녀는 로비에서 폴을 만나기로 한 약속 시간에 이십 분 늦게 나타났다. 바버라는 그를 대학 시절에 부르던 별명으로 불렀다. 백만장자라 할지라도 다른 남자들이랑 똑같이 대한다는 사실을 알려 주고 싶었기 때문이다.

파티는 폴이 말한 대로 훌륭했다. 샴페인이 무한정 제공되었다. 미국 대사관 젊은이 십여 명에 비슷한 수의 영국 친구들이 자정이 넘도록 식사를 하고 춤을 추었다. 사람들은 끊임없이 상대를 바꿔 가며 연인처럼 몸을 밀착시키고 있었다. 레스토랑이 문을 닫자 파티는 하이드 파크 코너에 있는 옥외 카페로 자리를 옮겨 계속되었다. 택시 기사들이 줄지어 늘어서 있는 택시에 사람들을 태웠다. 그래서 그들은 커피를 들고 몇 시간 동안이나 앉아 있었다.

바버라는 폴을 사이에 두고 포피라는 영국 아가씨와 나란히 앉아 있었다. 그 점은 딱히 문제가 되지 않았다. 폴은 두 사람 모두에게 팔을 두르고 앉아 재미있는 이야기를 하는 중간중간 키스를 해 댔다. 포피는 잘 웃었다. 그녀는 자신이 진짜배기 영국 토박이라고 했다. 금발의 심한 곱슬머리에 밝고 표현력이 풍부한 눈을 가진 아가씨였다.

새벽 3시가 가까워지자 다들 택시에서 나와 가로등 주변에 모여 서로 손을 잡고 둥글게 섰다. 그러고는 〈춤을 춰요, 머더 브라운*〉과 〈올드 랭 사인〉을 부른 후, 서로 키스를 교환했다. 그들은 택시

기사들을 깨워 집으로 향했다.

폴은 포피에게 사는 곳을 물었다. 두 사람과 바버라는 이미 한 택시에 타고 있었다.

"칙샌드 스트리트에 살아."

포피는 키득거리며 대답했다. 그녀는 몇 마디 할 때마다 웃음을 터뜨렸다.

"들어 본 적 없는 동네지? 기사 아저씨도 모를 거예요. 이스트엔드에서 한참 더 들어가야 해."

"잘됐네. 사보이 호텔이 그 중간에 있는 것 같은데. 바버라를 먼저 내려 줄게."

바버라는 고개를 끄덕였지만 고맙다는 말은 하지 않았다. 왜 포피를 먼저 내려 주고 함께 호텔로 돌아가지 않는지 이해할 수 없었다. 마치 오늘 밤 그의 파트너는 포피인 것만 같았다. 그러나 그녀는 애써 이의를 제기하지 않았다. 그녀는 포피에게 웃어 보이면서, 속으로는 폴이 그녀의 멍청한 웃음소리와 우스꽝스러운 억양에 죽을 만큼 지루해하기를 바랐다.

"당신은, 폴?"

포피는 그에게 몸을 기대고 흰색 넥타이를 바로잡아 주며 물었다.

"묵고 있는 호텔이 어디야, 자기?"

"나도 사보이 호텔이야."

● **춤을 춰요, 머더 브라운** _ 제1차 세계 대전이 끝났을 때 런던 시민들이 애창하면서 유명해진 노래.

그녀는 다시 키득거렸다.

"정말이야? 둘이 그런 사이인 줄 몰랐네."

"같은 방이 아냐. 순전히 우연이라고."

바버라가 말했다. 포피는 포복절도했다.

"아, 그러세요?"

"그럼."

폴의 목소리에는 살짝 짜증이 섞여 있었다. 기사에게 먼저 사보이 호텔에 들렀다가 칙샌드 스트리트로 가 달라고 말했다. 그러고 나서 바버라를 보며 말했다.

"늦었는데 너까지 데리고 갈 이유가 없을 뿐이야. 내일 일찍 출발해야 하잖아."

"알아."

바버라는 모리타니아 호에서 보낼 닷새를 생각하며 마음을 너그럽게 먹으려고 애를 썼다.

스트랜드를 지날 때, 폴이 바버라의 입술에 살짝 키스를 했다. 그러더니 그녀의 목을 감싸고 더욱 강렬하게 키스했다.

"자, 이제 연인들은 헤어질 시간이에요."

포피가 말했다.

사보이 호텔의 정문 수위가 택시 문을 열어 주었다.

"고마워, 폴. 런던은 정말 멋진 곳이야."

"다음에는 배에서 보겠구나."

택시가 달리기 시작하자, 바버라는 뒤쪽으로 난 작은 창을 열고 손을 흔드는 포피의 모습을 바라보았다.

003
☆☆☆

"리디아, 택시가 도착했어."

"벌써? 좀 기다리라고 해."

"8시가 다 됐는데."

"워털루 역까지는 한 시간도 안 걸린단 말이야. 빌어먹을 택시는 왜 이렇게 일찍 불렀어? 연락 열차는 9시나 되어서야 출발한다고. 내가 떠나는 모습이 그렇게 보고 싶어?"

그러나 그녀는 특별한 악의를 갖고 하는 말은 아니었다. 이틀 전 월터가 태연히 미국에 가지 않기로 결정했다고 말했을 때는 미친 듯이 화를 냈다. 렌즈콩 수프가 담긴 그릇을 던지기까지 했다. 머스터드와 크랜베리 소스도 예외가 아니었다. 그녀는 실비아 앞에서 그에게 저주를 퍼부었다. 그러나 심사숙고를 해 보니 다른 생각이 떠올랐다. 월터는 미국에서 짐밖에 되지 않을 터였다. 그는 할리우드에서 지내기에는 너무 칙칙한 인간인 것이다. 대리인으로도 쓸모가 있을 것 같지 않았다. 대신 진취적인 젊은 미국인을 고용할 생각이었다.

물론 할리우드까지 혼자 여행할 생각을 하니 답답해졌다. 그러나 그녀는 이전에도 길고 지루한 여행을 견뎌 낸 적이 있었다. 배우란 평생 여행 가방을 들고 기차를 타, 먼 곳으로 떠나야 하는 직업이었다. 신문 기자들이 그녀를 인터뷰할 때 써먹을 이야깃거리가 될 터였다.

이기적인데다 은혜도 모르는 월터는 조만간 관대하고 헌신적인 부인 없이 살아가는 인생이 어떤지 톡톡히 깨닫게 되리라. 이턴 플레이스에 있는 병원과 설비는 모두 팔아 버렸다. 그는 월요일까지 이 집에서 자신의 짐을 빼야만 한다. 그가 어떻게 돈과 거처를 마련할 수 있을지 수수께끼였다. 그 잘난 여자가 거두어 주기라도 한다는 걸까? 꿈도 꾸지 마시지!

월터가 침실 문 앞으로 다가와 안을 들여다보았다.

"아직 아래층으로 옮길 게 더 남았어?"

마지막까지 싫은 소리 한번 하지 않았다. 전날 밤에도 렌즈콩 수프와 크랜베리 소스를 가장 좋은 정장 위에 뒤집어쓰고도, 미국에 가겠다는 생각을 바꾼 것에 대해 계속해서 사과를 했다.

"굳이 하겠다면, 여행 가방을 옮겨 줘."

대부분의 옷을 넣은 트렁크는 화요일에 먼저 보냈으니, 지금쯤이면 배에 도착했을 터였다.

"기사한테 금방 간다고 전해 줘."

그녀는 방 안을 둘러보다가 갑자기 즐거운 기분에 휩싸였다. 이곳을 영영 떠난다. 재능을 더 이상 소중히 여기지 않는 완고한 영국 땅을 탈출해서 기회가 가득한 신세계로 가다니, 이렇게 좋을 수가!

그녀가 아래층으로 내려가자 월터가 계단 끝에 서 있었다.

"표는 확실히 챙겼지? 여권도?"

"당연하지."

"돈은?"

"난 어린애가 아니야, 월터. 살 곳이 정해지거든 캘리포니아 은행을 통해서 반드시 주소를 보내. 하지만 돈을 뜯어 낼 수 있을 거라고 생각한다면 오산이야. 독립을 선택한 건 당신이니까, 돌봐 주는 것도 이제 끝이야. 그렇다고 이혼해 주겠다는 말은 아니야. 내가 속이 꽉 막힌 사람이 아니라는 건 알 테지만, 나한테 전화를 건 그 물건이랑 저질렀던 불륜 관계를 그렇게 간단히 정당화시켜 줄 생각은 추호도 없으니까."

"부도덕한 짓은 하나도 하지 않았어, 리디아. 정말이야."

그는 리디아의 속내를 듣고 상당히 충격을 받은 듯 보였다.

"안녕, 월터."

"안녕."

"여행 잘하라고 빌어 주지도 않을 거야?"

"깜빡 잊었어. 미안해."

그녀는 택시를 향해 걸어갔다. 월터에 대한 기억이라고는 평생 동안 그녀에게 미안하다는 말을 했던 것밖에는 없었다. 수려한 외모를 가진 멋쟁이 치과 의사에, 환자들에게 떠받들어지는데다, 자신감이 있으면서도 사람을 편안하게 해 주는 이 사람의 실제 모습은 생쥐나 다름없었다. 마지막까지 리디아는, 그를 충분히 괴롭히면 이빨을 드러내고 화를 내지 않을까 반쯤은 기대하고 반쯤은 바라고 있었다. 그러나 이제는 늦었다.

004
☆☆☆

리비 코델은 사우샘프턴 부두가 좋았다. 연락 열차가 증기를 뿜으며 배 바로 옆 승강장으로 들어오는 순간이 좋았다. 누군가 굵은 가죽 끈을 잡아당겨 창문을 열면, 기차의 석탄 가루가 섞인 짠 바다 냄새가 코를 찔렀다. 이 냄새를 맡으니 대서양을 열 번도 넘게 건너며 상류층으로 올라가던 과거가 떠올랐다. 처음에는 삼등실이었고 사업이 성공하자 이등실로 진출했다. 이번에는 일등실이었다. 리비와 여자들은 열차 안에서 아침 식사를 했다. 기차는 삼등실 승객들이 타는 기차가 출발한 다음 한 시간 삼십 분이 지나서야 출발했던 것이다. 주변에 삼등실 이야기를 꺼내는 사람은 아무도 없었다.

짐꾼들이 그들을 도와 수하물을 수레로 실어 날랐다. 여권과 표 확인은 열차 안에서 이미 끝낸 터였다. 사방에서 미국식 억양이 들렸다. 유럽 여행 철이 막을 내리는 것이었다. 모리타니아 호의 악단이 승객들의 피로를 풀어 주기 위해 플랫폼에 나와 최선을 다해 군대 행진곡을 연주하고 있었다.

리비는 승선권을 꺼냈다. 그러다 앞에서 낯익은 얼굴을 발견했다.

"어, 저기 웨스터필드 군 아닌가?"

"폴요?"

바버라가 흥분을 감추려 하지도 않은 채 말했다.

"어디 있는데요?"

"조금 앞쪽에. 밀짚모자를 쓰고 있구나."

"안 보여요."

"저기 간다! 줄에서 빠져나왔어. 이쪽으로 오고 있네."

마저리가 끼어들었다.

"뭐, 좋은 징조인가? 우리를 본 것 같아?"

리비가 말했다. 마저리의 목소리가 갑자기 변했다.

"그게 아닌 것 같아, 여보."

바버라의 얼굴이 분홍색으로 물들었다.

폴 웨스터필드는 굉장히 예쁜 젊은 여자와 함께 있었다. 그녀의 금색 크레이프 드 신 드레스는 금발 곱슬머리와 흰색 모자에는 잘 어울렸지만 오전의 부두 풍경에는 맞지 않았다. 하지만 그녀는 전혀 신경 쓰는 것 같지 않았다. 그저 흰 장갑을 낀 손을 폴의 팔에 끼고, 다른 것들은 눈에 들어오지 않는 듯 그의 얼굴만 바라보며 이야기하고 있었다. 그러나 폴의 얼굴에는 코델 일가를 알아차린 듯한 표정이 떠올랐다. 그는 잠시 망설이다가 다가왔다. 포피에게 뭔가 이야기하자 그녀는 고개를 돌려 바버라를 바라보았다. 처음에는 무표정했던 시선이 밝은 미소로 변했다.

"깜짝이야! 안녕, 바버라. 아침에 머리 아프지 않았어?"

"두 사람은 어때?"

바버라가 맥 빠진 목소리로 물었다.

"엄마, 리비 아저씨, 이쪽은 포피라고 해요. 어젯밤에 만났어요. 폴은 전에 소개해 드렸죠."

"물론이다. 만나서 반가워요, 포피."

리비가 인사를 하고 두 사람은 악수를 나누었다.

마저리는 고개를 끄덕이면서 애매모호한 미소를 지을 뿐이었다.

"포피가 날 배웅한다고 멀리까지 와 줬어."

폴은 태평스러운 태도를 취하려 눈에 띄게 노력하며 말했다.

"배웅 나온 사람들은 다른 통로로 들어가야 한다더라고."

"저쪽이야. 표지판을 봤다네."

리비가 말했다.

"감사합니다. 저…… 그러면 다음에 뵙겠습니다."

폴은 발걸음을 뗐다.

"그럼 이만!"

포피가 말했다. 그녀는 헤어지면서 다시 폴의 팔짱을 꼈다.

리비는 바버라를 바라보며 말했다.

"자, 저쪽 틈으로 선체가 보일 거다. 승선 통로에 올라가면 배가 얼마나 큰지 꼭 봐 두렴. 믿을 수 없을걸. 뉴욕에 도착할 때까지는 볼 수 없을 테니 말이다."

그는 너무 티 나게 화제를 돌리는 게 아닌가 생각했지만 바버라를 위해서 무슨 말이든 해야 했다. 리비도 적잖이 속이 상했던 것이다. 마저리가 말했다.

"난 어서 배에 타서 진이나 실컷 마시고 싶어. 넌 어떠니, 바버라?"

행렬 앞쪽에서는 리디아 바라노프가 승선 통로를 건너 모리타니아 호에 승선했다. 짐꾼을 불러 여행 가방을 들게 했다. 접수창구에서 그녀의 승선권과 승객 명단을 대조했다.

"혼자 여행하십니까, 바라노프 부인?"

"그래요. 남편은 일이 생겨 예약을 취소했어요."

"유감입니다, 부인. 하지만 여행이 즐거우시길 바랍니다."

보조 사무원은 푸른 제복을 입고 줄지어 서 있는 벨보이들을 돌아보았다.

"바라노프 부인을 일등실 89호로 안내해 드리도록."

맨 앞줄에 서 있던 벨보이가 다가와 열쇠를 받아 들었다.

"이쪽으로 오시겠습니까, 부인?"

벨보이는 익숙한 뱃사람다운 동작으로 앞장서 사람들로 붐비는 승선 수속 사무실을 가로질렀고, 리디아와 짐꾼이 뒤를 따랐다. 손으로 길을 열고 입으로는 양해를 구하자, 사람들은 억지로 옆으로 비켜났다. 골프 클럽 세트나 줄을 맨 애완견 같은 장애물을 지날 때는 뒤를 돌아보지도 않고 손가락으로 가리키며 주의를 주었다. 이윽고 벚나무 널빤지를 댄 복도에 들어섰다. 도처에 승객들과 배웅 나온 사람들이 서로 이야기를 나누고, 눈물을 흘리며, 애정을 표시하고, 불안에 떨며, 잠시도 가만히 있지 못했다. 그 사이를 짐꾼들과 급사, 신문이나 꽃을 파는 사람들이 돌아다녔다. 리디아는《데일리 메일》한 부를 사려고 걸음을 멈췄다가 벨보이를 놓칠 뻔했다.

89호 일등실은 다른 복도 끝에 있는 계단 아래에 있었다. 벨보이가 잠긴 문을 열자 리디아는 지갑에서 돈을 꺼내 짐꾼에게 팁을 주었다. 벨보이가 커튼을 젖혔다.

"창문이 두 개로군요. 멋진데요. 여기는 배 어느 쪽이죠?"

"좌현입니다, 부인. 여기는 D 갑판 또는 상갑판이라고 합니다. 일등실 식당에 가시려면 복도 끝에 있는 문을 지나 똑바로 가시면 됩니다. 창문을 하나 열어 드릴까요?"

"고마워요. 지금 몇 시죠?"

"11시 30분입니다, 부인. 오찬은 1시 정각부터 제공됩니다."

"점심 식사는 필요없어요. 짐을 풀고 한 시간 정도 조용히 신문을 읽고 싶어요. 아무도 방해하지 않았으면 좋겠군요."

그녀는 일 실링을 꺼내 그에게 주었다.

혼자 남은 리디아는 벨보이가 열어 준 창가로 가 밖을 내다보았지만, 보이는 것이라고는 부둣가에 있는 크레인 꼭대기뿐이었다. 이 방은 배에서 이례적으로 높은 곳에 위치한 것 같았다. 그녀는 모리타니아 호가 이렇게 거대한 배일 줄은 미처 상상하지 못했다. 창문 반대편을 돌아보자 서랍장 옆에 먼저 보낸 트렁크가 도착해 있었다. 이로써 걱정거리 하나가 해소되었다.

전체적으로 보면 닷새 동안 지내기에는 나쁘지 않았다. 그녀는 욕실을 살펴보았다. 욕실은 작은 편이었지만 흰 대리석으로 아름답게 치장되어 있었다. 객실에는 서랍장, 안락의자, 화장대, 세면대, 책상이 있었고, 작은 원형 탁자 위에는 싱싱한 장미를 꽂은 화병이 놓여 있었다. 침대도 이만하면 충분히 안락했다. 침대의 벽 반대쪽 면에는 배가 흔들릴 때 승객을 보호하기 위해 나무판자가 붙어 있었다.

출항까지는 아직 삼십 분이 남았다.

그녀는 외로워하지 않겠다고 다짐했다. 대모험의 시작인 셈이다. 이제 와서 약해지는 건 우스꽝스러운 일일 뿐이다. 그녀는 트렁크를 열어 여행에 입으려고 산 아름다운 새 옷들을 꺼내기 시작했다.

005

"뉴욕에서는 상상도 못할 일이라는 걸 알지?"

폴은 포피와 함께 흡연실에 앉아 셰리주를 마시며 말했다.

"흡연실에 여자가 들어오는 거? 맙소사, 난 영국 사람들이 더 고루한 줄 알았는데."

"아니. 이거 말이야."

그는 셰리주가 담긴 잔을 들어 올렸다.

"금주법 알지? 여기 올 때도 배가 영해 이십 킬로미터 밖으로 나가기 전까지는 술 한 방울 입에 댈 수 없었어. 영해를 벗어났을 때 다들 바로 달려가는 모습을 봤어야 하는 건데."

포피는 키득거렸다.

"지금까지 미국인이 영국 배에 주로 타는 건 음식이 더 맛있기 때문이라고 생각했었는데."

"이제 알겠지? 리바이어던 호처럼 술 한 방울 없는 배에서 닷새를 보낸다고 생각해 봐."

폴은 갑자기 옆 테이블에 앉은 사람에게 시선을 돌렸다.

"아니, 이건 뭐지. 바버라네 가족을 또 보게 되는군."

포피에게도 좋은 소식은 아니었다. 그녀에게는 배에서 내리기 전에 할 일이 있었다. 이를 위해서는 폴을 독점해야만 했다.

"신경 쓰지 마. 우릴 못 봤잖아."

"술 한잔 사야 할 것 같은데. 아까 부두에서 인사할 때 민망했잖아. 너도 한 잔 더 어때, 포피?"

"머리가 아파. 담배 연기가 지독해서. 갑판에 올라가자."

"그러든지. 바버라에게 함께 가지 않겠냐고 물어볼게. 부모 사이에 끼여 있다니 불쌍도 하지."

폴이 코넬 가족에게 다가가자 포피는 속으로 욕설을 주워섬겼다. 지금까지 계획이 잘 풀렸다. 저 녀석이랑 몇 분만 더 같이 있으면 되는데. 그다음에는 바버라가 그를 점심 식사 대용으로 삼든 알게 뭐야.

그녀는 코넬 가족이 앉아 있는 테이블에서 일이 미터 떨어진 곳에 멈춰 섰다. 바버라의 어머니가 이야기를 하는 중이었다.

"어서 가 보렴. 우리랑 함께 있는 거 싫어했잖니. 젊은 사람들끼리 통하는 것도 많을 테고."

바버라는 기뻐하는 기색 없이 자리에서 일어섰다. 그들은 폴을 사이에 두고 걷기 시작했다.

"위에 올라가서 베란다 카페에 가 보자."

포피가 제안했다.

"아까 몸이 안 좋다고 했잖아."

"괜찮아질 거야. 거기에선 춤을 출 수도 있다던데."

"어떻게 알아?"

바버라가 물었다.

포피가 그 사실을 알고 있는 까닭은, 하이드 파크 옆에 있는 멋진 저택에서 처음 이 일에 대해 의논할 때 잭이 말해 주었기 때문이다. 잭은 모리타니아 호에 대해 알아야 할 것은 모두 알고 있었다. 전체 갑판과 선실의 배치는 물론 폴 웨스터필드의 이름이 올라 있는 승객 명단도 갖고 있었다.

"어떤 할아버지가 이야기하는 걸 들었어."

그 베란다 카페는 햄프턴 궁전*의 온실을 본떠 지은 것이었다. 이곳은 커다란 창문과 유리 지붕 덕분에 이 배에서 유일하게 인공조명을 사용하지 않는 곳이었다. 커다란 종려나무를 심은 화분이 도처에 놓여 있었고, 밝은 색의 꽃들이 담긴 바구니가 걸려 있었다. 작은 탁자 곁에는 등나무 의자를 갖춰 놓았다. 사각형의 춤출 수 있는 무대도 있어, 몇몇 커플들이 콘서티나 반주에 맞춰 발을 놀리고 있었다.

"자, 폴. 우리 둘 중 누구랑 춤을 추고 싶어?"

포피가 말했다.

"둘이서 춰. 시간이 얼마 없잖아. 난 그냥 여기 앉아서 구경이나 할게."

바버라는 선선히 양보했지만, 여전히 자신을 억지로 떠민 어머니를 원망하는 듯한 표정이었다. 그냥 가 버릴 수도, 남아서 점잔 빼며 구경할 수도 없었다. 그녀는 댄스 플로어 근처 빈자리에 앉아 폴과 포피를 무표정하게 바라보았다.

포피는 천천히 사각형 플로어를 도는 폴의 손에 몸을 맡겼다. 한쪽 구석에서 몸을 빙글 돌렸을 때, 뒤로 잘 빗어 넘긴 금발 머리가 눈에 띄었다. 예정대로 잭이 대기하고 있었다. 포피는 이제 정말 머리가 아팠다. 바버라가 두 사람의 일거수일투족을 살피고 있었기 때문이다. 그녀가 보고 있을 때 일을 벌이는 것은 멍청한 짓이었다. 포피는 이 상황에서 소매치기 기술을 발휘할 수 없다는 사실을 깨달았다. 위험 부담이 컸다. 이 작은 플로어 위에서 바버라의 빈틈없는 시선을 받고 있으니 도리가 없었다. 다른 방법을 모색해야 했다.

콘서티나 연주음 너머로 귀에 거슬리는 소리가 들렸다.

"아쉬운걸. 배웅하러 온 사람들은 내리라는 신호 같은데."

폴이 말했다.

포피는 엉덩이를 그에게 밀착시키고 과장되게 실룩거렸다. 이에 폴도 반응했다.

"내리지 말고 숨어 있을까?"

"내 객실에서 지내려고?"

그가 활짝 웃었다.

"그럴까? 자리도 그리 많이 차지하지 않을 텐데."

"몰래 숨어든 사람은 들통 나게 되어 있어. 포피, 너도 금세 들통 날걸. 금발 곱슬머리는 눈에 띄니까."

그녀는 교활한 미소를 지어 보였다.

"갈색 머리보다는 눈에 띄지 않을걸. 내가 왜 당신을 저 여자 곁에 두고 떠나야 하는데?"

"바버라는 대학 친구일 뿐이야."

"그녀는 그렇게 생각 안 하던걸. 그나저나 잡히면 어떻게 돼? 갑판이라도 닦아야 하나?"

음악 소리가 멈췄다. 급사 한 명이 카페 안에 들어와 종을 치며 외쳤다.

"하선 시간입니다! 내리실 분들은 내려 주세요!"

포피에게는 상황이 최악으로 치닫고 있었다. 그녀는 테이블로 돌아가면서 잭을 흘끗 바라보았다. 가면이라도 쓰고 있는 듯 무표정한 얼굴이었다. 그녀는 곤란한 상황을 알리려 입술을 오므려 보였다. 잭은 상황을 아는지 모르는지 아무런 반응도 보이지 않았다. 차라리 잭이 불같이 화를 내는 편이 덜 난처할 것 같았다.

연주를 마친 콘서티나 연주자가 고개를 숙여 인사를 했다.

"이제 작별 인사를 해야겠네."

바버라가 포피에게 말했다.

"폴이 너를 바래다주고 싶어 할 테니 난 이만 내 객실로 돌아가 점심시간이 되기 전에 짐이나 정리할게. 만나서 즐거웠어. 잘 가, 포피."

포피는 고마운 나머지 그녀에게 키스를 퍼부을 뻔했다. 그녀는 바버라가 떠나는 모습을 바라보며 폴에게 말했다.

"자기야, 아직 적어도 십 분 정도는 괜찮을 거야. 다른 사람이 없는 데서 작별 인사를 나누지 않을래?"

그녀는 잭의 눈을 피하면서 그가 앉아 있는 자리를 지나쳤다. 그러나 고개를 끄덕이면서 계획이 아직 진행중이라는 신호를 보냈다.

006
☆☆☆

앨마는 이등실 377호에서 종을 치는 소리를 들었다. 어깨가 떨리기 시작했다. 그녀는 의자에 앉은 자세를 바꾸며 떨리지 않는 척하려 애썼다.

"그렇게 긴장할 필요 없어요."

월터는 환자를 대하던 말투로 말했다.

"일이 잘 풀릴 테니, 나를 믿어요. 연락 열차에서 여권을 제출했을 때 내 정체를 의심한 사람은 아무도 없었어요. 이제 나는 월터 듀라는 사람이에요. 당신이 리디아 바라노프 부인이 아니라고 의심할 사람은 아무도 없어요. 의심할 이유가 없으니까."

"그럼요. 내가 맡은 일은 손쉬우니까요."

그녀는 아무렇지도 않게 미소를 지으려 애썼다.

그도 마주 웃음을 지어 보였다. 진심에서 우러나온 편안한 웃음이었다.

"내가 맡은 일도 어렵지 않아요. 클로로포름을 처음 써 보는 것도 아니니까. 마취가 어려운 건 환자에게 해를 입힐 위험이 있기 때문이에요. 이번에는 그런 문제를 신경 쓸 필요가 없잖아요."

"고통스럽지는 않겠죠?"

"전혀 아니에요. 순식간에 끝날 테니."

리치먼드 테라스 가든스에서 리디아를 흔적도 없이 처치할 방법을 의논하던 저녁 이후로, 앨마는 월터에게 생긴 변화를 느끼기 시작했다. 이제 소심하게 굴지 않았다. 그의 태도에는 자신감과 목적의식이 넘쳤다. 웃음을 짓는 일도 늘어났다. 리디아로부터 해방될 수 있다는 가능성이 그를 다른 인간으로 만들었다.

앨마는 가방을 집어 들었다.

"샌드위치를 만들어 왔어요. 당신은 점심 식사도 못할 것 같아서."

"정말 생각이 깊군요."

그는 샌드위치를 들고 포장을 벗겼다.

"양상추와 토마토라. 더할 나위 없군."

그녀는 다른 꾸러미를 꺼냈다.

"초콜릿 케이크도 있어요."

"정말 좋아하는 건데. 당신이 만들었어요?"

"머릿속을 비우고 싶어서요. 바보 같아. 이렇게 신경이 예민해질 줄은 몰랐어요. 당신은 그렇게 침착한데."

"의사 수업을 받았으니까. 난 뭘 해야 하는지 정확히 알고 있어요. 이거 맛있는데. 당신도 하나 들어요."

그녀는 고개를 저었다.

"아무래도 식욕이 돌아올 것 같지 않아요."

월터는 어깨를 가볍게 으쓱했다.

"풀코스가 버겁다면 간단한 거라도 주문해서 먹도록 해요. 종업원들이 시키는 대로 하지 말고. 그들은 당신 시중을 드는 사람들이지, 감시하는 사람들이 아니라는 걸 명심하고. 하지만 체중이 줄지 않도록 신경을 쓰는 게 좋아요. 그러다간 리디아가 새로 산 옷이 안맞을 테니."

앨마는 다음 일까지 생각해서 신경을 써 주는 월터가 고마워 간신히 미소를 지었다.

"당신이 옮겨 준 가방에 내 옷도 몇 벌 들어 있어요. 그리고 옷을 고쳐야 할 경우를 대비해서 반짇고리도 가져오긴 했는데, 아마그 여자랑 치수는 비슷할 거예요."

"치수가 아니라 취향이 문제에요. 그녀는 언제나 화려하고 과장된 옷을 입으니까. 그런데 지금 당신이 입고 있는 드레스가 안성맞춤이에요. 분명 눈에 띌 테지."

앨마는 그에게 감사했다. 그녀는 자신의 옷 중에서 가장 화려한 옷을 골라 입고 있었다. 붉은색과 흰색이 섞인 짧은 소매의 조젯 드레스였다. 드레스와 어울리도록 붉은 끈이 달린 흰 밀짚모자도 쓰고 있었다.

"이 목걸이는 꽃집을 그만둘 때 맥스웰 부인에게 선물로 받은 거예요."

"굉장히 예쁘군요. 그만두는 이유는 결국 뭐라고 했어요?"

"파리에 그림을 배우러 간다고 했어요. 무모한 짓이라고 생각하던데요. 집을 세준 사람들도 마찬가지였고요. 내가 돌아오지 않아도 놀라지 않을 거예요. 은행 지배인이 요즘에는 백인도 노예로 잡혀간다면서 겁을 주던데요."

"그러고도 잘도 은행에 들어갔군."

월터는 웃으며 말했다.

"앨마, 잘 둘러댔어요."

그녀가 대답을 하려던 찰나, 귀청이 터질 듯한 소리에 객실이 흔들렸다. 마치 배가 조각조각 분해되는 듯한 소리였다.

"뱃고동 소리예요. 굉장히 멋진 소리죠?"

"배가 움직이고 있는 거예요?"

"곧 움직일 테지."

그녀는 일어나 그를 향해 손을 뻗었다. 그는 그녀를 꼭 끌어안았다.

"아직 가지 말아요."

그녀는 속삭였다.

"그래요. 아직 시간이 남았으니까. 다른 사람들이 점심 식사를 하러 간 사이 리디아에게 갈 생각이에요. 그녀가 멀미 걱정을 해서 점심을 거르라고 말해 뒀거든."

007

배와 육지를 잇는 마지막 트랩 담당은 이등 흑해사였다. 배웅을 나온 수백 명의 사람들은 모두 하선하여 선창가에 줄지어 선 채로, 갑판 난간에 몰려 있는 승객들에게 소리를 지르며 손을 흔들고 있었다. 마지막까지 남아 있던 부두 직원들도 하선을 마쳤다. 나팔 소리가 울리자 당직 승무원들과 항해사들이 각자의 위치에 자리 잡았다. 선장이 함교에 올랐다.

자그마한 체구의 아서 H. 로스트론 선장은 백발이었으며, 수염은 깨끗하게 깎은 모습이었다. 오랜 바다 생활로 인하여 거칠어진 피부와 악천후로 인한 온갖 종류의 날씨를 오랫동안 관찰하면서 얻은 매서운 눈매만 아니었더라면, 구멍가게 주인으로 토일 법한 외모였다. 그는 1915년에 모리타니아 호의 선장으로 취임했다. 당시 그의 이름은 큐나드 해운에서 전설적인 존재로 통하고 있었다. 1912년 어느 혹한의 밤, 카르파티아 호를 지휘하던 로스트론 선장은 한 선박으로부터 조난을 알리는 무선 통신을 받았다. 다른 배들도 소식을 듣고 다가오고 있었다. 아서 로스트론은 카르파티아 호의 항로를 변경하여 백 킬로미터 떨어진 사고 현장으로 질주했다. 빙산 때문에 극도로 위험한 바다 위를 그 누구도 가능하다고 생각하지 않았던 속도로 달렸던 것이다. 그는 타이타닉 호에서 칠백 명의 생존자를 구조했다.

선장은 승선 트랩 입구에 서서 함교에서 보내는 신호를 기다리고 있던 이등 항해사를 내려다보았다. 그는 손을 높이 올렸다가 아래로 내렸다. 정확히 정오였다. 마지막 트랩이 분리되었다. 선수와 선미에 묶인 계류용 밧줄이 느슨해졌다. 예인선들이 선미에 달린 굵은 밧줄을 최대 출력으로 끌며 모리타니아 호를 부두 밖으로 견인하기 시작했다. 중산모를 쓴 해상 관리관이 부하들에게 지시를 내렸다. 그들은 선수에 묶인 마지막 밧줄이 풀릴 때까지 거대한 배의 움직임을 따라 부두 위를 움직였다.

예인선은 천천히 배를 끌고 외항 밖으로 나가, 배가 방향을 바꾸는 구역으로 향했다. 함교에서는 조타수가 타륜을 잡고 있었다. 예인선은 배의 방향을 돌리기 시작했다. 오 분이 채 못 되어 배는 바다 쪽을 향하고 있었다. 예인선들은 묶여 있던 밧줄을 풀었다.

"경적을 울려라."

로스트론 선장이 명령을 내렸다.

모리타니아 호가 항해를 시작했다. 중간 선착지인 셰르부르에서 승객들을 더 태울 예정이었으며, 최종 목적지는 뉴욕이었다.

해군 선임 위병 부사관의 지휘 아래 밀항자를 즉각 수색하기 시작했다. 밀항자들이 으레 이용하는 장소인 구명보트, 화물실, 기관실, 세탁실 및 주방이 수색 대상이었다. 이는 회사 규정을 형식적으로 만족시키기 위한 절차에 불과했다. 조금이라도 생각이 있는 밀항자들은 이 시점에서 승객들 사이에 섞여 있다는 사실을 다들 알고 있었다. 그리하여 월터의 객실에서 마음을 가다듬으려 애를 쓰는 앨마도, 폴의 품에 안겨 있는 포피도 적발되지 않았다.

008
***

계속 짐을 정리하던 리디아는 배가 출발하는 움직임을 느꼈다. 그녀는 창문가로 향했다. 더 이상 부두의 크레인은 보이지 않았다. 대신 푸른 하늘을 날아다니는 흰 갈매기들이 보였다. 갈매기들은 날갯짓을 하고 있었지만 앞으로 나아가는 것처럼 보이지 않았다. 그러다 한 마리가 보이지 않는 줄이라도 끊어진 양 위로 솟구치는 모습을 보고서야 비로소 알 수 있었다. 높이 솟은 갈매기는 다른 새들을 향해 승리의 울음소리를 냈다. 리디아는 흥분으로 가볍게 몸을 떨었다.

그녀는 다시 짐 정리를 시작했다. 옷 몇 벌은 다림질을 해야 할 것 같았다. 나중에 급사에게 이야기해야 할 터였다. 지금은 조용한 객실에서 한두 시간 동안 쉬고 싶었다. 갑판에 나가 미끄러지듯 멀어져 가는 영국 땅을 바라볼 이유 따위는 없었다. 영국은 그녀의 진가를 알아보지 못했다. 닷새 후에는 다른 사람들처럼 뱃전에 나가 미국에 도착하는 순간을 지켜볼 작정이었다.

배는 약 일 분가량 멈춘 것처럼 보였다. 이윽고 엄청나게 큰 뱃고동 소리가 다시 한 번 들렸다. 엔진의 진동이 한층 심해졌다. 리디아는 신발을 통해 전해져 오는 진동을 느꼈다. 그다지 놀라지는 않았지만, 몸이 익숙해질 때까지 침대에 앉아 있기로 했다. 뱃멀미는 생각만 해도 질색이었다. 월터의 말이 맞았다. 점심 식사를 거른 것은 현명한 예방책이었다. 불쌍한 월터. 사려 깊지만 모험심이 부족한 사람이었다. 그녀는 신문에 손을 뻗으며 그에 대한 생각을 지워 버렸다.

그녀는 뱃멀미를 할지도 모른다는 걱정을 할 필요가 없었다. 지금은 아무렇지도 않았다. 배의 크기를 감안하면 이 정도 배의 흔들림으로 귓속의 평형 감각에 이상이 생기려면 적어도 한 시간은 걸릴 터였다.

리디아의 목숨은 그 정도도 남지 않았지만.

009
☆☆☆

냉정히 놓고 보면 포피가 폴 웨스터필드의 돈을 뜯어내려는 것처럼 보일지도 모르지만, 사실은 이와 달랐다. 그녀에게는 할 일이 있었고, 최선을 다해 임무를 완수했다. 그에게 성적 편의를 제공하라고 돈을 받은 것은 아니었다. 그녀는 일을 부드럽게 진행시킬 요량으로 폴과 친해질 준비는 되어 있었지만 그게 전부였다. 전날 밤 그가 택시로 칙샌드 스트리트에 있는 그녀의 집까지 바래다주었을 때도, 거실에서 말총을 채운 긴 의자에 나란히 앉아 차를 마시며 키스만 했을 뿐이다. 그 후에는 2층에서 동생 로즈와 함께 잠에 빠졌다. 새벽 6시에 로즈가 평상시처럼 우유 배달부들이 말을 끌고 나오는 것을 보기 위해 아래층으로 내려갔을 때, 처음 보는 남자가 거실에서 잠들어 있는 것을 발견했다. 로즈가 이 사실을 알리자 포피는 한 점 꾸밈없이 그 남자는 사보이 호텔 대신 거실에서 묵기로 한 백만장자라고 말했다. 포피는 다시 한 시간 정도 잠을 더 잤다. 7시가 지나 그녀는 크레이프 드 신 드레스를 입고 앞치마를 두른 후 소시지와 베이컨 이인분을 요리했다. 8시가 되자 두 사람은 폴의 짐을 가지러 사보이 호텔에 들렀고, 9시에는 부두로 향하는 연락 열차를 탔다.

만일 폴이 객실에서 좀 더 저속한 행위를 시도했더라면 대번에 거절당했을 터였다. 포피가 노리는 것은 단 하나, 폴의 상의 주머니에 들어 있는 지갑뿐이었다. 그녀는 그 지갑을 훔쳐 잭에게 전달하라는 지시를 받았던 것이다. 처음 기회는 사라졌다. 다음 기회까지 놓칠 수 없었다.

그녀는 의심을 피하려 약간의 키스와 포옹은 허락했다. 그는 카사노바처럼 매력적이지는 않았지만 견딜 수 없을 정도는 아니었다. 이십 분 정도 시간이 흐르자, 폴의 손이 그녀의 드레스 뒤에 채워져 있는 호크 하나를 풀었다.

그녀는 절망적인 목소리로 말했다.

"이를 어쩌면 좋아. 움직이고 있는 것 같아."

"뭐가?"

그의 손이 갑자기 드레스에서 떨어졌다.

"이 짜증 나는 배 말이야. 움직이는 것 같아. 아, 안 돼. 배에 갇혔잖아. 밀항할 생각은 없었다그."

"걱정하지 마."

그녀는 침대에서 일어나 앉았다.

"걱정 말라니, 말하는 것 좀 봐!"

"내가 돈을 내 준다는 말이었어."

"돈을 내 주다니?"

포피가 따져 물었다.

"난 미국에 가고 싶은 생각은 없어. 거긴 네가 사는 곳이지. 난 아냐."

"셰르부르에서 내리면 돼. 그곳에 들러서 다른 승객들을 태우니까."

"셰르부르? 도대체 거기가 어딘데?"

만일의 사태에 대비하여 쟉에게 이야기를 듣기는 했지만, 그녀는 이 상황을 즐기고 있었다.

"프랑스야. 거기서 하룻밤 자고 내일 돌아가면 돼. 내가 돈을 낼게. 이백 달러면 되겠지."

"프랑스 돈이 필요한 거 아냐?"

"뷰로 드 샤주(환전소)에 가면 되지."

"그게 뭐야? 나 프랑스어 못한단 말이야."

"그래도 괜찮아. 내가 담당자를 만나서 환전을 하면 되니까."

"폴, 나 무서워."

"무서워할 것 없어. 내가 처리해 줄게."

"욕실 써도 돼?"

"물론이지. 어서 다녀와."

티끌 하나 없이 하얗게 반짝이는 크롬 장식이 되어 있는 욕실
은 꿈에서나 보던 것이었다. 거실에서 양철 욕조를 가져다 놓고 목
욕하는 것과는 비교도 되지 않았다. 포피는 문에 빗장을 지르고 수
도꼭지를 틀었다. 옷을 벗고 문에 걸려 있는 목욕 가운을 입어 보았
다. 거울에 대고 이런저런 표정을 지어 보기도 했다. 그녀는 물에
발가락을 담가 보았다. 가운을 벗고 욕조 안으로 들어갔다. 그녀는
물속에 턱까지 담그고 마치 침대에 누운 것처럼 다리를 쭉 펼 수 있
다는 사실에 놀랐다.

잠시 후 밖에서 폴의 목소리가 들렸다.

"포피, 괜찮아?"

"난 괜찮아. 당신은 어때?"

"너무 오래 있는 것 같아 걱정이 돼서. 목욕하고 있는 줄은 몰랐
어."

"내가 말 안 했었나? 난 목욕을 할 수 있는 기회는 놓치지 않아."

그녀는 몇 분 더 목욕을 즐겼다.

그녀가 문을 열고 나왔을 때는 옷을 완벽하게 갖춰 입은 상태였다.

"자기를 위해 물을 남겨 뒀어. 아직 깨끗하고 따뜻해."

"나 말이야?"

"기차에서 밴 냄새를 씻어 내고 싶을 거 아냐? 기차는 편하기는 한데 고약한 냄새가 묻는단 말이지. 나쁜 뜻으로 한 말이 아니라는 건 알지, 자기야?"

"냄새가 나는 줄은 몰랐네."

폴은 그녀의 말에 몹시 당황했다. 지금이야말로 일을 시작할 시간이었다. 포피는 그에게 기대고 서서 오른손을 그의 상의 속에 넣고 허리를 감쌌다. 그녀는 손톱 끝으로 그의 등을 긁으며 말했다.

"일등석에서도 얼마나 냄새가 많이 배는지 알면 놀랄걸."

그 순간 그녀는 왼손으로 폴의 안주머니에서 지갑을 꺼내 침대 위에 떨어뜨렸다. 그녀는 그를 욕실 쪽으로 끌어당겼다. 그는 아무것도 알아차리지 못했다.

"오래 기다리게 하지 마."

그녀는 옆으로 물러나 문을 닫았다.

포피는 지갑을 보이지 않게 침대보 밑에 넣고 기다렸다. 폴이 욕조의 물을 비우고 새로 채우는 소리가 들렸다. 뒤이어 그가 욕조에 들어가는 소리도 들렸다. 그녀는 지갑을 들고 객실 문으로 가서 밖을 내다보았다. 잭이 복도 끝에서 담배를 피우고 있었다. 그는 급사가 지나가기를 기다렸다가 자연스럽게 다가와 그녀를 지나치는 순간 지갑을 받아 들었다. 서로 한마디도 나누지 않았다. 포피는 조용히 문을 닫았다. 그러나 잠시 후 점심시간을 알리는 나팔 소리가 들리자, 뜨거운 물을 뒤집어쓴 고양이처럼 깜짝 놀라 펄쩍 뛰고 말았다.

"안녕하세요, 부인. 성함이 어떻게 되시나요?"

식당 책임 담당자가 물었다.

"바라노프요. 리디아 바라노프예요."

책임 담당자는 일등실 승객 명단을 손가락으로 훑었다.

"아, 여기 있네요. 일인석 테이블로 안내해 드릴까요, 바라노프 부인?"

"부탁해요."

앨마가 대답했다.

책임 담당자가 손가락을 튕기자 부하 급사들 중 한 명이 앞으로 나왔다.

"바라노프 부인을 41번 자리로 안내해 드리도록. 즐거운 시간 보내시길 바랍니다, 부인."

앨마는 점잖게 고개를 끄덕인 후 급사를 쫓아 넓은 카펫이 깔려 있는 통로를 따라 거대한 레스토랑 반대쪽 끝으로 걸음을 옮겼다. 배 위는 물론이고 육지에서도 손꼽힐 정도로 눈에 띄게 화려한 라운지였다. 레스토랑은 이 층 구조로 되어 있었다. 벽은 프랑수아 1세 시대 양식의 정교한 조각으로 꾸며져 있었다. 공들여 장식한 천장은 믿을 수 없을 정도로 높았다.

그녀는 월터의 충고를 강하게 되뇌었다.

—절대 겁먹지 말아요. 리디아는 주눅 드는 사람이 아니니까. 고개를 뻣뻣이 들고 귀부인 대접을 해 달라는 태도로 행동하면, 어떤 실수를 저지르든 전혀 문제가 안 돼요.

월터를 생각하는 것만으로도 힘이 났다. 그는 조금도 긴장한 모습을 보여 주지 않았던 것이다. 그는 앨마가 성공하리라고 기대하고 있었다. 그녀는 기대를 저버릴 수 없었다.

다른 급사가 그녀에게 메뉴판을 건네주었다. 몇 개 국어로 되어 있었다. 어떤 음식이든 먹을 수 있을 것 같지 않았다. 그녀는 아무 내색도 하지 않은 채 말했다.

"고기 종류를 뺀 샐러드면 좋겠는데요. 그렇게 해 주실 수 있나요?"

"알겠습니다. 부인."

와인 담당 종업원이 그녀에게 다가왔다. 그녀는 손을 흔들어 그를 물렸다. 오후에는 머리가 맑아야 했다.

샐러드가 그녀 앞에 놓였다. 그녀는 먹기 시작했다. 잔에 물을 조금 따랐다. 손이 흔들렸다. 물이 약간 쏟아지고 말았다. 그녀는 흰색 테이블보 섬유 사이로 물이 스며들어 어둡게 변하는 모습을 지켜보았다. 클로로포름을 적신 천의 모습이 생생하게 떠올랐다. 제발, 하느님, 빨리 끝나게 해 주세요. 그녀는 물병을 들어 젖은 자국을 가렸다. 양상추를 억지로 입안에 집어넣었다. 뉴욕은 어떤 곳인지 상상해 보려 애를 썼다.

순간 커다란 안도감이 그녀를 감쌌다. 끔찍한 긴장감은 마치 커튼처럼 말려 올라갔다. 그녀는 책임 담당자의 테이블 위에 걸려 있는 시계를 흘끗 보았다. 오후 1시 15분이었다. 그녀는 리디아가 죽었을 거라고 확신했다.

010
☆☆☆

선미 쪽 바다와 하늘 사이의 영국 땅이 잿빛으로 흐려져 갔다. 도버 해협에 세워진 잠수함 감시용 탑 너머로 희미한 곡선을 그리는 증기가 해변으로 돌아가는 해안 안내선의 진행 방향을 나타냈다. 조타실의 로스트론 선장은 프랑스 땅을 찾기 위해 쌍안경을 전방으로 고정했다. 시계는 양호했고 늦여름의 도버 해협은 잔잔했다. 일등 항해사와 차석 일등 항해사, 그리고 삼등 항해사가 선장과 함께 당직을 서고 있었다. 사실 그가 함교에 붙어 있을 이유는 없었다. 아래로 내려가 일등실 승객들과 늦은 점심을 먹을 수도 있었다. 그러나 그는 함교를 떠날 생각이 없었다.

"모든 여객선은 세 가지로 구성되어 있다는 사실을 아나?"

그는 특별히 누구를 지칭하지 않고 질문을 던졌다.

아무도 대답하지 않았다.

"세 가지를 말해 볼 사람 없나? 일등 항해사, 자네는 어떤가?"

"전혀 모르겠습니다, 선장님."

"정말? 지난번 항해 때 말해 준 적이 있을 텐데. 이보게들, 여객선을 구성하는 세 가지란 좌현과 우현, 그리고 사교계라네. 이 배에서 나는 앞선 두 가지에 대해서는 전적으로 책임을 지겠네. 나머지 하나는 정신 건강을 위해서라도 자네를 비롯한 고급 선원들에게 맡겨 두지."

"알겠습니다, 선장님."

"승객 명단을 믿을 수 있다면 별 탈 없는 항해가 될 거야. 프리 마돈나도, 복싱 선수도, 정치가도 승선하지 않았으니까. 그저 보통의 백만장자들만 모여 있더군. 그들의 질문에는 인내심을 갖고 대처하도록, 제군. 반드시 커다란 바다뱀이라든지 인어나 메리 설레스트 호*에 대해 물어볼 거야. 그저 간단하고 정중하게 사실만을 이야기해 주게. 빙산에 대해 물어보면 자네들의 추억담을 늘어놓지 말고 그런 일은 없을 거라고만 하게. 그간 모리타니아 호에 닥친 최악의 사건은 노름 사기 정도라고 말해 줘. 영국에서 산 술을 뉴욕

세관을 피해 몰래 들여갈 수 있는 방법을 물어보면 한사코 모른다고 하고. 나에 대해서는 내키는 대로 말해도 좋지만, 질문에 대답을 잘해 주는 사람이라고는 하지 말게나."

로스트론 선장은 잠시 말을 멈췄다.

"질문 있나?"

터빈의 진동 소리만 들릴 뿐이었다.

011
☆☆☆

점심 식사 후 몇 시간 동안 앨마는 계획대로 정확히 움직였다. 커다란 돔으로 채광창을 낸 중앙 라운지에서 커피를 마시고, 골동품 가구를 매입하러 유럽에 다녀오는 길인 보스턴 출신 부부와 담소를 나눴다. 가구는 상자 서른 개에 나누어 포장하여 화물칸에 실어 놓았다고 했다. 그녀는 그들에게 자신은 리디아 바라노프라고 말했다. 정확한 발음을 구사하려고 신경을 썼다. 자신을 배우라고 소개했기 때문이다. 그러자 부인 쪽에서 자신들은 극장에 자주 가지는 않지만, 선상 공연에 제대로 된 배우가 출연하면 기분 전환이 될 거라고 했다. 앨마는 버라이어티 쇼에 출연할 수 없는 계약이 되어 있다고 말했다.

앨마는 그녀와 함께 갑판으로 나가 산책을 했다. 그녀의 남편은 흡연실에서 미적대고 있었다. 3시에 열린 구명보트 탑승 훈련에도 참가했다. 갑판 승무원을 찾아 우현 쪽에 의자도 하나 예약했다. 3시 30분까지 그녀는 여덟 명의 사람들과 이야기를 나누고 다섯 명에게 이름을 알려 주었다고 추산했다. 그 외에 적어도 열 명의 사람들이 그녀가 이름을 말하는 것을 들었으리라.

계획의 다음 단계를 실행할 차례였다. 점심시간에는 레스토랑을 뛰쳐나와 리디아의 객실로 달려가, 무슨 일이 일어나고 있든 상관없이 월터와 함께하고 싶은 마음을 억누르기 어려웠다. 그러나 그녀는 오후 시간 동안 혼자 지내면서 달라졌다. 월터가 말해 준 대로 리디아인 척 행동하며 시간을 보낼 수 있을 정도로 자제력이 생겼다. 그러나 그런 행동에는 굉장한 집중력이 필요했다. 그녀는 월터와 그 객실 상황을 머릿속에서 지워 버리려고 애를 썼다. 승무원이나 승객과 이야기를 나누고 난 직후에는 다시 떠올랐지만, 그 생각도 점차 물리칠 수 있게 되었다. 서로 일면식도 없는 사람들과 접촉하려 노력하다 보니 월터와의 사이에 틈이 생긴 것만 같았다. 앞날에 대한 두려움 비슷한 감정이 두 사람 사이의 그 공간을 비집고 들어왔다. 그녀는 그 객실 문을 두드리는 게 두려웠다.

D 갑판 89호실.

그가 몇 번이나 말해 주었기에 그녀는 선실 위치를 정확히 알고 있었다. 그러나 신경이 날카로워진 나머지 사무장의 사무실 바깥벽에 붙은 승객 명단을 확인해야 했다. 리디아 바라노프 부인……

89호실.

그녀는 계단을 찾아 '일등실 70호부터 90호'라고 적힌 표지판을 확인했다. 이마에서 맥박이 고동쳤다. 손은 얼음장같이 차가웠다. 그녀는 객실 문에 붙은 숫자를 세면서 천천히 복도를 걸었다. 89호실이 나타났다. '깨우지 마시오' 표지판이 걸려 있었다.

그녀는 걸음을 멈췄다. 방금 지나온 길을 되돌아보았다. 온전히 혼자였다. 입이 바짝 말랐다. 심장이 뛰는 소리는 배의 엔진 소리보다 더 크게 들렸다.

그녀는 눈을 감고 주먹을 쥐어 문을 두드렸다. 너무 약했다. 다시 두드려 보았다. 안쪽에서 움직이는 소리가 들렸다.

문이 열렸다. 월터가 얼굴을 내밀었다. 사람이 완전히 변해 있었다. 얼굴에 핏기가 하나도 없었던 것이다. 그의 이마와 입가에 긴장한 기색이 역력했다. 눈이 움푹 들어가 구멍이라도 난 것 같았다.

그는 아무 말도 하지 않았다. 그저 문을 열어 앨마를 안으로 들였을 뿐이었다.

앨마는 재빨리 방 안을 둘러보았다. 불쾌한 느낌이 들거나 엉망으로 변한 곳은 보이지 않았다. 리디아의 소지품만 몇 가지 보였다. 화장대 위에 헤어브러시와 빗, 향수 몇 병과 화장품 가방이 놓여 있었다. 침대 옆에는 분홍색 슬리퍼가 있었다. 바닥에는 신문이 떨어져 있었다. 물건을 포장할 때 썼던 얇은 종이가 깔끔하게 접혀 테이블 위에 놓여 있었고 트렁크는 서랍장 옆 벽에 기대어 있었다. 트렁크는 잠겨 있었다.

월터가 문을 잠그는 소리가 났다.

앨마는 돌아서서 물었다.

"끝난 거예요? 당신이……."

그는 아주 잠깐 고개를 숙였다.

이 순간이 오면 앨마는 그의 목에 매달려 얼굴을 묻을 작정이었었다. 이때야말로 두 사람의 로맨스에 있어 전환점이, 자유의 순간이 되어야 했다. 월터는 마침내 자유의 몸이 되었다. 그녀의 가슴을 두드렸던 수많은 소설들의 마지막 장이라 할 수 있었다.

그러나 앨마, 혹은 월터의 무언가가 떠올라 그녀를 밀어냈다. 그녀는 도저히 월터의 몸에 손을 댈 수가 없었다. 그녀는 자신에게 되뇌었다. 월터는 그녀 자신을 위해 이 일을 했다. 용감하고 냉정하며 단호하게 일을 처리했다. 남자들이 여자의 요구를 수행하느라 겪은 그 어떤 시련에도 뒤지지 않게 그의 사랑을 증명한 것이다. 그러나 그가 한 일은 흔적을 남겼다. 이제 그는 살인자였다. 그의 두 손이 죽음을 영접했던 것이다. 그를 사랑하면서 동시에 혐오감을 느끼는 게 가능한가?

월터는 그녀의 감정을 눈치챈 듯 보였다. 그녀에게 다가오지 않았다.

"당신은 어땠어요? 점심 식사는 했어요? 사람들에게 당신이 리디아라고 말했고?"

"그럼요!"

그녀는 오후에 일어났던 수많은 일들을 이야기하기 시작했다. 말을 하니 마음이 가벼워졌다. 있는 대로 곤두선 신경을 얼버무리며 그에게 신뢰감을 주려고 했다. 충격을 받은 그를 예전의 모습으로 회복시키는 것이 자신의 임무라고 생각했기 때문이다. 그가 받은 충격을 억누를 수 있다면 무엇이든 해야 했다. 그래야 그에게서 도망치고 싶은 감정을 억누를 수 있기에.

그는 이야기에 굶주린 듯 듣고 있었다.

"앨마, 고마워요. 아주 잘해 줬어요. 지금 몇 시지?"

"4시가 다 됐어요. 한 시간 안에 세르부르에 도착할 거예요. 그런 다음 대서양을 건너 미국으로 가는 거예요!"

"여기서 함께 지낼 수는 없어요."

그녀는 공포에 사로잡혔다.

"여기서 혼자 지낼 수 있을 것 같지 않아요. 월터, 난 당신처럼 용감하지 않아요."

그녀는 트렁크를 바라보았다.

"절대 못해요."

"당신이 남아 있을 필요는 없어요. 내가 남을 테니. 마침 할 일도 있고. 그녀의 개인 서류들을 보고 싶어요."

"둘 중 한 사람은 여기 있어야겠죠."

"위험을 감수할 수는 없으니까."

"여기 들어왔을 때 당신 얼굴이 무시무시했어요. 생각보다 끔찍했나요?"

그는 고개를 흔들었다.

"당신이 생각했던 것과는 달라요. 물리적인 문제가 아니었어요. 상상으로야 여러 번 시도해 볼 수 있고 세세한 부분까지 계획을 세울 수는 있지만, 현실은 다르니까. 시간을 줘요. 곧 괜찮아질 테지."

월터는 앨마에게 손을 뻗었다.

저 손을 잡아 줄 수만 있다면! 그녀의 손은 목에 걸린 목걸이를 만지작거릴 뿐이었다.

"그래요."

그녀는 낮은 목소리로 말했다.

"이미 저지른 일은 받아들여야죠. 나도 역시 시간이 필요할 것 같아요."

"시간이라면 충분해요, 앨마. 갑판에 나가 셰르부르에 도착하는 모습을 구경하지그래요? 이것저것 보고 다닐수록 더 나아질 테니. 6시가 되면 다시 출항할 테고, 저녁 식사 때는 옷을 갈아입어야 해요. 리디아가 아름다운 드레스를 몇 벌인가 사 왔던데. 몸에 맞는지 확인도 해 보고."

그녀의 시선이 트렁크에 꽂혔다.

그는 천천히 고개를 저었다.

"짐은 그녀가 전부 풀어 놓았어요."

"알았어요. 새 옷이 확실하죠?"

"한 번도 입은 적 없어요."

012
☆☆☆

바다에서 보는 노르망디는 눈부시게 푸른 띠를 두르고 있었고, 흰색과 회색이 섞인 작은 집들은 푸른 자갈이 가득한 해변 위에 늘어서 있었다. 셰르부르는 어항이었다. 대서양 횡단 여객선이 정박하도록 조성된 곳이 아니었다. 따라서 배는 외항 방파제 안에 정박했다. 두 척의 부속선이 승객과 화물을 싣고 왔다. 저녁 햇살이 수면에 부딪혀 반짝였다. 새로 도착한 승객들이 승선해 있는 사람들을 향해 손을 흔들었다.

폴 웨스터필드는 리빙스턴 코넬 일가를 발견했다. 그들은 뱃전에 기대 단정短艇 갑판의 활기찬 모습을 구경하고 있었다. 셋 중 바버라가 맨 처음 그를 보았다.

"폴! 다시 만나서 반가워. 이쪽으로 와서 함께 구경할래?"

그녀가 지나치게 따뜻하게 맞아 주어서 폴은 오히려 더욱 면구스러웠다.

"그러고 싶지만 문제가 좀 생겨서."

"문제라니, 뭐가?"

마저리가 딸에게 몸을 기울이면서 속삭였다.

"'누가'라고 물었어야지, 얘야."

바버라가 어머니의 시선을 따라가 보니 몇 미터 떨어진 곳에 포피가 서 있었다.

"포피는 사우샘프턴에서 내린 게 아니었어?"

폴은 고개를 끄덕이며 곤혹스러운 표정을 감추려 애를 썼다.

"그럴 계획이었는데 시간이 어긋났어. 그래서 여기서 내릴 작정이었는데, 한 가지 문제가 생겼어. 내 지갑이 없어졌어."

"없어졌다는 게 무슨 소리예요? 도둑맞았나요?"

마저리가 물었다.

"아뇨, 그런 것 같지는 않아요. 어디선가 잃어버린 모양이에요. 의심 가는 곳은 다 찾아봤어요. 바버라, 우리 함께 베란다 카페에 갔었잖아. 난 재킷을 계속 입고 있었던 것 같거든. 그런데 포피는 춤을 춘 다음에 잠깐 벗었을지도 모른다는 거야. 그때 지갑이 떨어졌나 봐."

바버라는 고개를 저었다.

"네가 재킷을 벗은 건 기억이 안 나는데. 하지만 내가 먼저 자리를 떴잖아. 카페 종업원들에게 물어봤어?"

"응. 객실 담당 급사랑 갑판 승무원에게도 물어봤어. 그런데 그것도 역시 소용없었고."

"안됐네요. 돈도 많이 들어 있었을 텐데."

마저리는 동정 어린 목소리로 말했다.

"저한테는 별로 문제가 안 됩니다만, 포피가 영국으로 돌아가야 하거든요. 그녀가 제때 못 내린 건 제 탓이라서요."

"돈이 필요해요?"

마저리가 조금도 지체하지 않고 물었다.

"얼마나 필요해요? 리비, 지갑을 꺼내서 웨스터필드 씨가 필요한 만큼 주자고."

그는 현명하게도 아내에게 쓸데없는 질문은 하지 않았다.

"물론이지."

그는 십 달러짜리 지폐를 꺼냈다.

"십 달러짜리 열 장이랑 백 달러짜리 두 장 건네줘."

마저리가 명령했다.

"그 정도면 충분할 거예요."

"정말 감사합니다. 누구한테 부탁해야 할지 몰랐습니다."

"사무장이라네, 친구. 돈이 필요할 때는 그 사람에게 가야지."

마저리는 화가 난 표정으로 리비를 쏘아보며 말했다.

"문제가 생겼을 때는 친구한테 도움을 청하는 게 훨씬 낫지. 안 그래요, 폴?"

"지당하신 말씀입니다. 감사합니다, 코델 씨. 돈은 되도록 빨리 갚겠습니다."

"신경 쓰지 말아요."

마저리가 너그럽게 말했다.

"어서 가서 저 귀여운 영국 아가씨한테 집에 가는 길을 알려 주도록 해요."

폴이 떠나자 그녀는 바버라더러 들으라는 듯 혼잣말로 덧붙였다.

"저 계집애를 다시는 보기 싫으니까."

리비는 아직도 지갑을 손에 들고 있었다.

"마지, 일이 어떻게 돌아가는지 내게도 알려 주지그래."

"맙소사, 리비! 저 청년은 이 배에 탄 사람들 중 바버라의 가장 큰 희망이라고."

"엄마!"

"내 말은 그가 훌륭한 청년이라는 뜻이란다, 애야. 그건 분명해. 물론 포피라는 애가 그를 홀리려 했다는 건 알겠지? 예쁘장한 겉모습만 믿고 추파를 던지는 거야. 내 경험에서 하는 말인데, 바버라, 살아 있는 남자라면 다 저런 여자애에게 넘어가게 되어 있어. 하지만 금세 자기가 멍청했다는 걸 깨닫지. 안 그래, 리비? 그 애는 아무것도 아니야. 바다에 떠다니는 쓰레기나 다름없다니까. 그 애는 잊어버려. 폴도 잊어버릴 거야. 내가 장담할게."

"내게 삼백 달러를 빌려 간 사실만 기억한다면 상관없지."

"내가 폴을 쫓아다니는 일은 없을 거야."

바버라가 말했다.

"당연히 그래선 안 되지."

마저리가 바버라의 말에 동의했다.

"폴이 다시 올 거야. 어쨌든 우리에게 빚을 지고 있잖니."

"이제 알겠군."

리비가 말했다.

"대단해. 머리 회전 한번 빠르기도 해라."

잠시 동안 아무도 말이 없었다. 그들은 부속선을 타고 온 승객들이 배의 측면, 그들의 한참 아랫부분으로 옮겨 타는 모습을 지켜보았다. 좀 더 떨어진 곳에서는 두 번째 부속선이 짐을 옮겨 싣고 있었다. 단정 갑판의 공기가 쌀쌀해지기 시작했다. 구경하는 사람들도 얼마 남지 않았다.

"뭐, 다 끝난 것 같군."

리비가 말했다.

"이 배에서 누가 내리는지 확인할 때까지는 뱃전을 절대 떠나선 안 돼. 그 계집애가 또다시 우리를 물 먹이는 일이 일어나는 건 싫어."

마저리가 말했다.

리비는 어깨를 으쓱하며 갈매기를 바라보았다

잠시 후 다섯 명의 사람들이 부속선으로 향하는 통로를 건넜다. 네 명은 큐나드 해운의 청색 제복을 입고 있었다. 다섯 번째 사람은 황금빛 크레이프 드 신 드레스 차림이었다. 포피는 뒤를 돌아보며 손을 흔들었다. 트랩이 치워졌다. 선수와 선미를 묶어 놓은 밧줄이 풀렸다. 호각 소리가 날카롭게 울려 퍼졌다. 모리타니아 호도 뱃고동 소리로 화답했다. 부속선은 내항을 향해 방향을 돌려 엔진 소리를 내며 멀어졌다. 포피는 여전히 힘차게 손을 흔들고 있었다.

"저 애 입장이 아니어서 다행이야."

바버라가 말했다.

"불쌍히 여길 것 없어."

마저리가 말했다.

"저 배에 탄 여자는 쟤 하나인데다, 내가 판단할 바는 아니지만 그게 딱 어울려. 저 애가 폴의 지갑을 훔쳤다 해도 난 놀라지 않을 거야."

013

☆☆☆

배가 다시 항해에 나선 지 한 시간이 지나서야, 폴은 사무장과 이야기를 나눌 수 있었다. 그제야 셰르부르에서 탑승한 승객들의 수속이 전부 끝난 것이었다. 승선 수속이 이루어지던 로비에 깔려 있던 코코넛 껍질 깔개가 걷혔다. 산더미 같은 짐들은 아직 남아 있었다. 폴은 문의 사항 줄에 가서 섰다. 그의 차례가 되어 지갑을 잃어버렸다는 이야기를 시작하자, 사무장은 그를 알아보는 것 같았다. 그 추측은 사실로 드러났다.

"폴 웨스터필드 씨 아닌가요?"

"맞습니다만, 어떻게 그걸……."

"승객을 확인하는 게 제 일입니다. 한 젊은 영국 여성분과 함께 여행중이시죠?"

"아뇨. 그녀는 셰르부르에서 내렸습니다. 저를 배웅하러 왔다가 미처 내리지 못했죠."

"알겠습니다. 지갑을 잃어버리셨다고요. 지갑에 얼마나 들어 있었는지 여쭤 봐도 될까요?"

"천 달러 정도랑 수표책이 들어 있었습니다. 사진 몇 장이랑 클럽 회원증, 명함 같은 것도 들어 있었습니다. 지갑 앞면에 제 이니셜 P. W.가 새겨져 있습니다."

"잠시 기다려 주시겠습니까?"

사무장 주머니에서 열쇠를 꺼내 벽에 붙어 있는 작은 금고로 다가갔다. 그는 서른다섯 살 이상으로는 보이지 않았다. 하지만 영국의 나이 든 집사들처럼 말을 많이 하지 않고도 상대의 비위를 상하지 않도록 하며 다양한 의사를 전달하는 기술을 자연스럽게 몸에 익히고 있었다. 이런 사람들을 재촉하는 것은 금물이었다. 그는 금고에서 폴의 지갑을 꺼냈다.

"약 한 시간 전에 들어왔습니다. 안전을 위해 부하에게 금고에 넣어 두라고 했죠."

"얼마나 감사드려야 할지 모르겠습니다."

"저라면 지갑 속을 확인해 보겠습니다."

"맞는 말씀입니다."

그는 지갑을 열어 돈을 세 보았다.

"굉장하군요. 전부 있습니다. 지폐 한 장 없어지지 않았어요. 수 표책도 그대로 있습니다. 누가 이 지갑을 갖고 왔습니까? 직접 만 나 인사를 드리고 싶군요."

"고든 씨라는 분입니다. 영국분이죠. 객실은 A 갑판 일등실 26 호입니다."

"바로 가 보겠습니다. 그분께 술 한잔 사고 싶습니다. 아직도 정 직한 사람이 있다니 기쁘군요."

"알겠습니다."

"아, 그리고 정말 감사합니다."

폴은 다시 지갑을 열었다.

"감사합니다, 선생님."

26호실에서는 잭 고든이라는 가명으로 투숙한 잭 해밀턴이 카 드를 만지작거리고 있었다. 그는 카드를 두 묶음으로 나누었다. 다 음에는 카드를 침대 옆 탁자 위에 엎은 다음, 자주 쓰는 방식대로 끝 부분을 들어 올려 겹치게 한 후 잘 섞이도록 들어 올렸다. 그는 카드를 대충 고르게 모아 다시 두 묶음으로 나누었다. 두 묶음을 서 로 살짝 기운 각도로 손에 쥔 다음, 왼쪽 카드를 오른쪽 카드 사이로 통과시켰다. 그러고는 왼쪽 묶음을 오른쪽 묶음 위에 올려놓으면서 동작을 마무리했다. 카드의 순서는 하나도 바뀌지 않았다. 아주 깔끔한 속임 동작이었다.

잭은 포피를 이 일에 끌어들인 사람이었다. 그의 직업은 보트맨이었다. 보트맨이란 대양 여객선에서 활동하는 전문 도박사를 말한다. 대서양 횡단 여객선은 카드놀이를 하기에 안성맞춤인 곳이었고, 대개 단판으로는 끝나지 않았다. 대양 여객선에서 생계를 꾸리는 보트맨들은 수십 명에 달했다. 잭이 이 일을 알게 된 것은 다른 사람들의 모습을 관찰하면서부터였다. 전쟁 전에 배를 탄 적이 있었다. 그때 보트맨이 일하는 모습을 보았다. 당시에 보트맨들은 흡연실에 죽치고 앉아 봉이 걸려들기만을 기다렸다.

지금은 좀 더 전문적인 일이 되었다. 운에 맡기는 일은 없어졌다. 보트맨들은 출항 며칠 전부터 승객 명단을 검토한다. 표적을 고르는 것이다. 주식 보유 수나 부동산 규모도 파악한다. 그다음 얼마를 뜯어낼지 정하는 식이었다. 표적을 덫으로 유인하기 위해서 포피 같은 공범자를 쓰기도 한다.

그뿐만이 아니었다. 승무원 명단 역시 면밀히 검토하는데 사무장이나 선임 위병 부사관의 이름을 파악해 두기 위해서였다. 대서양 횡단 여객선 모두가 그들의 일터였다. 화이트 스타, 큐나드, 함부르크 아메리카, 노스 저먼 로이드, 트랜샛, 홀랜드 아메리카, 캐나디안 퍼시픽뿐만 아니라 피어폰트 모건 소속 여섯 척의 미국 여객선들도 포함되어 있었다. 같은 배를 다시 이용하는 경우에는, 적어도 십팔 개월 이상의 시간차를 두었다. 그렇게까지 하고 나서도 바다 위에서는 절대로 작업을 시작하지 않는다. 항해중에는 피해자를 구워삶는 데 주력한다. 한몫을 챙기는 작업은 맨해튼에서 표적이 묵는 호텔에서 본격적으로 시작된다. 영국에서는 때때로 연락 열차 개인용 객실에서 마지막 게임을 하기도 한다.

잭은 짐을 많이 갖고 다니지 않았다. 정장 두 벌, 야회복 한 벌, 점잖은 넥타이 몇 개, 여러 디자인의 셔츠 몇 장과 속옷뿐이었다. 담배 및 종잣돈과 카드 한 벌도 갖고 다녔다. 그는 자신의 카드는 오직 연습용으로만 사용했다. 선상에서의 게임에는 흡연실 승무원에게서 구입한 카드를 사용했다.

드디어 고대하고 있던 노크 소리가 들렸다. 그는 카드를 서랍 안에 넣고 문으로 향했다.

표적이 등장했다.

"고든 씨이신가요? 처음 뵙겠습니다. 저는 웨스터필드입니다. 폴 웨스터필드 2세. 갑자기 찾아와서 죄송합니다. 제 지갑을 찾아주신 것에 대해 감사 인사를 드리러 왔습니다."

"아, 그게 당신 지갑이었군요. 잃어버리신 건 없던가요?"

"일 센트도 잃어버리지 않았습니다. 저, 고든 씨. 감사드리는 의미에서 제가 한잔 사도 될까요?"

"별거 아닙니다, 웨스터필드 씨. 그럴 필요 없습니다. 마음만 감사히 받겠습니다."

"억지 같지만 꼭 한잔 사게 해 주세요."

"저는 술을 잘하지 못합니다. 사실은 바에 있는 높은 의자에 앉으면 등이 아파서요."

"그럼 저녁 식사를 하고 커피를 한잔하시는 건 어떻습니까? 브랜디도 한잔하고요. 라운지에서 만나면 되지 않습니까."

"그 제안에는 끌리는군요."

"좋습니다. 기다리고 있겠습니다. 제 이름이 폴이라고 말씀드렸던가요?"

"제 이름은 잭입니다. 그럼 고대하고 있겠습니다, 폴."

잭은 문을 닫고 다시 카드를 꺼냈다.

014
☆☆☆

옷장 안에는 새 야회복이 모두 일곱 벌 있었다. 앨마는 새 옷이라고 한 월터의 말을 믿었다. 옷에서는 새 천 냄새만 날 뿐, 사람의 체취는 전혀 맡을 수 없었기 때문이다. 옷들은 최고급 실크나 새틴, 조젯 천으로 만든 것이었다. 마감도 훌륭했다. 이 옷들이 드레스 상점에 걸려 있었다면 앨마는 굉장히 흠모했을 터였다. 그러나 리디아의 방에 있으니, 옷에 손을 대기 위해서는 마음의 준비를 해야 했다. 그녀는 결국 수련이 수놓인 검정 조젯 드레스를 꺼내 들었다.

"이게 좋겠어요. 욕실로 가서 입어 봐도 되나요?"

"당연한 말을. 여긴 이제 당신 방인데."

"그렇죠."

그녀는 자신 있게 대답하려고 애를 썼지만, 자기 자신에게조차 확신이 들지 않았다. 트렁크 속에 리디아의 시체가 있는 한, 이 객실은 무덤이었다. 무덤 속에서 하는 일은 무엇이든지 부정을 탈 수밖에 없었다. 월터가 시체를 창문 밖으로 던진 후에는 어떤 기분이 들지 상상조차 할 수 없었다. 시체 처리는 어두워진 다음 해야 했다. 그 후에는 앨마 홀로 이곳에서 잠을 자야 했다. 그녀는 계획을 세우면서도 그것만은 마음속에서 지워 버리려 부단히 애를 썼었다.

그녀는 욕실에 들어가 조용히 빗장을 질렀다. 아직도 월터가 부끄러웠기 때문이다. 합리적이지는 않았다. 두 사람은 부부가 될 터였다. 결혼식은 할 생각이 없었다. 두 사람이 인생을 함께 나누는 시발점이 있다면, 월터가 클로로포름을 적신 천을 리디아의 얼굴에 덮은 순간이었다. 그렇지만 앨마는 그의 앞에서 옷을 갈아입고 싶지 않았다.

낙낙한 스타일의 드레스는 그녀의 몸에 잘 맞았다. 소매는 없었고 등이 깊게 파여 있었다. 그녀라면 이런 스타일의 드레스는 고르지 않았겠지만, 거울에 비친 자신의 모습을 보니 우아하고 맵시가 난다는 사실을 부인할 수 없었다. 검은 조젯 드레스와 대비되어 그녀의 안색이 더욱 창백해 보였다. 그녀는 욕실로 들어올 때 리디아의 화장품 가방을 가져왔다. 얼굴에 볼연지를 발랐다. 제비꽃 향기가 나는 향수도 뿌렸다. 그러자 소름 끼치던 기분이 조금 나아졌다. 그녀는 립스틱도 바르기로 결심했다.

"어때요?"

월터는 안락의자에 앉아 신문을 읽고 있었다.

"립스틱은 왜 그런 색을 골랐어요?"

"난 리디아가 되기로 했잖아요. 배우라고요."

그녀는 연극 배우 같은 목소리로 다음 대사를 귓붙였다.

"자기."

"알았어요."

그는 미소조차 짓기 어려워 보였다.

"저녁 식사를 함께 할 수 있다면 좋을 텐데."

"나는 할 일이 있어요."

"내가 도와줄까요?"

앨마는 그가 그래 달라고 할까 봐 두려워하면서 물었다.

"가능한 한 오래 내게서 떨어져 있는 게 도와주는 길이오. 춤추는 사람들 구경을 하든지, 도서관에 가서 책을 읽어도 좋고, 라운지에서 느지막하게 커피도 주문하도록 해요. 내가 할 일은 다들 조용해지기 전에는 할 수 없으니까."

"한밤중까지 기다릴게요."

"그때쯤이면 될 거예요. 첫날밤에는 모두들 일찍 잠자리에 드니까. 여기 열쇠가 있어요. 당신이 들어올 때쯤이면 나는 가고 없을 거요. 물론 저……."

그는 트렁크를 흘끗 바라보았다.

"자기, 부탁 하나만 들어줄래요? 트렁크 안이 비었다는 걸 알 수 있도록 뚜껑은 연 채로 놓아 둬요."

"약속하리다."

"오전에 만날 수 있을까요?"

그는 고개를 저었다.

"뉴욕에 도착할 때까지 더 이상 만나지 않는 게 안전할 것 같아요. 승무원들은 이등실 승객이 제한 구역을 돌아다니는 걸 별로 좋아하지 않으니까. 그런 일에는 굉장히 눈치가 빨라요. 오늘 당신은 굉장히 용감했어요. 이제 힘든 일은 다 지나간 셈이지."

"그랬으면 좋겠어요. 크리펜 박사와 에설 르 네브의 처지에 점점 더 동정심이 생겨요."

"확실히 그렇군. 하지만 우리는 그들이 범한 실수를 되풀이하지 않았지. 크리펜 박사 일은 잊어버리는 게 좋겠어요. 난 월터 듀 역할을 하기로 했으니까요. 그 사람 신분으로 행동하니 마음이 훨씬 편해요."

저녁 식사를 알리는 나팔 소리가 울렸다. 월터는 자리에서 일어나 서랍을 열고 검정색 숄을 하나 꺼냈다.

"오늘 밤에는 추울 거요."

그는 앨마의 몸에는 손대지 않고 그녀의 어깨에 부드럽게 숄을 걸쳐 주었다. 그녀가 여전히 그의 몸에 닿는 것을 꺼려 하고 있다는 사실을 알고 있는 것 같았다.

그녀는 고마워하며 말했다.

"당신 생각을 하고 있을게요."

월터는 문을 열면서 대답했다.

"고마워요."

그는 여전히 충격에서 벗어나지 못하고 있다. 앨마는 그에게 키스를 할 용기가 있으면 얼마나 좋을까 하는 생각을 했다.

그녀는 식당으로 향하는 사람들 사이에 끼어들었다. 화분에 심어 놓은 종려나무 사이에서 배의 전속 악단이 연주를 하고 있었다. 모두 저녁 식사용 복장을 갖추고 있었다. 남자들은 흰색 타이를 매고 뻣뻣한 옷깃을 달았고, 여자들은 반짝이는 보석을 두르고 있었다. 각 테이블에서는 사람들이 지인이나 이전 항해 때 안면을 익혔던 사람들을 만날 때마다 일어나서 인사를 나누었다.

"실례합니다."

앨마는 종업원일 것이라 생각하면서 올려다보았다. 생전 처음 보는 남자가 테이블 옆에 서 있었다. 그는 키가 크고 말랐으며, 풍파 때문인지 술에 절어서인지는 몰라도 눈에 띄는 얼굴이라 예전에 만났더라면 기억하지 못할 리가 없었다. 얼굴에 진 주름이 서로 겹쳐, 그가 미소를 띠자 왠지 편안하게 느껴졌다. 그의 눈 역시 웃고 있었다. 나이는 쉰 살을 넘지 않아 보였다.

"배우 리디아 바라노프 부인 아니십니까?"

앨마는 얼어붙었다. 마술사가 최면을 걸어 달아날 수 없는 놀란 토끼처럼. 앨마는 흥미롭다는 표정으로 상냥하게 그녀를 바라보고 있는 얼굴을 올려다보았다.

"아, 죄송합니다. 제가 실수를 했군요. 승객 명단에서 이름을 보고는 제가 아는 분이라고 생각했습니다. 그런 이름의 여배우 중에서 전쟁 전에 피네로의 작품에 자주 등장하던 분이 있었습니다. 사과드리겠습니다."

"그러지 마세요."

그녀 자신도 이런 말을 할 수 있을지 미처 몰랐다. 그녀는 입을 열고 말을 이었다.

"잘못 보신 게 아니에요. 다른 일에 정신이 팔려서요. 요즘에는 누가 알아보는 일이 없답니다."

"정말이신가요? 이제 더 이상 무대에는 서지 않으시나요?"

그는 정말로 놀라는 표정이었다.

"그리 오래되지는 않았어요. 성함이……."

"아, 핀치입니다. 존 핀치. 아주 별 볼일 없는 사람입니다, 바라노프 씨. 그저 연극 관람을 즐기는 관객 중 한 사람일 뿐이죠. 사실 제 친구들은 저를 조니라고 부릅니다. 무대 뒷문의 조니•라고요.

무슨 뜻인지 아시겠죠? 저기, 제가 끔찍하게 따분한 중년 남자일지는 모르지만, 레스토랑에서 홀로 식사를 하는 부인을 두고 볼 수는 없습니다. 더군다나 그 부인이 영국 연극계를 빛내던 훌륭한 배우라면 더더욱요."

"식사는 혼자서 하고 싶군요. 말씀은 감사하지 만 괜찮습니다."

또다시 주름이 뭉쳐 불쌍한 표정으로 변했다.

"아, 제가 잘못 말씀드린 게 있습니다. 무대 뒷문의 조니 말입니다. 그냥 친구들이 장난삼아 붙인 이름일 뿐이게요. 그게 굳어져 버렸지만요. 사실은 저는 절대 그런 녀석이 못 됩니다. 성격 자체가 내성적이어서요. 당신에게 와서 말을 걸어 보려고 얼마나 용기를 냈는지 모르실 겁니다. 이번 한 번만이라도 제 테이블에서 함께 식사를 하지 않으시겠습니까? 미국인 몇 명과 같이 있는데, 모두들 당신이 오면 기뻐할 겁니다."

앨마는 조니 핀치를 쫓아 버릴 수 없을 것 같다는 인상을 강하게 받았다. 무슨 말을 하든 계속 찾아올 터였다. 처음에 받은 충격에서 벗어나자, 그가 리디아에 대해서 아는 것이 별로 없다는 사실을 알 수 있었다. 꽃집에 들어와 그녀의 브로치나 말투에 대해 아는 척을 하는, 말만 번지르르한 남자와 별반 다를 게 없었다. 그를 잘 다룰 수 있을 것 같았다.

"한 가지 조건을 들어주시면 합석하도록 하죠. 핀치 씨. 연극 이야기는 하지 말도록 해요. 내 인생에 있어서 끝나 버린 장이고 고통스러운 기억이니까요.”

그의 얼굴이 환해졌다.

“바라노프 씨, 무슨 이야기를 나누든 함께 식사를 할 수 있다는 것만으로도 대단한 영광입니다. 제 자리는 저 벽 쪽에 있습니다.”

“다른 분들과 동석하기 전에 말씀드리지만, 바라노프는 남편의 성이지 제 아버지의 성이 아니에요.”

앨마는 이렇게 말하고는 자리에서 일어나 그를 따라갔다.

그녀는 자신이 알려 준 정보를 상대가 알아차리지 못했다는 사실을 눈치챘다. 핀치는 그다지 눈치가 빠른 사람이 아니었다. “알겠습니다”라고 대답한 것 자체가 그녀의 말을 이해하지 못했다는 것과 다름없었다.

앨마도 실은 마음이 놓였다. 혼자 쓸쓸하게 식사를 하지 않아도 되었기 때문이다.

레스토랑의 다른 곳에서는 폴 웨스터필드가 리빙스턴 코델 가족에게 지갑을 되찾은 이야기를 하고 있었다.

“지갑을 찾을 줄 알았어요. 일등실에 투숙하면서 여행을 다니는 사람들은 사유 재산을 존중할 줄 안다니까요. 유럽 여행을 여러 번 해 봤지만 뭐 하나 잃어버린 적이 없었어요.”

마저리가 말했다.

“주운 적은 몇 번 있었지.”

리비가 무표정한 얼굴로 말했다.

"말 좀 신경 써서 해. 사람들이 진짜로 믿으면 어떡해."

마저리는 폴을 향해 말을 이었다.

"이제 항해를 즐기지 못할 이유가 없네요. 식사 후에 남아서 춤을 출 건가요? 여기 악단 실력이 굉장히 좋다던데. 네가 말하지 않았니, 바버라?"

바버라는 어깨를 살짝 으쓱했다.

"뭐든 상관없어."

"사실은 제 지갑을 찾아 준 사람에게 한잔 사기로 약속했습니다. 그래서 라운지로 자리를 옮기려고요. 코델 씨, 빌려 주신 돈은 잊지 않고 있습니다."

"나도 마찬가지라네, 친구."

"여기서 돌려 드리는 건 실례가 될 것 같아요."

"난 괜찮은데."

마저리가 화난 목소리로 말했다.

"리비, 여기는 사람이 많은 레스토랑이라고. 나중으로 미룰게요. 자리는 정했나요, 웨스터필드 씨? 우리랑 함께 식사하면 좋을 텐데요."

폴은 아버지의 친구들과 선약이 되어 있다며 양해를 구했다. 그는 가 봐야겠다며 자리에서 일어났다. 즐겁게 식사하라는 인사와 함께 재빨리 사라져 버렸다.

"감사하는 태도가 고작 저렇단 말이지."

마저리가 신랄하게 내뱉었다.

"당신은 저 녀석을 너무 몰아붙이는 경향이 있어. 숨 쉴 공간은 남겨 줘야지. 어쨌든 돌아올 거야."

"맞아, 엄마. 리비 아저씨 말이 맞아. 엄마가 폴이 나한테 관심을 갖도록 강요하는 거 이제 신물이 나. 그냥 내버려 두면 안 돼?"

마저리는 이를 부딪쳐 소리를 냈다.

"네가 바라는 게 그거라면 그렇게 하마. 내가 재미있자고 한 일이니?"

그날 밤 코델 가족이 식사하는 자리에서 더 이상의 특별한 대화는 없었다.

식사가 끝나갈 무렵 고급 승무원 중 한 사람이 자리에서 일어나, 항해 첫날 저녁에는 승객들 중에서 세 명의 의장을 뽑는 전통이 있다는 사실을 발표했다. 모인 사람들 대부분은 미국에서 유럽으로 건너갔다가 돌아오는 사람들인데다 대서양을 정기적으로 횡단하는 사람들도 많았기 때문에, 선출은 재빨리 마무리되었다. 경매장을 담당할 의장으로는 체이스 맨해튼 은행의 사장이 선출되었다. 스포츠 위원회 의장은 윔블던 테니스 대회 남자 단식 우승자인 빌 틸든에게 돌아갔다. 음악회를 맡을 의장은 메트로폴리탄 오페라 하우스에서 공연을 하기 위해 승선한 이탈리아인 테너 가수가 뽑혔다.

"저 사람이 어떻게 음악회 의장이 될 수 있지? 영어 한마디 못하는 사람을. 맙소사, 내게 임명 권한이 있었다면……."

조니 핀치가 투덜댔다.

"그런 말씀 마세요. 저랑 약속하셨죠?"

앨마가 재빨리 끼어들었다.

태생이 수다스러운 조니는 이 한 번을 제외하면 약속을 성실하게 잘 지켰다. 그는 자동차 판매업을 하고 있으며, 고객들이 얽힌 재미난 이야기를 굉장히 많이 알고 있었다. 모리타니아 호 화물칸에는 란체스터 40 한 대를 보관하고 있었다. 그는 그 자동차를 굉장히 자랑스러워했다. 자동차 판매 사업을 시작하면서부터, 란체스터 40이 롤스로이스의 실버 고스트의 판매량을 압도했다는 것이다. 그는 이제 미국 시장으로 진출하는 길이라고 했다.

앨마는 자동차에 대해 아는 것이 전혀 없었지만 이야기를 듣는 것은 재미있었다. 그녀는 조니가 하는 이야기에 즐겁게 웃었다. 이야기에 따라 그의 주름진 얼굴이 감정을 과장해서 표현하는 모습이 마음에 들었다. 저녁 식사를 하면서 객실에 있는 시체의 존재를 잊어버리는 순간도 찾아졌다.

015
☆☆☆

폴은 브랜디를 두 잔 주문했다. 그는 잭 고든에게 물었다.

"모리타니아 호에 대해서 잘 아십니까?"

란체스터 40

1919부터 1928년까지 제작된 고급 차.

롤스로이스의 실버 고스트보다 고가에 팔리며

1차 세계 대전 이후 명성이 높아졌다.

"잘은 모릅니다. 보통은 화이트 스타 해운을 이용하거든요. 머제스틱 호 말입니다. 독일에서 만든 배지요. 왠지 튼튼해 보이잖습니까?"

"저도 베렌가리아 호를 타고 영국으로 건너왔기 때문에 무슨 뜻인지 알겠습니다. 그러면 정기적으로 여행을 다니십니까?"

"그렇게 들리셨습니까? 일 년에 한 번밖에는 못 갑니다. 뉴욕에 아는 사람이 좀 있죠. 어서 만나 보고 싶군요. 그리고 대서양을 건너는 것도 즐겁고요."

"선상 스포츠도 즐기십니까?"

"아뇨, 갑판에서 하는 테니스는 별로 좋아하지 않아요. 가끔 수영을 하는 정도죠. 머제스틱 호의 로마식 수영장은 한 번쯤 들어가볼 만합니다. 영국 배에서는 각별히 신경 쓰지 않는 한, 스포츠와 게임에만 빠져서 지내게 됩니다. 개인 시간을 전혀 낼 수가 없게 되죠."

종업원이 브랜디를 가지고 왔다. 잭은 그에게 담배를 부탁하고는 잔을 들었다.

"계속해서 항해가 순조롭기를 바라며."

"승선하고 나서부터 계속 바빠서 바다 상태가 어떤지 신경도 쓰지 못했습니다."

폴은 솔직히 이야기를 털어놓는 행위가 우애의 잣대가 된다고 생각해서, 포피와의 일을 처음부터 끝까지 털어놓았다.

"그런 아가씨와 만나면 언제나 즐거운 법이죠. 런던 토박이 참

새라. 쾌활하고 사랑스럽죠. 헤어질 수밖에 없었다니 안됐군요. 하지만 당신 정도라면 여자가 부족할 리가 없을 텐데요. 대서양 횡단만큼 로맨스가 일어나기 좋은 환경도 없습니다."

폴은 웃음을 터뜨렸다.

"소개해 주실 분이라도 있습니까?"

"저녁 식사 전에 이야기를 나누던 그 매력적인 젊은 아가씨는 어떻습니까?"

"저녁 식사 전이라뇨?"

"레스토랑에서 그녀 부모님이랑 대화를 나누고 있던 것 같던데요. 제가 갈색 머리카락을 짧게 자른 그렇게 아름다운 여성을 알아차리지 못했을 리가 없죠. 한순간도 당신에게서 커다란 검은 눈동자를 떼지 못하던데요?"

"아, 바버라 말씀이시군요. 대학 때 만난 좋은 친구입니다. 사실 런던에서 두어 번 함께 다녔죠."

폴이 이야기를 멈췄다. 잭의 눈이 움직이는 모습을 보고 누가 뒤쪽에 있다는 사실을 알아차렸기 때문이다. 뒤를 돌아보자 부드러운 천이 얼굴을 스치는 것이 느껴졌다. 그녀는 팔을 움직일 때마다 부드럽게 나부끼는 얇은 소매가 달린 짙은 청록색 드레스를 입고 있었다. 더할 나위 없이 아름다운 검은 머리는 한데 모아 올려 쪽을 지었다. 폴보다 열 살 정도 나이가 많아 보였다. 그러나 튀어나온 광대뼈와 좁은 이마의 아름다움은 영원토록 지속될 것만 같았다.

그녀는 정확한 영국 발음으로 말했다.

"말씀 나누시는데 방해해서 죄송합니다. 저는 캐서린 매스터스라고 하고, 선상 음악회 때문에 다른 분들께 부탁을 드리고 있어요. 아시겠지만 시뇨르 마르티넬리께서 음악회 의장으로 뽑히셨잖아요. 그분은 훌륭한 가수이신데다 친절하시기도 하지만, 화요일 밤에 음악회에 출연할 자원자들을 모집하기에는 영어가 부족하시답니다. 그래서 제가 그분을 도와 대신 움직이고 있는 형편이에요. 그래도 모리타니아 호로 대서양을 건너는 분들 중에는 재주 있는 분들이 많으니까요."

잭은 진작에 고개를 저으며 웃고 있었다.

"아뇨, 전 안 됩니다. 도움이 못 되어 죄송합니다, 매스터스 씨."

"저도 마찬가지입니다. 음악에는 재주가 없어요. 사실은 음치죠."

캐서린 매스터스는 그렇게 쉽게 물러나지 않았다.

"아뇨, 꼭 음악을 하셔야만 하는 건 아니에요. 우리끼리 이야기지만……."

그녀는 다른 사람들이 듣지 못하도록 그를 향해 몸을 숙이고 말했다.

"바이올린을 켜 주실 분들은 많이 있어요. 항해중에도 악기를 갖고 다니니까요."

그녀가 폴의 어깨에 손을 올리자 비싼 향수 냄새가 풍겼다.

"제가 찾고 있는 분은 촌극에 출연해 주실 젊고 쾌활한 남자분이에요."

"그렇다면 전 아니로군요."

폴이 말했다.

"제가 할 줄 아는 거라고는 휘스트 게임밖에는 없어요. 그것도 별로 잘하는 편은 못 되고요."

잭이 말했다.

"휘스트라고요? 저 휘스트 굉장히 좋아해요. 그럼 이렇게 해요. 저를 휘스트 게임에 끼워 주신다면 더 이상 음악회에 참가해 달라는 이야기는 안 할게요."

매스터스 씨가 말했다.

"오늘 밤에요?"

잭이 물었다.

"오늘 밤 좋은데요. 사람들에게 이야기하는 건 거의 끝났어요."

"폴, 당신도 휘스트를 합니까?"

"그냥 가끔 하는 정도예요. 잘하지는 못합니다."

"그럼 이렇게 해요. 오늘 밤에 함께 휘스트를 몇 게임 하든지, 아니면 수요일에 뮤지컬을 하는 거예요."

폴은 싱긋 웃었다.

"그건 협박인데요."

"어쨌든 협상은 완료된 거죠?"

"그런 것 같군요."

"만세! 하지만 게임을 하려면 네 사람이 필요한걸요."

"그건 문제없어요."

잭이 입을 열었다.

"아까 폴이 대학 시절에 만난 젊은 아가씨랑 이야기를 나누던데요. 같이 하자고 권하면 오지 않겠습니까?"

"글쎄요. 일단 말은 꺼내 볼까요?"

"좋아요. 이걸로 결정된 거예요. 그럼 삼십 분 후에 볼까요?"

매스터스가 말했다.

"흡연실에서 만나는 게 좋겠군요. 흡연실에 카드를 비치해 두는 것 같던데요."

잭이 말했다.

그녀가 떠나자 잭이 폴에게 말했다.

"보세요. 대서양 횡단 여객선에서는 무슨 일이 일어날지 모르는 거라니까요. 아무도 안전할 수 없죠. 제가 당신을 끌어들였다고 생각하지는 말아 주세요."

"전혀 그렇지 않습니다. 저도 카드 게임을 좋아하니까요. 가서 바버라를 찾아보겠습니다."

바버라는 저녁 식사를 하던 테이블에 혼자 남아 있었다. 그녀는 사람들이 춤추는 모습을 구경하고 있었다. 그녀의 어머니와 리비가 〈난 지금 해리에게 반했어*〉에 맞춰 원스텝 춤을 추고 있었다. 바버라는 고개를 들어 폴을 바라보았다. 그녀의 얼굴이 환해졌다. 그

● **난 지금 해리에게 반했어** _ 1921년에 발표되어 대중적으로 성공한 최초의 흑인 뮤지컬 〈서플 얼롱〉에 등장하는 곡.

순간 그는 휘스트 게임을 함께 하겠냐고 물어보는 대신, 갑자기 그녀와 춤을 추고 싶어졌다. 그녀의 손을 잡고 꼭 쥐었다. 잭의 말이 맞았다. 바버라는 굉장히 매력적인 여자였다. 잭은 바버라를 이끌고 댄스 플로어로 나가면서 말했다.

"그러고 보니 알고 지낸 지 꽤 오래됐는데, 함께 춤을 춘 적은 한 번도 없네."

바버라는 곧바로 미소를 지었다.

"누가 나보고 춤을 못 춘다고 한 거 아냐?"

"잘 추는걸."

"춤을 많이 춰 보진 못했어."

"부모님께서는 춤을 자주 추시잖아. 사보이 호텔에서 추시는 걸 봤어. 두 분 모두 잘 추시던데."

"리비 아저씨는 잘 추지. 탱고 실력이 대단하거든. 어디서 그런 솜씨를 익혔는지 모르겠다니까. 틀림없이 엄마를 만나기 전일 거야. 엄마는 예쁜 발목 때문에 춤추는 걸 좋아하는 거라서, 매번 빙글빙글 돌면서 발목을 보여 주곤 하지만 춤 실력은 별로 대단하지 않아. 몸이 하나가 되지 않잖아. 엉덩이가 다른 부분과 따로 노는 게 보이지?"

"그만. 웃겨 죽을 거 같아."

"내가 심했나. 요즘 엄마랑 너무 붙어 다녀서 좀 짜증이 났거든."

"함께 카드 게임 하러 가지 않겠느냐고 물어보러 왔어. 휘스트 게임 하러 가지 않을래?"

"누구랑?"

"내 지갑을 찾아 준 사람이랑 음악회에 참가할 사람을 모집하러 다니는 푸른색 드레스를 입은 여자 둘뿐이야. 우리 둘이 같은 편을 해서 공짜 술이나 얻어먹자. 어때, 바버라?"

"나 휘스트는 잘 못하는데."

"암산 능력이 대단하잖아. 그 게임은 카드를 얼마나 잘 외우느냐가 중요하니까. 자, 우리는 좋은 팀이 될 거야. 돈을 잃는다고 해도 어느 정도는 감당할 수 있어."

"엄마한테 카드 게임 하러 간다고 말하고 올게."

"그럴래?"

폴은 춤을 추며 빙글 돌아, 리비의 어깨 너머로 고개를 끄덕이며 격려하는 마저리의 모습을 바버라에게 보여 주었다.

흡연실에 비치된 벽감실 중 두 곳에서는 이미 카드 게임이 한창이었다. 잭이 테이블 한 곳을 예약해 두고 바 종업원에게서 카드 두 벌을 미리 사 갖고 왔다. 카드는 포장을 뜯지 않은 채 테이블 위에 놓아두었다. 폴은 그에게 바버라를 소개했다.

"이제 매스터스 씨만 기다리면 되겠군요."

잭이 말했다.

"캐서린이라고 부르기로 하죠. 가능한 한 격식 차리지 않도록 해요."

폴이 말했다.

캐서린은 눈에 띄게 진해진 향수 냄새를 풍기며 조금 늦게 도착했다.

"돈을 가지러 방에 다녀왔어요."

그녀는 서로 소개를 마친 다음 이렇게 말했다.

"돈을 걸고 하는 거예요?"

바버라가 물었다.

"당연하죠. 안 그러면 얼마나 따분해지는데요."

캐서린이 말했다.

"다 써 버려야 할 영국 돈이 좀 있어서요."

잭이 말했다.

"여기서는 돈을 걸고 게임을 하면 안 된다고 알고 있는데요."

바버라가 말했다.

"아, 그래요?"

캐서린이 실망한 듯 말했다.

"재미있는 건 죄다 못하게 한다니까."

"점수를 매겨서 나중에 내도록 하는 건 어떨까요?"

폴이 이렇게 제안했다.

"그거 좋은 생각이에요."

"3전 2승제로 해서 일 파운드씩 어떻습니까?"

잭이 말했다. 다들 동의했다. 폴이 가장 낮은 패를 뽑아 딜러가 되었다. 트럼프* 카드는 클로버였다. 그는 자신에게 가장 나쁜 패를 돌렸다. 잭과 캐서린은 연달아 두 게임을 이겼다.

"나 게임 잘 못한다고 했잖아."

바버라가 폴에게 말했다.

"아직 좋은 패를 받지 못했잖아요."

캐서린이 그녀에게 말했다.

"휘스트에서는 좋은 카드가 안 들어오면 말짱 헛일이라니까요."

게임이 일곱 번 진행되는 동안 폴과 바버라는 고작 한 판밖에 이기지 못했을 뿐이었다.

"두 분께는 상대가 안 되는데요."

폴이 말했다.

"뭐라도 마시면서 십 분 정도 쉬었다 할까요?"

잭이 말했다.

"제가 숙녀분들께 한 잔 사겠습니다."

"얼음이 든 거라면 뭐든지 좋아요."

캐서린이 말했다.

"여기 좀 덥지 않아요? 전 꽤 덥네요. 방에 가서 화장을 고치고 오겠어요."

"샴페인 한 병을 주문해 놓겠습니다."

잭이 말했다.

"제가 대접하는 겁니다."

● **트럼프** _ 휘스트 게임에서 딜러가 가장 먼저 뽑아 그 게임의 기준이 되는 카드.

"근사한데요! 카드 실력도 훌륭하시고 게다가 술에 너그러우시기까지. 금방 다녀올게요."

캐서린이 말했다.

그녀는 바버라에게 손을 흔들고 서둘러 나갔다.

잭이 바에서 샴페인을 주문하는 동안, 폴이 바버라에게 말을 건넸다.

"괜찮은 사람들이네."

"응, 마음에 들어. 그런데 게임에서 지기만 하는 건 싫은데."

폴은 미소를 지었다.

"이기는 게 뭐가 중요해. 재미있으면 되지."

"두 번째로 카드를 내는 사람은 낮은 패를 내고 세 번째로 내는 사람은 높은 패를 내면 더 낫지 않을까?"

이제 폴은 소리 내어 웃고 있었다.

"휘스트 게임은 못한다면서."

바버라의 뺨이 상기되었다.

"그래도 기본은 알아."

"알았어. 좋은 작전 같은데. 네 말대로 작전을 바꿔 보자."

그는 바버라의 짧은 머리카락과 립스틱을 바른 입술에 걸맞은 투지가 그녀에게 있다는 사실을 알게 되어 기쁘다는 이야기를 할 뻔했다. 이제까지는 어머니에게 짓눌려 스스로는 아무것도 하지 못하는 귀여운 여자애로밖에 생각하지 않았던 것이다.

"그리고 이렇게 하는 건 어때? 둘 중 한 사람이 이기고 있으면 바로 다음번에 들고 있는 패 중에서 같은 색으로 받는 거야."

바버라가 진지하게 말하자 폴이 제안했다.

"그리고 게임이 끝나면 춤을 좀 더 추기로 정하는 건 어때?"

바버라는 기쁜 표정을 지었다.

"그렇게 하자."

"이기든 지든?"

"넌 내 말을 좀 더 믿어야 해. 당연히 우리가 이길 거니까."

"그러면 샴페인은 너무 많이 마시지 마."

폴은 잭이 종업원과 함께 돌아오는 모습을 보면서 주의를 주었다.

"캐서린은 아직 안 왔나요?"

잭이 묻더니 종업원에게 이렇게 말했다.

"숙녀분께서 돌아오시면 직접 마개를 따지요."

세 사람은 그리 오래 기다리지 않았다.

"기다리시게 해서 죄송해요. 이상한 일이 생겨서 늦었어요. D 갑판에 있는 제 방으로 돌아가고 있는데, 복도에 있는 문 하나가 열리는 게 아니겠어요. 한 남자가 나오다가 제 얼굴을 보고 도로 들어가 버리는 거예요. 마치 유령이라도 본 듯한 표정으로요."

"저라면 신경 쓰지 않을 겁니다."

잭이 말했다.

"그 남자는 그저 당신이 음악회 출연 부탁을 하러 거기까지 따라온 줄 알았을 겁니다. 휘스트 게임으로 대체할 수 있다는 사실을 모르고 말이죠."

그는 샴페인 마개를 땄다. 캐서린이 본 남자는 더 이상 화제에 오르지 않았다.

폴과 바버라는 첫 게임에서 총 열세 번의 패를 내는 과정에서 열한 번을 승리했다. 폴은 두 번째로 패를 낼 때는 낮은 패를 내고 세 번째로 낼 때는 높은 패를 내기로 한 계획을 꼼꼼하게 수행했다. 바버라가 리드하고 있을 때는 그 패를 잘 봐 두었다가, 자신이 리드하게 되자 그와 같은 색의 패를 냈다. 이렇게 해서 두 사람은 세 번의 게임을 연속으로 이겼다.

"두 분 어떻게 된 거죠? 갑자기 실력이 늘어난 겁니까, 아니면 우리가 샴페인을 너무 많이 마신 겁니까?"

잭이 말했다.

"누가 엄청 마시더라니. 마지막 게임에서 잘 이어지고 있는 내 카드를 당신이 끊어 버렸잖아요. 안 그랬으면 두 번은 리드를 더 잡을 수 있었는데."

캐서린이 언짢은 표정으로 대답했다.

"지나간 이야기를 해서 뭐합니까? 이번에는 좀 더 열심히 하죠, 파트너."

잭이 대답했다.

잭과 캐서린은 첫 번째 게임에서 승리했지만, 두 판을 내리 져 2승 선착에는 실패했다. 잭과 캐서린 사이에 불화가 눈에 띄게 보이기 시작했다. 잭은 담배를 피우기 시작했다. 캐서린은 불만에 찬 표정으로 입술을 오므리고 있어서 몇 년은 더 나이가 들어 보였다.

"카드 운에 따라 이렇게 결과가 달라지네요."

폴과 바버라가 2승에 선착하여 총 점수를 동률로 만들고 나서 이렇게 말했다.

"운이 따른다고 다 되는 건 아니에요."

캐서린이 잭을 쏘아보며 말했다.

"이번 판을 마지막으로 할까요?"

폴이 제안했다.

"좋을 대로 하시죠."

잭이 말했다.

"괜찮으시다면 그렇게 했으면 좋겠어요."

바버라가 말했다.

"휘스트를 해 본 건 너무 오랜만이라서요. 집중하느라 힘들어요."

"샴페인 때문일 거예요. 똑같이 마셨는데 왜 취하는 건 이리 제각각인지. 패 돌리셔야죠. 파트너? 뉴욕에 도착할 때까지 이렇게 멍하니 서로 바라보고만 있을까요?"

캐서린이 말했다.

폴과 바버라는 2승 1패로 마지막도 승리로 장식했다.

"결정이 됐군요."

잭이 말했다.

"축하합니다. 미국의 승리입니다. 한 분당 일 파운드씩 빚을 졌군요."

"샴페인을 사셨잖습니까. 비긴 걸로 하죠."

폴이 말했다.

"빚을 졌으면 당연히 갚아야죠."

캐서린이 말했다.

"바버라, 여기 일 파운드 받아요."

잭이 아무도 예상하지 못한 거친 말투로 말했다.

"당장 치워요. 여기선 테이블 너머로 돈이 오가서는 안 된다는 걸 모릅니까? 당신 어떻게 된 거 아닙니까?"

캐서린은 지폐를 억지로 바버라에게 쥐어 주었다.

"어서 받아요."

바버라는 주저했다. 도움을 청하는 눈으로 폴을 바라보았다.

폴이 지폐를 받고 말했다.

"자, 제가 여러분들께 한 잔 사죠. 정말로 너그러우신 분들이로군요."

"난 빼 주시오. 오늘 밤은 이제 됐어요. 전부 다."

잭이 여전히 화를 내며 말했다. 그는 퉁명스럽게 인사를 건네고 자리를 떴다.

캐서린의 눈에 눈물이 고였다.

바버라가 그녀의 손을 잡았다. 폴에게는 자신이 캐서린을 달래 주겠다는 눈짓을 보냈다.

"술보다는 커피가 나을 것 같아, 폴."

폴은 커피를 주문하러 가면서 잭이 왜 그렇게 갑작스럽게 화를 냈는지 곰곰이 생각해 봤지만 이해할 수가 없었다. 게임에서 돈을 거는 것은 큐나드 해운의 규정을 위반하는 행위였지만, 공공연하게 돈이 오간다는 사실은 다들 알고 있었다. 고작 일 파운드를 건넸다고 해서 선장에게 불려 가지는 않는다.

폴은 커피를 주문했다. 그렇게 빨리 두 사람이 있는 자리로 돌아갈 필요는 없었다. 바버라 혼자 캐서린을 달래 주는 편이 나을 테니까. 바에 가서 스카치라도 한잔하려는 찰나 흡연실 문 앞에 서 있는 리비를 보았다. 그는 리비에게서 빌린 삼백 달러가 생각났다.

"코델 씨."

"리비라고 부르게, 친구."

그는 폴의 팔을 잡았다.

"같이 한잔 어떤가? 마지는 누워서 쉬려고 던저 갔네. 발목이 붓기 시작했거든. 춤을 너무 오래 춘 게지."

"빌린 돈을 드려야죠."

그는 지갑을 꺼내 리비에게 빌린 돈을 건넸다. 너무 간단하게 돈이 오가고 나니, 몇 분 전 일어났던 일이 더욱 부질없게 느껴졌다.

"고맙네. 스카치로 하겠나?"

"좋습니다."

두 사람은 술을 들고 바 카운터에 앉았다.

"모리타니아 호는 분위기가 좋아. 훌륭한 배지. 자네가 꼬마였을 때부터 여객선을 타고 대서양을 여러 번 횡단했어. 그래서 배에 대해서는 잘 알아. 마지를 만나기 전의 일이지만. 지금은 은퇴한 거나 다름없다네. 고작 휴가 때나 배를 타거든."

"어떤 일에 종사하고 계셨습니까?"

"무역업이었지. 교역에 대한 감각이 있으면 꽤 많은 이익을 올릴 수 있어. 회사를 설립해서 우량 기업으로 키워 냈지. 지금은 내 지분에서 나오는 배당금으로 지낸다네."

"훌륭하시군요."

"그건 맞는 말이네. 아직 마흔여섯인데 남은 인생을 여유롭게 보낼 수 있으니까. 리빙스턴 코델은 더 이상 땀 흘려 일할 필요가 없다는 뜻이지. 센트럴 파크가 내려다보이는 아파트에서 살고, 뉴욕에서 가장 매력적인 아내와 바버라 같은 예쁜 딸까지 있어. 그런데 바버라는 어디에 있지? 자네와 함께 있는 줄 알았는데."

"맞습니다. 지금은 저쪽 벽감실 안쪽에 있습니다. 카드 게임을 했거든요."

"어디? 안 보이는데."

"등을 돌리고 있으니까요. 저기 푸른 드레스를 입은 숙녀분과 함께 있습니다."

"저 여자랑? 딸애가 그녀랑 뭘 하고 있는 거지?"

리비의 말투가 변했다. 마치 폴이 자신의 딸을 걷어차기라도 한 것 같았다.

리비에게 사정을 설명하기는 복잡했다.

"의논할 일이 있나 봅니다. 제게 커피를 사 오라고 시키더라고요. 그래서 눈치를 챘죠."

리비는 폴의 팔을 잡고 단호하게 바버라가 있는 쪽으로 밀었다.

"당장 가서 둘을 찢어 놓게, 친구. 여자 둘이 모이면 피를 보는 건 자네라고. 그런 꼴 당하지 말고 어서 가 봐."

폴은 바버라를 흘끗 바라보았다. 그녀는 캐서린과 깊은 대화에 빠져 있었다. 캐서린은 미소를 띠고 있었다.

"알겠습니다."

리비는 벌써 자리를 뜬 후였다.

016
☆☆☆

저녁 식사 후 조니 핀치는 앨마 및 동석한 미국인들을 즐겁게 해 주었다. 그는 라운지 중앙에 있는 안락의자에 앉아 자동차 이야기를 늘어놓았다. 굉장히 재미있는 이야기였다. 사교계 유명 인사들이 양념처럼 끼어들면서 재미를 더했다. 부유한 신사들은 숙녀들을 위해 비싼 차를 구입하지만, 자동차와 부유한 신사 중 하나는 꼭 과열되어 망가진다는 것이었다.

"여성을 유혹할 때 말입니다."

핀치가 주위 사람들에게 이야기를 계속해 나갔다.

"자동차는 그렇게 도움이 되는 물건이 아니에요."

고 에드워드 전 국왕이 차를 빌린 이야기도 했다. 차 주인은 청량음료 공장을 갖고 있었는데, 차를 빌려 준 답례로 왕실의 보증서를 받기를 바랐다. 국왕은 애인과 함께 차를 몰고 시골로 드라이브를 나섰다. 그러다 가솔린이 바닥이 나고 말았다. 국왕은 걱정하지 않았다. 오히려 차가 멈춘 틈을 타 즐거운 시간을 보내기도 했다. 시간이 지나고 국왕은 담배에 불을 붙였다. 애인에게는 다 잘될 거라고 했다. 예비 가솔린을 싣고 있었기 때문이다. 그는 차에서 내려 깡통을 열었다. 그 안은 레모네이드로 가득 차 있었다. 결국 공장주는 왕실의 보증을 받는 데 실패하고 말았다.

조니의 이야기에 끌려 많은 사람들이 원을 그렸다. 자정이 되어서도 여전히 이야기는 계속되었다. 이야기는 점점 고상하지 않은 방향으로 나아갔다. 한 여자와 그의 남편이 자리를 떴다. 앨마는 가장 마지막까지 남아 있던 여성이었다. 그녀는 다른 사람들이 한바탕 웃기를 기다렸다가 자리에서 일어나 작별 인사를 했다.

"이렇게 일찍 가시나요?"

조니가 말했다.

"벌써 자정이 지났어요."

"정말 그렇군요. 제 란체스터를 보여 드리고 싶었는데요."

앨마를 포함해서 다들 웃었다.

"다음번에는 가능할지도 모르겠네요."

"그 말씀 잊지 않겠습니다. 안녕히 주무세요, 쿠인."

조니는 다시 헨리 포드 이야기를 시작했다.

앨마는 D 갑판으로 발걸음을 옮겼다. 다리가 살짝 휘청거렸다. 와인을 생각 이상으로 마시고 말았던 것이다. 한 잔 마실 때마다 불안감이 희석되는 것만 같았기 때문이다. 술을 마시지 않고는 절대 89호실에서 혼자 밤을 보낼 수 있을 것 같지 않았다.

복도는 조용했다. 배도 흔들리지 않았다. 흔들리는 것은 앨마 자신이었다. 길을 찾는 것은 어렵지 않았다. 그녀는 아라비아 숫자 8로 시작하는 객실을 훑어 나갔다. 번호를 하나하나 세면서 89호까지 향했다.

'깨우지 마시오'라는 표지판은 걸려 있지 않았다.

그녀는 핸드백을 열어 더듬거리며 열쇠를 찾았다. 조명 아래에 비춰 보고 번호를 확인했다. 열쇠를 구멍에 꽂았다. 그녀는 잠시 동안 기다렸다가 문고리를 돌려 문을 열었다.

방 안에는 불이 켜져 있었고 창문에는 커튼이 드리워져 있었다. 트렁크는 열려 있었다.

앨마는 깊게 숨을 들이켰다. 트렁크 안이 보이는 곳까지 몇 걸음 내디뎠다. 트렁크 안은 비어 있었다. 그녀는 소리 내어 말했다.

"하느님 감사합니다."

그녀는 객실 문을 닫았다.

욕실 안을 먼저 살펴보았다. 그다음에 서랍과 수납장을 열어 보았다. 방 안에 무엇이 있는지 제대로 알기 전까지는 잠을 청할 수 없을 것 같았다. 리디아의 옷이 깔끔하게 정리되어 있는 모습이 보였다. 모두 깨끗한 새 옷이었다. 검정색 새틴 잠옷도 보였다. 그러나 앨마는 그 옷을 입을 수 없었다.

그녀는 조젯 야회복을 벗었다. 그러고는 욕실에 들어가 화장을 지웠다. 이윽고 목욕을 하기로 마음먹었다. 욕조에 들어가 있으니 마치 배가 진로를 바꾸는 듯한 기분이 들었다. 엔진의 진동 소리가 변했다. 욕조의 물이 그녀에게 부딪혀 소리를 냈다. 이런 현상은 몇 번 더 일어났다. 그녀는 잠시 동안 배가 멈췄다고 생각했다. 수건에 손을 뻗자 다시 배가 흔들렸다. 속이 뒤틀렸다. 그녀는 와인을 너무 많이 마셨다고 자책했다.

배가 평상시의 리듬을 되찾은 것 같았다. 앨마는 그 사실에 감사했다. 그녀는 속치마 차림으로 침대에 들어갔다. 불은 끄지 않았다. 그러나 생각했던 것보다는 덜 무서웠다. 최악의 순간은 지나갔다. 그녀는 벽을 향해 고개를 돌렸다. 그리고 이내 잠이 들었다.

017

앨마는 복도에서 나는 소리에 잠에서 깼다. 차를 서빙하는 승무원이었다. 방 안에 해가 비치고 있었다. 앨마는 손목시계를 확인했다. 곧 8시였다. 일요일 아침이 되었다. 적어도 일곱 시간은 잔 것이다. 그녀는 기지개를 켰다. 이등실에 있는 월터가 생각났다. 그는 어젯밤에 잘 잤을까?

그녀는 샤워를 하고 옷을 입은 다음 아침 식사를 하러 갔다. 레스토랑은 사람들로 붐볐는데 다들 어제보다는 간편한 복장이었다. 승무원들은 이제 흰 제복을 입고 있었다.

그녀는 전에 자신이 앉았던 테이블로 향했다. 아침 식사는 혼자 먹고 싶었다. 조니 핀치가 와도 이번에는 거절할 작정이었다. 그가 와 있는지 주변을 살펴보지도 않았다. 그녀는 누구의 방해도 받지 않고 아침 식사를 맛있게 먹었다.

조니 핀치는 그렇게 오랫동안 모습을 보이지 않을 사람이 아니었다. 앨마는 레스토랑을 나와 단정 갑판에서 바깥 공기를 들이마셨다. 천천히 산책하기에 적당한 눈부시게 아름다운 아침이었다. 몇 발자국 떼기도 전에 친숙한 목소리가 들렸다.

"그녀가 전날 밤 일찍 잠자리에 들었다는 사실을 증언하기 위해 발 벗고 나섰습니다."

그는 갑판 의자 위에 누워 있었다. 푸른색 털실 스웨터에 플란넬 바지 차림이었다.

앨마는 걸음을 멈추고 인사를 했다.

"안녕히 주무셨나요?"

조니가 물었다.

"예, 덕분에 아주 잘 잤어요."

"다행이군요. 저는 새벽까지 잠을 자지 못했습니다."

그녀는 미소를 지었다.

"어제 이야기를 그렇게 많이 하셨으니 그렇죠."

"아니, 그 때문이 아닙니다. 큰 소동이 있었어요. 부인께서 방으로 돌아가신 지 얼마 안 됐을 때였습니다. 글쎄, 평화롭게 잘 가던 배가 진로를 바꾸는 게 아니겠습니까?"

"저도 그런 것 같다는 느낌을 받았어요."

"우리도 마찬가지였습니다. 그래서 무슨 일인지 보려고 갑판으로 올라갔죠. 무슨 일이냐고 묻는 사람들이 대충 오십 명은 됐을 겁니다. 사정을 아는 사람은 아무도 없는 것 같았어요. 하지만 정말로 배가 방향을 바꾸더니 영국으로 되돌아가는 겁니다. 그러다가 원래 진로로 돌아왔어요. 배가 한 바퀴 돈 거죠."

"무슨 일 때문이었는데요?"

"사람이 물에 빠졌대요."

앨마의 몸이 굳어졌다.

"뭐라고 하셨어요?"

"사람이 물에 빠졌다고요. 누군가 불쌍하게도 배에서 떨어진 모양이에요. 단정 갑판에 나와 달을 바라보던 연인들이 누가 떨어지는 모습을 봤나 봅니다. 선장에게 그 사실을 전하자, 선장은 진로를 바꿔 수색을 시작하라는 명령을 내렸어요. 그게 규정이라고 하더군요. 실종자를 찾을 가능성이 얼마 없다 하더라도 일단은 배를 돌리고 수색을 해야 한대요. 그래서 배가 방향을 바꾸는 사이 승무원들은 탐조등을 켰어요. 탐조등 불빛이 굉장히 강렬하더군요. 우리도 난간 밖에 몸을 내밀고 수색 작업을 도왔죠. 믿으실지는 모르겠지만, 끝내 그녀를 발견했습니다."

"그녀라고요?"

"예, 여자였어요. 불쌍한 사람 같으니. 승무원들이 보트를 내려 끌어 올렸죠. 이미 죽었더군요. 얼마나 끔찍한 이야기인가요."

Part 4

그
의
새
직
업

His New Profession

001
☆☆☆

아침 식사 후 중앙 라운지는 사람들의 움직임으로 굉장히 부산했다. 승무원들이 작업을 시작한 것이다. 그들은 테이블을 옆으로 치웠다. 식당에서 큰 테이블 하나를 가져와 라운지 끝에 있는 그랜드 피아노 옆에 놓았다. 테이블을 향해서 큰 안락의자와 소파를 줄지어 배치했다. 그사이에 한 무리의 벨보이들이 레스토랑에서 등받이가 달린 의자를 가져와 안락의자 뒤에 줄을 맞춰 배열했다. 두 명의 벨보이가 지나다니며 의자마다 찬송가 책을 내려놓았다.

십오 분 전 11시가 되자 예배를 드리려는 일등실 승객들이 자리에 앉아 안락의자가 모두 채워지고 말았다. 늦게 온 사람들은 등받이 의자에 앉았다. 오 분 전 11시에는 이등실과 삼등실 승객들도 입장하여, 라운지는 사람들로 가득 찼다. 의자에 앉지 못한 사람들은 승무원들과 함께 라운지 뒤쪽에 가서 섰다. 그중에는 침착한 모습의 월터도 있었다.

앞쪽 줄에 자리 잡은 앨마는 그가 자신을 보았으리라 확신했다. 그녀는 그를 보기 위해 딱 한 번 뒤를 돌아보았다. 마음을 가라앉히려 갖은 애를 썼다. 리디아의 시체가 발견된 것은 지독하게 운 나쁜 일이었지만, 그렇다고 모든 것이 끝나 버린 것은 아니었다. 누가 그 시체가 리디아라는 사실을 알 수 있을까? 그저 배에서 추락한, 또는 뛰어내린 이름 모를 여자일 뿐이다. 승객 명단을 조사해 보겠지만 실종된 사람은 발견되지 않을 것이다. 그녀의 정체는 영원히 수수께끼로 남으리라.

로스트론 선장이 고급 승무원들과 함께 라운지로 들어왔다. 그들은 테이블 쪽에 앉았다. 예배는 찬송가와 함께 시작되었다. 사무장이 일어나 『시편』 107장의 한 구절을 읽기 시작했다.

"배들을 바다에 띄우며 큰물에서 일을 하는 자는……."

선장이 기도를 하는 동안 사람들은 자리에서 일어났다. 성경 구절을 낭독한 다음 찬송가를 불렀다.

찬송가가 끝나자 로스트론 선장은 모두 자리에 앉도록 했다. 그는 테이블을 돌아 나와 그 앞에 섰다.

"신사 숙녀 여러분, 예배는 끝났습니다. 제가 이런 자리에서 승객 여러분께 연설을 하는 것은 흔치 않은 일입니다. 그러나 전날 밤, 여러분께 말씀드려야만 하는 일이 일어났습니다. 승객 한 사람이, 여성 승객 한 사람이 배에서 떨어지는 모습이 목격되었다는 사실을 알고 있는 분도 있을 겁니다. 저는 보고를 받고 즉시 배를 돌려 수색을 개시하라는 명령을 내렸습니다. 승객은 발견됐지만 이미 때는 늦었습니다. 아직 신원이나, 비극적인 사건이 일어난 원인은 밝혀지지 않았습니다. 선임 위병 부사관인 색슨이 조사중입니다."

그는 자리에서 일어나 있던 승무원 한 사람을 가리켰다.

"신원 확인이나 사건 규명에 도움을 주실 수 있는 분이 계시면 부디 그에게 말씀해 주시기 바랍니다. 그의 사무실은 사무장의 사무실 바로 옆입니다. 한마디만 더 말씀드리자면, 최대 이천 명의 승객과 팔백 명의 승무원을 태우고 대서양을 정기적으로 운항하는 대형 여객선에서는 가끔씩 이런 비극이 일어나곤 합니다. 선장으로서 적절한 조치를 취할 것이나, 배 안에서의 생활에는 변동이 없을 것입니다. 이 사건이 모리타니아 호에서 여행을 즐기시는 분들께 누가 되는 일이 없기를 바랍니다."

로스트론 선장은 기도서를 들고 라운지를 떠났다. 웅성거리던 소리는 이윽고 큰 소리로 바뀌었다. 지난밤의 기억을 떠올리지 않는 사람은 아무도 없었다. 수상한 움직임이나 이상한 소리가 있었다거나 한 여자가 홀로 있는 모습을 보았다거나 하는 이야기가 들려왔다. 수색 작업을 지켜본 사람들도 저마다 이야기를 늘어놓았다.

앨마는 의자를 돌려 비명 소리를 들었다고 하는 남자의 이야기를 듣는 척하다가 월터를 바라보았다. 두 사람의 눈이 마주쳤다. 그는 불안한 기색을 보이지 않았다. 고개를 살짝 흔들 뿐이었다. 그러고는 몸을 돌려 문 쪽으로 향하는 사람들 속으로 사라졌다. 앨마는 그가 무슨 말을 하려는지 알 수 있었다. 불안해할 필요는 없다는 것이다. 그녀는 일어나 의자 사이를 지나 다른 쪽 문으로 향했다.

마저리 리빙스턴 코델은 앞에서 두 번째 의자를 차지하고 앉아 예배를 보았다. 찬송가는 마음에 들었지만 선장의 말에는 별 감흥이 없었다.

"놀라지 말라니 말이야 쉽지. 저 사람들은 항해 때마다 바다에서 시체 건지는 게 일이잖아요. 납득이 안 돼요. 그러니까 불쌍한 여자가 바다에 빠졌다는 거잖아요. 누가 진실을 밝혀낼 건데요? 선장 소개로 일어나 옆에 서 있던 적갈색 콧수염을 기른 남자? 전혀 믿음이 안 가요."

"정말 믿음이 안 가요. 지적 한번 잘하셨어요."

그녀 옆에 앉은 여자가 동의를 표했다.

"마지, 이런 표현이 어떨지는 모르겠지만, 망망대해를 떠돌고 있는 건 당신 같군."

그녀의 다른 쪽 옆에 앉은 리비가 말했다.

"위병 사관은 이런 일을 하도록 훈련받은 사람들이야. 배 안의 경찰인 셈이지. 어떤 사건이든 처리한다고. 밀항, 밀수, 취객 난동 같은 것들 말이지."

"밀항이랑 살인은 전혀 다르다고."

마저리가 신랄하게 말했다.

"대체 누가 살인이라고 했는데?"

"저는 자살이라고 생각했어요."

마저리의 오른편에 앉아 있는 여자가 말했다.

"자살이건 살인이건, 적갈색 콧수염이 그 차이를 어떻게 알겠어?"

"그 사람 이름은 색슨이야, 여보."

"리비, 내 말 잘 들어. 바다에서 건진 시체가 나나 바버라였다는 생각을 해 봐. 당신도 저 사람이 책임자라는 게 걸갑지 않을걸. 바버라는 어디 있지? 여긴 없는 것 같은데."

"없군. 아예 예배에 참석하지 않았을 것 같은데."

"아침 식사 때도 안 보였잖아. 이 일을 어째! 리비, 그 애가 어디로 간 거지?"

"진정해, 마지. 자기 방이나 카페, 도서실 같은 데 있겠지. 어딘가, 그러니까……."

마저리는 고통스러운 듯한 비명을 질렀다.

"갑판 의자 같은 데 누워 있을 거야, 여보. 갑판 의자 말이야."

"어서 찾아야 해."

"알았어. 당신은 객실에 가 봐. 나는 다른 곳을 찾아볼 테니."

"선장에게 말해야 하지 않을까? 선내 방송을 해 줄 수도 있잖아."

"일단 우리가 찾아본 다음에, 마지. 내가 말한 대로 해, 알겠지?"

002

☆☆☆

로스트론 선장이 함교로 돌아오자, 선의船醫가 기다리고 있었다.

"선장님, 시간이 나신다면 시체 안치실에서 시체를 좀 봐 주셨으면 합니다."

"어젯밤에 봤는데, 누군지 모르겠더군."

"그 이야기가 아닙니다. 이건 어젯밤에는 아무도 눈치채지 못했던 것입니다."

"무슨 일이지?"

의사는 눈을 재빨리 움직여 목소리가 닿는 위치에 있는 다른 승무원들을 둘러보았다.

"직접 보셔야 할 것 같습니다. 선장님."

"좋아. 같이 가지. 내 점심 식사를 망치면 자네에게 책임을 물을 거야."

시체 안치실로 사용되는 하부 갑판의 좁은 창고 안에서, 선장은 의사가 시체 위에 덮은 천을 치우고 의심스러운 부분을 가리키며 설명하는 모습을 지켜보았다.

"그렇군. 정말 심하군, 의사 선생. 정말 심해. 색슨에게는 보여 주었나?"

선장은 크게 한숨을 내쉬었다.

"아직입니다, 선장님."

"보여 주는 게 좋겠어. 지금 당장. 우리끼리 하는 이야기지만, 그가 감당할 수 있으면 좋겠군. 정말이야."

리비 코델은 점심 식사 직전이 되어서야 바버라를 찾아냈다. 그녀는 흡연실에서 폴과 마주 앉아 있었다. 두 사람은 카드를 몇 장 펼쳐 놓고 진지하게 이야기를 주고받고 있었다.

"세상에, 찾아서 다행이다!"

"안녕히 주무셨어요, 리비 아저씨."

바버라가 무심하게 말했다.

"마침 잘 오셨어요. 혹시 옥션 브리지 게임 할 줄 아세요? 폴에게 배우고 있었어요."

"오전 내내 안 보였잖니. 엄마가 걱정하다 못해 정신이 나갈 지경이다."

바버라는 진지하게 고개를 가로저었다.

"엄마가 걱정한다고요? 리비 아저씨, 아침 식사를 빼먹었다고 걱정이 태산인 부모를 어떻게 생각해야 하는 거죠? 난 더 이상 어린아이가 아니에요. 엄마 손에서 벗어나 파리에서 일 년간 살아왔다고요. 저랑 같이 엄마한테 가서 이야기 좀 해 주세요."

"바버라, 엄마가 걱정한 이유가 있단다. 오늘 아침 라운지에서 열린 예배에 참석하지 않았잖니?"

"그것 때문에요?"

바버라는 시선을 돌렸다.

"난 교회 안 나가는데. 길 잃은 영혼인 셈이지."

리비는 그녀의 비꼬는 말을 무시했다.

"넌 선장이 죽은 여자에 대해 한 말을 듣지 못했잖니."

"죽은 여자요? 누가 죽었는데요?"

"바로 그게 문제란다. 아무도 몰라. 그 여자는 어젯밤에 바다에 떨어졌는데, 건져 냈을 때는 죽어 있었지. 그녀가 누군지는 아무도 모른단다. 그러니 이제 마지가 왜 그리 걱정을 하는지 알겠지?"

바버라는 자리에서 일어섰다.

"당장 엄마한테 가 봐야겠어요. 어디 계세요?"

"네 방을 살펴보러 갔단다."

바버라가 떠나자 리비는 폴에게 말했다.

"눈물겨운 상봉일 테지. 맥주 한잔하겠나?"

두 사람은 잔을 들고 테이블로 되돌아왔다.

"바버라에게 브리지 게임을 가르쳐 주고 싶은 모양이지?"

폴은 고개를 끄덕였다.

"재미있는 게임이니까요. 어젯밤 어떤 사람들과 휘스트 게임을 했는데, 막판에 가서는 우리가 꽤 잘했거든요. 그 사람들이 브리지가 더 재미있는 게임이라고 해서, 바버라에게 기본 규칙을 가르쳐 주고 있었습니다."

"자네들 젊은이끼리라면 좋은 팀이 되겠군. 둘 다 대학에서 수학을 전공하지 않았나?"

"그게 도움이 되는지는 잘 모르겠습니다."

폴이 웃으며 말했다.

"그 사람들과는 어쩌다가 함께 게임을 하게 되었지?"

"순전히 우연이었습니다. 제 지갑을 찾아 준 사람과 이야기를 하고 있는데, 그 여자가 오더니 음악회에 출연하지 않겠느냐고 묻더라고요."

"어제 바버라와 이야기를 나누던 여자 말인가?"

"맞습니다. 잭이 어쩌다 휘스트 이야기를 꺼냈는데, 그녀가 함께 휘스트를 해 주면 음악회 문제로 귀찮게 굴지 않겠다고 했거든요. 그래서 저와 바버라가 한 팀이 되어, 두 사람이 서로 싸우기 전까지는 꽤 재미있게 게임을 즐겼죠."

"왜?"

"흔히 있는 일입니다. 여자가 남자의 플레이를 두고 뭐라고 했거든요. 남자는 처음에는 괜찮은 듯 보였는데, 게임이 끝나고 그녀가 돈을 테이블 위에 올려놓자 화를 내기 시작했습니다. 게임에 돈을 거는 것은 금지되어 있으니 당장 돈을 치우라면서요. 카드 게임을 하다 보면 꼭 그렇게 미련하게 구는 사람이 있다니까요. 남자가 떠나자 여자는 울기 시작했습니다. 바버라가 그녀를 달래 주었죠. 그때 바에서 아버님을 만났죠."

"알겠네. 그런데도 둘이 다시 카드를 하겠다고?"

"뭐, 어떻습니까? 우리가 싸운 게 아닌데요. 이겼으니까요."

"바버라도 겉모습과는 달리 그리 차분한 편은 아니지. 카드를 하다 보면 굉장히 고집을 부린다니까. 지는 걸 싫어하거든."

"저도 어제 알게 됐죠. 그런 태도는 좋습니다. 저는 마음에 듭니다."

003
☆☆☆

이등실 식당에는 개인용 테이블이 없었다. 사 인용, 혹은 육 인용 테이블뿐이었다. 아침 식사 시간에 월터는 일찍 식당에 나와서 육 인용 테이블 한쪽 구석에 앉았다. 젊은 부부 한 쌍이 그의 반대쪽 끝에 앉았다. 결혼한 지 얼마 되지 않아 보였다. 그들은 월터에게 한 마디도 말을 걸지 않았다.

일요일 점심 식사 시간에는 상황이 달라졌다. 음식은 예정대로 오후 1시에 나왔다. 사람들이 한꺼번에 몰려들었다. 월터는 사 인용 테이블로 향했다. 이미 세 사람이 앉아 있었다. 여자아이를 동반한 부부였는데, 아이는 땋은 머리를 의자 뒤로 넘겨 등받이를 때리고 있었다. 월터는 함께 앉아도 되냐고 물었다.

"그럼요."

남자는 영국 중부 지방 억양이 섞인 말투로 대답했다.

"우리는 다른 분들과 합석하는 걸 좋아하니까요. 저는 윌프 더턴입니다. 이쪽은 제 아내 진이고, 여기는 딸 샐리입니다."

"듀라고 합니다. 월터 듀."

월터는 미소를 지으며 메뉴판을 집었다.

"이 아저씨 우리 테이블에 앉아?"

샐리가 물었다.

"이건 우리 테이블이 아니야. 다 같이 사용하는 거지."

진이 민망한 듯 월터에게 웃어 보였다.

"집보다 낫군요."

윌프가 말했다.

"뭐라고 하셨죠?"

"집보다 낫다고요. 고기구이가 세 종류나 되잖아요."

"예, 그렇군요."

"저희는 미국으로 이민을 갑니다. 레스터에서는 할 일이 없어서 말이죠. 레스터에 가 보신 적이 있나요? 아마 없을 겁니다. 제 형이 로드 아일랜드에서 사업을 하고 있죠. 저랑 같은 건축업을 합니다. 그런데 우리더러 사업을 정리하고 그쪽으로 넘어오라고 하더군요. 이등실 배표도 형이 끊어 준 겁니다. 나쁘지 않죠? 그런데 혹시 저를 아시나요, 듀 씨?"

월터는 고개를 저었다.

"잘 모르겠군요."

"왠지 아는 얼굴 같아서요. 레스터에 사신 적이 있습니까?"

"월프, 그런 사적인 질문은 하는 게 아냐."

진이 말했다.

"뭐가 사적인데?"

"어렸을 때 가 본 적이 있는지는 모르겠지만, 최근에는 아닙니다."

"하시는 일은요, 듀 씨?"

"월프."

진이 참을성 있는 표정으로 말했다.

"은퇴했습니다."

월터는 아이를 향해 물었다.

"대서양을 건너는 건 이번이 처음이니, 샐리?"

"샐리, 네게 묻고 계시잖니."

진이 말했다.

"은퇴할 나이로는 아직 안 보이는데요. 무슨 일을 하셨습니까? 군인이셨나요?"

월프가 말했다.

"어서 대답해야지, 샐리."

진이 말했다.

"싫어."

샐리가 말했다.

"그냥 두세요. 처음 보는 사람에게 낯을 가리는 게 꼭 저를 닮았군요. 메뉴판은 다 보셨나요, 더턴 부인?"

"제가 알고 있는 게 당신 얼굴이 아니라면 당신 이름인지도 모르겠군요."

윌프가 말했다.

"월터 듀라…… 혹시 유명한 분 아닌가요?"

"흔한 이름이니까요."

"크리켓 선수 아닌가요?"

"주문 받으러 오잖아, 여보. 미네스트론이 뭐지?"

진이 말했다.

"야채 수프입니다."

월터가 말했다.

"제게 물은 겁니다. 나도 알고 있었는데."

윌프가 말했다.

"화제를 좀 바꿔요."

진이 말했다.

"배에서 떨어진 불쌍한 여자 이야기 들으셨어그, 듀 씨?"

일등실 식당의 리넨 커버가 깔린 둥근 테이블에서도 같은 화제가 성했고, 접이식 테이블이 줄지어 붙어 있는 삼등실 식당에서도 마찬가지였다. 승객들은 오후 내내 갖가지 이론들을 내놓았다. 정보가 있다며 진술을 하려는 사람들의 행렬이 선임 위병 부사관의 사무실로 꾸준히 이어졌다. 그들은 진술을 마치고 밖으로 나가 갑판 의자에 앉아 이야기에 더욱 살을 붙여 떠들었다. 그리하여 색슨이 묘한 질문을 한다는 사실이 알려졌다. 그는 한밤중에 갑판 위나 객실 구역에서 이상한 사람을 보지 못했는지에 특히 관심을 보였다. 몇몇 목격자들에게는 싸우는 소리나 비명 소리를 들었는지 물어보기도 했다.

색슨에게 정보를 제공한 사람 중 한 명은 어떤 벨보이였다. 그는 굉장히 긴장해 있었다. 그는 진술을 하는 내내 차렷 자세로 굳어 있었고 시선은 색슨의 머리 위에 있는 전등갓 위에 고정되어 있었다.

벨보이가 이야기를 마치가 색슨이 질문을 던졌다.

"헷갈리지 않았다고 확신하나? 승선 당일에는 많은 승객들이랑 접촉할 텐데, 어떻게 확신하는 거지?"

"잘 모르겠습니다."

"그 여자 이름이 뭐라고?"

"브라운호프 부인입니다."

선임 위병 부사관은 그를 보조하는 승무원 중 한 사람의 얼굴을 바라보았다. 그는 승객 명단을 살펴보았다. 이윽고 고개를 가로저었다.

"그런 이름을 가진 사람은 승선하지 않았네. 승선권을 갖고 있던 승객이라고 했지?"

"그렇습니다."

"그녀를 객실까지 안내해 주었겠지. 몇 호실이었나?"

벨보이는 고개를 떨구었다.

"기억이 안 나나, 친구?"

"좌현 쪽 객실이었습니다."

"그건 어떻게 기억하지?"

"부인께서 어느 쪽이냐고 물어보셨습니다. 그러고는 팁을 일 실링 주셨습니다."

색슨은 흘긋 옆을 보았다.

"그건 믿을 수 있을 것 같군."

그는 다시 벨보이에게 질문을 던졌다.

"그때 이후로 그 부인을 본 적이 없다는 거지? 객실까지 안내한 손님들이 여전히 배에 타고 있는지 나중에 확인하 보지는 않나?"

"그렇게까지는 하지 않습니다."

"브라운호프라는 부인이 항해 첫날 몸 상태가 안 좋아서 줄곧 방에만 틀어박혀 있었고, 자네는 그 후로 그 부인을 한 번도 본 적이 없다. 이게 가능한가?"

"그런 것 같습니다."

"그런 것 같다는 게 뭐야? 정확히 말해 보게."

"이후로 부인을 보지 못했을 수도 있다는 뜻입니다."

"이래서야 귀중한 시간을 낭비할 뿐이야."

색슨이 말했다.

승객 명단을 갖고 있던 승무원이 말했다.

"일등실 89호실에 바라노프 부인이라는 분이 있습니다."

목격자 진술을 기록하던 선원이 말했다.

"그 부인은 행방불명된 게 아닙니다. 오늘 아침 예배에도 참석했고, 어두운 색 머리카락에 창백한 피부, 그리고 그다지 웃지는 않지만 매력적인 부인입니다. 이십 대 후반이나 삼십 대 초반쯤일 겁니다."

색슨이 벨보이에게 물었다.

"자네에게 일 실링을 줬다던 부인과 비슷하게 들리지 않나?"

"그런 것 같습니다."

"좋아, 자네의 의문이 풀린 것 같군. 누가 자네를 부추긴 건 아니겠지?"

"아닙니다."

"만일 내 직무 수행을 의도적으로 방해하려던 거였다면, 앞으로 모리타니아 호뿐 아니라 다른 어떤 배에서도 일할 수 없도록 개인적으로 손을 쓸 거야. 가서 일 보게."

오후 내내 진술이 계속되었다. 꼭 해야만 하는 일이었지만, 색슨은 불안한 마음을 떨칠 수 없었다. 산적한 일들이 많았기 때문이다. 승객들이 차지하고 있는 모든 객실에 대한 점검이 필요했다. 그는 객실 승무원들을 믿지 않았다. 혼자 여행하는 여자 승객에게 함부로 대하는 경향이 있다는 사실을 익히 알고 있기 때문이다. 따라서 점검은 혼자서 해야만 했다. 시간도 부족했고, 인원도 부족했다.

004
☆☆☆

티타임 무렵에는 그 여성이 살해당했다는 소문이 퍼져 나갔다. 조용하고 우아한 분위기를 내기 위해 18세기 양식으로 꾸며진 일등실 라운지에서는, 연어 샌드위치와 은으로 만든 찻잔 세트 위로 살인 사건에 대한 끔찍한 가설들이 오갔다. 부인네들은 하부 갑판 아래에 어떤 무서운 존재가 숨어 있을지도 모른다는 이야기를 입을 크게 벌린 채로 듣고 있었다. 단검을 가진 인도인, 주정뱅이 아일랜드인 화부火夫, 탐욕스러운 기관사, 미국으로 이주하려는 도둑 등이 밤을 기다리며 삼등실 승객에 숨어 있다는 것이다. 안전한 사람은 아무도 없었다. 모두 배에 갇혀 있는 처지였기 때문이다.

이 같은 우려의 목소리는 정도의 차이만 있을 뿐 사람들이 모이는 공공장소라면 어디에서든지 들렸다.

"미치광이가 돌아다니고 있을 가능성이 높다잖아. 승무원들은 뭘 하고 있는 거야?"

"아무 행동도 취하지 않는다니까. 진술만 취하고 있을 뿐이야."

"무슨 말도 안 되는 짓을. 선장은 승객에 대해 보호책을 강구해야 해."

"정말로 무서워하는 건 아니지? 당신은 언제나 용감했으면서."

"괜히 아부하지 마. 나를 조금이라도 생각한다면 선장을 만나서 그 미친놈에게 승객을 보호할 수 있는 대비책을 내놓으라고 해."

"두고 보자고. 선장도 최선을 다하고 있을 거야."

앨마는 단정 갑판에서도 비슷한 대화를 들었다. 사람들 사이를 지나는데 바람을 타고 어떤 단어가 그녀의 귀를 잡고 늘어졌다.

"피해자와 비슷한 상황의 다른 여자들이 가엾어. 살인자가 돌아다닐지도 모르는데 혼자 여행하고 싶겠어?"

그녀는 오후 내내 객실에서 독서를 하다가 바람을 쐬러 나온 참이었다. '살인자'라는 단어를 듣자 온몸이 충격에 휩싸였다. 그녀는 몸을 떨기 시작했다. 잘못 들은 것일까? 구역질이 났다. 그녀는 바다를 향해 몸을 돌려 뱃전을 꼭 잡았다.

"저기, 도와드릴까요?"

어떤 남자가 물었다.

"아니에요, 괜찮습니다."

"안색이 굉장히 창백한데요. 멀미약은 드셨나요? 꽤 잘 들던데요. 약이 있는데 드셔 보시겠습니까?"

"아뇨, 멀미가 아니에요. 정말로 괜찮습니다."

그녀가 있는 곳 아래쪽, 주 갑판에서는 월프와 진 더턴 부부가 팔짱을 끼고 걷고 있었다. 샐리는 두 사람의 뒤에서 줄넘기를 들고 따라왔다. 진은 계속해서 뒤를 확인했다.

"잠깐만이라도 가만히 있을 수 없어?"

월프가 말했다.

"샐리는 바보가 아냐. 바다로 뛰어들지는 않으."

"내가 왜 샐리에게서 눈을 못 떼는지 알잖아."

"여보, 그 여자는 다 큰 성인이었잖아. 여자를 노리는 남자들은 어린애에게는 관심이 없다고. 위험한 건 당신이지."

"무서워. 일이 잘되든 말든 레스터에 계속 있을걸 그랬나 봐."

"난 그렇게 생각 안 해. 어, 저기 아까 함께 점심 먹은 사람 아냐?"

진은 몸을 숙인 채 바다를 바라보고 있는 사람을 보았다.

"맞아, 그 사람이네. 그냥 가만히 둬, 월프. 우리와는 다른 사람 같던데. 사람들이랑 어울리고 싶어 하는 것 같지도 않고."

"보통 사람인데, 뭐. 확실해. 은퇴한 월터 듀라는 남자라고. 그런데 무슨 일을 하다 은퇴했는지 알고 싶은데. 아까 물어봤을 때 왜 그렇게 대답을 회피했을까? 진, 당신은 저 사람이 무슨 일을 하던 사람 같아? 전당포? 아냐, 그런 부류가 아니지. 뭔가 머리를 쓰는 일을 했을 거야. 부자들 옆에서 기웃거리면서 푼돈이라도 뜯어냈을까? 아, 그쪽이 더 일리가 있네. 저 남자랑 한번 춤이라도 춰 볼 생각 없어?"

"바보 같은 소리 하지 마."

"음, 그게 아니라면 대체 뭘까? 뭔가 수상쩍은 일을 했던 것 같은데. 두고 보라고."

"언제나 말만 그럴듯하게 하지. 바보 같다니까. 책임지지도 못할 말만 하면서. 미국에 가면 처신이나 똑바로 해."

"알았다. 저놈이 살인범이야. 그래서 입을 꼭 다물고 있는 거지."

"목소리 낮춰, 윌프."

"크리펜 박사 아닐까?"

"바보. 그 사람은 전쟁 전에 교수형당했잖아."

"알아. 농담한 거야. 그 불쌍한 노인네도 배를 탔었지……."

윌프는 갑자기 말을 멈췄다.

"세상에, 저 사람이 누군지 알겠어!"

005

☆☆☆

밤 7시부터 8시까지는 승객들이 칵테일을 마시러 라운지로 모여드는 시간이었다. 여자들은 야회복을 입고 위풍당당하게 들어오고, 남자들의 검은 재킷과 예장용 셔츠 사이로 실크와 새틴으로 만든 화려한 타이를 볼 수 있는 시간이었다. 하루의 절정이라고 할 수 있는 이때에는 삼백 명의 팔레스타니안 장인들이 정교한 솜씨로 조각한 선내 라운지의 마호가니 벽도 잠시 동안 화려함을 잃을 정도였다. 이런 모습이 바로 모리타니아 호의 본질이었다.

바버라는 랑방이 디자인한 반짝이는 녹색 호곽단 드레스를 입고 있었다. 파리에서라면 절반 가격에 살 수 있었겠지만, 그녀는 파리에 있었을 때는 패션에 전혀 관심이 없었다. 퀴비가 돈 쓰는 것에 너그러워서 다행이었다. 그녀는 에메랄드가 달려 있는 한 쌍의 귀고리와 목걸이를 하고 검은 부채를 들었다. 전날 밤에는 흡연실을 꽉 메운 시가 연기 때문에 정신이 없었지만, 그렇다고 카드 게임을 포기할 수는 없었다. 그녀는 브리지 게임에서 폴과 파트너가 되고 싶었다. 두 사람이 함께 팀을 짠다면 이길 수 있으리라고 확신했다.

"잭에게 관심 있는지 물어볼게. 아마 같이 하자고 할 거야."

폴이 그녀와 함께 셰리주를 마시면서 말했다.

"캐서린도 하자고 할걸. 어젯밤에 휘스트보다 브리지가 더 재미있다고 했으니까."

"돈 때문에 그 난리가 났으니 두 사람이 같이 게임을 하고 싶어 할지는 모르겠어."

"잠깐 바보처럼 굴었던 건데, 뭐. 같이 하자고 하면 둘 다 좋아하지 않을까?"

"어쩌면. 물어보기나 하자. 오늘 두 사람 본 적 있어?"

나팔 소리가 들렸다.

"아쉽군. 저녁 식사 전에 이야기를 할 수 있으면 좋았을 텐데."

바버라의 시선은 흡연실에 연결된 아치 부분에 꽂혀 있었다.

"저기 잭이 있어. 지금 들어왔어."

두 사람은 사람들을 피해 이쪽으로 오는 잭에게 다가갔다. 그는 뭔가에 정신이 팔린 듯 폴의 인사를 받고도 표정 변화가 없었다.

"잭, 당신을 찾고 있었어요. 저녁 식사 끝나고 카드 게임을 하지 않겠습니까? 바버라가 브리지를 배우고 싶어 해서요."

"뭐라고요?"

잭이 멍한 표정으로 물었다.

"캐서린이 휘스트보다 더 재미있다고 했거든요."

바버라가 폴을 거들었다.

"캐서린이요? 캐서린과 언제 이야기를 했습니까?"

"어젯밤에 당신이 가고 난 다음에요. 해상 여행이야말로 브리지를 배우기에 이상적인 기회라던데요."

"맞는 말입니다."

잭이 아무런 열의도 보이지 않은 채 말했다.

"내키지 않는다면 다른 분을 찾아볼게요. 초보자와 하는 게임은 따분할 테니까요."

바버라가 말했다.

"아닙니다. 그건 아니에요."

"이렇게 하죠. 캐서린에게 이야기를 해 보고 그녀가 게임을 하겠다고 하면, 어젯밤처럼 흡연실에서 만나면 어떨까요?"

잭은 그의 이야기가 들리지 않는 듯했다. 대신 바버라에게 물었다.

"어젯밤에 또 무슨 이야기를 하던가요?"

"글쎄요. 별다른 이야기는 하지 않았는데요. 함께 커피를 마셨을 뿐이에요. 처음에는 좀 슬퍼 보였지만 곧 괜찮아졌고요. 주로 여자들만의 이야기를 했죠."

"그게 무슨 뜻입니까?"

바버라는 얼굴이 달아올랐다.

"음, 폴을 어떻게 알게 됐는지 같은 이야기요.'

"그게 전부입니까?"

"그뿐이었어요. 그리고 그녀는 곧바로 자기 방으로 갔어요. 무슨 일이라도 있나요?"

"아닙니다. 미안합니다. 꼬치꼬치 캐물을 뜻은 없었습니다."

"그녀는 카드놀이를 하다가 생긴 작은 일을 크게 만들 사람은 아닐 거예요."

"그렇겠죠. 그럼 이만……."

그는 자리에서 일어나 식당으로 향하는 인파 속으로 사라졌다.

바버라가 그의 등 뒤에 대고 물었다.

"아직 오늘 오실 건지 말씀을……."

폴이 그녀의 팔을 잡으며 말했다.

"지금은 놔두는 게 좋겠어."

006
☆☆☆

"오셨군요!"

조니 핀치는 항해중 이 순간이 무엇보다도 중요하다고 여기는 사람처럼 외쳤다.

"오늘은 모습을 통 뵐 수 없더군요."

"오늘은 조용히 지냈어요."

앨마가 설명했다.

"그 심정 충분히 이해합니다."

조니는 식당에서 앨마가 앉아 있는 테이블 옆에 서 있었다. 비밀 이야기라도 하듯 몸을 바짝 숙인 채였다.

"저, 말씀드리고 싶은 이야기가 있습니다만. 괜찮으시다면 재차 제 자리로 초대해도 괜찮을까요?"

앨마는 이 순간 할 말을 이미 수차례 연습한 터였다.

"핀치 씨, 초대에는 감사드리고 어젯밤에는 다른 분들과 함께 식사할 수 있어서 즐거웠어요. 하지만 저는 제 자의로 혼자 여행하고 있다는 사실을 말씀드려야겠군요. 그러니 초대를 거절해도 이해해 주실 거라 믿습니다."

조니는 눈을 깜박거렸다.

"아, 이런, 제가 말실수를 한 건가요? 바라노프 부인, 제가 말을 잘못해서 오해하셨군요. 제가 말씀드리려는 건 가인적인 용무가 절대 아닙니다. 전 숙녀분들이 생각하는 것처럼 아무에게나 함부로 집적대는 사람이 아닙니다. 장담하건대 이건 모두를 위한 사안인데요. 어젯밤 바다에서 건진 숙녀분에 대한 이야기입니다."

앨마는 몸이 굳어졌다. 심장 박동이 빨라졌다. 그녀는 태연한 척하는 표정을 가장하느라 갖은 애를 썼다.

"그 이야기라면 확실히 다른 문제로군요. 그래도 저녁 식사중의 화제로는 적당하지 않은 것 같은데요."

조니는 실망한 것처럼 보였다.

"그러고 보니 그렇군요."

"어쨌든 그게 저와 무슨 상관이 있는지 모르겠는데요."

"이 배에 혼자 타신 숙녀분이라면 당연히 상관이 있습니다."

조니는 아무렇지도 않은 척 이야기했지만 앨마의 눈을 속일 수는 없었다.

"하지만 이 일에 대한 이야기를 나누고 싶지 않으신 것 같으니……."

그는 아무래도 괜찮다는 듯한 표정으로 양손을 들어 올렸다.

"저녁 식사 후에 라운지에서 뵈면 어떨까요?"

그의 얼굴에 미소가 떠올랐다.

"자리를 예약해 두겠습니다."

한 시간 후, 그는 종려나무 화분 뒤 신중하게 고른 자리에 앉아 종업원이 커피를 따르자 이야기를 시작했다.

"아시겠지만, 이번에 일어난 불행한 사건을 조사하는 방식에 대해 승객들 사이에 불만이 있는 모양입니다. 선임 위병 부사관은 분명 성실한 사람으로 보이지만, 조사 방식은 효율적이지 못한 것 같고요. 들려오는 소문에 의하면, 그저 수없이 많은 진술 속에 파묻혀서 그녀가 누구인지, 어떻게 죽었는지에 대해서는 규명하지 못하고 있다고 합니다. 그녀가 살해당했다는 소문도 떠돌고 있는데 말이죠."

"소문은 저도 들었어요. 하지만 그저 떠도는 이야기이길 바라고 있어요."

"그렇다면 다행이지만, 소문은 선내에 굉장히 광범위하게 퍼져 있습니다. 사람들이 겁을 먹고 있어요. 색슨 씨가 승객들을 보호해 줄 수 있으리라는 믿음도 없고요. 부인처럼 혼자 승선하신 숙녀분은 더욱 보호가 필요한데 말입니다."

"그렇군요."

앨마는 안도하는 마음을 애써 감췄다. 에설 M. 델의 작품이 아니면 엘리너 글린●의 작품이었을 것이다. 그녀는 혼자 여행하는 세상 물정 모르는 여성들에게 보호해 주겠다는 구실로 수작을 거는 바람둥이 이야기를 이미 읽은 적이 있었다.

"감사하지만 저는 그런 보호를 받을 필요를 못 느껴요."

조니의 주름이 일그러져 또다시 화난 표정으로 변했다.

"제 말을 잘 이해하지 못하셨군요. 제가 부탁드리고 싶은 건 당신이 대표단에 합류해 주십사 하는 겁니다."

"대표단이요?"

"사건 조사에 대해 의구심을 품고 있는 승객들의 대표 말입니다. 벌써 스무 명 이상 모였습니다. 대부분이 남자죠. 그래서 여성의 입장을 대변해 줄 분이 필요합니다. 그러다 당신을 떠올렸어요."

"전 안 할래요."

앨마는 단호하게 거절했다.

"왜요? 선장도 사람일 뿐인데요. 잡아먹지는 않을 겁니다."

"별 의미도 없는 일이잖아요. 그런다고 뭐가 달라지겠어요?"

"그 말씀을 드리려는 참이었습니다. 그런 생각을 하는 사람들은 일등실 승객뿐만이 아니라는 사실을 말씀드렸던가요? 이등실이나 삼등실 승객 중에서도 당신이나 저처럼 사건 조사 방식에 의구심을 품는 사람들이 있습니다. 그리고 정말 운이 좋게도 이런 수수께끼 같은 사망 사건을 조사하기에 색슨보다 더 안성맞춤인 사람이 이등실에 타고 있다는 소식을 들었습니다. 당신도 들어 보신 적이 있을 겁니다. 스코틀랜드 야드의 듀 경감 말입니다."

● **엘리너 글린** _ 영국의 소설가로 여성 대중을 대상으로 하는 성애 문학을 개척했다.

007

로스트론 선장은 색슨의 어깨를 두드렸다. 그는 선임 위병 부사관을 달래고 있었다.

"불명예스러운 일이 아니라네. 당신이 이 사건을 해결하기 위해 한 일에 대해서 아무도 뭐라고 할 수 없을 테니. 진술을 확보하는 건 분명 굉장히 중요하지. 듀 경감은 살인에 대해서는 전문가이니까. 그가 진짜 듀 경감이 맞다면 말이야."

그는 미소를 지으며 말을 이었다.

"아니, 살인 사건 조사 전문가라고 하는 게 더 적절하겠군. 스코틀랜드 야드에서 이십 년 이상 재직했으니."

"알겠습니다, 선장님."

색슨의 목소리에는 납득했다는 기색이 그다지 보이지 않았다.

"그런 경력이 우선적으로 고려되어야 하지 않겠나. 경찰에서 살인 사건 수사는 전문가의 영역으로 보고 있지? 자네도 큐나드 해운에 들어오기 전에는 런던 항에서 경찰로 근무하면서 다양한 사건을 접하지 않았나."

색슨은 입을 굳게 다물었다. 뒤이어 고개를 저었다.

"주로 세관에서 일어나는 범죄였습니다, 선장님. 하지만 이 사건은 제가 처리할 수 있다고 자신합니다."

"그래. 자네는 확실하게 일을 처리해 왔지. 색슨, 이번 일은 단지 살인범을 찾는 것만이 아니야. 승객들의 안전을 최우선으로 여기고 있다는 인상을 심어 주는 일도 중요하다네. 듀 경감에게 조사를 부탁하면 어떻겠느냐는 제안은 승객들이 한 거야. 그러니 내가 무시해 버릴 수 있겠나? 이건 신뢰 문제니까. 알겠지?"

"그 사람이 정말 스코틀랜드 야드 경찰이 맞는지도 모르지 않습니까?"

"그것도 분명히 확인하고 넘어가야 할 사항이지. 또 한 가지 문제는 그가 우리를 기꺼이 도와줄까 하는 점이라네. 그가 우리 제안을 그리 달갑게 여기지 않을 수도 있지 않나. 전쟁 전에 은퇴한 사람이니까."

색슨의 얼굴에는 다소 희망의 빛이 나타났다.

"제 보좌관으로 행동하는 걸 더 좋아할지도 모릅니다."

선장은 그 말에는 미심쩍은 표정을 지었다.

"듀 경감 정도의 명성이 있는 사람에게 자네 밑에서 일해 달라고 부탁하기는 어렵지. 승객들도 그가 사건을 담당한다고 해야 더 만족할 테고. 하지만 섣불리 짐작하지는 말자고. 그저 이럴 가능성도 있다는 사실을 알려 주고 싶었네. 어떤 식으로 결론이 나든 자네의 협력을 기대해도 되겠지?"

"예, 선장님."

색슨은 생기 없이 대답했다.

"자네가 여기 남아서 듀 경감에게 필요한 사항을 설명해 주었으면 좋겠네. 하지만 내가 지시하기 전까지는 아무 말도 하지 말게."

선장은 손을 뻗어 재킷을 집어 몸에 걸쳤다.

"지금쯤이면 차석 삼등 항해사가 그를 데리고 왔을 거야. 안으로 들어오시라고 말씀드려."

안으로 들어온 남자는 경찰답게 키가 컸다. 은퇴한 경찰에 걸맞은 나이로 보였다. 듀 경감이 크리펜과 르 네브를 체포하여 법정으로 끌고 갈 때 신문에 실렸던 사진에서 본 것과 같은 짙은 검은색의 콧수염도 나 있었다.

그러나 이날 그는 탐정이라기보다는 오히려 탐정이 쫓는 사냥감에 가까워 보였다. 그는 달아날 곳이라도 찾는 듯, 선장실 안을 연신 두리번거렸다.

로스트론 선장은 일어나 악수를 청했다.

"와 주셔서 감사합니다, 듀 씨. 서로 자기소개는 안 해도 되겠군요. 제가 누군지는 아실 테고, 우리도 당신이 누구인지 알고 있습니다."

선장은 말을 하며 싱긋 웃어 보였다. 거의 윙크까지 할 정도였다.

월터는 그저 흐리멍덩한 눈으로 마주 볼 뿐이었다.

"자, 다들 앉읍시다."

선장은 그에게 의자를 권하고, 자신은 격식을 차리지 않고 커다란 마호가니 책상 가장자리에 걸터앉았다. 색슨은 문 옆 의자를 발견했다.

"저는 쓸데없이 돌려 말하는 사람이 아닙니다. 칵테일이나 한잔

하자고 만남을 청한 게 아닙니다, 듀 씨. 그랬더라도 나름 흥미로운 일이 될 수도 있겠습니다만. 아시다시피, 어젯밤에 바다에서 여성 한 분을 건졌습니다만 안타깝게도 사망한 상태였습니다. 이 이야기는 알고 계시죠?"

"예."

월터는 거의 속삭이듯 말했다.

"저기 앉아 있는 색슨이 조사를 맡고 있습니다. 해상에서 돌발 상황이 발생했을 때는 선임 위병 부사관이 담당합니다. 색슨도 경찰에 몸을 담았던 적이 있습니다. 그렇지, 색슨?"

"항만 경찰로 있었습니다. 런던 항에서요."

"밀항이나 밀수 같은 사건에 대해서는 경험이 풍부하지만, 의문사는 다른 문제라서 말입니다. 듀 씨, 저는 지금 기밀 사항을 말씀드리는 겁니다. 의문사라는 말을 했으니까요."

월터는 진지하게 고개를 끄덕였다. 로스트론 선장이 계속해서 말을 이었다.

"정보가 하나 들어오더군요. 당신에 대한 정브 말입니다. 물론 사실이 아닐 수도 있습니다. 동명이인도 있으니까요. 하지만 만약 그 정보가 사실이라면, 당신은 모리타니아 호에 승선한 사람들 중 사건 조사를 도와줄 수 있는 유일한 사람입니다."

선장은 그의 반응을 살피려 말을 그쳤다.

월터는 자신의 손을 내려다보고 있었다. 손이 떨리고 있었다.

"스코틀랜드 야드에 재직하셨던 듀 경감이시죠?"

선장은 조금 미심쩍은 투로 물었다.

월터는 고개를 들어 선장을 바라보았다가 다시 색슨을 보았다.

"무슨 일입니까?"

"이미 설명드렸다고 생각했는데요. 전문 수사관의 도움이 필요합니다. 듀 씨, 당신은 크리펜 박사를 체포한 분입니까, 아닙니까?"

월터는 손가락으로 넥타이를 만지작거렸다.

"맞긴 합니다만⋯⋯."

로스트론 선장은 건너편에 있는 선임 위병 부사관을 바라보았다.

"다행입니다. 솔직히 저는 잠시⋯⋯ 아, 신경 쓰지 마십시오."

그는 다시 월터를 바라보았다.

"경감님, 모두 털어놓도록 하겠습니다. 여자분은 바다에 떨어지기 전에 사망한 것으로 보입니다. 우리는 그녀가 살해됐다고 생각합니다."

"이유는요?"

월터가 얼굴을 찡그린 채 물었다.

"직접 보시는 게 나을 것 같군요. 이제 결정을 내려 주시기 바랍니다, 경감님. 이 사건을 맡아 주시겠습니까?"

"그 말씀은⋯⋯ 사건 조사에 협력해 달라는 뜻입니까?"

"그 이상을 생각하고 있습니다. 이 사건의 총책임을 맡아 주셨으면 합니다."

월터는 고개를 저었다.

"그건 안 되겠습니다."

"왜입니까, 경감님? 색슨 씨도 당신 같은 명성과 경험을 겸비한 형사라면 기꺼이 수사권을 이양할 겁니다."

월터는 의자에 앉은 채 색슨을 바라보았다. 색슨은 그저 허공만 쳐다보고 있었다.

"아…… 저기…… 저는 스코틀랜드 야드를 떠났습니다."

"알고 있습니다. 하지만 당신은 저보다 젊어 보이는데요."

선장은 웃으며 말을 이었다.

"제가 그렇게 쇠약해졌다고는 생각하지 않습니다. 당신도 역시 크리펜 박사의 손에 수갑을 채우던 시절보다 실력이 떨어졌다고는 할 수 없을 겁니다."

"제겐 권한이 없습니다. 저는 보통 사람일 뿐입니다."

선장은 그런 소리 말라는 듯 팔을 휘둘렀다.

"그 점에 대해서는 걱정하지 마십시오. 제 권한을 이양하겠습니다. 그것으로 충분합니다. 하느님이 보우하사, 저는 배 위에서는 아이들에게 세례도 내리고, 결혼식이나 장례식도 주관하니까요. 그러니 승객들을 보호하기 위해 훌륭한 형사에게 수사권을 부여하는 일도 얼마든지 할 수 있습니다."

"승객들을 보호하다니요?"

"살인범을 찾아내는 일 말입니다, 경감님. 아시다시피, 저는 승객들에 대한 책임이 있습니다."

"그러실 테지요."

"그래서 당신의 협조를 구하는 일이 제 의무라고 생각합니다."

"저도 이 배의 승객일 뿐입니다. 수사에 필요한 도구도 하나 없고요."

"예를 들면요?"

월터는 의자에 앉은 채 불안하게 몸을 움직였다.

"뭐, 수첩이라든지."

"바로 준비해 드리겠습니다. 수갑이든, 확대경이든 전부요."

그는 책상에서 이런저런 물건들을 꺼내기 시작했다.

"연필, 줄자, 필요한 것은 무엇이든 말씀하시기 바랍니다."

"전과 기록이 필요합니다. 그게 없이는 조사가 굉장히 힘들어집니다."

"스코틀랜드 야드에 무선으로 연락을 취할 수 있습니다. 당신 같은 분께서 그 사실을 잊으시다니요, 경감님."

"아, 그렇군요."

"그렇다면 맡아 주시는 겁니까?"

"예, 그런 걸로 하죠."

월터는 기운이 쭉 빠진 채 대답했다.

"다행입니다. 정말 감사드립니다. 그렇지 않나, 색슨?"

"정말 감사드립니다."

색슨은 선장의 말을 되풀이했다.

"어떻게 감사드려야 할지."

선장을 말을 마치고 일어나 문으로 걸어갔다.

"이제 시체를 봐 주셨으면 합니다."

008

***

심장이 두근거리고 신경이 날카로워지는 하루였지만, 그래도 아직 일요일이었다. 오후 9시가 되자 일등실 라운지의 의자들은 파티에 참석하려는 사람들로 꽉 찼다. 피아노와 바이올린 반주에 맞춰 음악회가 열렸다. 가장 큰 기대를 모은 것은 두말할 나위 없이 단연 시뇨르 마르티넬리의 무대로, 후반부에 유명한 오페라 아리아 몇 곡을 부르기로 되어 있었다.

앨마는 제일 구석 자리, 모조 다이아몬드로 장식한 검은 크레이프 드레스를 입은 여자 옆에 자리를 잡았다. 그 여자는 왼편에 앉은 허리에 보라색 띠를 두른 조그만 남자 말고는 아무에게도 관심을 보이지 않았다. 덕분에 조용히 생각을 정리하면서 밤을 보내기에는 최적의 장소였다. 그러나 그녀는 조니 핀치에 대한 생각을 미처 하지 못했다. 쇼팽의 〈혁명〉이 끝나자 바로 근처에서 그의 목소리가 들렸다. 그는 바로 뒤에 앉아 있었다.

"선장에게 의사 표명을 했다는 사실을 알려 드리려고요. 선장은 굉장히 노회한 사람이더군요. 눈 하나 깜짝하지 않고 우리 대표단의 요구 사항을 듣더라고요. 자기 배에 듀 경감이 타고 있다는 사실을 아는 것처럼 굴었지만, 사실은 몰랐을 겁니다. 이야기를 해 줘서 고맙다며 그 문제는 이미 고려중이라고 하더군요. 그러고 나서 이십 분 후에 듀 경감이 선장실로 불려 갔다는 말을 들었어요."

조니의 말은 여기저기서 들려오는 조용히 하라는 말에 사그라졌다. 여성 피아니스트가 다음 곡을 연주할 채비를 마쳤다. 앨마는 앉아 있었지만 음악이 귀에 들어오지 않았다. 생각지도 못했던 일을 어떻게든 이해하려고 애를 쓰고 있었기 때문이다. 조니의 말이 사실이라면, 월터는 자신이 저지른 살인 사건을 조사해 달라는 요청을 받은 셈이었다. 믿어지지 않을 정도로 기이한 일이 아닐 수 없었다. 그러나 그녀는 월터가 자신을 조사하는 탐정 역할을 받아들이고 제대로 처신만 한다면, 진상을 알아차릴 사람은 아무도 없을 것이라는 사실을 깨달았다.

"중간 휴식 시간에 선장이 이 소식을 발표한다는 소문이 있어요."

피아니스트에게 박수갈채가 쏟아지는 동안 조니가 말했다.

"혼자 나오지는 않을 겁니다. 이제 패를 손에 들었으니 우리 모두에게 보여 주고 싶을 테죠."

그 후 앨마는 바이올린 독주 내내 월터를 위해 기도했다. 그 불쌍한 남자는 선장실에 불려 간 충격도 회복하지 못했을 텐데, 이제는 승객들이 운집한 가운데 앞에 나서야 했다. 과연 이 난관을 감당할 수 있을까?

바이올린 연주자가 두 번째 곡을 연주하기 시작하자, 앨마는 몸이 차갑게 굳었다. 문 바로 안쪽에 선장이 죽은 사람 같이 창백해진 월터를 대동하고 서 있는 모습을 발견했기 때문이다. 두 사람은 연주가 끝나고 박수 소리가 잦아들 때까지 기다렸다. 이윽고 두 사람은 연주자가 서 있던 곳으로 걸어갔다.

장내에는 침묵이 흘렀다. 선장이 입을 열었다.

"신사 숙녀 여러분, 여러분의 즐거운 시간을 오래 빼앗지는 않겠습니다. 오늘 아침 예배에 참석하신 분들께서는 한 여성 승객이 사망했다는 안타까운 소식을 들으셨을 겁니다. 많은 분들께서 선임 위병 부사관이 사건에 관련된 정보를 모으는 데 충분한 도움을 주셨습니다. 그러나 아직까지 해결하지 못한 몇 가지 문제가 있습니다. 사건이 한시라도 빨리 해결되어야 한다는 여러분들의 걱정을 십분 이해하며, 저 또한 같은 심정입니다. 다행히도 제 왼쪽에 있는 신사분께서 사건 수사에 도움을 주시기로 하셨습니다. 이분께서는 전직 스코틀랜드 야드 경감으로 유명한 형사이십니다. 사실 소설 속 명탐정들을 제외하면, 크리펜 박사를 체포한 이분 이상의 적임자는 없을 겁니다. 듀 경감님을 소개합니다."

우레와 같은 박수 소리가 터져 나왔다. 청중들은 크리펜을 체포한 사람을 보기 위해 의자를 밀치고 목을 길게 뺐다. 월터의 눈은 약간 흔들렸지만 그래도 굳건히 서 있었다.

"상황이 상황이다 보니, 경감님께 사건 수사를 맡아 주십사 부탁드렸습니다. 색슨 씨는 이 배에서 다른 여러 업무를 책임지고 있으니까요. 이 자리에서 하실 말씀 있습니까, 경감님?"

"없습니다."

월터는 단호하게 말했다.

"그렇다면 제가 한 말씀 드리겠습니다. 사건의 신속하고 원만한 해결을 위해서 우리 승객들과 승무원 일동은 경감님께 최선을 다해 협력할 것을 약속드립니다."

"옳소! 옳소!"

누군가 이렇게 외치자 다시 박수가 터졌다.

"그러면 이제 시뇨르 마르티넬리의 순서 전에 십오 분 동안 휴식 시간을 갖겠습니다."

로스트론 선장은 몸을 돌려 월터에게 몇 마디 건넨 후 그와 함께 라운지를 떠났다.

"제가 말씀드렸죠?"

조니가 물었다.

"그렇군요."

숨을 쉴 수 있게 된 앨마가 대답했다.

그보다 훨씬 앞자리에서 마저리가 리비에게 물었다.

"하는 말을 들어 보니 전문가 같은데. 크리펜이라는 사람은 누구야?"

"몇 년 전에 신문 1면을 떠들썩하게 장식한 사람이야. 런던에 살던 의사였을걸. 자기 아내를 독살한 다음 토막을 냈지. 그다음에는 시체를 집 지하실에 묻고는 애인이랑 캐나다행 배로 도망쳤어."

"세상에, 영국인에게는 참 아름다운 관습이 있네. 부부간에 그렇게 악독한 짓이나 하고."

"여보, 크리펜 박사는 미국 미시건 주 콜드워터 사람이야."

그러나 영국인 미국인 할 것 없이 듀 경감이 수사를 맡게 되었다는 사실을 기꺼이 받아들였다. 사람들은 커피와 치킨 샌드위치를 앞에 놓고 그의 경력에 대해 열성적으로 논의하기 시작했다. 형사로서 이십 년을 재직하면서 그가 참여했던 살인 사건 중 미제로 남은 것은 그가 신참 시절에 첫 번째로 참여했던 잭 더 리퍼 사건밖에는 없었다. 그보다 더 뛰어난 경찰은 없었다. 하루 종일 고조되던 불만은 한순간에 사라져 버렸다. 듀 경감 및 스코틀랜드 야드와 로스트론 선장의 현명한 처신에 대해 보내는 찬사가 합창처럼 울려 퍼졌다.

분위기가 날아갈 듯 가벼워져, 마르티넬리는 노래를 부르면서 이렇게 훌륭한 관객들은 처음이라고 생각했을 정도였다. 관객들은 박수를 치고 환성을 지르며 앙코르를 요청했다. 이날 밤의 마지막 아리아의 제목에 주목하는 사람은 아무도 없었다. 바로 〈네순 도르마*〉, '아무도 잠들지 못하리'라는 뜻이었다.

● **네순 도르마** _ 푸치니의 오페라 〈투란도트〉 3막에서 왕자 칼라프가 부르는 아리아.

009

노래가 끝나자 앨마는 '술이나 한잔'하자는 조니의 청을 거절하고 식당을 지나 승선용 홀을 거쳐 응접실로 향했다. 전쟁 이전에는 흡연실은 남성 전용이었고 응접실이 여성들의 도피처였다. 이곳에서는 여전히 세련된 분위기가 풍겼다. 부드러운 녹색 양탄자 위에 천을 덧댄 안락의자가 놓여 있었다. 낮고 둥근 테이블 위에는 《베니티 페어》와 《보그》 같은 잡지들이 있었다. 앨마는 일등실보다 이곳이 더 마음에 들었다. 이윽고 그녀는 재결합을 요구하는 남편을 피해 달아나던 볼티모어 출신 여자와 이야기를 나누게 되었다. 다른 사람의 고민을 듣다 보니 조금이나마 위로가 되었다.

한밤중이 가까워졌을 때 한 벨보이가 응접실로 들어와 바라노프 부인을 찾았다. 그가 두어 번 부르고 나서야 앨마는 그 이름이 귀에 들어왔다. 그는 종이쪽지를 건네주었다. 쪽지에는 '단정 갑판 구명보트 3호로. 빨리. W.'라고 적혀 있었다.

월터였다. 그 불쌍한 사람이 그녀를 필요로 하고 있었다. 분명 엄청난 충격을 받았을 터였다. 계획이 헝클어졌으니 무리도 아니었다. 자제심을 잃어버리고는 애타게 도움을 요청하고 있는 것이다.

앨마는 지금까지 함께 이야기를 나누던 여자에게 가 봐야 한다고 말했다.

그녀는 앨마에게 주의를 줬다.

"조심하세요. 위험한 행동은 하지 마세요."

두 사람의 대화에서 다른 사람들을 사로잡았던 화제가 오른 것은 이때가 처음이었다.

앨마는 우선 객실로 가서 리디아의 검정 벨벳 망토를 걸쳤다. 밖이 쌀쌀했기 때문이다. 그녀는 갑판으로 나가기 전 망토에 달린 모자를 끌어 올려 머리에 썼다.

바람이 망토를 붙잡고 그녀를 앞으로 떠밀었다. 그녀는 망토를 단단히 여몄다. 단정 갑판에는 아무도 없었다. 사람들이 달빛을 받으며 밤 산책을 하지 않는 이유는 단지 바람 때문만은 아닐 터였다. 그녀는 두려워할 것은 아무것도 없다는 사실을 알고 있었지만, 갑판을 따라 걷고 있자니 속이 울렁거리는 것만 같았다.

그녀는 구명보트의 번호가 어떻게 매겨져 있는지 알 수 없었다. 그저 이쪽이 3번이면 좋겠다는 바람을 가질 뿐이었다.

그때 누군가가 그녀의 어깨를 잡았다. 손가락이 그녀의 살갗을 파고들었다. 그녀는 재빨리 뒤를 돌아보았다. 그녀의 머리에서 모자가 흘러내렸다. 앨마는 비명을 질렀다. 눈앞에 월터가 있었다. 배의 조명이 비친 그의 눈은 마치 귀신 같았다.

"앨마!"

월터는 놀란 듯 말했다.

"세상에, 깜짝 놀랐잖아요. 나는, 당신이……."

그는 그녀를 꼭 끌어안았다.

"앨마, 용서해요. 미쳤나 봐. 망토를 보고 리디아라고 생각했어."

"그녀는 죽었어요. 리디아는 죽었다고요."

앨마는 두려움에 떨리는 목소리로 말했다.

"알아요. 잠시 이성을 잃었어요. 확실히 말도 안 되는 거였어."

"당신에게 일어난 일을 생각하면 무리도 아니에요."

그는 고개를 저었다.

"어쨌든 당신을 놀라게 했어요. 아프진 않았고요?"

"조금요."

그녀의 머리카락이 얼굴 앞에서 흩날렸다. 그는 그녀의 머리를 쓸어 올려 주었다. 그녀는 그가 키스하려는 줄 알았지만, 그러지는 않았다.

"여긴 아무도 없어요. 갑판을 전부 둘러봤거든. 조금 걸을까요?"

앨마는 월터의 입술을 향해 고개를 들었다. 그러나 마치 끄덕이려는 동작이었던 양 재빨리 고개를 아래로 내렸다. 월터는 눈치채지 못했다. 그녀는 로맨스 소설에서 남자들은 여자들의 그런 미묘한 행동을 알아차리지 못한다는 사실을 떠올리며 스스로를 위로했다. 그녀 역시 내색을 하지 않을 생각이었다.

"선장이 당신을 불렀을 때 많이 놀랐겠어요."

"그래요. 선장이 왜 만나자고 했는지 이유를 몰랐으니까. 짐작했어야 했는데."

"내 잘못이에요. 월터 듀라는 이름을 떠올린 게 나니까."

"우리 둘이서 생각한 이름이에요."

"이런 일이 벌어질 줄은 꿈에도 몰랐는데. 리디아의 사망 사건 조사를 당신에게 맡기다니. 당신, 괴로웠죠? 선장이 당신을 승객들에게 소개할 때 얼굴이 굉장히 창백해 보였어요. 하지만 대단했어요. 아주 그럴듯해 보이던걸요."

"안색이 창백했던 건 이유가 있어요. 막 시체를 확인하고 오는 길이었거든."

앨마는 그의 팔을 두 손으로 움켜쥐었다.

"월터, 그렇게 끔찍할 수가. 전혀 몰랐어요."

"약간 충격을 받았을 뿐이에요. 그런데 리디아가 아니었어요."

"뭐라고요?"

앨마는 등골이 오싹했다.

"리디아가 아니었다고요?"

"알아요. 있을 수 없는 일처럼 보이겠지."

월터는 침착한 목소리로 말했다.

"확실해요?"

"그런 것 같아요."

"사람이 죽으면 달라 보일 수도 있다고 하던데요."

"앨마, 잘못 본 게 아니에요. 분명 다른 여자였어요."

월터가 미쳐 버린 게 아닐까 하는 생각이 그녀의 머리를 스치고 지나갔다. 중압감을 이겨 내지 못한 것이다. 그녀는 가능한 한 침착하고 이성적인 목소리로 말했다.

"월터, 어떻게 그런 일이 가능하죠?"

그는 어깨를 으쓱했다.

"잘 모르겠어요. 하지만 이건 우리는 안전하다는 뜻이에요. 시체가 리디아가 아니라면 우리는 관련이 없으니까."

그녀는 월터의 말을 수긍하는 것처럼 행동하며 억지로 말을 꺼냈다.

"그래도 여전히 문제가 남아 있어요."

"무슨 문제?"

"다들 당신이 듀 경감이라고 생각하잖아요. 사건을 해결하기를 기대할 거라고요."

"그렇다면 최선을 다해서 만족시키면 되겠죠."

월터는 아무 동요 없이 대답했다.

"어떻게 하려고요? 당신은 진짜 형사도 아니잖아요."

"아니, 형사 맞아요."

"아니라니까요. 월터, 당신은 형사가 아니에요."

"내 말을 끝까지 들어요. 당신을 제외하면 이 배에 타고 있는 모든 사람들은 내가 듀 경감이라고 생각해요. 그게 중요해. 선장도 만족해하는 것 같고. 그리고 선장의 권한도 위임 받았어요. 아까 라운지에서 선장이 하는 말 들었죠? 난 크리펜을 체포한 형사라고요. 승객들의 안전은 내게 달려 있어요."

"그래요. 사람들은 그렇게 생각해요. 하지만 당신은 형사가 아니잖아요. 어떻게 해야 할지도 모르면서. 앞으로 항해는 나흘이나 남았어요. 죽은 여자가 한 명 있는데 리디아가 아니라고요? 그것만으로는 할 수 있는 게 없어요."

"그 여자는 살해당했어요."

"하지만 리디아가 아니라면서 그걸 어떻게 알죠?"

"목 주변에 멍이 든 자국이 있으니까. 앨마, 그 여자는 교살당했어요."

그녀는 숨이 탁 막혔다. 어떻게 이런 이야기를 이성적인 태도로 말할 수 있을까?

"그러니까 살인범은 이 배 안에 있어요."

월터는 말을 이었다.

"난 정말로 승객들과 승무원들에게 살인범을 잡아야 할 의무를 지고 있어요. 나 말고는 아무도 그 일을 할 사람이 없으니까."

"그렇네요. 당신 말고는요."

앨마는 소극적으로 대답했다.

"피해자의 신원부터 밝혀내야 해요. 지금 객실 담당 승무원들에게 질문을 하는 중이에요. 간단한 일이라니까요. 지금쯤이면 승무원들은 자신이 맡은 승객들 얼굴을 알고 있을 테니. 형사가 할 일은 사실을 입증하는 것뿐이라고요. 그저 상황을 잘 파악해서 질문만 던지면 되는 일이에요. 평생 동안 한 일인데, 뭘."

"무섭지 않아요?"

"이젠 괜찮아요. 난 법과 질서의 편에 서 있는 사람이니까. 사람들이 날 존경하고 있어요. 난 대중의 주목을 받는 걸 좋아하고. 도망자 역은 도통 즐겁지가 않았어요. 두려울 뿐이었지."

그는 웃음을 터뜨렸다.

"그 밖에도 좋은 점이 있어요. 이등실에서 일등실로 승격됐으니까. 당신의 방과 같은 복도에 있는 75호실이에요."

월터는 부부인 양 앨마를 끌어안았다.

그녀는 망토를 가슴 앞으로 여몄다.

"함께 있는 모습이 다른 사람들 눈에 띄면 위험해요."

"그렇겠네요."

"그렇다고 당신 일을 돕고 싶지 않은 건 아니에요. 어떻게 해야 할지 알 수만 있다면······."

두 사람은 계속해서 갑판을 거닐었다. 바다는 검고 사악해 보였다. 앨마는 별을 올려다보았다. 배의 무선 통신용 안테나 기둥이 보름달을 반으로 갈랐다.

"저는 이제 방으로 돌아가야 할 것 같아요."

그녀가 말했다.

"그래요. 나는 갑판에 좀 더 있다가 들어갈 테니."

그는 그녀에게 키스를 해 주지 않았다. 오히려 그게 고마웠다. 그녀는 더 이상 그의 곁에 머무르고 싶지 않았다.

객실에 거의 다 와서 앨마는 볼티모어 출신의 여자와 마주쳤다. 그녀는 앨마를 보고 놀라서 눈을 크게 떴다.

"갑판에 나갔다 왔어요?"

"바람이나 쐬려고요."

"어쩌면 그렇게 위험한 짓을 해요! 그러다 살인범이랑 마주치면 어쩌려고요?"

객실에 들어선 앨마는 빗장을 지르고 열쇠도 잠갔다. 하지만 여전히 안정을 유지할 수 없었다. 그래서 안락의자도 문 앞에 기대 놓았다.

이후 앨마는 침대에 누워 왜 그렇게 겁이 나는지 곰곰이 따져 보았다. 월터가 그녀의 어깨를 잡았을 때는 놀랐지만, 이해할 수 있었다. 그 망토를 두르고 있어 리디아처럼 보였을 테니. 월터의 순간적인 착각이라고 생각하면 문제가 없었다. 시체가 리디아가 아니라는 주장도 불안한 나머지 착각한 것일 수도 있었다. 불안하기는 하지만 겁먹을 일은 아니었다. 공포의 근본적인 원인은 바로 월터가 한 말이었다.

"당신을 제외하면 이 배에 타고 있는 모든 사람들은 내가 듀 경감이라고 생각해요. 그게 중요해."

'당신을 제외하면'이라는 말에서 억울한 감정이 느껴졌다. 그는 듀 경감이 되고 싶은 것이다. 흥분도 되고 사람들에게 깊은 인상을 심어 줄 수도 있는 인물이 되는 셈이었다. 크리펜을 체포한 사람,

그리고 이제는 모리타니아 호의 구세주였다. 그 환상에는 단 하나의 걸림돌이 있었다. 바로 앨마였다. 그녀는 진실을 알고 있었고, 그 때문에 공포에 질려 있었다.

010
☆☆☆

조니 핀치는 폴 웨스터필드 2세를 소개받은 적은 없었지만, 격식에 얽매이는 사람은 아니었다.

"오늘 아침 날씨는 괜찮군요."

그는 월요일 아침 식사 후 산책 갑판에서 아래를 내려다보는 폴을 발견했다.

"제가 보기에는 안개가 걷히면 햇볕이 강할 겁니다."

"그럴까요?"

폴이 대답했다.

"갑판에서 테니스 치기에 좋은 기회죠. 당신도 빌 틸든을 이길 수 있을지도 모르잖습니까? 윔블던에서 하는 시합과는 전혀 다른 게임이니까요. 아니면 셔플보드•를 하시나요?"

"당신은 사교 위원회 분이신가요?"

조니는 크게 웃음을 터뜨렸다.

"아니, 아닙니다. 어떤 위원회에서든 조니 핀치라는 이름을 발견하지는 못할걸요. 특히 사교 위원회 같은 곳에서는요. 저는 갑판에서 하는 게임을 직접 즐기지는 않습니다. 그저 다른 사람들에게 조금 돈을 걸 뿐이죠. 그것도 충분히 재미있습니다."

"저는 내기는 하지 않습니다."

"하지 않는다고요? 며칠 전 밤에 흡연실에서 카드 게임을 하고 있는 모습을 분명 봤는데요."

조니는 의심스럽다는 투로 말했다.

"그건 그저 친구끼리 하는 게임이었습니다."

"그거야 물론 그러시겠죠."

그는 윙크를 하며 말을 이었다.

"하지만 그런 종류의 내기에 관심이 있으시다면, 선내 이발사가 듀 경감이 며칠 만에 범인을 잡을 수 있을지 내기를 열었답니다."

"꽤 큰 판이겠군요."

"그럼요. 저는 오 파운드를 걸어 볼까 합니다. 듀 경감이 내일 범인을 체포하면 네 배로 돌려주겠다더군요."

"전 별로 관심이 없습니다."

"관심을 가지시는 게 좋을걸요. 듀 경감이 벌써 첫 번째 성과를 올렸다는 걸 아세요? 살해당한 여자의 이름을 밝혀냈답니다. 오늘 아침 일등실 담당 승무원들과 함께 잠을 잔 흔적이 없는 객실을 조사하고 다녔답니다. 물론 그런 방이 두세 개는 나왔지만, 배에 탄 사람들이 밤에 뭘 하는지는 뻔한 일 아니겠습니까? 하나하나 지워

● **셔플보드** _ 판 위에 원반들을 얹어 놓고 긴 막대를 이용하여 숫자판 쪽으로 밀면서 하는 게임.

가니 하나만 남았다지요. 그래서 담당 승무원에게 시체를 확인시켰
답니다."

"승무원이 신원을 확인해 줬습니까?"

"단번에 알아보더랍니다. 조금도 주저하지 않고."

"누구였습니까?"

"그게 중요한 점입니다. 당신 친구였어요. 휘스트를 함께 하던
네 명 중 한 명. 이름은 캐서린 매스터스라고 합니다."

Part   5

뉴 욕 의 왕

A King in New York

001
☆☆☆

　단정 갑판 위의 의자는 네 줄로 줄지어 있었다. 노련한 여행자라면 최대한 빨리 갑판 담당 책임 승무원을 찾아서 갑판 위 의자를 예약하는 데 주력한다. 한번 예약을 하면 의자에는 이름표가 붙고 항해가 끝날 때까지 예약자 전용으로 사용할 수 있다. 의자 위치도 중요하다. 금욕적인 스파르타인이나 대서양 횡단 여객선을 처음 타본 사람이 아니고서야 뉴욕까지 항해하는 길에 우현 갑판을 선택하는 사람은 아무도 없다. 해가 비치는 좌현 갑판에서도 제대로 즐기기 위해서는 담요를 지참하는 것이 좋다. 그 밖에 또 고려해야 할 점들이 있다. 사람들의 눈에 띄거나 승무원의 관심을 끌고 싶으면 맨 앞자리가 필수적이다. 안목이 있는 여행자라면 자신의 옆자리가 누군지 확인해 두고 싶어 한다. 갑판 담당 책임 승무원에게 뇌물을 찔러 두면 갑판 위의 로맨스를 조장할 수도 있다.

마저리의 계획대로 리빙스턴 코델 가족은 좌현 갑판 맨 앞줄에 자리 잡았다. 한 번도 사용한 적이 없어 검댕이 묻지 않은 굴뚝 그늘에 있는 멋들어진 자리였다. 바버라의 자리 옆에는 폴 웨스터필드 2세라는 이름표가 붙어 있었다. 이날 오전에 그 자리는 비어 있었다.

"그 애는 어떻게 된 거니? 또 싸운 거야?"

마저리가 딸에게 물었다.

"아냐, 엄마. 폴은 고든 씨를 찾으러 갔어."

"그 사람이 누군데?"

"폴의 지갑을 주워 준 영국인. 토요일 밤에 우리랑 함께 카드 게임을 했어. 시체로 발견된 여자가 캐서린이라는 사실을 알고 있는지 확인해 보러 간 거야."

"지금쯤이면 알고 있겠지. 배에 탄 사람들이라면 다들 그 소식을 들었을걸. 그래서 그가 그 여자랑 친구 사이였니?"

"아니, 그냥 함께 카드 게임을 했을 뿐이야. 사실 그 두 사람 잘 어울리지 못했어. 게임 막바지에 캐서린 마음이 상했거든."

"불쌍해라. 그런 끔찍한 일을 당하다니. 혹시 자살한 건 아닐까?"

"엄마, 교살당했대. 승무원들이 죄다 그 이야기를 하던걸."

마저리는 의자 위에서 반대쪽으로 몸을 돌렸다.

"리비, 이 이야기 들었어? 그 여자 교살당한 거라고 바버라가 그러는데."

"응?"

"어쩜 이렇게 세상일에 관심이 없는지. 바버라, 이 일에 엮이는 건 현명한 짓이 아닌 것 같구나."

"엄마, 이미 일어난 일은 어쩔 수 없잖아. 캐서린이 죽던 날 밤에 그녀와 카드 게임을 했으니까. 질문을 받으면 대답할 수밖에 없어."

"네 이름이 신문에 나는 건 나도 리비도 원치 않아. 그 경감이 뭐라도 물어보면 간단히 대답해야 한다, 알았지?"

"그다지 이야기할 것도 없는걸. 어차피 폴이나 잭에게 다 듣겠지. 그녀가 살해된 건 카드 게임이랑은 상관도 없을 테니까. 그러니까 호들갑 떨지 마."

"사람 일은 모르는 거다. 잭 고든이란 사람에 대해 얼마나 알고 있니? 그가 목 졸라 죽인 범인일지도 모르잖아."

"엄마, 바보 같은 소리 그만해."

"내 말 들어, 바버라. 난 남편을 세 명이나 둬 봤으니 남자에 대해서는 잘 알아."

그녀는 리비가 여전히 눈을 감고 있는지 확인해 보았다.

"다른 사람이 있을 때는 예의 바른 신사처럼 굴다가, 무방비한 여자와 단둘이 되면 괴물로 돌변하는 게 남자라고. 뭐, 전부는 아닐 테지만."

그녀는 다시 리비를 흘끗 바라보았다.

"남자는 강아지 배변 훈련시키는 것처럼 교육시켜야지, 안 그랬다가는 대번에 달려들고 말걸. 네 친애하는 영국인 친구 고든 씨가 살인범으로 드러난다고 해도 난 놀라지 않을 거다."

"난 전혀 의외의 사람이 범인일 거라고 생각하는데."

"그렇겠지."

리비가 눈을 뜨지도 않은 채 말했다.

"혹시 폴이 범인이라는 생각은 해 봤니?"

002
☆☆☆

선의는 서류를 읽다가 고개를 들고 다음 환자를 바라보았다.

"경감님, 어서 오세요. 환자분이라고 생각했습니다. 무엇을 도와드릴까요?"

월터는 주저했다.

"사실, 상담하고 싶은 일이 있습니다."

"뭐든 도와 드리겠습니다. 시체 검시에 관해서입니까?"

"아닙니다. 제 엄지손가락입니다. 다친 것 같아서요."

"그렇습니까? 한번 볼까요? 어쩌다 이렇게 됐습니까?"

"오늘 아침 식사 후에 죽은 여자의 객실을 조사했습니다."

"아, 말씀 안 하셔도 알겠습니다. 시체가 창문을 통해 떨어졌나 확인해 보려고 창문을 열려다 다치신 거죠? 이른바 창문 손가락을 다치셨군요, 경감님. 사람들이 뱃멀미 다음으로 깇이 찾아오는 증상이 바로 이거죠. 객실 담당 승무원에게 말씀하셨으면 됐을 것을. 창문 열쇠를 갖고 다니거든요. 아프신가요?"

"조금요."

"똑바로 펼 수 있습니까?"

"할 수 있을 것 같군요."

"다행이군요. 살짝 삔 정도입니다. 원하신다면 손가락을 싸매 드리겠지만 치료에는 효과가 없습니다. 그렇다면 살인범이 창문을 통해 시체를 밀어 버렸다고 생각하신 모양이로군요. 손가락을 다친 또 다른 사람을 찾아보셔야겠는데요."

"아뇨, 그렇게 간단하지가 않습니다. 승선했을 때 창문이 이미 열려 있던 방도 있었으니까요."

"과연 스코틀랜드 야드 출신이시네요."

의사는 감탄하며 말했다.

"경감님의 일에 주제넘게 굴 생각은 조금도 없었습니다. 객실에서 흥미로운 거라도 찾으셨나요?"

"거의 없었습니다. 옷만 잔뜩 있더군요. 향수 몇 병이랑요."

"보석은 없었나요?"

"없었습니다, 보석 같은 건."

월터는 아프지 않은 손으로 수염을 매만졌다.

"그 점이 중요한 것 같은데요. 만일 보석을 도둑맞았다면 그게 범행 동기가 아니겠습니까?"

"그럴 수도 있습니다."

"제가 보석 이야기를 하는 이유는, 선장님 명령으로 시체 검시를 하고 있을 때 왼손 약지에서 반지를 낀 흔적을 발견했기 때문입니다."

"바닷속에서 빠졌을 수도 있습니다."

"결혼반지란 말입니다, 경감님."

의사는 의미심장하게 말했다.

"캐서린 매스터스는 결혼하지 않았습니다. 여권을 확인했으니까요. 미혼이라고 확실히 나와 있더군요."

"전 확실히 봤습니다. 원하신다면 가서 보여 드리지요."

"아뇨, 아닙니다. 괜찮습니다."

월터의 얼굴에 천천히 웃음이 번졌다.

"어쩌면 약혼반지였을 수도 있죠."

"그럴 수도 있겠군요."

의사는 수긍했지만 반신반의하는 목소리였다.

"제가 보기에는 매스터스 씨는 남자 경험이 없는 사람이 아니었습니다, 경감님."

"설마, 그녀와 아는 사이었습니까?"

의사는 이 경감이란 사람의 사고 흐름에 정신이 얼떨떨해지기 시작했다.

"아뇨, 그렇지 않습니다. 성폭행을 당하지는 않았는지 검사를 해 보았을 뿐입니다."

"아, 이제 이해했습니다."

"제 견해로는 그녀는 성폭행을 당하지는 않았습니다."

"그렇군요. 그렇다면 또 하나의 범행 동기를 배제할 수 있겠군요."

"한 가지 더 말씀드리고 싶은 건, 검사 결과로는 그녀가 기혼일 가능성이 높다는 겁니다."

"아니면 결혼했어야 했는데 그러지 않았을 수도 있죠. 전쟁에 대한 대가라고나 할까요."

"전쟁이라뇨?"

"세상이 바뀌지 않았습니까. 순수함이 사라져 버렸죠."

"그건 맞습니다."

"그런 걸 옹호하려는 건 아닙니다."

"아, 압니다."

의사는 논쟁을 하고 싶지 않아 이렇게 말했다.

"경감님, 그 밖에도 말씀드려야 할 게 있습니다."

"제 상처에 대해서요?"

"아뇨, 아닙니다. 다른 겁니다. 중요하지 않을지도 모르지만,

말씀드려야 할 것 같아서요. 아시다시피 매스터스 씨의 시체는 승객 거주 구역 아래에 있는 최하층 갑판의 작은 창고 하나를 시체 안치실로 삼아 그곳에 안치해 놓았습니다."

"그랬나요."

"그곳은 잠가 놓았고, 그 열쇠는 의무실이나 의료용 수납장 열쇠와 함께 여기 보관해 두고 있습니다. 열쇠를 관리하는 조수를 두고 있죠. 일요일에는 평소처럼 뱃멀미를 하거나 손가락을 다친 환자들이 많아서 정신없이 바빴습니다. 여기서는 간호사 두 명과 아까 말씀드린 조수를 두고 있죠. 밤 몇 시였던가, 남자 승객 한 명이 의무실에 들어와서는 조수에게 시체가 있는 창고 열쇠를 달라고 했답니다. 신원 확인 작업을 도와 달라는 부탁을 받았다고 하면서요."

"그래서 열쇠를 내주었습니까?"

"예, 그랬답니다. 그날 밤 조수는 토플리라는 젊은 친구였습니다. 이번이 첫 번째 항해였죠. 일은 열심히 하지만 똑똑하지는 않습니다. 그에게 열쇠를 건네주었는데, 승객 얼굴을 기억하지 못하겠답니다. 그 사실을 알아차렸던 건 그날 밤 진료 시간이 끝날 때 평소 열쇠가 걸려 있던 곳에 없었기 때문이었습니다. 그래서 토플리를 보내 열쇠를 찾아보라고 했고, 열쇠는 창고 자물쇠에 꽂혀 있었습니다."

"그 승객은 열쇠를 빌린 다음에 반환하러 오지 않았군요. 그건 좀 심한데요."

의사는 탐색하는 눈빛으로 그를 바라보았다.

"요점은 누군가 허가도 받지 않고 시체에 접근했다는 겁니다. 선장님은 허가한 적이 없다고 하고, 선임 위병 부사관도 마찬가지였습니다. 그 승객은 왜 그런 짓을 했을까요?"

"저도 궁금합니다."

"원하신다면 토플리와 말씀을 나눠 보셔도 좋습니다. 특별히 나올 게 있을 것 같지는 않습니다만."

"어차피 입만 아플 테죠. 어쨌든 알려 주셔서 감사합니다."

월터는 다친 엄지손가락을 바라보며 움직이려 시도했다.

"이제 조금씩 움직이는데요. 상처를 싸매 주실 필요는 없을 것 같습니다."

"상처에 대해서는 물어보지 않으실 겁니까?"

월터는 자신의 손바닥을 펼치더니 면밀히 살펴보았다.

"그 여자 목에 난 멍 자국 말입니다. 제가 처음으로 발견한 겁니다."

의사는 다소 무례한 태도로 말했다.

"축하드립니다."

"교살된 게 분명합니다, 경감님. 그 자국은 손으로 목을 조를 때 남는 상처와 일치합니다."

"그렇군요. 굉장히 불쾌한 방법이었습니다. 상스럽기도 하고요. 그렇게 잔인하게 범행을 저지를 필요가 있었을까요? 자, 벌써 점심

시간이 다 됐군요. 치료 감사합니다."

의무실에 혼자 남은 의사는 듀 경감의 성공 비결에 대해 곰곰히 생각해 보았다. 그에게는 질문을 하지도 않고 정보를 끌어내는 능력이 있는 것 같았다. 질문 방식이 너무 완곡한 나머지 그가 경찰이라는 사실을 잊어버릴 정도였다. 물론 그는 전쟁이 일어나기 전 스코틀랜드 야드를 은퇴했다. 그러니 그는 현실을 잘 모르거나, 아니면 지독할 정도로 교활하거나 둘 중 하나일 터였다. 의사는 어느 쪽인지 알 수 없었다.

003
☆☆☆

따뜻한 햇살 속에서 일등실 승객용의 산책 갑판을 걷고 있자니, 앨마는 전날 밤에 불안한 생각을 했던 게 부끄러워졌다. 몹시 긴장했던 탓이었다. 조금은 진정할 필요가 있었다. 살인이 가져올 긴장을 과소평가했던 것이다. 월터의 경우에는 아직도 압박을 강하게 받고 있을 테니, 그런 행동도 용서가 됐다. 그녀는 기분이 나아졌다. 이제 다른 승객들과 다름없이 행동해야 했다. 그래서 베렌가리아 호가 보인다는 승무원의 말에, 우현에 모인 사람들 사이에 끼어 큐나드 해운 소속의 두 배가 지나치는 모습을 바라보았다.

그녀는 구경하기로 마음먹길 잘했다고 생각했다. 검은 선체의 커다란 배가 증기를 내뿜고 푸른 바다에 거품을 일으키며 다가오는 광경에 마음이 들떴던 것이다. 저쪽 배의 흰 상부 갑판 위에 손을 흔드는 사람들이 줄지어 모여 있었다. 두 배가 바다를 사이에 두고 뱃고동 소리를 교환했다. 불과 수백 미터를 사이에 두고 멈춰 선 두 배는 우편물을 교환하기 위해 부속선을 내렸다. 다시 터빈이 돌아가기 시작하자 사람들은 손을 흔들기 시작했고, 인사를 뜻하는 뱃고동 소리가 울려 퍼졌다. 앨마는 베렌가리아 호의 세 개의 굴뚝에서 피어오르는 연기밖에 보이지 않을 때까지 그 배를 바라보았다. 그녀는 그때까지 조니가 바로 옆에 와 있다는 사실을 눈치채지 못했다. 그가 크게 신경 쓰이지는 않았다.

"저 배는 독일 황제가 진수시킨 배라는 사실을 물론 아시겠죠?"

조니는 그녀에게 설명하기 시작했다.

"큐나드 해운에서 인수해서 회사 기함으로 삼기 전에는 황제가 타는 배였거든요. 전리품인 셈이죠. 그래도 여전히 눈부시게 아름다운 배 아닙니까? 전리품이었다는 게 문제가 되지는 않죠. 여러 나라 깃발을 달고 다닐 수도 있죠. 안 그렇습니까, 바라노프 부인?"

앨마의 얼굴이 상기되었더라도, 이런 차가우면서도 상쾌한 바람 속에서는 눈에 띄지 않을 터였다. 그녀는 감정이 드러나지 않은 미소를 지었다.

"사실 이런 화법은 내일 있을 가장무도회에 대한 이야기를 어렵사리 꺼내는 저만의 방법입니다. 당연히 참석하실 거죠?"

"생각해 보지 않았어요."

"저도 오늘 아침까지는 그랬습니다. 승객들 중에는 본격적인 가장무도회 의상을 미리 만들어 온 사람들도 있던데, 전 그런 건 별로 좋아하지 않으니까요. 보다 자연스러운 모습이 낫지 않습니까?"

"뭐, 그렇죠. 저는 의상을 가져오지도 않은걸요."

"잘하셨어요. 만일 당신이 치마 부풀리는 틀에 가발이랑 오렌지한 상자를 가져왔다 한들, 적어도 17세기풍 희극 여배우가 두 명은 등장해서 당신의 즐거움을 망칠 게 뻔하니까요."

앨마는 웃음을 터뜨렸다.

"당신은 무엇으로 분장할 거죠?"

"그게 문제입니다. 결정하지 못했습니다. 아주 독창적인 걸 시도해 보고 싶거든요. 현재 화젯거리와 관련된 아이디어가 하나 있기는 합니다. 크리펜 박사로 분장하면 어울릴까요?"

그녀는 애써 미소를 지었다.

"나쁘지 않죠?"

"모든 사람이 진가를 알아볼 것 같지는 않네요."

"그럴지도 모릅니다. 우선 제 키가 너무 크니까요. 크리펜은 몸집이 작은 사람이었죠? 그래서 표현하기가 어려워요. 사람들은 제가 정치가라고 생각할 테니까요. 사실은 좀 더 나은 아이디어가 있긴 한데 도움이 필요합니다. 이런 부탁을 드려서 죄송하지만, 혹시 바느질을 잘하시나요?"

"어떤 바느질이냐에 따라 다르죠."

"대단한 솜씨는 필요 없습니다. 여기저기 몇 군데 정도 주름을 잡아 주시면 됩니다."

조니는 혼자 웃음을 터뜨렸다.

"이거라면 정말로 우승할 겁니다. 그러면 이제 당신은 어떤 분장을 할지 생각해 봐야겠군요."

004
☆☆☆

점심 식사 후 잭 고든은 듀 경감을 찾으러 갔다. 경감은 중앙 라운지에 있는 피아노와 종려나무 화분 사이에 있는 안락의자에 앉아 있었다. 자고 있는 것처럼 보였다. 잭이 그의 이름을 불러 보았지만 대답이 없었다. 다시 한번 불러 보았다. 그다음에는 경감의 손을 건드렸다.

월터는 깜짝 놀라 손을 치우는 동시에 눈을 떴다.

"듀 경감님? 방해해서 죄송합니다."

잭은 세 번째로 그의 이름을 불렀다.

"무슨 일입니까?"

"제 이름은 고든입니다, 잭 고든. 경감님께서 조사하시는 사건에 대해 말씀드릴 일이 있는데, 괜찮으십니까?"

"뭐죠? 아, 그래요. 의자가 어디 있더라?"

잭은 다른 종려나무 옆에 있는 의자를 가져와 월터의 맞은편에 앉았다.

"그쪽은 안 됩니다. 조금만 오른쪽으로 앉아 주시겠습니까? 라운지를 보고 싶어서요."

그는 잭에게 윙크했다.

"관찰하는 겁니다."

잭은 고개를 돌려 경감의 시선을 쫓았지만, 보드게임을 하는 두 사람의 성직자밖에는 보이지 않았다.

"무슨 말씀을 하고 싶으신가요, 콜린스 씨?"

"고든입니다. 경감님께서 저를 찾아오시기 전에 이야기를 드려야겠다고 생각했습니다. 저는 매스터스 씨가 살해당하기 전날 밤 그녀와 함께 있었습니다. 흡연실에서 그녀와 카드 게임을 하고 있었죠. 휘스트를 했는데 그녀가 제 파트너였습니다. 당연히 제 진술을 들으셔야겠죠?"

"이렇게 와 주시다니 시민 의식이 투철하시군요, 콜린스 씨."

"고든입니다, 경감님."

"알고 있습니다, 콜린스 씨. 기분 나빠하시지 않았으면 좋겠습니다. 저는 목격자 진술을 받을 때는 언제나 성으로 부릅니다. 휘스트 게임 이야기를 해 주시죠. 상대편은 누구였습니까?"

"젊은 미국인 남녀였습니다. 남자 이름은 웨스터필드였을 겁니다.”

월터는 연필과 수첩을 꺼냈다.

“적어 두는 게 좋겠군요. 저는 이름 외우는 데 서툴러서요. 보통은 간호사에게 맡기죠.”

잭은 불안한 웃음을 지어 보였다.

“알겠습니다.”

“그러면 웨스터필드 씨의 파트너는 누구였죠?”

“그건 잘 모르겠습니다. 바버라고 부르더군요. 성은 듣지 못했습니다.”

“걱정할 필요 없습니다, 콜린스 씨. 제 방식대로 알아내도록 하겠습니다. 지금은 매스터스 씨에게 더 관심이 있습니다. 두 분은 친구 사이였나 보죠?”

“아닙니다. 토요일 저녁때까지는 만난 적도 없습니다. 게임은 저녁 식사 후에 시작했습니다. 그날은 여기서 웨스터필드 씨와 함께 앉아 있었습니다. 이야기를 나누고 있었는데, 그녀가 선상 콘서트 참여를 부탁하러 돌아다니더군요. 저희 두 사람은 별로 관심이 없어서, 대신 휘스트를 몇 게임 같이 하기로 했습니다. 그녀는 그 말을 듣자 굉장히 반색했습니다. 폴은, 그러니까 웨스터필드 씨는 바버라에게 게임을 권하러 자리를 떴습니다.”

“그래서 게임은 재미있었나요?”

“대부분은 그랬습니다.”

잭은 팔짱을 꼈다가 이내 풀었다.

"어차피 다른 사람에게 들으실 테니 제가 직접 말씀드리는 게 낫겠군요. 막판에 조금 오해가 있었습니다. 폴과 바버라가 마지막 판에서 이겼습니다. 매스터스 씨와 저는 초반 몇 판을 제외하고는 그다지 호흡이 맞지 않았습니다. 그녀는 그걸 제 탓이라고 비난하더군요. 그래서 짜증이 났습니다. 게임이 끝나자 그녀는 이긴 팀에게 줄 돈을 꺼냈습니다. 배에서 하는 카드 게임에 대해 얼마나 잘 알고 계시는지는 모르겠지만, 공공장소에서 테이블 위로 돈이 오가는 일은 없습니다. 제가 좀 날카롭게 굴었죠. 그런 짓은 하는 게 아니라고 몇 마디 했습니다. 그러고 나서 자리를 떴습니다. 그 후 아마 그녀가 울음을 터뜨렸던 것 같습니다. 그런 건 정말 싫거든요."

그는 어깨를 으쓱했다.

"그게 전부입니다. 제가 얼마나 마음이 안 좋았는지 아시겠지요?"

"저라면 크게 담아 두지 않을 겁니다."

월터가 그에게 조언했다.

"그녀가 자살한 것 같지는 않습니다. 비밀입니다만, 그녀는 교살당했습니다."

"저도 그렇다는 소문을 들었습니다."

잭은 의자에 앉은 채 몸을 앞으로 굽혔다. 갑자기 그의 입술이

새파랗게 질리더니, 눈에 띄게 격렬한 표정으로 월터에게 시선을 고정했다.

"반드시 그 악마 같은 범인을 잡으셔야 합니다, 경감님. 그런 놈은 목을 매달아야 합니다."

월터는 고개를 끄덕이고는 손가락으로 부드럽게 옷깃을 느슨하게 했다.

"잡아 주실 거죠?"

"별일 없으면 그렇게 될 겁니다."

"이런 악독한 범죄를 어떻게 해결하실지 모르겠습니다."

월터는 스핑크스처럼 미동도 하지 않은 채 앉아 있었다.

"죽일 이유 같은 건 없었어요."

잭은 말을 이었다.

"무의미한 짓이었다고요. 경감님께서는 미친놈을 상대하고 계신 겁니다."

"누가 범인이라고 생각하십니까?"

월터는 흥미를 보이며 물었다.

잭은 눈을 깜빡였다.

"잘 모르겠습니다. 그저 그놈이 잡히는 꼴을 보고 싶을 뿐입니다."

"게임중에 그녀의 맞은편에 앉아 계셨죠? 그러면 그녀의 손을 보셨겠군요."

"무슨 뜻입니까? 전 속임수는 안 씁니다."

"카드 게임 이야기가 아닙니다, 콜린스 씨. 그녀의 손 말입니다. 문자 그대로 손요. 그녀가 왼손 약지에 결혼반지를 끼고 있던 것을 기억하십니까?"

잭은 고개를 저었다.

"그녀는 결혼하지 않았습니다. 미혼이라는 걸 알고 계실 텐데요."

"약혼은 했을지 모르죠."

"반지는 안 끼고 있었습니다."

월터는 수첩에 메모를 하더니 다시 고개를 들고 말했다.

"그 밖에 다른 것은 없습니까, 콜린스 씨?"

"예, 있습니다. 경감님 수첩과 연필을 빌려 주시겠습니까?"

월터는 눈이 휘둥그레졌지만 수첩과 연필을 잭에게 건네주었다. 잭은 자신의 이름을 썼다.

"기록으로 남겨 두는 겁니다, 경감님. 제 도움이 필요할 때는 주저 말고 말씀하세요."

그는 수첩과 연필을 돌려주었다.

"고맙습니다. 매우 감사합니다."

그는 잭이 라운지를 나가기를 기다렸다. 그리고 나서 자리에서 일어나 승무원 한 사람을 붙잡고 폴 웨스터필드가 누구인지 알려 달라고 부탁했다.

폴은 단정 갑판에 있었다. 갑판 테니스 토너먼트 1라운드 게임에 출전중이었다. 갑판 테니스란 배드민턴 네트 너머로 고무 링을 넘기는 게임이었다. 코트는 갑판 위에 분필로 그려 놓았다. 폴의 상대는 중년의 영국인으로, 민첩성은 떨어졌으나 공중에서 정신을 어지럽힐 정도로 흔들리는 마카로니 샷을 절묘하게 구사했다. 코트 옆에서 중산모를 쓴 월터의 모습이 폴의 집중력을 떨어뜨렸을 수도 있었다. 그는 결과적으로 결승에서 패하고 말았다. 폴은 승자와 악수를 나눴다. 젊은 여자가 그에게 스웨터를 건네주었다.

월터가 그에게 말을 건넸다.

"웨스터필드 씨, 피곤하지 않으시다면……."

"괜찮습니다, 경감님. 이건 지구력보다는 기술이 필요한 경기거든요. 제 이름을 알고 계시는군요. 이쪽은 바버라 코델입니다. 역시 경감님의 명단에 올라 있을 것 같군요."

"뭐, 그렇습니다."

"저희 둘과 한꺼번에 이야기를 나누고 싶으신가요?"

"한꺼번에요? 그런 생각은 안 해 봤는데요."

"우린 서로 숨기는 게 없습니다."

"경감님께서는 너랑 단둘이 이야기하고 싶으실 거야, 폴."

바버라가 말했다.

"아닙니다. 함께 하는 편이 시간도 절약되겠군요."

"좋습니다."

폴이 말했다.

"베란다 카페로 갈까요? 갈증이 나는군요."

세 사람이 자리 잡은 테이블 옆에는 격자 모양의 칸막이가 있었다. 열려 있는 카페 정면으로 바람이 들어와, 월터는 외풍이 드는 자리에 앉아도 괜찮겠느냐고 바버라에게 물었다.

"해가 비치는 동안은 괜찮아요. 추워지면 카디건을 입으면 되니까요. 경감님께서는 모자 안 벗으세요?"

월터는 카페 안을 빙 둘러보았다.

"이곳이 실내인지 실외인지 구분이 잘 안 가서요."

그는 중산모를 벗어 옆자리에 내려놓으며 말했다.

"그게 무슨 상관인가요?"

폴이 물었다.

"전 격식에 맞는 행동을 좋아하는 사람이라서요. 어쩌면 제가 구식인지도 모르죠. 대서양 횡단 여객선을 타 본 지도 몇 년이 지났으니까."

월터가 낮은 목소리로 대답했다.

"저희도 그 이야기는 들었습니다. 사실 누가 모르겠습니까? 항해사에 길이 남을 일이었죠."

폴이 말했다.

월터는 의자에 조심스레 몸을 기댔다.

"예, 하지만 저에 대해 어떻게 아셨습니까?"

폴은 바버라와 재빨리 시선을 교환했다. 경감은 영국식 유머를 구사하고 있는 것이 분명했다.

"당시 크리펜 박사가 한 말을 따라 하신 거로군요."

"아아……."

월터는 좀 더 즐거워하는 표정으로 대답했다.

"경감님이 크리펜과 함께 영국으로 돌아와 배에서 내리던 장면을 찍은 《뉴욕 타임스》 사진이 아직도 기억납니다. 그때도 모자를 쓰고 계셨죠. 그 배 이름이 무엇인지는 기억나지 않습니다만."

"실은 같은 것이었죠."

월터가 말했다.

"모리타니아 호 말씀이십니까?"

"모자 말입니다."

월터는 모자를 들어 보였다.

"똑같은 모자였어요. 자, 괜찮으시다면 최근의 기억을 되짚어 주시기 바랍니다. 일요일 밤에 살해된 여자분에 대해 이야기를 해 주시겠습니까?"

"캐서린 말인가요? 별로 드릴 말씀은 없습니다. 그날 밤에 처음 만났으니까요. 그녀가 우리에게 먼저 휘스트를 하지 않겠느냐고 물었습니다."

바버라가 끼어들었다.

"그녀가 나한테 물어본 적은 없어. 네가 기억하는지 몰라도, 이미 정해 놓고 나한테 함께 하자며 왔었잖아."

"맞아. 그런데 그게 중요해? 제가 전부 말씀드리죠. 저는 저녁 식사 후 라운지에서 잭 고든이라는 영국인과 커피와 브랜디를 마시고 있었습니다. 그런데 캐서린, 그러니까 매스터스 씨가 다가오더니 음악회에 출연해 달라고 부탁하더군요. 마르티넬리 씨가 음악회 의장을 맡았는데 영어를 잘 못해서, 그녀가 대신 참가자들을 모집하러 다녔거든요. 그녀는 촌극에 참여할 사람들을 모으고 있었습니다. 잭이 농담 삼아 자신이 할 수 있는 건 휘스트 정도라고 말했습니다. 그러자 캐서린이 그 말을 받아서 다 함께 게임을 하게 된 거죠."

"저는 그때 부모님과 식당에 있었어요. 폴이 와서 카드 게임을 하지 않겠느냐고 묻더라고요."

바버라가 말했다.

"저희는 대학 때부터 알고 지낸 사이였습니다."

폴이 덧붙였다.

"이번에 우연히도 파리와 런던에서 같은 호텔에 묵었거든요."

바버라가 말했다. 월터는 수첩을 꺼냈다.

"메모를 해야겠군요. 주문 좀 부탁드릴까요? 종업원이 오고 있군요."

"그럼요. 무엇으로 하시겠습니까?"

폴이 말했다. 월터는 알아듣지 못했다는 듯 얼굴을 찌푸렸다.

"음료는 무엇으로 하시겠냐고요."

"아, 홍차 부탁합니다."

"우유와 설탕은요?"

"설탕은 됐습니다. 충치가 생기니까요. 그런데 코델 양, 당신의 성은 철자가 어떻게 되죠.?"

"B, A, R······."

바버라가 입을 열었다.

"아뇨, 성 말입니다. 코델이라는 성의 철자요.¯"

월터가 그녀의 말을 끊었다.

"사실 코델은 제 성이 아니에요. 제 성은 발린스키랍니다."

월터는 믿을 수 없다는 듯한 표정을 지었다.

"리빙스턴 코델은 제 양아버지세요. 어머니의 세 번째 남편이죠. 제가 일곱 살 때 어머니는 아버지랑 이혼했어요. 이걸 설명하려면 한도 끝도 없어서, 그냥 사람들이 저를 코델이라고 부르게 내버려 두죠. 발린스키의 철자를 가르쳐 드릴까요?"

바버라가 설명했다.

월터는 수첩과 연필을 테이블 너머로 내밀었다.

"직접 써 주시겠습니까?"

"폴의 이름도 써 드릴까요?"

월터는 또다시 약점을 들킨 듯한 표정을 지었다. 이윽고 그는 고개를 끄덕였다. 바버라가 수첩을 돌려주자 그는 자세히 들여다보았다.

"카드 게임에 대해 알고 싶으셨던 게 아닙니까?"

폴이 물었다.

"사실은 아닙니다. 그 이야기는 이미 들었습니다. 음…… 누구더라?"

월터는 수첩을 찾아본 다음 말했다.

"고든 씨에게서요. 그에 대해 말씀해 주시죠."

"좋은 분이에요. 폴의 지갑을 찾아서 사무장에게 가져다줬으니까요."

바버라가 말했다.

"승선한 지 얼마 지나지 않아서 지갑을 잃어버렸거든요."

폴이 구체적으로 설명했다.

"돈이 꽤 들어 있었어요. 큰 거 하나요."

"천 불이요."

바버라가 말했다.

"그러니까 천 달러 말입니다."

폴이 말했다.

월터는 수첩에 쓴 단어에 줄을 그어 지웠다.

"저는 돈이 부족한 사람은 아닙니다."

폴이 말을 이었다.

"하지만 지갑을 잃어버린 건 좀 짜증 나는 일이었습니다."

"리비 아저씨한테서 돈을 빌려야 했거든요."

바버라가 말했다.

"리비라뇨?"

"리빙스턴요. 바버라의 아버지 말입니다."

폴이 말했다.

"양아버지라니까."

"그게 중요해? 제 지갑 이야기에는 별로 관심이 없으실 테죠?"

폴은 월터에게 물었다.

"요점은 잭 고든이 제 지갑을 주워서 돌려주었다는 겁니다. 그가 제 곤란한 상황을 해결해 준 거죠. 그게 전부입니다."

"잭에게만 고맙지?"

바버라가 분한 듯 말했다.

"잠깐 있어 봐. 리비 아저씨에게는 감사하는 가음이 조금이라도 있는 거야? 네게 그렇게 많은 돈을 빌려 주셨잖아. 리비 아저씨가 돈을 빌려 주시지 않았다면, 포피는 지금쯤 어디를 헤매고 있을까?"

"포피라니요?"

이름만 반복하는 월터의 목소리에서 자포자기하는 심정이 묻어났다.

"우리 친구입니다."

폴이 말했다.

"우리?"

바버라가 이죽거렸다.

"우리가 런던에서 만난 영국 아가씨예요."

"금발에 몸매가 끝내주는데다, 옷은 입은 건지 벗은 건지. 사우샘프턴까지 폴을 배웅하러 왔었어요. 무슨 일이 있었는지는 몰라도 하선하라는 종소리에도 내리지 않더라고요. 그래서 프랑스까지 따라오고 말았죠. 그게 좋아서인지 정신이 없어 폴은 지갑을 잃어버렸고요. 리비가 폴에게 돈을 빌려 줘서 포피가 영국까지 갈 돈을 낼 수 있었던 거예요."

"포피 이야기는 잊어 주세요. 그녀는 이 사건과 아무런 관련이 없습니다. 잭에 대해 물어보셨죠? 괜찮은 사람입니다. 게임이 끝나고 캐서린이 돈을 꺼내자 조금 화를 내기는 했지만 그 사람에게 뭐라고 할 수는 없을 겁니다. 그녀가 잭의 게임 방식에 대해 계속 뭐라고 했지만, 잭은 그냥 듣고 넘겼으니까요."

폴이 월터에게 말했다.

"카드를 하다 보면 사람들의 본 모습이 드러나기 마련이죠."

월터는 이렇게 평했다.

"따로 떼어 놓고 보면 호감이 가는 사람들이었어요."

바버라가 말했다.

"잭이 나가고 폴이 커피를 사러 간 사이 캐서린이랑 대화를 오래 나눴어요. 그녀는 잭에게 악의 같은 건 없었어요. 오히려 그를 화나게 했다고 자신을 책망했죠. 그래서 다음 날 밤 두 남자를 설득해서 다시 카드 게임을 하자고 했는걸요."

"그 이야기는 안 했잖아."

폴이 말했다.

"내가 왜 해야 하는데? 캐서린이랑 둘이서 정한 거란 말이야. 캐서린이 나한테 브리지를 가르쳐 주기로 했다는 이야기는 했잖아."

"그리고 또 무슨 작당을 했어?"

"남자들에 대한 평범한 이야기 몇 가지."

"그다음에는요?"

월터가 재빨리 물었다.

"폴이 커피를 가져왔고, 캐서린은 곧바로 자리를 떠서 자기 객실로 갔어요. 그때가 자정쯤이었을 거예요."

"우리 둘은 춤을 추러 갔어요. 느린 왈츠를 두 곡 정도 춘 다음 각자 방으로 돌아갔습니다."

폴이 말했다.

"누가 살해당했다는 이야기는 일요일 오전, 점심시간이 거의 다 되어서야 들었고요."

"여전히 이해가 안 가요. 배에 아는 사람 한 명 없는 외로운 여자였는데."

바버라가 말했다.

"그렇습니다. 도저히 이해할 수가 없어요."

월터가 말을 받았다.

"어쩌면 그녀를 아는 사람이 있을 겁니다. 음악회 위원회 일을 하고 있었으니 분명 다른 사람을 알고 있었을 겁니다. 출연자를 모집하느라 돌아다녔다는 사실 역시 간과해서는 안 되고요."

폴이 말했다.

"그렇다고 그게 살해당해야 하는 이유가 되지는 않아."

바버라가 말했다.

"중간에 누군가를 놀라게 했을 거야. 중간에 그녀가 방에 들러서 향수를 뿌리고 왔던 것 기억나?"

"아, 그래. 잊고 있었네."

바버라는 월터를 향해 말했다.

"게임 중간에 술이나 한잔할까 해서 잠시 쉬었거든요. 캐서린은 화장을 고치러 자기 객실로 돌아갔어요. 그런데 돌아와서 한 이야기가, 방에서 복도로 나오는 한 남자와 마주쳤는데 그녀를 보더니 유령이라도 본 것처럼 놀라서 다시 방으로 들어가더라는 거예요. 그래서 캐서린도 놀라서 방으로 돌아가 자기 얼굴을 확인해 봤다나요."

"잭은 그 이야기를 듣고 누군가 음악회에 출연하는 게 겁나서 그런 게 아닐까 하고 말했어요."

폴이 말했다.

"뭐, 달리 그렇게 수상한 행동을 할 이유가 뭐 있겠어요?"

월터는 긴장한 듯 기침을 했다.

"뭐라 말씀드릴 수는 없군요."

005

저녁 식사 후 앨마는 선실로 돌아가 바느질을 했다. 뭐라도 도움이 되는 일을 할 수 있어 기뻤다. 조니는 실과 바늘뿐 아니라 골무까지 구해 왔다. 승객들이 진심으로 가장무도회에 몰두하기 시작하면, 온갖 놀라운 재료나 도구가 등장하기 마련이었다. 그날 오후 단정 갑판을 산책하다 보면 밧줄 조각을 풀어 가발이나 수염을 만들고, 테이블 냅킨으로는 모자를 만들었으며, 해운 회사 재산인 침대보로는 로마 시대 의상을 만든 사람들을 볼 수 있었다. 그다지 기발한 생각은 아니었지만, 앨마는 간호사 분장을 하기로 했다. 다른 사람의 시선을 너무 끌지 않으며 무도회에 참가하고 싶었기 때문이다.

누가 문을 두드렸다. 그녀는 자리에서 일어나 조니를 쫓아 보낼 준비를 했다. 바느질거리는 내일 아침까지 끝내기로 확실히 약속한 터였다. 밤중에 남자가 여자 방을 찾아오는 것은 어떤 구실을 대더라도 용납할 수 없는 짓이었다.

그녀는 문을 살짝 열었다. 월터였다. 그는 아무 말도 하지 않았다. 당연히 들여보내 줄 거라고 믿고 있었던 것이다. 앨마는 주저하면서 전날 밤의 불안을 누그러뜨리려 애를 썼다.

월터는 위협적이라기보다는 매우 지쳐 보였다. 앨마는 뒷걸음질하며 그를 안으로 들였다. 두 사람 모두 포옹하려 들지 않았다.

그는 안락의자 쪽으로 걸어갔다.

"거긴 안 돼요."

그녀는 다급히 말했다. 팔걸이에 실을 꿴 바늘을 꽂아 두었기 때문이다.

"뭘 만들고 있었죠?"

그는 수직 등받이가 있는 의자로 향하며 물었다.

"가장무도회 드레스요. 다른 승객들이랑 비슷하게 행동하려고요."

"잘했어요."

"당신보다는 편한 일이에요. 아무도 나한테는 신경을 안 쓰니까. 당신이 어떻게 지내는지 계속 걱정하고 있었어요. 사람들에게 형사처럼 보이도록 행동하려면 엄청나게 힘들 텐데."

"조금 피곤하긴 하군. 하지만 다들 나를 듀 경감이라고 생각하니까."

"사람들에게 무슨 질문을 해야 하는지 어떻게 알아요?"

"이상하게 들리겠지만 그다지 질문은 하지 않았어요. 사람들이 그냥 와서 이야기를 해 주던데요. 난 그저 관심 있는 척 대답만 하면 되고. 그냥 능력껏 사람들 이름이나 수첩에 적는 거죠. 다들 아직까지는 내게 경외심을 표하고 있어요. 그게 언제까지 갈지는 모르겠지만."

"목요일 아침이면 뉴욕에 도착해요. 사흘밖에 안 남았다고요."

"며칠 남았는지는 문제가 안 돼요. 사람들이 조만간 진상을 밝혀 줄 거라고 기대하고 있으니까. 오늘 밤 늦게 선장을 만나 이야기를 나누기로 되어 있어요."

"해 줄 이야기는 있고요?"

"없다고 봐야죠. 미심쩍은 점이 있기는 한데 아쉽지만 살인하고
는 관계가 없는 이야기라서."

"그게 뭔데요, 월터?"

"살인이 일어났던 날 밤에 피해자와 함께 휘스트 게임을 했던
사람들과 이야기를 나눠 봤어요. 한 사람은 금발 머리를 빗어 넘긴
말 잘하는 영국인이었죠. 다른 둘은 꽤 부자인 듯 보이는 미국인 커
플이었고. 그 사람들 이야기를 듣고 있으니 극장 구대에 섰던 기억
이 나던데요. 내가 전에 무슨 일을 했는지 이야기했죠?"

"독심술 말인가요? 세상에, 월터! 당신, 사람의 마음을 읽을 수
있군요!"

월터는 고개를 저었다.

"그렇게까지 대단한 건 아니고. 내 말은 관객들 사이에 공모자
를 숨겨 놓았던 것이 생각났다는 거죠."

"예, 그 이야기도 들었어요. 그런 사람들을 플랜트라고 했잖아
요."

"그래요. 이건 직감에 불과하지만, 아무래도 고든이라는 겉만
번지르르한 영국인은 그 젊은 미국인들에게 플랜트 행세를 한 것
같아요."

"카드 게임에서 사기를 치려고요?"

"결국 그게 목적이겠죠. 웨스터필드라는 미국인이 지갑을 잃어버렸는데, 고든이 지갑을 주워 사무장에게 맡겼다. 그러면 웨스터필드는 분명 그에게 감사 인사를 하러 갔겠죠. 그러면 두 사람 사이에 신뢰감이 싹트게 될 테니. 둘이서 한잔하고 있으려니, 캐서린 매스터스가 음악회 출연자를 모집하러 다가왔어요. 그리고 음악회에 출연하는 대신 카드 게임이 벌어진 거고. 겉으로 보기에는 아주 자연스럽게 진행되었죠."

"그러면 당신은 캐서린이 고든과 공모했다고 의심하는 거예요?"

"문득 그런 생각이 들었어요. 아주 깔끔한 사기극이에요. 고든은 내게 어디서 지갑을 발견했는지는 한마디도 안 하더라고요."

"그게 중요한가요?"

"누군가 웨스터필드의 주머니 속에서 지갑을 슬쩍해서 고든이 주울 수 있는 장소에 놓아두었다면, 충분히 중요한 문제일 테지."

"누가 그런 짓을 했을까요?"

"웨스터필드와 함께 승선했던 포피라는 여자가 있어요."

"굉장히 치밀한 사기꾼이네. 그러면 고든은 돈을 많이 땄나요?"

"잃었지."

앨마는 동정하는 듯 고개를 저었다.

"그렇다면 당신 가설은 틀렸다는 거네요?"

"아니, 당신이 말한 대로 굉장히 치밀한 놈이에요. 어쨌든 그게 모두 계획된 일이라면, 하룻밤의 카드놀이를 노리지는 않았을 테니까. 일주일 내내 판돈을 올리다가 마지막 날 싹쓸이하려는 계획이었겠죠."

"그래서 일부러 져 준 거군요."

"그래요. 처음 몇 번은 이기다가 끝내는 져 버렸다는데. 캐서린이 고든의 게임 방식에 대해 뭐라고 비난을 했고, 마지막에는 고든이 그녀를 울리기까지 했다는군요."

"그것도 연출이라고 생각해요?"

"그 때문에 미국인들은 의심조차 하지 않았으니까."

"하지만 구태여 그런 짓을 왜 한 거죠?"

"일단은 고든과 매스터스가 서로 아는 사이가 아니라는 점을 확인시켜 준 다음, 두 사람이 한 팀으로는 게임을 잘할 수 없으니 쉽게 이길 수 있다는 생각을 심어 놓은 거예요. 미국 여자는 매스터스 씨를 위로하다가 다음 날 밤 브리지 게임을 하자고 약속했다던데."

"확실히 그럴듯한데요."

앨마가 한마디 덧붙였다.

"당신 진짜 형사 같아요."

월터의 얼굴이 밝아졌다.

"그렇게 생각해요?"

"하지만 매스터스 씨가 살해된 이유는 설명할 수 없어요."

"그렇지."

"그리고 죽어 버렸으니 사기 혐의를 입증하기두 어렵고요."

월터는 침울한 표정으로 고개를 끄덕였다.

"하지만⋯⋯."

"뭐가요?"

"그녀가 정말 음악회 조직 위원이었는지 확인해 볼 방법이 있어
요."

006
✩✩✩

조반니 마르티넬리는 이발소에서 손톱 손질을 받으면서 이발사
와 활기차게 이탈리아어로 대화를 나누고 있었다. 두 사람은 월터
가 들어서자 말을 멈췄다.

"시뇨르 마르티넬리이신가요?"

월터가 물었다.

위대한 테너 가수는 눈썹을 추켜올렸다.

"방해해서 죄송합니다. 제 이름은 듀, 월터 듀 경감입니다. 매스
터스 씨의 안타까운 사망 사건에 대해 조사하고 있습니다. 한 가지
확인해 주셨으면 하는 사소한 사항이 있습니다. 그녀가 죽던 날 밤
음악회 의장이신 당신을 대신해서 사람들에게 음악회 출연을 부탁
하러 다니는 것을 본 사람들이 있습니다. 그녀가 정말로 그런 책임
을 맡았으며 또한 위원회의 정식 멤버가 맞는지도 확인하고 싶습

니다."

마르티넬리는 아무 말도 하지 않았다. 그저 월터를 물끄러미 바라볼 뿐이었다.

"그저 다른 증인의 진술을 확인하려는 것뿐입니다. 단순히 형식적인 조사인 셈이죠."

월터는 자신의 말을 뒷받침하려 수첩과 연필을 꺼냈다.

마르티넬리의 표정이 부드러워지며 함박웃음을 띠었다.

"시[Sí]."

마르티넬리는 월터의 수첩과 연필을 가져가, 뭔가를 적은 다음 다시 돌려주었다.

수첩에는 이렇게 적혀 있었다.

'G. 마르티넬리. 1921년 모리타니아 호에서.'

007
☆☆☆

월터와 이야기를 나눌 때 폴과 바버라 사이에 생겨난 불화는 그날 밤이 되어서도 계속되었다. 저녁 식사 후 식당에서 댄스파티가 열렸고, 폴은 리빙스턴 코넬 가족의 자리에 함께 앉아 있었다. 폴은 바버라의 맞은편 자리를 택했다. 리비가 마저리를 이끌고 무대로 나가 탱고를 출 때도, 폴은 바버라에게 말을 걸지 않았다. 바버라와 이야기를 나눌 수도 있었지만, 그저 춤추는 사람들을 바라볼 뿐이었다. 바버라는 폴이 왜 이 자리에 합석했는지 의구심이 들기 시작했다. 탱고가 끝나자 마저리가 자리로 돌아와 물었다.

"두 사람 오늘 밤에는 춤을 안 출 거니? 노인네들이 계속 활개치게 놔둘 건가 보지?"

"폴은 오늘 갑판 테니스를 치느라 굉장히 피곤하거든, 엄마."

폴은 바버라의 비아냥을 무시했다. 대신 마저리에게 말을 걸었다.

"두 분께서 춤을 추시는 모습을 보니 명함도 못 내밀겠던데요."

"아부가 과한 거 아닌가?"

그녀가 즐거운 듯 웃자 옷에 달린 스팽글 장식이 떨렸다.

"자, 이제 리비와 나는 앉아서 구경이나 할 테니, 어디 한번 춤 실력을 발휘해 봐요."

다음 곡은 왈츠였다. 두 사람은 요 몇 년 동안 유행하던 왈츠곡 〈영원히 비눗방울을 불겠어요〉에 맞춰 말없이 무대 위를 돌기만 했다. 폴은 춤을 꽤 잘 추는 편이었고, 동작중에 스텝이 약간 꼬여도 재미있는 대화로 상대의 주의를 다른 곳으로 돌릴 수도 있었다. 그러나 이날 밤에는 바버라를 즐겁게 해 주고 싶은 마음이 없었거나, 아니면 그럴 수가 없었다. 곡이 막바지에 이르자 그녀가 말했다.

"미안해."

"뭐가?"

"엄마가 춤을 추라고 떠밀었잖아."

"아니야. 내가 직접 춤을 청했잖아?"

그녀는 고개를 끄덕였다. 드럼 소리와 함께 곡이 끝났다.

"정말 멋진 한 쌍이네."

두 사람이 자리로 돌아오자 마저리가 말했다.

폴과 바버라는 자리에 앉아 다음 두 곡을 건너뛴 다음, 과거에 유행했던 세인트 버나드 왈츠에 맞춰 춤을 췄다. 그 춤은 기교가 굉장히 복잡해서 이야기를 나눌 겨를이 없었다. 곡이 끝나자 폴이 말했다.

"오늘 밤은 일찍 쉬어야 할 것 같아. 좋은 파트너가 되어 주지 못해서 미안해."

"부모님이랑 합석해서 불편했지?"

"점차 친해지고 있는걸. 좋은 분들이셔."

"갑판에서 산책이라도 할까?"

"추워. 바람이 불던데."

"어쩔 수 없지. 나 때문에 감기라도 들면 안 되잖아."

그녀는 이 말을 입 밖에 낸 순간, 하지 말았어야 했다고 후회했다. 힐난할 생각은 없었지만 결과적으로는 그런 꼴이 되고 말았던 것이다. 두 사람 사이에 생긴 어색함 때문에 그녀의 불만이 직설적으로 표출된 셈이었다.

"미안해. 하지만 아직 가지는 마."

폴의 눈에 당혹스러워하는 빛이 떠올랐다. 그는 조용히 말했다.

"바버라, 오늘은 이만하자, 알았지? 내일이면 우리 둘 다 정신을 차릴 수 있을 거야. 잘 자."

그녀는 혼자 테이블로 돌아왔다. 부모님에게는 폴이 몸 상태가 안 좋아서 먼저 들어갔다고 변명했다. 그녀의 어머니는 바버라를 날카롭게 바라보며 젊은 남자들이란 여자들이 생각하는 것 이상으로 약해 빠졌다고 이죽거렸다. 리비는 술을 가지러 갔다가 돌아와서, 폴이 흡연실 바에 있다는 소식을 전했다.

"골치 아픈 일을 떨쳐 버리려면 위스키 몇 잔은 마셔야 할 테지."

그는 바버라에게 말했다.

"자, 아직 나랑은 춤을 안 췄지?"

바버라는 리비의 사려 깊은 마음이 고마웠다. 그는 종종 마저리의 신랄한 말에 입은 상처를 달래 주었고, 지금은 폴에게 버림받은 기분을 다독여 주고 있었다.

"그 녀석 일은 걱정하지 말거라. 너를 마음에 두고 있으니까. 내가 쭉 관찰해 오지 않았겠니. 그 녀석은 아직 여자에 대해 모르는 게 많지만, 노력하고 있는 모습은 보인단다. 그러니 시간을 조금 주는 게 어떠니."

바버라는 리비의 뺨에 가볍게 키스했다.

"아저씨는 제게 정말 잘해 주시네요."

바버라는 사람들이 춤추는 모습을 두 곡 정도 더 구경한 다음 잠자리에 들기로 마음먹었다. 리비가 마저리를 데리고 폭스트롯을 추러 무대로 나갔다. 바버라는 두 사람을 바라보며, 엄마가 그의 진짜 장점을 알고 있을까 하는 생각을 했다.

"혼자 왔습니까?"

그녀의 뒤에서 누군가가 말을 걸었다. 뒤를 돌아보니 잭 고든이 그녀를 향해 몸을 굽히고 있었다. 그의 금발 머리와 흰 셔츠 앞부분이 조명을 받아 빛나고 있었다.

"그건 아니에요. 부모님께서는 춤을 추러 나가셨어요."

"그렇다고 혼자 앉아 계시다니요. 저랑 한 곡 추시겠습니까?"

예전 같았으면 예의 바르게 거절했을 테지만, 지금은 망설이지 않았다. 그녀는 자리에서 일어나 잭의 팔을 잡고 무대로 나갔다. 그녀는 잭의 춤 동작에서 자신감이 배어 나온다는 사실을 즉시 알아차렸다. 그는 긴장하지도 않고 그녀의 동작을 부추기는 리듬으로 춤을 이끌었다.

"춤을 좋아하시는지 몰랐어요."

그는 미소를 지었다.

"당신처럼 아름다운 여성을 안을 수 있는 기회가 생겼는데도 춤을 마다할 바보는 아닙니다."

바버라는 이제껏 만난 남자들 중 가장 빨리 수작을 걸어오는 사람이라는 생각을 하며 머릿속에 경고 신호를 보냈지만, 아직은 그런 말을 듣는 게 즐거웠다. 그녀는 잭에게 말을 걸었다.

"춤을 추러 오신 건 처음 봤어요."

"저는 당신이 혼자 있는 모습을 처음 보는데요."

그녀는 개인적인 화제에서 그의 시선을 돌리고 싶었다. 그가 하는 대로 놓아두다가는 난처한 지경에 빠질 게 분명했다.

"내일은 날씨가 나쁠 거라는 예보를 들었어요."

"저는 내일 일에는 특별히 신경 쓰지 않습니다."

"저처럼 신경이 날카로운 상태라면 당신도 날씨에 신경이 쓰일 걸요."

"그렇게 지레 굴복해서는 안 되죠. 바버라. 뱃멀미에 잘 듣는 약을 알고 있는데요."

"예, 어머니 객실에 알약이 있어요."

"알약 같은 걸 말하는 게 아닙니다. 그런 거 먹어 봤자 어디 즐거워지겠어요? 두 시간마다 브랜디 한 잔을 마시는 게 특효약이죠. 예방 차원에서 당장 한잔하러 갈까요?"

그녀는 능수능란하게 접근해 오는 그의 속도에 거의 숨이 멎을 지경이었다.

"아직 춤을 추고 있잖아요."

"그럼 끝날 때까지 기다리죠."

"술 한잔하자는 말씀은 고맙지만, 역시 사양해야겠어요."

"왜죠?"

"눈에 띄고 싶지 않은 사람이 밖에 있거든요. 어디에 있는지는 모르지만, 그 사람도 술을 마시는 중이라고 들었어요."

"제가 아는 사람인가요?"

"말씀드리고 싶지 않아요."

"그러면 브랜디를 이리로 가져오도록 하죠."

"저는 부모님과 함께 있어서요."

"다른 테이블로 자리를 옮기지 않을래요?"

바버라는 그의 집요함이 점점 성가시게 느껴졌다. 자신감을 회복하기 위한 적절한 타이밍이라고 생각해 받아 즈었지만, 그 매력은 빠르게 사라지고 있었다.

"잭, 고맙지만 브랜디는 마시고 싶지 않아요. 그냥 이번 춤만 추기로 해요."

"그러면 브랜디는 나중에 마시도록 하죠. 춤이나 즐깁시다. 이곡이 끝나면 좀 더 조용한 곳을 찾아 빠져나갈까요?"

"아뇨. 여기 있고 싶어요."

"뭘 두려워하는 거죠? 당신을 해치지 않아요."

음악이 끝나자 바버라가 말했다.

"안녕히."

그녀는 재빨리 춤을 추고 돌아오는 리비와 마저리에게 합류했다.

"저 사람 누구니? 바람둥이 같은데."

마저리가 물었다.

"그냥 저 사람 쫓아 버리는 것 좀 도와 줘."

바버라가 속삭였다. 그러나 잭은 이미 자리를 뜨는 중이었다.

마지막 왈츠가 끝나자 세 사람은 D 갑판에 있는 객실로 돌아갔다. 바버라의 객실은 부모의 방보다 복도를 따라 객실 문 세 개를 더 지나가야 했다. 그녀는 잘 자라는 키스를 한 후 걸음을 옮겼다. 핸드백에서 열쇠를 꺼내 문고리에 꽂고 돌렸다. 문이 열렸을 때 누가 뒤에 서 있는 듯한 느낌이 들었다. 너무 가까운 나머지 숨이 목 뒤에 닿을 정도였다. 그녀는 폴이 아까의 어색했던 일을 사과하러 온 것일지도 모른다고 생각했다. 바버라는 뒤를 돌아보았다.

잭이 그녀의 바로 뒤에 서 있었다. 그는 낮은 목소리로 말했다.

"너 때문이야. 이렇게까지 할 생각은 없었는데."

그녀가 비명을 지르려 숨을 들이마시자 그가 달려들었다.

008
☆☆☆

"카드 사기꾼이라고요?"

로스트론 선장이 말했다.

"가설 중 하나일 뿐입니다."

월터가 조심스럽게 말했다.

두 사람은 선장실에 있었다. 선장의 개인 비서가 스카치가 들어 있는 디캔터와 소다수 병, 그리고 유리잔 두 개를 가지고 왔다. 월터는 시가를 피우고 있었다.

"경감님 말씀이 틀렸다는 건 아니지만, 우리도 그런 일에 대해서는 충분히 주시하고 있습니다. 전쟁 전에는 그런 일들이 감당할 수 없을 정도로 빈번했지만, 큐나드 해운 소속 배에 한해서는 계속해서 경계를 강화해 왔기 때문에 다행스럽게도 요즘에는 그런 일들은 그다지 일어나지 않습니다. 물론 승객들이 카드놀이를 하는 것을 금할 수는 없기 때문에 불법 행위를 발견하기란 어려운 일이지만, 그런 사태를 방지하기 위해 선임 위병 부사관을 비롯한 해양 경비대를 고용한 겁니다. 색슨은 살인 사건에 대해서는 셜록 홈스 같은 명탐정은 아닙니다만, 카드 사기꾼에 대해서는 두말할 나위 없다는 점은 분명히 말씀드릴 수 있습니다."

"저도 그 점을 의심하지는 않습니다."

"제 사무장은 사람 얼굴을 기억하는 데 재주가 있습니다. 전문 도박사가 승선했을 때는 항상 제게 귀띔해 주지요. 대부분은 잘 알려진 사람들입니다. 저처럼 대양을 건너며 살아가는 사람들이니까요."

"그렇다면 고든과 매스터스가 한 팀으로 카드 사기극을 벌이고 있다고는 생각하지 않으시는군요?"

"절대 아니라고는 할 수 없겠죠. 두 사람이 모리타니아 호에서 도박을 한 적이 없다는 사실은 확실하지만, 대서양을 횡단하는 배는 수십 척이 더 있으니까요. 바라신다면 색슨에게 조사해 보라고 하겠습니다."

"감사하지만 지금 단계에서는 아닙니다. 저 혼자 알아보고 싶어서요."

"일류 카드 사기꾼이 흡연실에 모습을 드러내는 경우는 거의 없습니다. 그런 도박은 보통 객실에서 문을 걸어 잠그고 하니까요. 그들은 희생자로 점찍은 사람들을 비둘기라고 부르는데, 처음에는 일단 많은 돈을 잃어 줍니다. 물론 나중에 마지막 게임에서 회수하기 마련이죠. 이런 마지막 작업은 보통 목적지에 도착한 다음 연락 열차나 뉴욕에 있는 호텔에서 이루어집니다. 우리도 의심을 품고는 있지만, 그때쯤에는 우리 손을 떠난 문제라서요. 이런 기생충들은 굉장히 교묘합니다."

월터는 고개를 끄덕이며 담배 연기로 완벽한 원을 만들어 보였다. 로스트론 선장은 경감이 무엇을 숨기고 있지는 않은지 의심하고 있었다. 어쨌거나 말수가 많은 사람은 아니었다.

"그들이 카드 사기꾼이었다면, 왜 둘 중 한 사람이 살해당했을까요?"

월터는 시가를 깊게 빨았다가 연기를 내뱉으며 의미심장한 말투로 말했다.

"바로 그게 문제입니다."

"예전에 그들에게 당했던 피해자가 두 사람을 알아보고는 복수를 감행했을 수도 있습니다."

선장은 계속해서 말을 이었다.

"하지만 살인은 복수라고 하기에는 극단적인 방법입니다."

"극단적이죠."

"그런 짓을 할 정도로 자포자기했거나, 아니면 피도 눈물도 없
는 사람일 겁니다."

"둘 중 하나겠죠."

"예."

"바로 그렇습니다."

두 사람 사이에 침묵이 흘렀다. 로스트론 선장은 듀 경감처럼
입을 잘 열지 않는 사람을 대했던 적은 정말 오랜간이었다. 점차 그
에 대한 적개심이 솟아오르기 시작했다. 이 사람은 분명 다른 사람
들과 이야기를 나누는 것보다 머릿속에서 더 많은 생각을 하고 있
을 터였다. 생각을 끄집어내기 위해서는 단도직입으로 물어볼 수밖
에 없었다.

"저기, 경감님, 매스터스 씨가 살해당한 이우를 밝혀내셨습니
까?"

"아직입니다."

"아직 용의자도 나오지 않았습니까?"

"용의자요?"

월터는 되물었다. 그는 잔을 들어 위스키 한 모금을 홀짝였다.

"아직입니다."

"알겠습니다. 난해한 사건인가 보군요?"

월터는 그 질문을 곰곰 따져 보았다.

"아닙니다."

"경감님을 만나 뵙고자 한 것은 살인범에 대한 단서가 드러나지 않았을까 하는 기대 때문이었는데, 이제껏 한 이야기라고는 피해자는 카드 사기꾼일지도 모른다는 것뿐이로군요. 그녀가 사기꾼이라고 가정해 보도록 합시다. 그러면 앞으로 어떻게 하실 생각이십니까?"

"침대로 가려고요. 거기서 잘 생각입니다."

선장은 무거운 한숨을 쉬었다.

월터는 헛기침을 했다.

"지금까지 봐 왔는데……."

"네?"

"이거 참 좋은 위스키로군요, 선장님."

"아, 마음에 드신다니 기쁩니다. 푹 주무시기 바랍니다. 최대한 자 두십시오. 전방에 스콜이 발생했으니까요."

009
☆☆☆

그날 밤 앨마는 잠을 이루지 못했다. 월터에게 쫓겨 다니는 꿈을 꿨기 때문이다. 그는 긴 외투를 입고 중산모를 쓰고 있었다. 그는 더 이상 월터 바라노프가 아니었다. 그는 듀 경감이 되어 있었고, 그녀는 에설 르 네브였다. 그는 배의 구석구석 그녀를 쫓아다녔다. 갑판을 돌아 계단을 지나, 이등실과 삼등실을, 주방과 창고를 거쳐 배 밑바닥까지 추격을 감행했다. 숨어 있던 곳이 발각될 때마다 그가 달려들었고, 그녀는 두려움에 떨면서 도망쳤다. 모든 사람들이 그녀를 적대시하면서 도망간 곳을 손가락질해서 월터에게 알려 주었다. 마침내 그는 승객 누구도 접근하지 않는 배의 깊숙한 통로로 그녀를 몰아넣었다. 그녀에게 다가오는 그의 눈은 미친 사람처럼 타올랐고, 손에는 갈고리 같은 긴 손톱이 달려 있었다. 그녀는 몸을 보호하려 손을 뻗었는데, 그 손에 문고리가 닿았다. 문을 열고 몸을 내던지듯 들어가 문을 쾅 닫았다. 그곳은 움직임이 없는 인형들로 가득 차 있고 벽에는 벽돌이 발라진 동굴 같은 공간이었다. 마담 투소의 밀랍 인형 박물관의 '공포의 방'이었다. 방 안을 빼곡히 메운 인형들 중 길고 검은 망토를 둘러쓴 여자가 갑자기 움직이기 시작했다. 그녀의 얼굴은 창백했고 머리카락에는 해초가 엉켜 있었다. 리디아였다. 그녀는 앨마의 팔을 잡고 돌바닥 위에 줄지어 있는 버크와 헤어, 윌리엄 파머, 닥터 프리처드, 닐 크림 같은 악명 높은 살인자들●의 인형을 지나 계속해서 그녀를 끌고 갔다. 안쪽에는 인형 하나가 홀로 서 있었다. 인형 앞에 붙은 명판에는 H. H. 크리펜이라고 적혀 있었다. 앨마는 얼굴을 보고 비명을 질렀다. 조니 핀치였

● **버크와 헤어, 윌리엄 파머, 닥터 프리처드, 닐 크림** _ 모두 19세기에 실존했던 영국의 유명 살인범이다.

다. 사람들이 다정하고 죄 없는 조니를 사형에 처하고 만 것이었다.

010

☆☆☆

색슨 선임 위병 부사관은 월터를 이끌고 강철 계단을 하나 더 내려가 알전구가 빛나고 있는 통로를 지났다. 양탄자가 깔려 있는 위층 복도에 익숙한 귀에는, 가죽 구두를 신고 쇠창살로 막혀 있는 배수구 위를 덜커덕거리며 걷는 소리가 거슬렀다. 그러나 색슨의 걸음걸이는 마치 일등실 승객 전용 구역을 돌아다니는 백만장자의 의기양양해하는 발걸음처럼 활기가 넘쳤다. 이날 아침 색슨은 백만 장자라도 된 기분이었다. 살인범을 체포한 것이다.

"취침을 방해하고 싶지는 않았습니다."

월터에게 말하는 색슨의 목소리는 양쪽 금속 벽에 반사되어 돌아왔다.

"그럴 필요가 없었으니까요. 전혀 없었습니다. 경감님께서는 그동안 살인 사건의 동기를 밝혀내기 위해 스코틀랜드 야드 시절의 경험을 총동원해서 두뇌를 혹사시키시느라 얼마나 피곤하셨겠습니까? 그러니 푹 쉬셔야죠. 범인을 밤새도록 감방에 안전하게 가둬 놓았는데 걱정하실 일이 뭐 있겠습니까? 물론 선장님께는 보고를 드렸습니다. 역시 자기 부하가 사건을 해결해서 기쁜 눈치를 보이

시더군요. 어쨌든 경감님께는 오늘 아침에 알려 드리자는 제 의견에 동의하셨습니다."

월터는 아무 말도 하지 않았다. 어젯밤 사건에 대해서는 이미 바버라에게 이야기를 들었다. 그녀는 자신이 살인범과 마주쳤다고 철석같이 믿고 있었다. 분명 잭 고든은 그녀의 객실로 들이닥쳤다. 그녀의 비명 소리를 들은 한 승객이 책임감 있게 색슨의 사무실에 알렸다는 점은 그녀에게 있어 천만다행이었다. 색슨과 그의 부하가 객실 문을 강제로 열었을 때, 고든이 바버라의 뒤에서 한쪽 손으로는 목을 잡고 다른 손으로는 입을 막고 있었다는 사실은 의심의 여지가 없었다. 월터는 그녀의 목에 난 멍 자국도 살펴본 터였다.

감옥 바깥에는 한 남자가 지키고 서 있었다. 색슨은 그에게 문을 열라고 하고는, 자신들이 들어가면 다시 잠그라고 지시했다.

"무력한 여자들을 교살하려 했던 놈도 우리 두 사람이라면 어쩌지 못할 겁니다. 이런 짓을 하는 놈은 비겁한 겁쟁이니까요."

색슨이 월터에게 말했다.

잭 고든은 야회복 셔츠와 바지를 입고 있었다 그러나 보타이와 신발은 어디론가 사라져 버렸다. 그는 아무것도 깔지 않은 매트리스 위에 아무렇게나 앉아 있다가 자리에서 일어났다. 바지가 흘러내려 손으로 잡고 있어야 했다. 눈 주위가 붉게 물들어 있었고, 평소에 이마 뒤로 맵시 있게 빗어 넘겼던 머리카락은 아래로 축 늘어져 있었다.

색슨이 말했다.

"듀 경감님은 이미 만난 적이 있지?"

고든은 고개를 끄덕였다.

월터가 말했다.

"앉으시죠."

치과에서 환자에게 하던 말투였다. 색슨은 방 한가운데에 나무 의자를 놓고 고든을 앉히고는 뒤로 물러났다. 월터는 테이블 끝에 걸터앉았다.

그는 고든에게 말을 걸었다.

"바버라 발린스키 씨와 이야기를 나누고 오는 길입니다. 그녀의 목에서 멍 자국을 봤습니다."

"멍이라니요?"

고든은 멍하니 되물었다.

"당신 손이 남긴 멍 자국 말입니다."

잭은 고개를 저었다.

"제가 그녀를 그렇게 세게 잡았다고요?"

그의 뒤에 서 있던 색슨이 말했다.

"그렇게 순진한 척하지 말라고, 고든. 그녀의 목을 조르는 현장에서 붙잡히지 않았나."

그는 뒤를 돌아보며 말했다.

"거짓말이야! 비명을 지르지 못하게 하려고 했을 뿐이야."

"죽여서 말이지."

색슨이 말했다.

"아니라니까!"

"듀 경감님께서도 목 졸린 상처를 보셨다잖아."

"말도 안 돼. 목 졸라 죽이려던 게 아니었어요."

"그럼 다른 사람은 교살했다는 뜻인가?"

색슨이 말했다.

"대체 무슨 소리 하는지 모르겠다니까."

월터가 물었다.

"고든 씨, 매스터스 씨를 교살했다는 혐의를 부인하는 것으로 이해해도 되겠습니까?"

"난 아무도 죽이지 않았어요. 정말이라니까요."

색슨이 잭에게 바싹 다가와 그에 뒤에 대고 조용히 말했다.

"두 명의 여자가 피해를 입었어. 한 명은 죽었고, 한 명은 목에 살인범이 남긴 멍 자국이 생겼어. 하지만 운이 좋게도 살아남았지. 네 손자국을 남긴 채 말이야."

"내 말을 좀 들어 달라니까요. 서로 다르다고요."

"대체 무슨 소리 하는 거야?"

"그 멍 자국 말입니다! 멍 자국이 다르다니까요."

잭은 필사적으로 외쳤다. 잠깐 동안 침묵이 흘렀다. 색슨은 몸을 펴더니 미소를 머금었다. 그리고 거의 속삭이는 듯한 작은 소리로 말했다.

"네가 어떻게 알지?"

그는 웃기 시작했다. 그러다가 더욱 큰 목소리로 말했다.

"그걸 네가 어떻게 알지, 고든? 네가 어떻게 알아, 어떻게 아냐고?"

그는 승리감에 득의양양해져 웃느라 몸이 떨렸다. 잭 고든은 고개를 푹 숙였다. 두 손으로는 눈을 감쌌다.

"그 이유는 네가 낸 상처를 봤기 때문이지. 시체를 본 거야."

색슨은 거의 노래하듯 가락을 붙여 말했다.

"그래요."

잭은 고개를 들지 않은 채 말했다. 이윽고 흐느껴 울기 시작했다.

"다들 이런 식이라니까요. 일단 잡히면 자기 연민에 빠집니다. 피해자에게는 일말의 동정도 보이지 않던 놈들이요."

색슨은 월터에게 말을 건넸다.

그는 흥분한 나머지 땀을 흘리고 있었다. 손수건을 꺼내 이마와 적갈색 콧수염을 닦았다.

"이제 놈이 인정한 이상 진술서를 받아야겠습니다."

"그러면 전 이만 가도 되겠군요. 밖에 지키고 있는 사람도 있으니 제가 없어도 되겠죠. 돌아가는 길은 알고 있습니다."

월터가 말했다.

잭 고든은 고개를 치켜들고 말했다.

"전 살인자가 아니에요. 제발 부탁이니 제 말을 들어 주세요. 전 캐서린을 목 졸라 죽이지 않았어요. 그녀는 내 아내라고요."

월터는 뒤로 물러나 있던 색슨을 흘끗 바라보았다. 그의 얼굴에는 불신의 감정이 떠올라 있었다. 그는 고개를 저었다. 뒤이어 눈을 깜빡였다. 그는 집게손가락으로 이마를 두드리다가 말했다.

"가셔도 좋습니다. 경감님. 제게 맡겨 주시면……."

잭은 벌떡 일어나 월터의 팔을 잡았다.

"제발 가지 말고 이야기를 들어 주세요. 당신이 유일한 희망입니다."

그러나 잭은 이렇게 말하는 도중에 선임 위병 쿠사관의 손에 붙들려 강제로 의자에 앉혀졌다.

"이것만은 알아 두는 게 좋아. 경찰에게 손댈 생각은 꿈에도 하지 마. 험한 꼴 보게 될걸."

색슨은 팔뚝으로 잭의 머리를 밀어붙이며 그에 귀에 속삭였다.

월터는 문으로 향하며 물었다.

"문을 두드리면 당신 부하가 열어 주나요?"

"제가 부르겠습니다."

색슨은 잭을 놓아주고 월터 쪽으로 다가왔다.

잭이 불쑥 말했다.

"듀 경감님, 자기 아내를 죽여서 바다에 버리는 사람이 있다고 생각하십니까?"

월터의 어깨가 뻣뻣해졌다. 그는 부하를 부르러 가는 색슨을 손으로 제지했다. 그러고는 잭을 향해 돌아서서 말했다.

"그런 사람이 있을 것 같지는 않군요. 좋아요, 당신 이야기를 들어 봅시다."

그는 테이블로 돌아와 잭을 향해 기대고 섰다.

색슨이 크게 한숨을 쉬며 분노를 표시했다.

"저는 보트맨입니다."

잭은 보다 침착한 목소리로 이야기를 꺼냈다.

"대서양 횡단 여객선에서 카드 사기로 먹고 살죠. 믿지 못하시겠다면, 제 방 화장대 꼭대기 서랍에 있는 카드를 가져다주십시오. 카드 다루는 솜씨를 보여 드리겠습니다. 케이트는 제 아내이자 동업자입니다."

"거짓말이야. 목숨을 건지려 수작을 부리는 겁니다."

색슨이 말했다.

"피해자의 손에는 반지를 낀 자국이 있었습니다. 의사는 그녀가 결혼했을지도 모른다고 하더군요."

월터가 말했다.

"예, 그녀는 배에 탈 때는 언제나 반지를 빼놓고 다닙니다."

잭이 말했다.

"파크 테라스에 있는 우리 집 어디에 반지가 있는지 말씀드릴 수 있습니다. 우리는 배에서 생판 남처럼 굽니다. 둘이 함께 다니면 아무도 걸려들지 않으니까요. 카드 사기에 대한 이야기는 많이 알려져 있기 때문이죠."

"카드 사기에 대한 이야기는 할 필요 없어. 사기꾼 놈들은 내가다 아는데, 넌 아냐."

색슨이 화를 내며 말했다.

잭은 더욱 이성을 회복한 듯 보였다. 침착한 목소리로 재차 입을 열었다.

"당신은 들통 난 녀석들만 아는 거죠."

그는 다시 월터를 향해 말했다.

"우리 표적은 폴 웨스터필드라는 미국인 청년이었습니다. 그의아버지는 백만장자라는 말로도 모자란 부자이고, 아들 녀석도 돈이많죠. 저는 그의 지갑을 빼내기 위해 여자애를 써서……."

"포피 말입니까?"

월터가 물었다. 잭의 눈이 휘둥그레졌다.

"맞습니다."

"그걸 어떻게 아셨습니까?"

색슨이 물었다.

"계속하시죠."

월터가 잭에게 말했다.

"제가 사람의 신용을 얻는 방법입니다. 지갑을 찾아 주자 웨스터필드 군은 당연하게도 고마워하더군요. 제게 술을 한잔 사겠다고 했습니다. 우리가 함께 있을 때 케이트가 접근했습니다. 그녀는 눈가림을 위해 음악회 위원회 일을 한다고 했습니다. 그러다 휘스트를 하도록 유도하기는 쉬웠죠. 그 청년은 자기 파트너로 여자 친구 바버라를 데려와, 함께 게임을 시작했습니다. 케이트와 저는 늘 하던 대로 진행했습니다. 처음 몇 번만 이기고 나머지는 져 준 다음, 상대의 경계심을 늦추기 위해 서로 싸움을 벌인 후 저는 자러 갔습니다. 케이트는 남아서 다음 날 밤에 브리지 게임을 하자는 이야기를 하기로 되어 있었죠.”

“그리고 그다음 날 밤에도 계속해서 카드 게임을 하게 되겠지.”

색슨이 끼어들었다.

“그다음 밤에도 마찬가지일 테고. 네놈들 수법은 다 알아. 크게 딸 수 있을 것처럼 상대방을 속여 넘기고는 마지막에 사기를 쳐서 털어먹는 거지.”

잭이 혼잣말을 하듯 월터에게 말했다.

“이제 색슨 씨도 나를 믿어 주시는 것 같군요. 어쨌든 그날 밤 이후에 어떤 일이 일어났는지 따지는 건 탁상공론에 불과합니다. 그날 밤 제 아내가 살해당했으니까요. 경감님, 어제 범인을 꼭 잡아 달라고 말씀드렸죠. 저는 부르지도 않았는데도 경감님을 찾아가지 않았습니까? 저와 관련된 사항은 전부 말씀드렸고요.”

“피해자가 당신 아내라는 말은 안 했죠. 그건 당신과 관련된 이야기가 아닌가요?”

월터가 말했다.

"그 사실은 아무도 모르는데 군이 그 이야기를 할 필요가 있습니까? 범인이 누구든 케이트가 제 아내라는 이유로 그녀를 죽이지는 않았을 겁니다."

"어떻게 그렇게 단정할 수 있지? 평생 동안 수백 명의 순진한 사람들에게 사기를 쳐 왔을 테지. 그중 한 명이 이 배에 타고 있다가 너와 네 아내를 알아봤을 수도 있잖아."

색슨이 물었다.

"누가 이 배에 타는지 승객 명단을 살펴보지도 않았을 것 같습니까? 나는 프로입니다. 사기를 칠 비둘기는 제가 직접 고르죠. 굉장히 자세하게 조사합니다. 한번 노렸던 사람의 얼굴은 잊어버리지 않아요."

"꽤 그럴듯한데. 그럼 캐서린을 마지막으로 본 건 언제지?"

색슨이 말했다.

"토요일 밤에 카드 게임을 끝내고 자리를 뜰 때가 마지막이었습니다. 말씀드렸잖습니까."

색슨은 덫을 놓아두고 사냥감이 덫에 걸려드는 것을 본 사람처럼 미소를 지었다.

"그렇다면 어떻게 그녀의 목에 난 멍 자국을 볼 수 있었는지 경감님께 설명할 수 있나?"

잭은 고개를 들어 월터를 보았다.

"경감님은 이미 아시는 것 같아요."

월터는 어떠한 내색도 하지 않은 채 이렇게 말했다.

"당신이 직접 설명하는 게 좋을 것 같군요."

잭은 어깨를 으쓱했다.

"바라신다면야. 일요일 아침에 저는 바다에서 어떤 여자를 건졌다는 이야기를 들었습니다. 그 여자가 케이트이리라고는 생각도 하지 못했습니다. 케이트에게 무슨 일이 일어나리라는 생각을 할 이유가 없었으니까요. 그런데 시간이 흘러도 그녀의 모습은 어디에서도 보이지 않았습니다. 식사 시간에도 나타나지 않자 불안해지기 시작했죠. 그녀의 방으로 가 봤지만 아무런 대답이 없더군요. 사람들에게 드러내 놓고 걱정을 할 수도 없었습니다. 만일 그녀에게 아무 일이 없다면 이제껏 숨겨 왔던 일들이 들통 날 테니까요. 그래서 시체를 확인해 보는 게 유일한 방법이라고 생각했습니다."

"재미있는 소설이로군."

색슨이 말했다.

"사실일지도 모릅니다."

월터는 색슨에게 이렇게 말하고 잭에게 물었다.

"그래서 어떻게 했습니까?"

"의무실에 갔더니 승무원이 한 명 있었습니다. 창문을 열려다 손가락을 다친 바보들 이름을 받아 적느라 정신이 없더군요. 그래서 내가 시체의 신원을 확인할 수 있을지도 모르니, 시체 안치실 열쇠를 여기서 빌려 가라는 말을 들었다고 했습니다. 그랬더니 제 얼굴을 쳐다보지도 않고 내주더군요."

잭은 더 이상 말을 잇지 못하고 고개를 떨구었다.

"두 번 다시 그런 경험은 하고 싶지 않습니다. 그녀의 모습은…… 정말 참혹했습니다. 도저히 제 발로 서 있을 수가 없었습니다. 휘청거리며 밖으로 나가 간신히 계단을 올라 제 방으로 들어와서는 분노와 슬픔 때문에 침대에 쓰러지고 말았습니다."

"열쇠는 어떻게 했습니까?"

월터가 물었다.

"시체 안치실 문에 꽂아 둔 채 내버려 뒀을 겁니다."

월터는 선임 위병 부사관을 바라보며 고개를 끄덕였다.

"의사의 진술과 일치합니다."

색슨은 여전히 납득하지 못했다.

"만일 네가 죄 없는 여자를 습격하는 모습이 발각되지만 않았어도, 그런 가슴 아픈 이야기가 더 잘 먹혔을 테지. 자기 아내를 살인범에게 잃은 남자가 그따위로 행동하나? 아내를 잃은 슬픔이 그리 오래가지 않았나 보지?"

잭은 주먹을 쥐고 의자에서 튀어 올랐지만, 색슨의 동작이 훨씬 빨랐다. 그는 잭의 손목을 잡고 벽으로 강하게 내동댕이쳤다. 잭은 벽에 비스듬히 부딪혀 머리를 들이받고 말았다. 어깨에도 강한 충격을 받았다. 그는 바지가 무릎까지 흘러내린 채 바닥에 쓰러지고 말았다. 색슨이 그를 걷어차려고 다가갔지만, 월터가 그의 가슴에 손을 대고 밀쳐 냈다.

"이제 그만하시죠!"

"경감님께서도 보셨잖아요. 제게 덤벼들었다고요."

색슨이 쉰 소리를 냈다.

"그를 일으켜 세우시오."

월터는 평상시에는 찾아볼 수 없었던 권위적인 말투로 말했다.

색슨은 두 손을 잭의 겨드랑이 아래에 넣고 그의 몸을 의자로 끌어올렸다. 그에게 경고하는 것도 잊지 않았다.

"앞으로는 휘스트나 하면서 사는 게 좋을걸."

잭은 왼손으로 무릎에 걸린 바지를 끌어 올리며 겉모습만큼은 어떻게든 가다듬어 보려고 했다. 셔츠 어깨 부분이 찢어졌고, 벽에 부딪힌 자리는 찰과상 때문에 피가 배어 나오고 있었다. 그는 오른손을 구부렸다 폈다 하면서 아직 움직이는지 확인했다.

"마실 거라도 가져다주는 게 좋겠군요."

월터가 색슨에게 제안했다.

선임 위병 부사관은 감옥 문으로 다가가 부하에게 큰 소리로 명령을 내렸다.

"차라면 나도 한 잔 부탁합니다."

월터는 이렇게 말한 후 다시 잭을 바라보았다.

"바버라에 대한 이야기를 해 볼까요?"

"그럴 작정이었습니다. 경감님, 전 아내를 둘도 없을 만큼 사랑했기 때문에, 누구든 우리의 감정을 폄하하는 사람은 가만둘 수 없었습니다."

그는 색슨을 노려보았다.

"케이트는 제게 과분한 여자였습니다. 그녀에게 항상 충실했다고는 할 수 없었습니다. 그녀와는 다른 타입의 젊은 여자들과 놀아나기도 했으니까요. 그 생각을 하면 몹시 부끄럽습니다. 아내가 죽었다는 사실이 확실해지자, 그런 짓을 저지른 개자식에 대한 분노가 폭발했습니다. 제가 바랐던 게 복수였는지는 모르겠습니다. 케이트와 함께했던 기억 때문에 살인범과 맞서 싸워야 한다고 생각했는지도 모릅니다. 예, 그건 제가 아니라, 경감님이 할 일이라는 걸 알고 있었습니다. 하지만 이건 개인적인 문제였습니다. 경감님 부인이 살해당했다면 어떤 기분일지 상상이나 가십니까?"

월터는 이 질문을 다소 과장법이 섞인 비유라고 생각하기로 했다.

"그녀를 공격하려던 이유를 말해 주려는 게 아니었습니까?"

"맞습니다. 캐서린이 살해당하던 날 밤 저는 먼저 흡연실을 떠났고 웨스터필드는 마실 것을 사러 잠시 자리를 비웠습니다. 그래서 테이블에는 케이트와 바버라밖에는 남지 않았죠. 무슨 생각이 드십니까, 경감님? 두 사람은 무슨 이야기를 했을까요? 케이트가 바버라에게 한 이야기 중에서 우리가 살인범을 가려 낼 수 있는 단서가 있지는 않을까요?"

"우리라고요?"

월터가 말했다.

"이놈은 계속해서 자기가 경감님을 돕고 있다는 인상을 심으려는 겁니다."

색슨이 비꼬듯 말했다.

"차 준비가 아직 덜 됐는지 물어봐 주시겠습니까?"

월터는 간호사에게 지시를 내리듯 말했다.

"제게는 경감님의 수사가 난관에 봉착한 것처럼 보였습니다."

잭이 말을 이었다.

"그래서 직접 몇 가지를 알아보려고 결심했습니다. 바버라가 뭔가 해 줄 말이 있지 않을까 싶어, 어젯밤에 기회를 엿보다 춤을 청했습니다. 기꺼이 응해 주더군요. 당연히 곧바로 물어볼 수는 없었습니다."

"그녀의 말로는 당신이 그녀의 의사를 무시하면서까지 추파를 던졌다던데요."

잭은 고개를 흔들었다.

"그건 장난삼아 해 본 거였습니다."

"보셨죠? 스스로 인정하잖습니까."

색슨이 말했다.

"바버라와 춤을 한 번 췄습니다. 그녀는 부모님과 함께 있더군요. 그래서 계속해서 춤을 청할 수는 없었습니다. 그래서 그녀를 밖으로 데리고 나가 중요한 질문을 몇 가지 하려고 했습니다. 그래요, 제가 상황을 잘못 판단했습니다. 부드럽게 꾀면 말을 들을 줄 알았습니다. 제 경험으로는 대부분의 여자애들이 그랬으니까요. 하지만 바버라는 별 감흥이 없는 것 같았습니다. 춤이 끝나자 이내 돌아서 버리더군요. 그때 집어치웠어야 했는데, 그녀가 뭔가 알고 있는 게 아닐지 궁금했습니다. 댄스파티가 끝나자 그녀의 객실까지 뒤를 밟았습니다. 문 앞에서 붙잡아 왜 여기까지 왔는지 설명하려고 했지만, 그녀는 굉장히 놀랐나 봅니다. 비명을 지르기 시작했으니까요. 저도 놀랐습니다. 그래서 방 안으로 밀어붙이고는 문을 닫았습니다. 아마 그녀는 제가 덮칠 거라고 생각했던 모양입니다. 저는 나름대로 이야기를 나눌 수 있게 그녀를 진정시키고 싶었습니다. 그래서 비명을 멈추게 하려고 손으로 입을 막았지만, 그 때문에 더욱 겁을 집어먹더군요. 그렇게 그녀와 악전고투를 벌이는 동안 저 사람이 나타난 겁니다."

잭은 찻잔이 놓인 쟁반을 들고 감옥 안으로 들어오는 색슨을 가리켰다.

월터는 김이 모락모락 나는 머그잔 두 개를 받아 들고 하나를 잭에게 건넸다.

"당신을 감금했다는 이유로 색슨 씨를 탓할 수는 없을 겁니다. 당신은 분별없이 행동했으니까요."

"저를 믿어 주시는 겁니까, 경감님?"

"믿어도 될 것 같군요. 다른 사람들이 진술한 내용에도 부합하니까요."

"그러면 풀어 주시는 겁니까?"

"신중을 기해서 선장님 및 다른 관계자 분들과 의논해 봐야겠죠. 당신이 풀려난 것을 알면 충격을 받을 테니까요."

"바버라는 어떻습니까? 저 때문에 많이 다쳤습니까?"

"잘 견디고 있습니다."

"사과하고 싶습니다."

"그렇게 서두르지는 맙시다, 고든 씨."

"경감님께서 그녀에게 사정을 설명해 주시겠습니까?"

"그러는 게 낫겠죠."

"그러면 휘스트 게임이 끝난 다음 케이트가 무슨 이야기를 했는지 물어봐 주시겠습니까?"

"이미 물어봤습니다."

"그래요? 중요한 내용이 있었습니까?"

"어쩌면요."

월터는 애매하게 말했다.

"누군가의 이름을 언급하지는 않던가요? 배에 탄 사람들 중 아는 사람이 있었답니까?"

"당신 이야기뿐이었습니다."

잭은 한숨을 쉬었다.

"그녀가 살인범 이름을 말했을지도 모른다는 희망을 품기는 어렵겠군요. 제가 한 일은 소용없는 짓이었네요."

"당신은 그렇게 생각할지 몰라도, 개인적으로 저는 그렇게 생각하지 않습니다. 사람을 한 명 가둬 놓았다는 소식이 전해지자 승객들과 승무원들의 사기가 고양되었습니다. 오늘 아침 갑판 분위기는 축제 같았습니다. 모두 예전보다 서로에게 친절하게 굴더군요."

"하지만 저는 살인범이 아닙니다!"

"사람들이 실망할 텐데요. 차 한 잔 더 드시겠습니까?"

"여기서 나가고 싶습니다."

"이해합니다."

월터는 진심을 담아 말했다.

"전 경감님께 전부 말씀드렸습니다. 저를 왜 믿지 않으시는 거죠?"

"진정하시죠, 고든 씨. 제 처지를 이해해 주셔야 합니다. 이천 명이 넘는 사람들의 안전에 대한 책임을 맡고 있으니까요. 이곳에서 좀 더 편하게 지내실 수 있도록 해 드리겠습니다. 아침 식사는 가져다주던가요?"

"선장님을 만나야겠습니다."

"그런 요구를 할 처지가 아닐 텐데요. 선장님께서는 다른 일로 바쁘십니다. 전방에 스콜이 발생했다는 경보를 받으셨으니까요. 이제 제가 하려는 일을 말씀드리죠. 우선 당신 진술을 확인해야 합니다. 한두 시간 정도 걸릴 겁니다. 그리고 당신 객실 열쇠가 필요합니다."

"제가 갖고 있습니다."

색슨이 말했다.

"열쇠가 왜 필요하십니까? 아까 말씀드린 카드 기술을 확인해 보시려는 겁니까?"

잭이 물었다.

"아닙니다. 당신이 갈아입을 옷을 가져다주려고요. 당신 모습이 말이 아닙니다."

011
☆☆☆

바버라가 오전중에는 객실에서 쉬어야 한다는 것이 마저리의 주장이었다. 하늘은 거무튀튀했고 바람도 현저하게 차가워졌기 때문에, 바버라 역시 크게 불평하지 않았다. 게다가 로스트론 선장이 직접 찾아와 그녀가 겪은 무서운 일에 대해 깊은 우려의 표현을 해준 것도 고마웠다. 의사와 듀 경감도 다녀갔다. 의사는 그녀의 목에 난 멍 자국은 뉴욕에 도착하기 전에 없어질 거라고 약속했다. 듀 경감은 날씨 이야기만 했다.

누구보다도 바버라를 기쁘게 했던 방문자는 정오가 다 되어서야 도착했다. 그는 커다란 사탕 상자를 들고 있었다. 폴이었다. 마저리는 폴을 맞이하고 나서도, 염치 불구하고 자리를 지켰다.

폴은 바버라를 굉장히 걱정했다. 그런 심정은 자글자글한 눈가 주름이나 쉰 목소리에서도 드러났다.

"그런 일을 겪게 해서 내가 얼마나 비참한 심정인지 이루 말을 할 수 없어. 내가 바보같이 댄스파티에서 일찍 자리를 뜨지만 않았어도, 그가 절대 네게 접근하지 못했을 텐데."

폴이 바버라에게 말했다.

"그가 무슨 계획을 꾸미고 있었는지 몰랐잖아."

"그때는 내가 바보 같다는 생각 때문에 아무것도 할 수 없었어, 바버라. 그런 나 자신을 용서할 수 없을 거야. 그래도 네 비명 소리를 들은 사람이 있어 얼마나 다행인지. 멍든 곳 빼고는 정말로 다친 데가 없어?"

"응. 많이 다친 건 아니야."

"정말 무서웠지? 끔찍해. 잭 고든이 살인범으로 밝혀질지 누가 알았겠어? 난 전형적인 영국 신사인 줄만 알았는데. 내 지갑을 주웠을 때는 그렇게 처신을 잘했는데 믿어지지 않아. 왜 그랬는지 모르겠어, 바버라. 도저히 이해가 안 돼."

"나도 이해를 못하겠어."

"그렇겠지. 그가 왜 너를 노렸던 걸까?"

마저리는 이쯤에서 도저히 참을 수 없었다. 그녀는 매섭게 말했다.

"세상에, 바버라가 그걸 어떻게 알아?"

폴은 새빨갛게 얼굴을 붉혔다.

"그러니까 제 말은 그가 대체 무슨 이유로 바버라를 덮쳤는지 모르겠다는 뜻이었어요."

"모르겠다고? 대체 눈이나 제대로 달린 거야?"

이번에는 바버라가 얼굴을 붉힐 차례였다.

"엄마, 그런 식으로 말하면 내가 부끄럽잖아. 폴이 다정하게도 멋진 사탕 상자까지 들고 와 줬는데, 그렇게 으르렁대면서 망쳐 버릴 셈이야?"

마저리와 바버라 사이에 중대한 변화가 생기는 순간이었다. 마저리가 처음으로 자신의 잘못을 인정했던 것이다.

"미안해요. 내가 말이 지나쳤어요. 어젯밤 일 때문에 긴장했나 봐요."

"다들 마찬가지인걸요."

폴이 말했다.

"바버라, 이번 일 때문에 아직 생각도 못해 봤다는 건 알아. 오늘은 가장무도회 날이야. 혹시 참석할 마음이 든다면 내 파트너가 되어 주지 않을래?"

"맞아, 까맣게 잊고 있었네. 기분 전환에 좋겠네. 물론 네 파트너가 되어 줄게."

012
☆☆☆

월터는 독방을 나서면서 승객 구역까지 가는 길을 잘 알고 있다고 확신했다. 색슨에게 이끌려 아래로 내려오면서 각 하부 갑판을 지나는 길을 숙지하고 있다고 생각했던 것이다. 정확히 어디서부터 길을 잘못 들었는지 알 수 없었지만, 몇 분이 지나자 길을 잃었다는 사실을 인정하지 않을 도리가 없었다. 어느 쪽이 선수이고 어느 쪽이 선미인지조차 알 수 없었다. 승강구가 있을 거라고 생각했던 자리는 격벽으로 막혀 있었다. 더 심각한 문제라면 이 구역에는 사람을 도통 찾아볼 수 없다는 점이었다.

그는 위쪽으로 올라가는 계단이 있기를 바라며 문을 열어 보았다. 나선 모양의 계단이 모습을 드러냈지만, 공교롭게도 중앙 창고로 내려가는 계단 중 하나였다. 중앙 창고는 육지게 있는 것만큼 거대했고, 식료품이 담긴 상자들이 높이 쌓여 있었다. 그는 제2창고로 들어갔다. 이곳은 기름 냄새를 심하게 풍겨 처음에는 기관실로 들어온 줄 알았지만, 이윽고 밧줄로 바닥에 묶고 바퀴에는 나무 받침을 괴어 놓은 자동차들이 줄지어 선 모습이 눈에 들어왔다. 그중한 대는 신형 란체스터 세단이었다. 월터는 자동차를 굉장히 좋아했다. 란체스터를 한 대 갖는 것이 오래된 바람이었다. 운전석 문을 열자 자연스럽게 열렸다. 그는 안으로 들어가 운전대를 잡아 보았다. 아래쪽에 있는 모리타니아 호의 터빈이 낮게 웅웅거리는 소리에, 자동차가 시골길을 횡 소리를 내며 달리는 상상을 보다 쉽게 할 수 있었다. 경적을 울려 보기도 했다. 겉모습도, 내장재도 굉장히 아름다운 차였다.

누가 갑자기 차 문을 열고 귀머거리에게 말하는 듯 소리쳤다.

"당신 대체 여기서 뭘 하는 거야?"

월터는 상대를 잘 살폈다. 남자는 굉장히 큰 작업복을 입고 있었다. 앞부분을 풀어헤치고 있었는데, 워낙 거대한 몸집이다 보니 단추를 잠글 수 없는 것 같았다. 가슴께부터 정수리까지 믿을 수 없을 정도로 무성한 검은 털로 덮여 있어, 코와 사나워 보이는 갈색 눈만이 사람이라는 사실을 알려 주었다.

"아, 제가 울린 경적 소리를 들으셨군요. 다행입니다."

월터가 말했다.

"차에서 내려."

작업복을 입은 남자가 말했다.

월터는 그 말에 따랐다. 그도 키가 180센티미터였지만, 작업복을 입은 남자의 어깨에 겨우 닿을 정도였다.

"나는 듀 경감입니다. 스코틀랜드 야드에서 근무했었죠."

그는 자신의 말이 별 효과가 없는 것 같아서 덧붙였다.

"선장의 명령으로 살인 사건을 수사중입니다. 이 차의 주인을 알고 계십니까?"

남자는 고개를 저었다.

"문을 잠가 두어야죠. 신경 써서 잠가야 합니다."

그는 란체스터 뒤편으로 걸어가 트렁크 손잡이를 잡고 열어 보았다. 트렁크가 열렸다.

"이렇게 값나가는 물건이 무신경하게 방치되어 있다니."

그는 트렁크를 세게 닫았다.

"이 일은 보고하겠습니다. 함교로 올라가는 가장 빠른 길은 어느 쪽입니까?"

남자가 문을 가리키자 월터는 고개를 끄덕이고는 걸음을 재촉했다. 두 사람 사이에는 더 이상 아무런 대화도 없었다.

013
☆☆☆

정오를 알리는 호각 소리가 상갑판에 울려 퍼질 무렵 서 있을 만한 곳은 흡연실뿐이었는데, 그마저도 자리가 얼마 남지 않았다. 지난 이십사 시간 동안 배가 달려온 거리가 하루에 한 번 발표될 때마다 승객들은 보기 드물게 흥분하곤 했는데, 이는 모리타니아 호의 성능에 대한 자부심에서 비롯된 것이라기보다는 경매장에서 주

최하는 주행 거리 경매에 관심이 쏠린 탓이었다. 전날 밤에는 사람들의 기대감에 불이 붙어, 스무 개 숫자의 경매가는 수천 달러까지 치솟았다. 승자에게 수여하는 상금의 십 퍼센트를 가져가는 품위 있는 경매장 담당 의장과 세심한 흡연실 담당 승무원들이 사람들의 열기를 부추겼다.

조니 핀치도 숫자 하나를 사 두었다. 스무 개 숫자 중에서 중간이었으며 사람들이 가장 선호하는 870킬로미터 자리였다. 그는 경매에서 이 숫자를 사기 위해 거리와 거의 같은 금액의 달러를 지불했다.

"항해중에 한 번쯤은 돈을 펑펑 쓰고 있거든요."

그는 호기심에 발표를 보러 온 앨마에게 털어놓았다.

"아직 한 번도 맞힌 적은 없지만, 이제까지는 가장 좋은 숫자에 최고가를 지불할 정도의 배짱은 없었으니까요. 오른쪽 귓불이 간질거리는데 악마가 귀에다 속삭이는 걸까요? 그렇다면 좋은 징조일 겁니다."

앨마는 그의 귀를 슬쩍 보았다. 분명 오른쪽 귀가 다른 쪽보다 더 붉었다.

"오전에 산책 갑판을 거닐었기 때문일지도 몰라요."

앨마가 말했다.

"그쪽 귀가 바닷바람을 더 많이 받지 않나요? 방향을 바꿔서 시계 방향으로 산책하시는 건 어때요?"

조니는 웃음을 터뜨렸다.

"그랬다가는 행운의 귀도 사라지는 거죠. 리디아, 지금까지 당신처럼 진지한 사람을 본 적이 없다 보니, 이렇게 재미있을 수가 없어요. 오늘 밤, 이기든 지든 샴페인이라도 한 병 따고, 제가 정말로 당신을 웃길 수 없는지 한번 알아볼까요?"

"전 술 잘 못해요."

앨마는 애매하게 말했다.

"그렇다면 당신을 웃기는 데 오래 걸리지는 않겠군요."

조니는 윙크를 하며 말했다. 그러면서 재빠르게 화제를 바꾸었다.

"아직 살인 사건의 범인이 활개 치고 다닌다고 하던데요."

"어젯밤 어떤 미국 아가씨를 습격한 사람을 잡지 않았나요?"

"그랬는데, 그는 범인이 아니었어요. 오전에 듀 경감이 그 친구를 신문한 다음 풀어 주었다더군요. 결국 살인범이 아니었다는 거죠. 듀 경감이 일을 제대로 해야 할 텐데."

"정말 그래요."

앨마는 진심을 담아 말했지만, 자신감은 엿보이지 않았다. 월터가 쓸데없이 페어플레이 정신을 발휘하여 살인범을 놓아준 것은 아닐까 하는 겁에 질린 의혹을 품고 있었기 때문이다. 오늘 밤 내가 습격당하면 어쩌려고?

경매 담당 의장이 의사 진행용 망치로 마호가니 테이블을 두드렸다. 흡연실 안은 그럭저럭 조용해졌다. 깍지를 끼고 기도를 올리는 사람도 있었다. 연합해서 한 숫자를 구매한 사람들은 한쪽에 모여 마지막으로 자신들이 산 숫자를 확인했다. 조니처럼 혼자 숫자를 구매한 사람들은 이미 자기 숫자를 외우고 있었다.

"자, 신사 숙녀 여러분. 방금 함교에서 당직 사관이 모리타니아 호의 어제 정오부터의 주행 거리를 적어 보내 왔습니다. 이 숫자는 분명 여러분께서 지대한 관심을 표했던 숫자일 겁니다."

"빨리 발표해요!"

뒤편에서 누군가 외쳤다.

"팔백팔십!"

다른 사람이 자신의 숫자를 외치자 사람들이 저마다 자신의 숫자를 부르면서 흡연실 안은 대혼란에 빠졌다.

의장이 테이블을 두드렸다. 그는 손에 쥐고 있던 종이를 다시 한번 바라보았다.

"당첨 숫자는 팔백칠십……."

"세상에, 내 숫자야!"

조니가 숨을 죽이고 말했다.

"팔입니다. 팔백칠십팔 킬로미터입니다."

"아, 안 돼!"

앨마는 실망한 나머지 소리를 질렀다.

"조니, 안됐어요."

그녀는 두 손으로 조니의 손을 움켜쥐며 말했다.

"뭐, 이런 거죠. 오른쪽 귀에 바닷바람을 맞아서 그렇다는 당신 말이 맞았군요."

조니는 달관한 듯 말했다.

"반드시 그런 건 아니에요."

"무슨 말씀이시죠?"

"아직 가장무도회 분장상이 남아 있잖아요, 안 그래요?"

014
☆☆☆

점심 식사 시간이 끝나자 바다에는 파도가 일렁였지만, 그리 거친 파도는 아니었다. 그러나 배의 흔들림은 이전보다 뚜렷하게 거세졌다. 승무원들은 난간이 설치되지 않은 곳에 밧줄을 매달았다. 갑판에서 열리기로 되어 있던 어린이 스포츠 대회가 취소되고, 대신 응접실에서 채플린의 단편 영화가 상영되었다. 스크린이 계속 흔들려서 벽에 영사기를 비춰야 했다.

파도는 가장무도회에 영향을 끼치지 못했다. 몇 명의 승객들만이 음식과 술을 보기만 해도 속이 울렁거려 객실로 돌아갔을 뿐이었다. 식당에는 색색의 조명이 켜졌고, 승객들은 배가 흔들리는 것마저 행사에 흥겨움을 더해 준다며 기꺼워했다. 샹들리에는 크리스털 부분이 움직이지 않도록 교묘하게 설계되어 있어서 배의 흔들림을 무시하고 고정되어 있었다.

리비와 마저리는 안토니우스와 클레오파트라로 분장했다. 마저리는 샌들을 신고 발목에 장신구를 착용했다. 발톱에는 매니큐어를 칠했다. 리비는 침대보를 두르고 테니스화를 신었다. 비록 안토니우스처럼 당당한 체격은 아니었지만, 마저리를 위해서라면 어떤 희생도 기꺼이 치를 생각이었다. 그렇지만 플란넬 바지를 무릎까지 걷어 올리고는 언제든지 1921년으로 되돌아올 준비를 했다.

두 사람은 한참 전부터 댄스 플로어 근처 테이블을 잡아 놓고 있었다. 이윽고 폴과 바버라가 순례자 차림을 하고 합류했다. 폴은 밧줄을 풀어 만든 가짜 수염을 달고, 심사위원들이 현재의 항해와 과거 메이플라워 호의 연관성을 알아주면 좋겠다고 설명했다.

"알아줄 테지. 오늘 밤 파도가 더 거세지면, 내가 기도회를 주관할 거야."

리비가 말했다.

바버라는 지난밤의 끔찍했던 경험 때문에 아직도 안색이 창백한데다, 갈색 치마에 흰 앞치마, 단추가 높게 달린 흰 옷깃의 재킷을 입고 짧은 머리 위에 무늬가 없는 스카프를 쓴 모습 덕분에, 진짜 순례자처럼 보였다.

"기분은 좀 나아졌니?"

마저리가 물었다.

"이제 괜찮아, 엄마."

"듀 경감이 바버라랑 이야기를 하러 왔었어요."

폴이 그녀의 말을 이었다.

"전부 오해 때문에 일어난 일이라고 하더군요. 잭 고든은 바버라를 해칠 생각이 없었다던데요."

"그 이야기는 들었어요."

마저리는 납득할 수 없다는 말투로 말했다.

"그저 나랑 이야기하고 싶었을 뿐이래."

바버라가 말했다.

"그 말을 정말로 믿니?"

"사실일 거야, 엄마. 경감님도 그를 풀어 줬으니까."

"그래도 이건 말도 안 되는 일이야. 네 목에 생긴 멍도 아직 없어지지 않았는데."

"엄마, 그는 살인범이 아니야. 살해된 캐서린 일로 내게 묻고 싶은 게 있었을 뿐이라고. 캐서린은 그의 부인이었다고 하니까."

"그것도 알고 있어. 둘 다 카드 사기꾼이라며? 너희 둘을 감쪽같이 속여 먹으려고 했다는 말이잖아. 그 생각은 해 봤지? 고든은 쥐새끼 같은 놈이야. 그렇게 멀쩡하게 나다녀선 안 된다고."

"아무런 제재도 가하지 않은 것 같아요. 듀 경감은 잭 고든을 잡아 둬 봤자 시간 낭비라고 생각한 모양이에요."

폴이 말했다.

"직접 물어보면 되겠군. 이쪽으로 오는 것 같은데."

리비가 말했다.

월터는 가장무도회 복장을 하지 않았다. 평소처럼 검은색 정장에 줄무늬 넥타이 차림이었다. 기이한 가장무도회 복장을 차려 입은 사람들 틈에서 그의 모습은 단연 눈에 띄었다. 그도 그 사실을 알고 있는 듯, 다른 사람의 눈을 의식하며 살짝 몸을 굽히고 걸어왔다. 코넬 가족의 테이블에 도착하자 가볍게 목례를 한 것처럼 보였지만, 확실히 그랬는지는 알 수 없었다. 그는 잠시 시간을 내줄 수 있는지 물었다.

리비가 대답했다.

"물론입니다, 경감님. 마지가 당신 이야기를 하던 참이었습니다."

"리비!"

마저리는 이를 악물고 말했다.

"가장무도회 우승은 경감님 차지라고 하더군요."

리비는 쾌활하게 말을 이었다.

"이 배에 탄 사람들 중에서 변장에 가장 정통한 분일 테니까요."

월터는 희미하게 미소를 지었다.

"그렇겠군요."

"경감님이라면 저쪽에 있는 사람처럼 키스톤 경찰* 복장을 하시거나, 아니면 파이프와 사냥 모자 차림으로 금발 미녀를 대동한 셜록 홈스처럼 꾸미고 오실 줄 알았습니다만, 제가 너무 뻔한 생각을 했군요."

"따님과 조금 더 이야기를 나누고 싶어서 들렀습니다."

월터는 바버라를 바라보았다.

"기분은 어떠신가요, 에⋯⋯."

"덕분에 훨씬 좋아졌어요."

바버라가 말했다.

"한 가지 질문을 빠뜨렸습니다. 매스터스 씨오, 아니, 고든 부인이죠. 토요일 밤에 그녀와 함께 커피를 마신 다음, 그녀는 곧장 자기 객실로 돌아가던가요?"

폴이 끼어들었다.

"그걸 바버라가 어떻게 알겠습니까?"

"방으로 돌아가 잠자리에 들 거라고 말했어요."

바버라가 말했다.

"당신은 같은 방향으로 가지 않았습니까?"

"아뇨."

"저희는 함께 식당으로 돌아가 악단이 연주를 마치기 전에 두 곡 정도 더 춤을 췄습니다. 앗! 이번엔 큰데!"

폴이 말하는 순간 배가 심하게 기울었고, 와인 잔들이 테이블 위에서 미끄러졌다. 바버라가 팔을 뻗어 잔이 떨어지는 것을 막았다.

"이렇게 하면 돼."

리비는 물병을 들어 테이블보 위에 물을 조금 부었다. 그러고는 젖은 부분에 잔을 놓았다.

"봤지?"

"리비는 해상 여행을 여러 번 해 봤으니까."

마저리가 자랑스러운 듯 말했다.

"세상에, 저건 뭐지?"

모두들 마저리의 시선을 빼앗은 존재를 향해 시선을 돌렸다. 흰 시트를 뒤집어쓴 사람이 중앙 계단을 내려오고 있었다.

"유령으로 분장한 거라면 정말 악취미야."

마저리가 딱 잘라 말했다.

"정말이지! 토요일에 그런 사건이 있었는데, 사람들을 배려하려는 생각은 전혀 없나 보지? 끔찍해라."

"아무래도 유령 같지는 않은데. 자세히 보면 꼭대기가 뾰족하고 양옆에는 종이 상자처럼 보이는 게 튀어나와 있잖아. 불쌍하게도 이렇게 배가 흔들리니 일어서기도 힘들어 보이네."

바버라가 말했다. 그녀는 웃음을 터뜨렸다.

"뭔지는 몰라도 확실히 장관이긴 하네. 이 미터하고도 반은 될 것 같은데. 그런데 왜 아랫부분은 파랗게 칠했을까?"

폴이 말했다.

"그건 바다라네."

리비가 말했다.

"빙산으로 변장한 거야."

"어머, 세상에! 유령보다 훨씬 불쾌하잖아. 오늘 같은 밤에 저런 짓을 하다니! 온몸에 소름이 다 돋네."

마저리가 분개한 목소리로 말했다.

"엄마, 그냥 장난이잖아."

"장난이라고! 저런 걸 보면 리비 기분이 어떻겠니? 타이타닉 호를 탔던 사람에게는 웃고 넘길 수 있는 문제가 아니야. 그렇지, 여보?"

리비는 난처한 표정으로 그녀를 바라보며 말했다.

"마지, 난 타이타닉 호에 탄 적이 없어. 루시타니아 호였지."

"그게 그거지."

마저리가 말했다.

"같은 건 아냐. 어뢰에 피격을 당한 거지, 빙산에 부딪힌 게 아니니까."

"그리고 그때는 바다가 미동도 없을 정도로 고요했죠."

갑자기 월터가 한마디 거들었다.

"그렇게 잔잔한 바다는 본 적이 없었습니다."

"경감님이요? 루시타니아 호에 타고 계셨다고요?"

리비가 말했다.

"예. 혼자가 아니라 에……."

월터는 갑자기 머리가 혼란해진 듯 말을 멈췄다. 얼굴이 갑자기 핼쑥해졌다.

"아버지와 함께 타고 있었습니다."

"이상한데요."

폴이 말했다.

"작년에 《새터데이 이브닝 포스트》에서 경감님 기사를 읽었거든요. 그런 이야기는 없던데요."

"대중들에게 알려진 이야기는 아닙니다. 당시 다른 이름을 쓰고 있었거든요."

월터는 임기응변으로 말했다.

식당 반대편에서는 앨마가 조니 핀치를 빈자리로 이끌었다. 그는 침대보를 뒤집어쓰고 머리와 몸통에 상자까지 묶어 놓았기 때문에 쉽게 움직일 수 없었다.

"사람들이 관심을 많이 보이나요?"

조니는 의자에 조심스럽게 앉으며 물었다.

"예, 정말 그래요. 다들 이쪽을 쳐다보고 있어요. 불편하지 않으세요?"

침대보 속에서 소리 죽여 웃는 소리가 들렸다.

"목이 말라요."

"하지만 마실 것을 가져온들 어떻게 드시려고요?"

다시 웃음소리가 들렸다.

"걱정하지 마세요. 조지 핀치는 당신이 생각하는 것처럼 그렇게 멍청한 사람이 아니에요. 휴대용 술병에 브랜디를 넣어 왔거든요."

"가장무도회 행진을 할 때 똑바로 걸으셔야 할 텐데요. 배가 꽤 심하게 흔들리기 시작했어요."

"절대 넘어지지 않아요."

그러나 행진 시작을 알리는 북소리가 울릴 때가 되자, 조니뿐 아니라 그 누구라도 오랫동안 똑바로 설 수 있을지 걱정해야 할 정도였다. 다행히도 배의 흔들림은 메트로놈처럼 규칙적이었지만, 흔들리는 진폭은 점점 더 크게 변하고 있었다. 술을 마시고 흥청거리는 승객들은 속이 울렁거리는 정도로 자신들의 위치가 높은 파도의 꼭대기까지 솟아올랐으며 곧 다시 내려갈 거라는 사실을 짐작하고는, 일제히 경탄하는 소리를 지르며 은연중에 허세를 부렸다. 몸이 허약한 사람들은 객실로 퇴장했고, 그들이 남긴 빈 의자들이 미끄러져 테이블에 걸리거나, 식당 가운데까지 밀려가 버렸다.

그러나 행진 대열이 조직되어 군대 행진곡에 갖춰 움직이기 시작했고, 사람들은 필요하면 손을 짚을 수 있도록 케이블 사이를 구불구불 움직였다. 가장무도회 경연을 위한 행진에 참여한 용감무쌍한 사람들은 백여 명에 달했다. 서로 팔짱을 낀 발레리나와 해적, 마녀와 기사, 우스꽝스러운 말 두 마리와 타조 한 마리가 등장했는데, 그들은 똑바로 설 수 있도록 웃으며 서로서로 몸을 지탱해 주었다. 그들보다 용기가 부족해 관객으로 남을 수밖에 없었던 사람들은 아낌없는 격려를 보냈다. 살짝 미끄러지거나 넘어지는 사람들은 오히려 관객들에게 재미를 더해 주었고, 크게 다친 사람 없이 행진은 무사히 끝났다. 간호사 복장을 한 앨마는 조니가 넘어질까 봐 그의 등에 손을 대고 걸었지만, 그의 자신만만한 태도는 허풍이 아니었다. 한 번도 비틀거리지 않았던 것이다. 저 멀리 앞쪽에서는 마저리가 한 손으로 리비의 팔을 잡고 다른 손으로는 고대 이집트 의상을 종아리 중간께까지 걷어 올린 채 걷고 있었다. 폴과 바버라는 두 사람의 뒤에서 손을 잡고 걸어갔다. 가끔 맞잡은 손에 힘을 주었지만, 배가 흔들림과는 상관없는 행동이었다.

로스트론 선장이 가장무도회 경연의 심사를 맡아야 했지만, 이 상황에서 함교를 떠날 수 없다는 선장의 결정에 이의를 제기하는 사람은 아무도 없었다. 대신 사무장이 악단이 위치한 자리에 서서 앞을 지나는 갖가지 의상을 채점했다. 현명하게도 사무장 앞에서 멈춰 자신의 모습을 과시하려는 사람은 없었다. 음악이 멈추자 행렬은 흩어져 각자의 테이블에서 결과 발표를 기다렸다.

여성 부문의 우승자는 프랑스의 테니스 챔피언, 마드무아젤 랑글랑으로 분장한 사람이었다. 그녀가 무적의 수장 랑글랑과 전혀 닮지 않았다는 사실은 문제가 되지 않았다. 그저 테니스 라켓을 들고 테니스복과 비슷한 원피스를 입었을 뿐이었다. 그러나 마저리가 정확히 지적했듯, 그녀는 빅 빌 틸든과 매일 밤 함께 춤을 추던 사람이었고, 큐나드 해운으로서는 유명한 승객들의 비위를 맞추는 데 더 관심이 있었다.

찰리 채플린 복장을 한 사람이 남성 부문 우승자로 선정되었다. 주된 이유는 배가 흔들릴 때마다 비틀거리며 대열에서 이탈하곤

해서, 채플린과 비슷한 모습으로 사람들에게 커다란 즐거움을 선사했기 때문이다. 가장 독창적인 의상에게 주는 상은 타조에게 돌아갔다.

"독창적이라니, 말도 안 돼!"

조니는 여전히 침대보를 뒤집어쓴 채, 빙상 하부를 이루고 있던 상자들을 떨어뜨리며 말했다.

"저건 연극 무대 의상 담당자가 만든 겁니다. 게다가 대서양 횡단과 타조가 대체 무슨 상관이랍니까? 다음에는 신성한 앨버트로스로 변장하겠어요. 아, 샴페인 한 병 사겠다고 약속드렸죠? 춤을 출 수 있는 옷으로 갈아입고 올 테니 잠시 기다려 주시겠어요?"

"물론 기다릴게요. 하지만 샴페인을 마실 수 있을지 모르겠어요."

앨마는 가장 행진 전에 월터가 앉아 있던 테이블을 흘끗 바라보며 말했다. 그는 분명 자신이 조니와 함께 있던 것을 보았을 터였다. 그녀는 월터가 어떤 반응을 보일지 불안한 마음이 들었다. 그녀는 딜레마에 빠져 있었다. 월터가 살인범이 된 이후 그에 대한 감정이 변했다는 사실을 감히 인정할 수 없었다. 월터를 보면 소름이 끼쳤고, 조니와 함께 있을 때만 안도감을 느꼈다. 그러나 조니와 함께 있는 모습을 월터가 보게 되면, 그녀는 점점 더 위험한 상황에 처하게 될 뿐이었다.

앨마는 월터가 테이블을 떠났다는 사실을 알아차리고 안도의 한숨을 내쉬었다.

015

월터는 선임 위병 부사관의 요청으로 승무원이 입는 방수복을 한 벌 빌려 입고 단정 갑판으로 나왔다. 승무원 하나가 우현 단정 갑판 5번 구명보트 부근에서 잭 고든을 봤다고 보고했기 때문이다. 이날 오전에 구금 상태에서 석방된 고든은 이날 하루는 자신의 객실에서 나오지 않겠다고 약속했었다. 그가 선내의 공공장소에 모습을 드러내면 겁을 먹는 승객들이 있을 거라는 우려 때문이었다. 그런데 이 불쌍한 인간은 약속을 어긴 것 같았다. 이미 그의 객실을 조사해 보았지만 안에는 아무도 없었다.

월터는 거세게 불어오는 바람을 헤치고 앞으로 걸으면서 고든에 대한 저주를 퍼부었다. 얼굴에 우박 같은 것이 부딪히는 것 같았지만, 사실은 높게 이는 파도에서 떨어져 나온 물보라였다. 난간을 꼭 잡으라는 색슨의 충고가 떠올랐다. 그는 손을 뻗어 난간을 잡고 계속해서 전진했다. 수평선이 함교보다 훨씬 높은 곳에 있는 선교탑 위로 솟았다가 뱃머리 아래로 이내 사라졌다. 북서풍이 불어 밤하늘의 사분의 삼가량은 맑게 개어 있었다. 구름 조각이 간헐적으로 달 위에 얼룩을 남겼지만, 월터는 곧 구명보트 아래에서 방수복을 입고 난간을 붙잡고 있는 사람을 발견할 수 있었다. 잭 고든은 산더미 같은 파도가 부서지는 모습에 넋을 잃고 있었다.

월터는 가까이 다가가 잭이 알아차리기도 전에 그의 팔을 잡았다. 그는 날카로운 돌풍 소리에 지지 않기 위해 소리를 질러야 했다.

"방 안에 있겠다고 하지 않았소!"

잭은 고개를 돌려 월터를 바라보았다. 아무 말도 하지 않았다.

"약속했잖소!"

잭은 어깨를 으쓱했다.

"뭐 그리 호들갑 떠십니까? 여기는 아무도 없습니다."

"이러면 곤란합니다."

"내버려 두시죠. 무도회장으로 돌아가세요."

"함께 갑시다. 당신 방으로요."

"싫습니다."

월터는 이런 노골적인 반항을 다루는 데 익숙하지 않다는 사실을 드러내고 말았다. 잭을 달래기 시작한 것이다.

"이런 밤에 나와 있을 만한 곳이 못 됩니다."

잭은 바다만 바라볼 뿐이었다.

"여기 왜 나왔습니까?"

월터가 대화를 시도하려 소리쳤다.

"여기가 더 안심이 됩니다."

월터는 웃고 말했다.

"정말입니다. 객실에 갇혀 있는 것보다 여기가 훨씬 낫습니다."

"왜 그렇습니까?"

"구명보트 근처에 있는 게 더 안전하니까요."

"바다를 수십 번이나 건너 봤으니, 이런 폭풍쯤은 익숙할 것 아닙니까?"

"그때마다 겁이 났습니다. 부탁이니 내버려 두세요."

완력을 쓰지 않는 한 잭을 데리고 내려갈 수 없다는 사실은 명백했다. 잭은 극도로 겁을 먹고 있었다.

월터는 한 손으로 여전히 난간을 붙잡은 채 몸을 돌리기 시작했다. 바로 그 순간 갑자기 월터는 거세게 걷어차인 것처럼 뒤로 나가떨어졌다. 무력하게 잭의 다리에 부딪혀 그마저 넘어뜨릴 뻔했다.

"무슨 일입니까?"

잭이 다급하게 물었다.

월터는 신음 소리만 낼 뿐이었다. 멍해 보였다.

"괜찮으십니까, 경감님?"

"어깨가……."

월터는 오른손으로 왼쪽 어깨를 감쌌다. 일어나려고 시도할 수조차 없었다.

"아파 죽겠군."

잭이 그의 옆에 쭈그리고 앉았다.

"제가 한번 보죠. 그렇게 넘어지셨으니 어깨가 빠졌을 겁니다. 도와드릴 테니 일어나 보세요."

그는 월터를 일으켜 세우려고 했지만, 큰 덩치 탓에 쉽지 않았다.

"제 어깨에 팔을 두르세요."

월터는 힘없이 손을 들었다. 잭은 겨우 그를 앉힐 수 있었다.

"대체 무슨 일입니까?"

월터는 다시 신음했다.

"기절할 것 같습니다."

"혹시 연극하시는 건 아니죠?"

연극이 아니었다. 월터의 몸은 잭의 팔에 축 늘어져 버렸다.

"젠장!"

잭은 일어나 도움을 청하러 갔다. 승선용 홀고- 사무장의 사무실로 통하는 승강구 문에서 불빛이 흘러나왔다. 문을 열기 위해 손을 내밀자 피에 물든 그의 손가락이 보였다.

016

☆☆☆

앨마가 눈을 뜨자 천장에 볕이 들어 있었다. 창문을 통해 햇빛이 강렬하게 비치고 있었다. 머리가 아팠다. 고가를 벽 쪽으로 돌리자 빈 샴페인 병과 샴페인 잔 두 개가 침대 옆 선반 위에 놓여 있었다. 그녀는 다시 눈을 감았다. 눈에 들어온 장면을 몰아내기라고 하려는 듯 감은 눈에 힘을 주었다. 눈을 뜨면 술병과 술잔이 여전히 그 자리에 있으리라는 사실을 알고 있었다. 바닥에는 어젯밤에 무슨 일이 일어났는지 냉혹하게 상기시켜 주는 물건들이 흩어져 있었다.

가장무도회 때 입었던 의상의 일부, 즉, 벨벳 망토, 행주로 만든 흰 머릿수건, 앞섶에 종이로 만든 붉은 십자가를 핀으로 고정한 블라우스, 회색 스커트, 검정 면 스타킹, 끈으로 묶는 신발 등이었다. 그녀는 이 증거로부터 빠져나갈 수 없었다. 누구보다도 열정적이고 낭만적인 여주인공조차 결혼식을 올리거나 결혼 증명서를 받기 전까지는 절대 허락하지 않을 일을 저지르고 만 것이다. 그녀는 남자를 방으로 들여 잠자리를 함께하고 말았다. 에설 M. 델에게 한 맹세를 깨뜨리고 만 것이다. 하느님께 한 맹세도. 월터에게 한 맹세도.

월터 생각이 퍼뜩 들었다. 앨마는 용서받을 수 없는 죄를 저질렀다고 생각했다. 월터에게 마음속으로 맹세를 하고서, 조니에게 몸을 허락해 버렸으니까.

더 심각한 문제는 이제 그녀는 조니를 사랑한다는 점이었다. 월터에 대한 그녀의 감정은 『독수리의 길』에서 빈번하고 효과적으로 사용되었던 말, 즉, '열정'에 불과했다. 월터에 대한 그녀의 감정이 무엇이었든 이제는 영원히 사라져 버렸고, 조니에 대한 거부할 수 없는 사랑으로 변해 있었다. 온화하면서도 거부할 수 없는 매력을 가진 그 남자는 앨마를 품에 안고, 세상에서 가장 사랑스러운 존재라고 속삭여 주었다. 월터는 한 번도 그런 말을 해 준 적이 없었다. 당신의 눈을 보고 있으면 불타오를 것 같다느니, 당신의 피부는 티끌 하나 없는 백자보다 더 매끄럽고 하얗다든지 하는 말을 속삭여 준 적이 단 한 번도 없었다.

사랑의 행위는 그녀가 상상하고 기대했던 것만큼 아프지 않았다. 처음에는 살짝 아픈 순간이 있었지만, 뒤이어 느낀 놀라움과 쾌감이 이를 보상했다. 그녀는 자신이 경험이 없다는 사실을 조니에게 말하지 않았지만, 그는 이해하고 기뻐하면서 그녀가 고통의 문턱을 넘어 희열에 이를 수 있도록 부드럽게 도와주었다.

그러나 그녀는 월터에게 벗어날 수 없는 의무감을 느꼈다. 그는 앨마의 계획을 들어 주었고, 함께 계획을 완성했으며, 그녀가 하자는 대로 행동해 주었다. 그녀 때문에 위험에 처했다. 그는 리디아를 살해했다. 앨마의 설득이 아니었더라면 그런 짓을 하지 않았을 터였다. 그녀가 아니었더라면, 월터는 여전히 영국에 남아 있고 리디아는 살아서 미국으로 향하고 있을 것이다. 그녀는 비록 조니를 사랑하더라도 월터에게 충실해야 한다고 생각했다. 앨마는 베개에 얼굴을 묻고 흐느꼈다.

문을 두드리는 소리가 들렸다. 객실 승무원이었다! 아침에 마실 차를 가져온 것이다.

"잠깐만요."

그녀는 침대에서 뛰어나와 술병과 술잔을 옷장 속에 넣고 옷가지 역시 마찬가지로 처리했다. 그러고는 리디아의 실내용 가운 한 벌을 재빨리 입고 옷장 문을 쾅 닫은 후 침대로 돌아왔다.

"들어와요."

"좋은 아침입니다, 부인. 오늘 생일이신가요?"

분명 스무 살이 채 안 되어 보이는 어린 승무원이 들어와, 규정에 따라 너무 무례하지 않으면서도 매우 효율적이고 친절하게 움직였다.

"아뇨. 왜요?"

"카드가 와 있습니다, 부인."

그는 샴페인 병이 놓여 있던 침대 옆 선반 위에 쟁반을 놓았다. 축하 카드가 들어 있는 게 분명해 보이는 네모난 편지 봉투가 밀크티 단지에 기대어 서 있었다.

"그런데 깨지 않고 푹 주무셨나요?"

"무슨 말이에요?"

"폭풍 말입니다, 부인. 한숨도 주무시지 못한 승객들도 계시니까요. 아침 식사 자리에는 그리 많이 오시지 못할 겁니다."

"그렇겠군요."

"그냥 날씨 때문에 승객들께서 객실에 틀어박혀 계신 거라면 저희도 별 걱정은 하지 않겠지만요."

"그게 무슨 뜻이죠?"

"어젯밤에 승객 한 분께서 또 봉변을 당하셨습니다. 스코틀랜드 야드의 듀 경감님이요."

"설마! 무슨 일이 일어난 거죠?"

"총에 맞았습니다. 갑판에 있을 때 누가 총을 쐈다고 하더군요."

"세상에! 그러면 그분은……."

"그건 말씀드릴 수 없습니다, 부인. 입을 다물고 있으라는 명령을 받았거든요. 더 필요한 것은 없으십니까?"

"없어요."

앨마는 떨고 있었다. 베개 속에 얼굴을 묻었다. 월터가 총에 맞아? 죽은 걸까? 믿을 수 없는 일이었다.

그녀는 잠시 동안 충격에서 벗어나지 못한 채 앉아 있었다. 도대체 누가 월터를 죽이려 했을까? 무엇 때문에? 무서웠다. 그러나 어서 일어나 무슨 일이 일어났는지 정확히 알아봐야 했다.

그녀는 별다른 생각 없이 쟁반에 손을 뻗어 봉투를 집어 들고 열어 보았다. 안에 들어 있는 카드는 손으로 직접 그려 꾸민 것이었다. 두 개의 심장이 하나의 화살로 연결되어 있었다. 그녀는 카드를 펼쳐 안에 적힌 글을 읽었다. 오래된 노래에서 두 구절을 따온 것이었다.

신께서 그대를 내 것으로 만들었기에
나는 당신의 것.
J.

앨마는 소리 내어 읽었다.

"아, 조니, 조니, 조니."

그녀는 차를 마시지 않았다. 아침 목욕도 하지 않았다. 그녀는 옷을 입고 곧장 월터의 객실로 가서 문을 두드렸다.

간호사가, 진짜 간호사가 문을 열고 경멸하는 표정으로 앨마를 쳐다보았다.

"무슨 일이시죠?"

"경감님께서 총에 맞으셨다는 이야기를 들었어요."

"맞습니다."

"전 그분과 친구예요. 개인적으로 친분이 있어요. 제발 가르쳐주세요. 많이 다치셨나요?"

"말씀드릴 수 없습니다."

"제발 부탁이에요. 위독하신가요?"

질문을 하는 그녀의 목소리에서는 진심 어린 걱정이 묻어났다. 그러나 이런 말을 하는 와중에도, 그녀는 머릿속의 한 부분은 반대로 월터의 죽음을 예상하고 그에 대한 속박에서 벗어날 수 있다는 생각을 하고 있었다. 자유롭게 조니와 결혼할 수도 있을 터였다.

"위독하지는 않아요."

간호사가 말했다.

방 안에서 월터가 아닌 다른 사람의 목소리가 들렸다.

"누굽니까, 간호사?"

간호사는 앨마에게 물었다.

"성함이 어떻게 되시죠?"

그녀는 망설였다. 월터의 의식 상태가 어떤지 모르는 이상, 자신이 리디아라고 할 수는 없었다. 그는 아마 모르긴 주사를 맞았을 터였다. 리디아가 문 앞에 와 있다는 이야기를 들으면 충격을 받아서는 안 될 말을 입 밖에 낼 수도 있었다.

"성함을 말씀해 주시지 않으면 어떻게 전갈을 전해 드리죠?"

"전할 말은 없어요."

앨마는 돌아서서 거의 달리듯 복도 끝에 있는 군으로 향했다.

간호사는 혀를 차면서 문을 닫고 월터의 침대 옆에 있는 선임 위병 부사관에게로 향했다. 색슨은 승리감에 도취되어 있었다. 그의 모습에서 색슨은 월터의 상태에는 전혀 관심이 없다는 사실을 알 수 있었다. 마치 자신이 총을 쏜 사람인 양 의기양양해하고 있었다.

"푹 쉬면서 기력을 회복하시길 바랍니다. 이제 경감님의 임무는 끝났습니다. 바깥 날씨가 화창하군요. 경감님은 날씨를 즐길 자격이 있습니다."

색슨이 말했다.

"무슨 말입니까?"

월터는 이의를 제기할 준비를 갖추고 물었다.

"간단히 말씀드리면, 제게 진술을 마치셨으니 더 이상 하실 일이 없다는 뜻입니다. 고든은 체포됐습니다. 아직 자백은 하지 않았지만, 곧 하게 되겠죠."

"고든이라고요? 잭 고든 말입니까?"

색슨은 미소를 지었다.

"애초에 그놈을 풀어 주시지 않았다면 어깨에 부상을 입지도 않았을 텐데요. 많이 아프십니까?"

월터는 베개에서 머리를 떼고 일어나려고 애를 썼다. 그러나 엄습하는 고통에 움찔해서 다시 눕고 말았다.

"보아하니 많이 아프시군요."

"날 쏜 사람은 잭 고든이 아닙니다."

색슨은 간호사를 보고 말했다.

"의사가 대체 이분께 뭘 준 겁니까?"

"난 그에게 등을 돌리고 있었습니다. 총은 정면에서 맞았고요."

"기억이 잘 안 나시는 겁니다. 전날 일이 모두 흐릿하시죠?"

"똑똑히 기억하고 있습니다. 그에게서 몸을 돌린 순간 정면에서 총을 맞았습니다. 그래서 뒤로 넘어지면서 그와 부딪혔죠. 다른 사람이 쏜 총에 맞은 겁니다."

"그런가요."

"내가 총에 맞은 다음에는 어떻게 됐습니까?"

"고든이 당신을 승강구까지 끌고 와서 소리를 질러 도움을 청했습니다. 바보는 아니니까요, 경감님."

"몸수색은 했습니까? 총을 가지고 있던가요?"

"바다에 던져 버렸을 겁니다."

"그 사람은 결백합니다."

월터는 다치지 않은 팔로 몸을 지탱하며 자리이서 일어났다.

"그는 지금 어디에 있습니까? 그와 이야기를 허 봐야겠습니다."

"그건 힘들 것 같은데요."

간호사가 말했다.

"오늘 하루는 꼬박 침대에 계셔야 해요. 의사 선생님 말씀을 들으셨잖아요."

"뼈에는 이상이 없다는 말씀을 하셨죠."

"진통제를 맞으셨잖아요. 어지러워서 서 계시지도 못할걸요."

"그러면 여기서 고든을 만나야겠습니다."

"구금되어 있습니다."

색슨이 말했다.

"좋아요. 그렇다면 당신은 그가 어디 있는지 알고 있다는 뜻이로군요."

017
☆☆☆

앨마는 조니를 찾아 긴 시간을 허비했다. 갑판 위 그의 의자에서도, 평소에 바람을 쐬던 산책 갑판에서도, 더블 스카치를 즐겨 마시던 흡연실에서도 그의 모습을 찾을 수가 없었다. 마침내 선미 쪽 상갑판에서 그를 찾을 수 있었다. 그는 난간에 기대 배가 지나간 흔적을 바라보고 있었다. 그는 돌아서서 그녀의 손을 잡았다.

"내일이면 뉴욕에 도착하는군요."

조니가 말했다.

"그렇게 침울한 표정 짓지 말아요. 그러면 나도 슬퍼지는걸요."

"미국에서는 무슨 일을 할 거죠? 무대에 설 건가요?"

"아뇨. 그것도 끝이에요. 이젠 어떻게 될지 모르겠어요."

"분명 당신을 마중 나오는 사람이 있겠죠?"

"뭐, 그렇지도 않아요."

"하지만 미국에서 혼자 지낼 것도 아니잖아요?"

"아니라면 좋겠지만……."

"다른 사람이 있는 거죠?"

앨마는 스크류가 회전하면서 생기는 거품을 바라보았다.

"그 질문에 대한 대답은 알고 있잖아요. 어젯밤 가장무도회가 끝나고 나와 헤어지면서 옷을 갈아입고 온다고 했죠?"

"이런, 정말로 옷을 갈아입으러 갔어요."

"갑판에 나갔던 게 아닌가요?"

조니는 얼굴을 찌푸렸다.

"나가지 않았어요. 내가 왜 그러겠어요? 설마 듀 경감이 총에 맞은 일에 관련이 있다고 생각하는 건 아니겠죠? 내가 무슨 관련이 있겠어요? 세상에, 듀 경감이 당신 친구는 아니겠죠?"

그는 놀라서 눈이 휘둥그레졌다.

"더 이상은 묻지 말아요. 난 오직 당신 생각만을 하고 있어요."

"그 말을 들으니 이야기를 꺼낼 용기가 생기는군요. 그러니까 당신에게 나를 제대로 된 남자로 만들어 달라고 부탁할 생각이었어요. 난 이래 봬도 나이가 많은 편이 아니에요."

앨마의 얼굴이 달아올랐다.

"당신이 나이가 들었다고 생각해 본 적은 없어요."

"생활 방식 탓인가 봐요. 이제껏 나 자신을 돌본 적이 없거든요. 조금 뻔뻔하지만 나는 당신을 돌봐 주고 싶어요. 나도 자동차 판매업이 공무원이나 증권 거래소 일과는 다르다는 건 알아요. 하지만 장래성이 있는 일이에요."

그는 웃음을 터뜨렸다.

앨마는 그에게 마주 웃어 주었다.

"지금 결혼 신청을 하는 건가요?"

조니는 그녀의 뺨에 부드럽게 키스했다.

"리디아, 그래요."

앨마는 그 이름을 듣는 순간 눈을 감았다. 자신의 진짜 이름도 모르는 조니와 어떻게 결혼을 할 수 있을까?

"왜 그래요?"

"안 돼요……."

그녀의 입이 바싹 말랐다.

"아직 대답할 수 없어요. 승낙한다고 말하고 싶지만…… 다른 사람이랑 이야기를 해 봐야 해요. 오, 조니!"

앨마는 조니의 어깨에 얼굴을 묻고 울기 시작했다.

018
☆☆☆

색슨이 잭 고든을 데리고 들어왔을 때 월터는 침대에 앉아 있었다. 간호사는 밖으로 나갔다. 선임 위병 부사관이 앞에 놓인 의자를 가리키자, 잭은 억울하다는 듯 두드러지게 화를 냈다.

"색슨 씨, 당신이 여기 남아 있을 필요는 없습니다. 지금쯤이면 총을 찾기 위한 실내 수색이 진행되고 있을 텐데요."

월터가 관대하게 권했다.

"전 반드시 여기 있어야 합니다."

색슨은 다 알고 있지만 입 밖으로는 내지 않는다는 투로 말했다.

"고든 씨가 저를 공격하지는 않을 겁니다."

선임 위병 부사관은 하려던 말 대신 깊게 숨을 들이마셨다.

"그러면 우리가 하는 말을 기록해 주시기 바랍니다."

그는 베개 밑에서 수첩을 꺼내 색슨에게 내밀었다.

"저도 수첩은 있습니다."

색슨은 오만하게 말했다.

"그럼 그걸 쓰시죠."

월터는 잭을 바라보았다.

"고든 씨, 어젯밤 저를 구해 주셔서 감사합니다. 그런데 그 공로에 합당한 대우를 받지 못했다고 들었습니다. 색슨 씨, 다 적으셨습니까? 제 말이 너무 빠른가요?"

색슨은 수첩에서 눈을 떼지 않았다. 월터는 이야기를 계속했다.

"다른 사람의 도움이 필요한데, 당신이 적임자 같군요."

고든은 미심쩍어하는 표정으로 말했다.

"제가 아는 건 모두 말씀드렸습니다만."

"제가 질문한 부분에 대해서만요. 하지만 질의응답만으로는 필요한 정보를 언제나 얻을 수 있는 것은 아닙니다. 우리 둘 다 당신의 아내를 살해한 범인을 찾고 싶어 합니다. 시간이 얼마 남지 않았어요. 내일 항구에 정박한 후에는 범인을 잡을 수 있는 기회는 사실상 없다고 봐야 합니다. 둘이 생각을 모으면 새로운 발상이 떠오를지도 모른다고 생각했습니다. 일단 알고 있는 사실을 검토하는 데서 출발해 봅시다. 당신 부부는 폴 웨스터필드라는 미국인에게 카드게임 사기를 쳐서 돈을 벌기 위해서 모리타니아 호를 예약했지요?"

"말씀드린 대로입니다."

"그랬죠."

월터는 잭의 초조함에도 아랑곳하지 않고 말을 이어나갔다.

"제가 관심이 있는 건, 왜 이 배와 폴 웨스터필드라는 승객을 골랐느냐는 겁니다. 그 점이 사건의 수수께끼와 관련이 있지 않을까 생각합니다."

"그런 것 같지는 않습니다. 모리타니아 호를 택한 이유는 이전에 한 번도 이 배에서 작업을 한 적이 없어서입니다. 선장과 사무장에게 얼굴이 알려져 있지 않으니까요."

"모리타니아 호에 탄 것은 처음이라는 거로군요. 알겠습니다."

"게다가 웨스터필드라면 누구라도 노릴 겁니다. 백만장자의 아들에 사교적이고 대학에서 수학을 전공했으니까요. 경감님께서 무슨 생각을 하고 계신지는 모르겠지만, 폴 웨스터필드가 우리를 의심하지 않았다는 건 분명합니다. 그 청년과 아가씨는 진짜 비둘기였어요."

방 한쪽 끝에 있던 색슨은 이를 갈았다. 잭은 말을 이었다.

"저희에게 원한을 갖고 있는 사람이 생각나지는 않는지 묻고 싶으신 거죠?"

"저보다 제 생각을 더 잘 아시는군요."

"경감님, 저는 일요일부터 아는 사람이 타고 있는지 사람들의 얼굴을 보면서 배 전체를 돌아다녔습니다. 이 배에는 저와 예전에 카드 게임을 했던 사람은 남자든 여자든 단 한 명도 없습니다. 제 의견을 물으신다면, 케이트를 죽인 놈은 특정한 사람을 고른 게 아니라, 여자라면 누구든 목 졸라 죽일 수 있는 미친놈일 겁니다."

"그러면 저를 쏜 사람도 그 미친 사람일까요?"

이는 단순한 질문이었지만, 잭은 이 말을 자신의 주장에 대한 비판으로 받아들였다.

"그 점은 생각해 보지 못했습니다. 여자를 목 졸라 죽이는 걸 즐기는 살인범이 총을 사용하는 경우도 많습니까?"

월터가 아무런 대답도 하지 않자 잭은 말을 계속했다.

"그리고 어젯밤 있었던 일은 이전 살인 사건과는 좀 다릅니다. 어제는 대상을 확실히 정하고 총을 쏜 것 같지 않습니까? 그렇다면 왜 그랬느냐가 문제죠."

"저도 그 생각을 하던 참이었습니다. 제가 진상을 파악하기 일보 직전이라고 범인이 생각했다고밖에 볼 수 없을 테죠."

잭은 믿지 못하겠다는 듯 얼굴을 찌푸렸다.

"지금 뭐라고 하셨습니까?"

월터는 색슨을 흘끗 쳐다보았다. 그 역시 납득할 수 없다는 표정을 짓고 있었다.

"어쨌든 범인은 나를 쏴야 했던 이유가 있었던 거지요."

잠시 동안 침묵이 흐른 후 잭이 말했다.

"경감님 기분을 상하게 할 생각은 없지만, 범인의 표적은 경감님이 아니었을지도 모릅니다. 저를 노린 것 같습니다."

"당신을요?"

월터의 눈이 더욱 커졌다. 뭔가 실망한 눈치였다.

잭은 고개를 끄덕였다.

"어제 일을 경감님께서 얼마나 기억하고 계신지는 모르겠군요.

경감님께서 제게 등을 돌리는 순간 어깨에 총을 맞았습니다."

"알고 있습니다."

월터는 손을 상처 부위에 얹으며 말했다.

"만약 경감님께서 움직이지 않으셨다면 총알은 저를 맞혔을 겁니다. 경감님께서는 뒤로 쓰러져 제게 부딪혔으니까요."

"아."

"이쪽이 더 이치에 맞지 않을까요?"

잭은 설명을 계속해 나갔다.

"처음에는 케이트, 그다음에는 저. 누가 저를 죽이려고 하는 겁니다."

월터는 이 해석에 대해 곰곰 생각해 보았다.

"만일 그게 사실이라면, 색슨 씨가 당신을 구금한 덕분에 목숨을 건졌군요."

색슨이 쏘아보는 태도로 보건대, 그다지 기뻐하지 않는 것 같았다.

잭은 원래는 월터가 해야 하는 말을 적절하게 쏟아 냈다.

"결국 이 일은 정신병자의 소행이 아니라고 생각하시는 거죠? 그렇다면 경감님 생각이 맞았다고 인정할 수밖에 없습니다. 이 일은 분명 케이트와 제게 원한을 품은 사람이 저지른 일일 겁니다. 하지만 그게 누구일까요?"

"그러게 말입니다."

잭은 턱을 문질렀다. 월터는 침대보에 달린 술 장식을 만지작거렸다. 색슨은 참을 수 없다는 듯 한숨을 쉬었다.

잭이 갑자기 손가락을 튕겨 소리를 냈다.

"폴 웨스터필드입니다. 모든 상황이 그를 지목하고 있어요. 제가 그놈을 과소평가했던 게 분명합니다. 제가 생각했던 것보다 훨씬 날카로운 놈이었어요. 어떻게 생각하십니까, 경감님? 우리가 놈에게 사기를 치려던 걸 눈치챘을 수도 있지 않을까요?"

"그 점은 당신이 가장 잘 판단할 수 있을 겁니다."

월터는 듣기에 따라서 어느 쪽으로도 해석할 수 있는 말을 했다.

"그렇다고 해도 살인은 너무 극단적인 반응입니다."

잭이 계속해서 말을 이었다.

"그 정도 일을 두고 살인을 저지를 정도로 도욕감을 느꼈다면 정말로 미친놈일 겁니다. 그때는 아무런 내색도 하지 않았지만, 사실은 은밀히 원한을 품고 있었다면……. 겉보기에는 정상으로 보였지만, 이상한 구석도 있었습니다. 경감님, 폴 웨스터필드를 조사해야 할 필요가 있는 것 같습니다. 어젯밤 총에 맞으셨을 때 놈이 어디에 있었는지 알아보셔야 할 테니까요."

"그렇습니다."

월터가 만족스러운 듯 말했다.

"당신이 도움이 될 줄 알았습니다."

"제 말을 믿어 주시는 겁니까?"

"당신이 말한 대로 해 보겠습니다."

"그러면 전 이제 자유입니까?"

"당신을 구금해 둘 필요는 없다고 생각합니다. 색슨 씨, 당신 생각은 어떻습니까?"

선임 위병 부사관이 내뱉는 신음 소리에는 여러 가지 의미가 담겨 있었지만, 월터만큼 관대하게 잭을 풀어 주고 싶은 마음이 없다는 사실은 분명했다.

"그렇다면……."

잭은 방에서 나가려 자리에서 일어났다.

"부탁이 한 가지 더 있습니다."

월터가 말했다.

"뭐든지 말씀하시죠."

"의사에게 잠깐 와 달라고 해 주시겠습니까? 이제 일어나도 될 것 같군요."

019
☆☆☆

이날은 마저리 리빙스턴 코넬의 생애에 있어 가장 행복한 날이었다. 적어도 그녀가 리비와 결혼한 이후 가장 행복한 날이었다. 아침 식사 후 바버라가 폴에게 청혼받았다고 말했기 때문이다. 전날 밤 무서운 폭풍이 절정일 때, 두 젊은이는 배의 조용한 구석을 찾아 평생을 함께하리라고 약속한 것이다. 매우 로맨틱한 순간이었다. 두 사람은 여전히 순례자 복장을 하고 있었다. 마저리는 이보다 멋지고 적절한 상황을 상상할 수 없었다.

폴은 먼저 바버라의 부모님에게 허락을 받겠다고 그녀에게 예의를 갖춰 말했다. 리비는 그녀의 친아버지가 아니었기 때문에 부모 중 누구를 찾아가야 할지 확실치 않았지만, 마저리는 그리 중요한 문제가 아니라고 못을 박았다. 이런 격식을 갖추는 절차는 남자들끼리 처리하는 것이 더 수월하기 때문에, 리비가 부모를 대표해서 허락을 하면 된다는 것이었다.

"자신들이 중요한 일을 처리한다고 생각하게 내버려 두렴. 불쌍하게도 남자들은 그럴 기회가 별로 없잖니."

마저리는 바버라에게 말했다.

정오에 리비가 흡연실로 가면, 일 분 후에 폴이 등장하기로 결정했다. 두 사람은 필요한 이야기를 나눈 후 점심 식사 시간에 여자들과 함께 식사를 하기로 했다. 리비는 축하하는 의미로 샴페인 한 병을 주문할 터였다.

두 모녀는 남자들이 수행할 계획을 공을 들여 다듬었다. 그러나 마저리가 리비에게 이를 이야기했을 때, 그는 놀랍게도 그다지 열광적인 반응을 보이지 않았다.

"당신만 상관없다면 당신이 처리하는 게 낫겠는데. 난 격식 차리는 사람이 아니잖아. 당신이 이야기하는 게 모양새가 낫지."

"긴장할 필요 없어. 맙소사, 긴장할 사람은 폴이지 당신이 아니야."

"진심이야, 마지. 나는 방에서 책이나 읽겠어."

마저리는 화가 났다.

"당신 말 다 했어? 리비, 바버라는 당신 딸이야. 우리가 결혼하던 날, 그 애를 친딸처럼 대해 주겠다고 약속했잖아. 그 애가 인생에서 가장 중대한 결심을 했는데, 그걸 무시하고 싶다는 거야? 바버라에게는 뭐라고 말해? 당장 정장에 빳빳한 옷깃도 달고 넥타이도 매. 우리보다는 젊은 사람들을 생각해야지."

리비는 말다툼을 질질 끄는 건 현명하지 않다는 사실을 알고 있었다. 그는 책을 덮고 옷을 갈아입기 시작했다. 짙은 색 정장으로 막 갈아입었을 때, 누가 문을 두드렸다.

"당신 지금 괜찮아? 문 열어도 돼?"

마저리는 문을 열러 가면서 물었다.

"보기 나름이지."

리비는 투덜거렸다.

마저리는 문을 열었다.

"아, 실례했어요. 다른 사람인 줄 알았어요. 리비, 듀 경감님께서 오셨어."

"잠깐 시간 내주실 수 있습니까?"

월터가 물었다.

"그럼요."

리비가 앞으로 나서면서 말했다.

"약속 시간이 거의 다 됐습니다만, 몇 분 정도라면 괜찮습니다. 들어오시겠습니까?"

"경감님 안색이 안 좋으세요. 어젯밤 총격 사건 소식은 들었어요. 그런 끔찍한 일이. 어디에 총을 맞으셨어요?"

마저리가 말했다.

"어깨입니다, 부인."

"무슨 일이신가요?"

리비가 물었다.

"여쭤 보고 싶은 게 있습니다. 어젯밤에 두 분과 동석했던 젊은 남자분 말입니다만."

"폴 말씀이신가요? 무슨 문제라도 있나요?"

마저리가 말했다.

"그걸 모르겠습니다. 뭐라도 말씀해 주실 게 있습니까?"

"그게 무슨 말씀이세요? 폴에게 무슨 일이 생긴 건 아니죠? 몇 분 후에 남편이 아래층에서 폴을 만나기로 되어 있어요. 폴이 저희 딸과 결혼하고 싶다고 해서……."

리비가 그녀의 말을 잘랐다.

"여보, 경감님 말씀을 먼저 들어 보는 게 좋겠어."

월터는 목을 가다듬었다.

"제가 드리는 말씀은 기밀 사항입니다. 절대 비밀을 지켜 주십시오. 웨스터필드 씨와는 언제부터 알고 지내셨습니까?"

"이 주 전 파리에서 만났습니다. 바버라랑 더 잘 알고 지냈죠. 함께 대학을 다녔으니까요."

리비가 말했다.

"바버라의 방은 복도 끝에 있어요."

마저리가 말했다.

"마지, 그건 경감님께서도 알고 계실 거야."

"뭐, 그러시겠지."

"제가 여쭤 보고 싶은 건 이겁니다."

월터가 말했다.

"그가 수상하게 행동한 적이 있습니까?"

"그게 무슨 말씀이십니까? 수상하게 행동하다뇨?"

리비가 물었다.

"이상한 점, 특이한 점, 엉뚱한 점. 뭐 그런 거 말입니다."

"폴에게 뭔가 수상한 점이 있다고 생각하시는 겁니까?"

"세상에! 폴은 우리 딸이랑 약혼할 예정이란 말이에요!"

마저리가 말했다.

"그렇습니까? 그렇다면 제가 실수했나 보군요. 사과드리겠습니다."

월터는 문손잡이로 손을 뻗었다.

"잠깐만요. 그에게 수상한 점이 있다면 우리도 알고 싶습니다."

리비가 말했다.

"그래야겠어요."

마저리가 말했다.

"별일 아닙니다. 사실은 어젯밤 가장무도회 행진 후 그가 어디에 있었는지 알려 주시기만 한다면, 그에 대한 의혹이 풀릴 겁니다."

월터는 두 사람을 진정시키려 했다.

"폴은 행진에 참가했는데요."

마저리가 물었다.

"기억 안 나세요? 폴과 바버라는 순례자 분장을 했잖아요."

"여보, 경감님께서는 행진 후의 일을 묻고 계신 거야."

"행진 후에? 그렇다면 둘이 어디 조용한 데 가서, 폴이 바버라에게 청혼을 했을 거예요."

"바버라가 그랬다고 말한 것뿐이잖아."

리비가 말했다.

"그게 무슨 소리야?"

"그 외에도 폴에게 수상한 점이 있습니까?"

리비가 월터에게 물었다.

"확실한 건 없습니다. 캐서린이 살해당하던 날 밤, 폴이 그녀와 함께 카드 게임을 한 것도 아마 우연일 겁니다."

"바버라도 함께 있었는데요."

마저리는 거의 눈물을 쏟을 듯한 모습이었다.

"바버라도 이 사건과 관련이 있다는 말씀은 아니겠죠?"

"진정해, 마지."

리비가 말했다.

"제 이야기를 들어 보시죠, 경감님. 저는 토요일 밤에 흡연실에 있었습니다. 폴과 이야기를 나누었죠. 폴은 그 부인에게 커피를 사러 왔다고 했고, 바버라는 테이블에서 그녀를 위로해 주고 있었습니다. 그게 살인을 저지르려는 사람들이 할 법할 행동입니까? 경감님께서는 뭔가 착각하신 겁니다. 물론 무례를 범할 생각은 없습니다만."

리비는 월터를 달래려는 듯 그의 어깨에 손을 얹었다. 월터는 고통을 느끼고는 꽥 하고 비명을 질렀다.

"이런, 깜빡했습니다."

리비가 재빨리 손을 떼며 말했다.

"죄송합니다, 경감님. 앉으시겠습니까?"

"아닙니다. 괜찮습니다. 이제 가려던 참이었습니다."

마저리는 문을 가로막았다. 그녀의 얼굴은 덜덜 떨리고 있었다.

"아직 가시면 안 돼요. 폴이 수상하다고 생각하시는 이유를 말씀해 주셔야죠."

"이제 됐어, 마지."

리비가 속삭였다.

"하나밖에 없는 딸을 미친놈한테 주려고 하면서 이제 됐다고?"

마저리는 흐느끼기 시작했다.

"이제는 나를 비난하는 거야?"

리비는 화가 나서 목소리 톤이 올라가 있었다.

"당신은 바버라 일은 안중에도 없잖아."

마저리가 소리쳤다. 그녀의 불안은 이제 악담으로 바뀌었다.

"내 생각은 하기나 해? 언제나 자신, 자신, 자신 위주라니까, 리비 코델. 진작 알았어야 했어. 하는 일이라고는 온통 옛날 이야기에 내가 돈을 쓸 때마다 잘난 척하면서 한마디 하는 것밖에는 없잖아. 이젠 지겨워 죽겠다니까."

"나는 좋아서 그러는 줄 알아?"

리비가 쏘아붙였다.

"저는 가 봐야겠군요."

월터가 말했다.

"가지 마세요."

마저리가 그의 팔을 붙들고 말했다. 다행스럽게도 멀쩡한 팔이었다.

"사실대로 말씀해 주세요, 경감님. 전 사기꾼이랑 결혼해서 사년 동안이나 허송세월을 보냈는데, 내 딸마저 그렇게 인생을 망가뜨리게 할 수는 없어요."

"지금 나한테 사기꾼이라고 한 거야?"

리비가 따져 물었다.

"그게 싫으면 순진한 여자를 꾀어 결혼한 다음 아내 재산으로 먹고살려고 손 씻은 삼류 모리배라고 해 줄까?"

"우리 결혼 생활에 대해 그렇게 생각하고 있었다면 이쯤에서 정리하지."

"좋아, 그렇게 하면 골치를 앓는 사람이 누구일까?"

마저리는 이렇게 말하자 기분이 후련해졌다. 괴로운 심정이 한꺼번에 날아가는 기분이었다. 그녀는 월터를 향해 몸을 돌렸다. 손가락으로 거의 그를 찌를 뻔했다.

"자, 이제 말씀하시죠. 솔직하게 털어놓는 게 좋을 거예요, 경감님. 폴 웨스터필드가 미치광이라는 증거가 뭐죠?"

월터는 다시 문을 향해 손을 뻗으며 말했다.

"그런 건 없습니다. 그저 가설일 뿐이었습니다. 그 청년을 알고 있는 사람과 이야기를 나누면서 가설을 시험해 보고 싶었습니다."

"지금 뭐라고 했어요?"

"이제 그만 가 보시는 게 좋겠습니다, 경감님."

리비는 문을 열고 월터를 밖으로 떠밀었다.

문이 닫히자 마저리는 잠깐 동안 잊고 있었던 말에 주의가 미쳤다.

"저 말 들었어? 가설일 뿐이었대. 그러니까 폴에게 수상한 점은 없는 거야. 그렇게 말한 거 맞지?"

"비슷한 말을 한 것 같군."

"그렇다면 처음부터 그렇게 말해 줬어야지. 대체 우리가 누구라고 생각한 거야?"

"당신이 이야기해 버렸으니, 경감은 우리가 누구인지 생각해 볼 필요도 없어. 이젠 다 알고 있겠지."

리비가 신랄하게 말했다.

"여보, 그런 말을 하려던 게 아니었어."

그녀의 눈에서 눈물이 샘솟았다.

"내가 어떻게 됐나 봐. 어쩜 그렇게 심한 소리를 했지?"

그녀는 팔을 벌려 리비를 끌어안으려 했지만 그는 거부했다.

"세수나 해. 꼴이 엉망이야."

"나한테 화났어? 당신을 비난하려던 게 아니었어, 리비."

"난 폴을 만나러 가지."

"아, 세상에, 그랬지. 폴이 흡연실에서 기다리고 있을 거야. 이 일은 폴에게 말하지 않을 거지?"

"난 누구처럼 그렇게 되는 대로 지껄이는 사람이 아니야."

마저리는 슬픈 듯 코를 훌쩍거렸다.

"그런 말을 들어도 할 말이 없어. 이런 일을 겪은 다음에 어떻게 사랑에 빠진 젊은 남녀랑 샴페인을 마실 수 있을까? 굉장히 끔찍할 거야. 우리 모습을 보고 자신들에게 닥칠 수도 있는 미래를 떠올리면 어떡해. 애들 만나기 전에 키스하고 화해하지 않겠어?"

리비는 고개를 흔들었다.

"현실을 직시하자고, 마지. 당신이랑 나는 이제 끝났어. 폴을 만나는 건 바버라 때문이지, 당신을 위해서가 아냐. 점심 식사 때 보도록 하지."

그는 방을 나가 버렸다. 마저리는 눈을 감고 흐느꼈다.

020
☆☆☆

모리타니아 호의 마지막 사교 행사는 전통적으로 음악회로 정해져 있었다. 음악회는 중앙 라운지에서 열렸고, 일등실 승객들이 대부분 참석했다. 로스트론 선장은 맨 앞줄 가운데 자리를 예약해 두었다. 이날 밤에는 배의 악단이 오케스트라로 승격해서, 선장이 자리에 앉을 때까지 〈군함 피나포*〉의 후렴 부분을 연주했다.

"그렇다면 만세 삼창을, 그리고 한 번 더
피나포 호의 용감한 함장을 위해."

이날의 들뜬 분위기는 이제 바다에서의 마지막 밤인데다 더 이상 아무도 살해당하지 않았다는 안도감에서 비롯된 것이었다. 듀 경감이 살인범을 체포하지 못했다는 사실에 대해서는 실망하는 목소리도 있었지만, 그가 배에 타고 있었기 때문에 더 이상의 희생자가 발생하지 않았다는 점에 대해서는 대부분 동의했다. 음악회 조직위원회에서는 음악회를 시작할 때 길버트와 설리번의 오페레타 후렴구를 한 번 더 넣으면 어떻겠느냐는 논의가 오갔을 정도였다.

"경찰의 임무를 수행할 때가 오면

경찰관 인생도 행복한 건 아니지."**

그러나 월터를 언급하게 되면 살인 사건의 피해자에 대한 결례가 된다고 생각해서 이 의견은 기각되었다.

중간 휴식 후에는 모든 프로그램을 시뇨르 마르티넬리가 독점했다. 이 테너 가수가 등장하기 전에, 로스트론 선장이 관객들에게 연설을 했다. 우선 항해 초기에 불행한 사건이 일어나기는 했지만 승객들이 여행을 충분히 즐겼기를 바란다는 입장을 표명했다. 다음으로는 사건을 수사하고 승객 및 승무원들의 안전을 보장한 듀 경감에게 감사의 뜻을 전했다. 선장이 이 말을 하자 박수가 터져 나왔고, 뒤쪽에 서 있던 월터는 감사의 표시로 가볍게 목례를 했다. 선장은 그가 어깨를 다쳤다는 사실은 언급하지 않았다.

음악회가 끝나자 폴 웨스터필드는 이제 약혼자가 된 바버라에게 말했다.

"자기 부모님께서는 안 오셨나 본데."

"그래. 점심시간 이후로는 이야기를 못해 봤어."

폴은 바버라의 손을 꼭 쥐며 말했다.

"말 안 해도 알아. 이십 분 정도만 빼면 내내 나와 함께 있었잖

●   **군함 피나포** _ 빅토리아 시대의 극작가 W. S. 길버트와 작곡가 A. S. 설리번이 만든 오페레타.
●●   **경찰의 임무를 수행할 때가 오면 경찰관 인생도 행복한 건 아니지** _ 길버트와 설리번의 오페레타, 〈펜잔스의 해적〉에 등장하는 노래, 〈경찰관 인생도 행복한 건 아니지〉의 후렴구.

아.”

바버라는 그에게 미소를 지었다.

“어쩌면 피곤하신지도 모르겠네. 점심 식사 때 보니 두 분 모두 어딘지 모르게 어색해 보이던데.”

“사랑스러운 딸을 떠나보내시려니 울적하셨던 게 아닐까?”

“그런 것처럼은 보이지 않았어.”

흡연실은 평소에 이곳을 이용하던 단골손님들, 여행중 사귄 친구들과 석별의 잔을 나누려는 사람들로 가득 찼다. 뉴욕, 검역, 관세 같은 화제들이 사람들의 입에 오르내렸다. 트렁크를 꾸릴 일이 남았지만, 그런 우울한 작업 때문에 이곳의 친밀한 분위기에서 벗어나고 싶어 하는 사람은 없었다.

잭 고든은 여전히 승객들에게 용의자 취급을 받고 있었다. 그래서 그는 월터의 곁에 머물렀다.

“코델 부부와 이야기해 보셨습니까?”

그는 바에서 스카치 칵테일을 가져와 월터에게 건네며 물었다.

“예. 좀 당혹스러운 일이 있었습니다.”

그는 잭에게 바버라와 폴의 약혼 소식을 알려 주었다.

“폴이 정신 이상자일지도 모른다는 말을 듣자 두 사람은 별로 달가워하지 않았습니다. 그 이야기를 하지 말걸 그랬습니다. 웨스터필드 군은 결백한 것 같습니다.”

“저도 알고 있습니다.”

월터는 눈썹을 추켜올렸다. 잭이 설명했다.

"경감님께서 코델 부부를 만나러 가셨을 때 저는 폴과 바버라와 이야기를 나눠 봤습니다. 어젯밤에 경감님이 총에 맞았을 때 어디에 있었느냐고 물어봤습니다. 서재에서 폴이 결혼 신청을 했다더군요. 담당 승무원이 불을 켰을 때 두 사람이 키스를 하는 모습을 보았답니다. 순례자 복장을 한 채 말이죠. 승무원은 불을 끄고 두 사람을 두고 나갔다고 합니다. 승무원에게도 확인허 봤습니다. 두 사람에게는 알리바이가 있어요."

"코델 부부를 만나기 전에 그 사실을 알았으면 좋았을 텐데요."

"경감님 직업은 다른 사람의 감정까지 헤아리기 어려운 일이니까요."

"그런 것 같군요."

"경감님께서 저를 용의자라고 생각하셨을 때도 제 마음을 헤아려 주시지 않았죠."

"당신이 피해자의 남편인 줄 몰랐기 때문이었습니다. 당신 행동도 수상했고요."

"그녀를 보려고 시체 안치실에 내려갔던 일 말씀이시군요."

"그렇습니다. 그런데 생각해 보면 존경스럽습니다."

"뭐가 말인가요?"

"제대로 그 장소를 찾아갔으니까요. 저는 밑에서 길을 잃었는데 말이죠. 어떻게 당신은 안내해 주는 사람도 없이 시체 안치실까지 찾아갔는지 모르겠습니다. 모리타니아 호에는 처음 탑승했다고 하지 않았던가요?"

잭은 별생각 없이 말했다.

"신기한 일은 아닙니다. 모리타니아 호에게는 자매선이 있었으니까요."

"루시타니아 호 말인가요?"

"그렇습니다. 둘 다 같은 해에 건조되었습니다. 그래서 설계가 동일하죠."

"그러면 루시타니아 호에는 타 본 적이 있다는 말이군요?"

"그 배에서 일했습니다, 경감님. 당시에는 잭 해밀턴이라는 이름이었습니다. 객실 담당 승무원이었죠. 그래서 하부 갑판 구조에 대해서도 알고 있는 겁니다. 이 년 동안 이것저것 나르다 보면 누구든 지름길에 훤하게 되죠. 굉장히 고된 일이었습니다."

잭은 만족스러워하는 미소를 지었다.

"갑판 의자 위에 누워 있는 승객들을 보면서 어떻게 하면 저 틈에 낄 수 있을지 고민도 많이 했습니다. 그러던 중 다른 승무원이 흡연실에서 사기를 치는 보트맨에 대한 이야기를 해 줬습니다. 백만장자들에게 돈을 뜯어내서 우아하게 사는 전문 카드 사기꾼 말입니다. 저는 그들이 일을 하는 모습을 보고는 제게 딱 맞는 일이라고 생각했습니다."

잭은 어깨를 으쓱했다.

"이제 저에 대한 이야기는 죄다 해 드렸군요."

"굉장히 흥미로운 이야기였습니다. 큐나드 해운을 그만둔 건 루시타니아 호가 어뢰에 피격당하기 전입니까?"

"아닙니다. 저는 당시 배에 타고 있었습니다. 케이트도 마찬가지였죠. 그녀도 캐서린 바턴이라는 객실 담당 승무원이었습니다. 저희 둘 다 운 좋게 살아남았죠. 배를 마지막으로 떠난 사람들이었으니까요. 거의 한 시간 동안 물속에 있었습니다."

"오히려 그편이 더 안전했습니다."

월터는 고개를 저으며 한숨을 쉬었다.

"사람들이 한꺼번에 구명보트에 달려들다가 많이들 죽었으니까요."

잭은 월터의 얼굴을 응시했다.

"경감님께서도 루시타니아 호에 타셨습니까?"

"예, 아버지와 함께였죠. 둘 다 일등실 승객이었습니다. 생존자라면 저마다 할 이야기가 많을 겁니다. 아버지께서는 한쪽 다리에 깁스를 하고 계셨죠. 우리가 마지막으로 식당을 빠져나왔는데, 언제나 그 덕분에 목숨을 건졌다는 생각을 합니다. 구명보트는 대부분 부서져 버렸으니까요. 갑판에서 물이 차오를 때까지 기다리다가 구조될 때까지 물속에서 표류했습니다."

"케이트와 저는 하마터면 배와 함께 가라앉을 뻔했습니다. 어뢰가 명중하자 B 갑판에 있는 객실에서 승객들이 모두 빠져나왔는지 확인하라는 명령을 받았죠. 남아 있는 승객들은 한 명도 없었지만 케이트는 보석을 훔치던 도둑과 마주치고 말았어요. 그 개자식은 보석함으로 그녀를 때려서 기절시키고 말았습니다. 그리고 케이트가 죽도록 내버려 둔 채 문을 닫았습니다. 복도에서 저를 지나쳤지만 아무 말도 해 주지 않았어요. 저는 왜 케이트가 늦는지 확인하러 갔다가 피를 흘리며 기절해 있는 그녀를 발견했습니다. 겨우 그녀를 깨워서 갑판으로 데리고 나왔습니다. 이게 전부입니다. 딱 하나 긍정적인 부분이 있다면 육 주 후에 케이트가 저와 결혼해 주었다는 것 정도였습니다."

"그 도둑은 어떻게 됐는지 모릅니까?"

"예, 그가 살아남았는지조차 모릅니다. 다시 만난다고 해도 알아볼 수는 없을 겁니다. 얼굴을 제대로 보지 못했으니까요. 짙은 색 정장을 입은 작고 다부진 남자였습니다. 그때는 제가 정신이 나갈 지경이었습니다. 아직도 당시 꿈을 꿉니다. 배는 믿을 수 없을 정도로 기울어지고, 케이트는 제 품 안에서 깨어날 기미가 없고, 물은 언제 밀려들지 몰라 겁이 났습니다."

"그래서 어젯밤 폭풍에도 갑판 위에 남아 있으려고 했군요."

잭은 고개를 끄덕였다.

"다시는 배에 발을 들여놓지 않겠다고 맹세하지는 않았습니다. 그랬다면 이런 일을 생업으로 삼았을 리가 없었겠죠. 하지만 또다시 그런 일이 일어나면 절대로 갑판 아래에 갇혀 있지는 않을 겁니다."

"그런 생각이 드는 것도 당연합니다. 정말 끔찍한 경험이었을 테니까요. 그 도둑이 살아남았더라도 알아볼 수 없을 거라고 했지만, 부인이라면 범인의 얼굴을 자세히 봤겠죠?"

"그럼요, 경감님. 그놈을 다시 만나면 대번에 알아볼 수 있다고 말했으니까요."

"정말 그랬습니까? 그것참 흥미롭군요."

"무슨 말씀이시죠?"

"그가 이 배에 타고 있다면, 부인을 살해할 충분한 동기가 되지 않겠습니까?"

"세상에, 경감님 말이 맞습니다."

"아직 단언할 수는 없습니다."

월터는 이 가능성을 입 밖에 낸 것을 후회하는 표정으로 말했다.

"이것도 하나의 가설일 뿐입니다."

"사실과 부합되는 가설은 이것뿐입니다."

잭이 확신에 찬 목소리로 말했다.

"사우샘프턴에서 배에 올라 케이트를 봤을 때, 놈은 기절할 만큼 놀랐을 겁니다. 루시타니아 호가 침몰했을 때 케이트도 물에 빠져 죽었을 거라고 생각했을 테니까요. 닷새 동안이나 같은 배 안에 있으면 반드시 정체가 들통 날 거라고 생각해서 그녀를 죽일 결심을 했겠죠. 놈은 케이트가 혼자 여행하는 중이라고 생각해서 그녀를 바다에 던졌을 겁니다. 그녀가 실종되었다는 사실이 밝혀져도 자신이 엮일 가능성은 없다고 생각했겠죠. 애초에 도둑이었으니 객실에 침입하는 것은 손쉬운 일이었을 겁니다. 그렇게 놈은 케이트의 목을 졸라 창문 밖으로 떠밀었습니다. 그런데 일이 꼬이기 시작한 거죠."

"시체가 바다에서 발견되었으니까요."

"그게 예상을 첫 번째로 빗나간 일이었죠. 두 번째는 저명한 스코틀랜드 야드 형사였던 경감님께서 배에 타고 계셨다는 것. 세 번째는 바로 저, 케이트의 남편이라는 존재였습니다. 놈은 소문을 듣고 제가 경감님과 이야기를 나누고 있는 모습을 보기 전까지는 그녀가 결혼했다는 사실을 몰랐을 겁니다. 어쩌면 제 얼굴을 기억해냈을 수도 있고요. 어쨌든 제가 경감님께 루시타니아 호에서 있었던 일을 이야기할 것이고, 크리펜을 체포한 형사인 경감님께서 지체 없이 자신을 체포할 거라고 생각했겠죠. 그래서 놈은 자포자기한 나머지 막무가내식의 선택을 한 겁니다."

"그래서 저를 쏘았군요."

"그렇습니다. 결국 경감님을 노렸든, 저를 노렸든 그건 중요한 문제가 아니었습니다."

"그 이야기에는 동의할 수가 없군요."

월터는 딱딱한 말투로 말했다.

"놈의 입장에서 보면 결과는 같을 거라는 뜻이었습니다."

잭은 살짝 조급한 심정을 드러냈다.

"둘 중 누가 죽어도 제가 루시타니아 호 일을 경감님께 말씀드리는 일을 막을 수 있으니까요. 하지만 아무도 죽지 않았습니다. 이제 경감님께서는 모든 사실을 알고 계십니다. 앞으로 어떻게 하실 생각이십니까?"

월터는 잔 속에 답이 들어 있기라도 한 듯, 손에 들고 있던 잔을 내려다보았다.

"짐을 싸야죠."

잭은 입을 떡 벌렸다.

"그놈을 찾아야 합니다. 제 아내를 살해한 놈이라고요. 경감님도 죽일 뻔했습니다."

"맞습니다. 하지만 범인이 더 이상 일을 벌일 것 같지는 않습니다. 게다가 도망칠 곳도 없고요. 내일 아침에 만나러 가겠습니다."

"범인이 누군지 아십니까?"

잭은 숨이 막혀 말을 제대로 잇지 못했다.

"알 것 같습니다."

월터는 겸손한 미소를 띠며 말했다.

"가르쳐 주실 수는 없습니까?"

"그렇게 하지 않는 편이 낫겠군요. 지금까지 도와주셔서 감사합니다."

021

앨마는 거울에 비친 자신의 모습을 보면서 립스틱에 손을 뻗었다. 얼굴이 유령 같았다. 앞으로 닥칠 일이 두려웠다. 지금은 월터를 기다리고 있었다. 그녀는 월터의 방문 밑으로 만나러 와 달라는 쪽지를 밀어 넣어 두었다. 자신이 착각했다고 말을 할 작정이었다. 당신을 사랑한 게 아니었다고. 한순간의 열정에 불과했다고.

그러나 이내 쪽지를 보낸 일을 후회하고야 말았다. 그가 쪽지를 확인하기 전에 회수할 방법이 없는지 고민하기도 했다. 그녀는 월터가 두려웠다. 리디아가 죽은 이 방으로 그를 부르지 말았어야 했다. 그녀가 도망치지 않는 유일한 이유는 조니에 대한 사랑 때문이었다. 조니와 결혼할 수 있는 기회를 놓친다면 차라리 죽는 게 나을 것 같았다.

그러나 그녀는 죄책감에 몸부림치고 있었다. 마음속으로 몇 번이나 자신의 인생과 월터의 인생이 얽히게 된 경로를 되짚어 보았으나, 언제나 결론은 하나였다. 만일 월터가 그녀를 만나지 않았더라면, 그는 부인을 살해하려는 생각은 꿈에도 하지 않았을 것이다. 지금쯤은 영국 어딘가에서 치과 의사 일을 계속할 기회를 찾고 있었으리라. 그는 그녀가 상상했던 것처럼 우아한 매력이 넘치는 사람이 아니었고, 단 한 번도 그랬던 적도 없었다. 친절하고 의지할 수는 있었지만, 정말로, 너무나, 견딜 수 없을 정도로 지루한 사람이었다. 생기라고는 찾아볼 수 없었다. 앨마가 월터라는 사람이 아니라 그의 이미지에 매혹되었다는 것은 맥이 빠질 정도로 명백한 사실이었다. 그녀는 자신의 아내를 살해하고, 직업도 집도 나라도 버리고 그녀와 여생을 함께하려는 소설 속 주인공과 사랑에 빠졌던 것이다. 이제 그녀는 그를 원하지 않았다. 그는 여전히 믿을 수 없을 만큼 지루한 사람이니까.

그녀는 어딘가에서 살인자들은 대부분 따분하고 불쌍해 보이는 사람이라는 글을 읽은 적이 있었다. 그때는 그 이야기를 믿지 않았다. 에설 르 네브도 믿지 않았을 터였다. 그러나 만일 크리펜이 체포되지 않았더라면? 에설이 여생을 그와 함께 보냈더라면?

살인도 월터를 매력적으로 만들어 주지 못했다. 살인을 저지른 이후 변한 것은 단 하나뿐이었다. 그는 위험한 존재가 됐다. 지루하고 위험한 남자. 살인을 저지르고도 잡히지 않은 사람은 절대 무시할 수가 없었다.

문을 두드리는 소리가 들리자 그녀는 화들짝 놀랐다. 그녀가 입고 있는 실크 블라우스마저 공포에 떨고 있는 것 같았다. 앨마는 깊게 숨을 들이마신 후 문으로 향했다.

그는 한 손에 그녀가 보낸 쪽지를 들고 미심쩍다는 듯 눈썹을 추켜올리고 서 있었다.

앨마는 미소를 지으려고 애썼다. 옆으로 비켜나 그를 방 안으로 들인 다음 문을 닫았다.

"월터, 중요한 일이 아니라면 만나지 말자는 약속을 잊은 건 아니에요."

"급한 일이 생긴 건가요?"

앨마는 고개를 끄덕였다.

"앉아요. 오늘이 가기 전에 당신에게 꼭 할 이야기가 있어요. 어떻게 이야기를 시작해야 할지 모르겠어요. 당신은 우리가 예상했던 것보다 훨씬 더 많은 일을 겪었을 테니까요."

그는 오만하게 어깨를 으쓱했다.

"나쁘지 않았어요. 쓸데없는 생각을 하지 않을 수 있었으니."

"총에 맞았잖아요. 아직도 많이 아파요?"

"아프다고 할 정도는 아니고 그냥 불편할 뿐이에요."

"일이 이렇게 된 건 모두 내 탓이에요. 이런저런 일을 다시 생각해 볼 기회가 당신보다 많았으니까."

"무엇 때문에 자책하는 거죠?"

"전부 다요. 리디아가 죽은 것도요."

"함께 결정한 일이에요."

"나를 만나지 않았더라면, 당신은 그럴 생각조차 하지 않았을 테죠. 이 배에 발을 들여놓는 일도, 이 끔찍한 방에서의 일도, 억지로 경찰 노릇을 해야 하는 일도 없었을 거예요."

월터는 놀란 표정으로 눈을 깜빡였다.

"그렇게 어려운 일은 아니었어요. 오히려 굉장히 재미있었지."

"재미있었다고요?"

"지금껏 이런 대접을 받아 본 적은 없었어요. 처음에는 어려운 일이라고 생각했지만, 그렇지도 않았죠. 영리한 질문을 할 필요도 없었고 숨겨진 단서를 찾을 필요도 없었어요. 형사 일이란 그저 상대방이 이야기를 하도록 만드는 것뿐이더라고요. 난 듣는 걸 잘하니까. 그것도 리디아 덕분이지만. 어쨌든 상대가 모든 걸 털어놓게 한 다음 진상에 도달한 공로를 차지하는 거죠."

앨마는 월터의 말을 자신이 이해했다고 생각했다.

"그래요. 모든 사람들을 속였으니 당신은 분명 영리한 사람일 테죠."

"속이다니?"

월터는 욕이라도 되는 듯 그 말을 반복했다.

"사건을 해결하는 중이라고 믿게 만들었잖아요."

"사건은 해결했어요. 누가 살인을 저질렀는지, 왜 그랬는지도 알고 있어요. 지금 그 이야기를 하고 있잖아요. 난 매우 훌륭한 형사라고요."

"월터, 그럴 리가."

월터는 팔짱을 끼고 의자 등받이에 몸을 기댔다.

"이제 알게 될 거요."

앨마는 그를 바라보며 머리가 어떻게 된 것은 아닐까 하는 생각을 했다. 그는 진짜로 듀 경감이 되었다고 믿는 것 같았다. 자신이 위대한 형사라고 믿고 있었다. 급기야는 자신이 저지른 사건을 해결했다고 믿고 있다.

망상에 사로잡힌 나머지 자신이 리디아의 살인범이라는 사실을 밝힐 가능성도 있지 않을까? 게다가 그녀까지 엮어서? 그것이 가짜 경감 듀의 궁극적인 성과가 되는 것일까?

앨마는 사형수가 목숨을 구걸하는 심정으로 집요하게 이야기를 하기 시작했다.

"월터, 내 말 들어요. 제발. 이런 말을 할 자격이 없다는 건 알아요. 부끄러워서 견딜 수 없지만 이 말은 꼭 해야겠어요."

그녀는 월터의 손을 잡고 그의 눈을 진지하게 바라보며, 그가 앉아 있는 의자 옆에 주저앉았다.

"마음이 변했어요. 치과에 드나들 때는 당신을 우상처럼 떠받들었죠. 그렇게 자신만만하고 강인하면서도 매력적인 남자와 이야기해 본 적이 없었거든요. 남자 경험이라고는 하나도 없었어요. 가족 말고는 소설에 등장하는 인물뿐이었으니까요. 도서관에서 빌릴 수 있는 연애 소설 속 주인공 말이에요. 당신은 꼭 소설 속에 등장하는 인물 같았어요. 교양 있는 태도에 이국적인 이름까지. 게다가 소설 첫머리에 등장하는 남자들처럼, 감히 바라보기조차 어려운 사람이라는 점까지요."

"하지만 우리는 극복해 냈잖아요."

월터는 너그러운 미소를 지으며 말했다.

"그래요."

앨마는 힘겹게 침을 삼켰다.

"그렇게 하는 게 행복을 쟁취하는 길이라고 나 자신을 설득했어요. 이기적이었죠. 당신을 사랑한다고 믿으면서, 그 어떤 것도, 당신의 법적인 아내까지도 내 길을 막을 수 없다고 생각했어요. 하지만 그건 집착일 뿐이었어요. 전쟁 기간 내내 꿈꿔 왔던 소녀 취향 꿈이나 좌절감, 환상 같은 것들을 모두 당신에게 쏟아부었어요. 월터, 나는 스물여덟 살에 거의 노처녀가 다 됐지만, 마치 여학생처럼 굴었던 거예요."

"그런 일로 부끄러워할 필요는 없어요."

"아니에요. 나 자신은 물론이고 당신까지 속였으니까요. 배에서 며칠을 지내면서 분별력이 생겼어요. 어떻게 하면 당신에게 상처를 주지 않을 수 있을까요?"

"날 사랑하지 않죠?"

월터는 담담하게 말했다. 앨마는 눈을 내리깔았다.

"미국에서 나와 함께 지내고 싶은 것도 아니죠?"

그녀는 고개를 숙였다.

"다른 남자가 있어요?"

"그래요."

그녀는 흐느끼기 시작했다. 월터는 앨마의 머리카락을 쓰다듬었다.

"말해 줘서 고마워요. 솔직히 나도 한시름 놓았어요. 나도 당신에게 죄책감을 느끼고 있었으니까. 나 혼자서는 절대로 그런 용기를 낼 수 없었을 테지. 당신 덕분에 해낼 수 있었어요. 당신처럼 나도 이번 일에서 배운 게 있어요. 이제 혼자서 해 나갈 수 있어요."

그는 냉정하고 자신을 온전히 통제하는 것처럼 보였다. 그가 한 말은 진심이었다. 앨마는 몸을 앞으로 내밀어 그의 뺨에 가볍게 키스했다.

"이 방에서 일어났던 일은 우리 둘만의 비밀로 해요. 무덤까지 가져갈게요."

월터는 그녀에게 고맙다는 말을 하고 자리에서 일어났다.

"창고에 맡겨 둔 리디아의 트렁크가 몇 개 있어요. 미국에 도착하면 찾아가 주겠어요? 찾아가는 사람이 없으면 의심을 받을 테니."

"물론 그럴게요."

그가 문가에 이르자, 그녀가 갑작스럽게 한마디 덧붙였다.

"완전 범죄였어요."

"거의요. 핀치 씨와 잘되기를 빌어요."

앨마는 다시 혼자가 되었다.

022

모리타니아 호가 뉴욕 항에 입항하는 날인 수요일 오전 7시 조금 전에 선장실에서 회의가 열렸다. 객실 승무원이 월터를 데리러 왔다. 맨 처음 살인 사건 수사를 부탁받았던 방으로 가 보니, 선장 외에도 선임 위병 부사관, 폴 웨스터필드 2세와 그의 약혼자 바버라, 그리고 얼굴이 눈물로 얼룩진 마저리 리빙스턴 코델이 있었다. 선장이 턱으로 의자를 가리키자 월터는 자리에 앉았다. 맞은편에는 색슨이 경멸이 섞인 시선으로 쏘아보고 있었다.

"경감님, 짧게 말씀드리겠습니다."

로스트론 선장이 말했다.

"또 한 명의 승객이 사라졌습니다. 여기 계신 부인의 남편인 리빙스턴 코델 씨가 어제 오후부터 모습을 드러내지 않고 있습니다. 어젯밤에도 객실에 돌아오지 않았다고 하고요. 코델 부인께서 새벽 3시에 신고를 하셨고, 선임 위병 부사관의 지휘하에 수색에 나섰습니다. 다들 선내 수색에는 전문가들입니다. 사람이 숨을 만한 곳은 모두 알고 있습니다. 하지만 세 시간 이상 수색 작업을 벌였는데도 코델 씨의 모습은 보이지 않았습니다. 그래서 이 시점에서 경감님께 알려야 할 명백한 이유가 있다고 판단했습니다."

월터는 점잔을 빼며 고개를 끄덕였다.

"죽은 거예요."

마저리가 말했다.

"리비는 죽었다고요. 난 알 수 있어요."

바버라가 그녀를 향해 침착한 목소리로 말했다.

"엄마, 왜 그런 말을 하는 거야? 어디 아는 사람 객실에서 카드 게임이나 하고 계시겠지. 게임을 하다 보면 시간관념이 사라지잖아. 아침 식사 시간이 되면 오실 거야. 그러고는 왜 이렇게 호들갑이냐고 하시겠지."

"호들갑을 떤 적은 없습니다."

색슨이 공격적으로 말했다.

폴이 헛기침을 했다.

"듀 경감님께 전체 상황을 말씀드려야 할 것 같군요."

그는 월터를 향해 말했다.

"어제 저는 아버님에게 바버라와의 결혼을 허락해 달라고 말씀드렸습니다. 그분께서는 다른 생각으로 머리가 꽉 차 있는 것 같았지만 결혼을 허락해 주셨습니다. 그래서 축하하는 의미에서 샴페인을 터뜨리며 점심 식사를 했죠."

"리비 씨가 술을 많이 마셨습니까?"

색슨이 물었다.

"그건 기억나지 않습니다. 한 잔 반 정도일 겁니다. 조용히 계셨지만, 그건 흔히 있는 일이었습니다. 그분께서 입을 여실 때는 보통 슬쩍 농담을 던지실 때 정도이니까요. 하지만 확실히 평상시와는 달라 보였습니다."

"뭔가 마음에 걸리는 게 있었는지 계속해서 레스토랑 안을 둘러보셨어요."

바버라가 말했다. 마저리는 눈물을 흘리며 코를 풀었다.

"전부 말씀드리는 게 좋겠어요. 제가 말씀드리지 않더라도 경감님께서 다 알아내실 테니까요. 점심 식사 전에 경감님께서 저희 방에 다녀가신 후, 리비와 저는 결혼을 한 이후 처음으로 말다툼을 했어요. 지난 사 년 동안 더할 나위 없이 행복했는데 이제 와서 이런 일이 벌어지다니요. 젊은 사람들 덕택에 우리도 행복해야 할 바로 그날에 말이에요. 그렇게 서로를 심하게 물어뜯은 다음에 점심시간 내내 가식적으로 즐거운 척하기란 정말 고역이었어요."

바버라가 마저리의 손을 잡으며 말했다.

"엄마, 난 생각도 못했잖아. 왜 싸웠는데?"

"별일 아니었어. 내가 경감님께 쓸데없는 소리를 했거든. 그때는 예민해져 있었으니까."

"왜 그랬는데?"

"나중에 이야기하자. 별일 아니니까. 그렇죠, 경감님?"

마저리는 애원하는 표정으로 월터를 바라보았다. 그는 고개를 끄덕이며 그녀의 말에 호응했다.

로스트론 선장이 이 대화에서 뭔가 중요한 낌새를 눈치챘다. 그는 이 문제를 털고 넘어가야겠다고 생각했다. 그래서 월터에게 물었다.

"경감님, 그게 사실입니까? 어제 리빙스턴 코델 부부와 이야기를 나누셨습니까?"

"맞습니다, 선장님."

다들 월터가 자세히 말해 주기를 기다렸다. 그러나 그는 더 이상 아무 말도 하지 않았다.

선장이 집요하게 캐물었다.

"그렇다면 캐서린 매스터스 살인 사건 조사와 관련이 있습니까?"

"그렇게 말하기에는 아직 이른 것 같습니다."

마저리는 기도를 올리듯 눈을 감았다.

"하지만 두 분을 만나 뵌 것은 그럴 만한 이유가 있어서가 아닙니까?"

선장이 고집을 부렸다.

"예, 그렇습니다."

"총격 사건!"

색슨이 불쑥 말을 꺼냈다.

"그 총격 사건 때문에 가신 거로군요."

"그렇습니다. 총 때문이었습니다. 저는 그 총을 찾고 있었습니다."

월터는 재빨리 대답했다.

마저리가 눈을 뜨면서 말했다.

"그렇군요. 그게 용건이었군요. 리비의 총 말이에요."

"남편께서 총을 갖고 계셨나요?"

선장이 물었다.

"엄마, 대체 무슨 말을 하는 거야?"

바버라가 충격을 받은 듯 물었다.

"아, 하느님, 제발!"

마저리가 중얼거렸다.

"경감님께서는 그가 총을 갖고 있을지도 모른다고 의심하신 겁니까?"

선장이 물었다.

"거의 비슷합니다."

월터가 차분하게 대답했다.

"대체 어떻게 아신 겁니까?"

색슨이 물었다.

"경험 덕분입니다."

월터는 때를 놓치지 않고 이렇게 대답했다.

"그런데 왜 총을 압수하시지 않았습니까?"

"그럴 수 없었습니다. 그곳에 없었으니까요."

"바다에 던져 버렸을 거예요."

마저리가 말했다.

"매사에 굉장히 신중한 사람이거든요. 불쌍한 리비! 그렇게 필사적으로 과거를 묻으려 했는데, 다른 사람도 아닌 내가 그를 배신

하고 경감님께 모두 털어놓다니."

그녀는 두 손으로 얼굴을 감쌌고, 바버라는 그녀를 위로하기 위해 자리에서 일어났다.

"그를 의심하셨으면서 제게는 귀띔도 안 해 주셨습니까?"

색슨은 비난하는 듯한 말투로 월터에게 말했다. 그때 로스트론 선장이 끼어들었다.

"색슨, 경감님의 수사 방식을 비판하는 건 자네 소임이 아닐세. 경감님이 그렇게밖에 할 수 없었던 이유가 있었을 거야."

그는 기대하는 듯한 눈빛으로 월터를 바라보았다.

"몇 가지 이유가 있었습니다."

월터가 대답했다.

"대체 무슨 일이 일어난 건지 제발 설명해 주세요."

폴이 말했다. 월터는 고개를 저었다.

"숙녀분들께 고통을 안겨 드리고 싶지는 않습니다."

"괜찮아요."

마저리가 손수건으로 눈가를 가볍게 두드리며 말했다.

"폴, 당신은 알아야 할 권리가 있어요. 내가 말해 줄게요. 어제 경감님께서 리비와 나를 만나러 오셨어요. 알다시피 경감님께서 전부터 계속 우리 곁에서 주시하고 계셨기 때문에, 압박감이 점점 더 심해졌어요. 경감님은 훌륭한 형사라서, 언제 들이닥쳐야 할지 정확한 때를 알고 계셨던 거죠. 처음에는 뜬금없는 이야기를 꺼내시면서 우리를 당황하도록 몰고 가셨어요. 그 이야기는 물론 진실이 아니었고 이제 와서는 아무래도 좋은 이야기였지만, 그 때문에 우리 두 사람은 신경이 날카로워지고 말았죠. 그래서 우리는 하지 말아야 할 말까지 하기 시작했어요. 난 리비를 삼류 모리배라고 불렀으니까. 절대로 입 밖에 내서는 안 되는 말이었지만 그때는 몰랐어요."

바버라가 끼어들었다.

"엄마, 터무니없는 이야기는 하지 마. 지금 리비 아저씨가 나쁜 사람이라는 거야?"

"그래, 우리가 결혼하기 전에는 그랬지. 그는 도둑이었어. 잠긴 문을 여는 데 도사였어. 대서양 횡단 여객선을 타고 여행하면서 사람들이 객실에 놓아둔 돈을 훔쳤어. 자기가 필요한 만큼만 훔쳤지. 돈을 상당수 남겨 두었기 때문에, 대부분의 사람들이 돈이 사라졌다는 사실을 눈치채지 못했어."

"그것참 놀라운 일이로군요."

고개를 천천히 흔드는 폴의 얼굴에 희미한 미소가 떠올랐다.

"사업 때문에 여행을 많이 다녔다는 이야기를 한 적이 있습니다. 무역업이었다면서요."

"그의 유머 감각이에요."

마저리가 말했다.

"경감님, 루시타니아 호에 대해서 이분들께 말씀해 주시겠어요?"

"그렇게 하겠습니다."

월터는 잭 고든에게 들은 이야기를 반복했다. 캐서린을 때려 기절시킨 채 침몰하는 배 안에 버려 둔 도둑이 리비였다는 사실을 밝혔음은 물론이다.

"어제 점심시간 때까지만 해도 아무것도 몰랐어요."

마저리가 말했다.

"그 이후에 모든 것을 이야기해 주었죠. 영국을 떠난 첫날, 그 여자 승무원이 이 배에 타고 있다는 사실을 알고는 놀라 공포에 질렸다고 했어요. 객실을 나오는데 그녀가 자신에게 걸어오고 있었대요. 그녀는 루시타니아 호에서 죽었을 거라고 항상 믿고 있었는데, 복수를 하러 온 유령처럼 그녀가 거기에 있었던 거예요. 그래서 다시 방 안으로 뛰어 들어와서 문을 잠갔다고 했어요. 하지만 더욱 끔찍한 일은 그다음에 일어났죠."

"우리가 함께 카드 게임을 하고 있는 걸 보셨군요?"

바버라가 말했다.

마저리는 고개를 끄덕였다.

"너희를 봤을 때 이미 게임은 끝난 상태였다고 하더라. 너랑 함께 테이블에서 열심히 이야기를 하더래. 그래서 폴에게 무슨 일인지 물어봤던 거지."

"기억이 나요."

폴이 말했다.

"분명 그녀가 바버라에게 리비에 대한 이야기를 하고 있다고 생각했던 걸 테죠. 저더러 어서 가서 두 사람을 '찢어 놓으라'고 했거든요."

"그는 그녀의 객실에 침입했어요."

마저리가 말했다.

"그리고 그녀가 돌아오기를 기다린 거죠."

그녀는 말을 멈추더니 깊게 숨을 들이마셨다.

로스트론 선장은 부드럽게 말했다.

"더 이상 말씀 안 하셔도 됩니다, 코델 부인."

선장의 말은 분명 모든 사람들의 심정을 대변한 것이었다. 설명 같은 것은 필요하지 않았다. 몇 초 동안의 침묵 속에서 저마다의 머릿속에는 리비가 두 손으로 캐서린의 목을 조르는 광경이 떠올랐다. 너무 생생하게 떠오른 나머지 바버라가 비명을 질렀다.

"안 돼요, 리비 아저씨! 제발 그만!"

폴이 그녀에게 다가가 끌어안았다. 그러고는 선장에게 물었다.

"더 하실 말씀 있으십니까? 숙녀분들을 모시고 나가고 싶군요."

"이해합니다. 하지만 코델 씨에게 무슨 일이 일어났는지 알아내야 합니다. 조금만 참아 주시면 감사하겠습니다. 코델 씨가 사라지기 전에 부인께 무슨 말을 했는지 듀 경감님께서 알고 싶어 하실 테니까요."

"말씀해 주시면 감사하겠습니다."

월터가 말했다.

마저리는 망설였다.

"개인적인 이야기인데요."

"남편분을 찾을 수 있는 단서가 될지도 모릅니다."

선장이 부드럽게 말했다.

"그럴 것 같지는 않아요."

마저리는 슬프게 말했다.

"하지만 말씀드릴게요. 그는 일어났던 모든 사실을 제게 말해 줬어요. 경감님을 쏘고 총은 바다에 버렸다는 이야기도요. 그러고는 나와 바버라, 폴에게 미안하다고 했어요. 루시타니아 호에서 있었던 일을 털어놓았으면 좋았을 거라고도 했죠. 하지만 그건 자신과 자신의 양심 사이의 문제라고 생각해서 제게 말하지 않았대요. 그렇게 말한 다음 제게 키스하고 문으로 향하더니 돌아보면서 몇 마디 덧붙였어요. 그 말을 듣고 저는 이제 그를 볼 수 없다는 사실을 깨달았죠."

"어떤 말이었습니까, 코델 부인?"

한 줄기 눈물이 마저리의 뺨을 타고 흘러내렸다.

"들으셔도 이해 못하실 거예요. 과거의 인생이 주마등처럼 스쳐 지나간다는 게 사실이라면 좋겠다고 했어요. 볼티모어 호텔 엘리베이터에서 본 멋진 발목을 다시 한번 보고 싶다면서요. 그 말만 남기고 떠나 버렸어요."

순간 선장의 눈이 살짝 아래를 향했다가 재빨리 정면으로 되돌아왔다.

"알겠습니다. 확실히 마지막 말처럼 들리는군요. 감사합니다, 부인. 이런 상황에서도 놀랄 정도의 용기를 보여 주셨습니다."

그가 폴에게 고개를 끄덕이자, 그는 일어나 머저리와 바버라를 데리고 선장실을 떠났다.

세 사람이 떠나자 색슨이 선장에게 물었다.

"배에서 뛰어내린 것처럼 보입니다. 수색을 중단할까요?"

선장은 눈썹을 추켜올리며 월터를 바라보았다.

"선실은 모두 살펴보았습니까?"

선임 위병 사관은 월터를 노려보았다.

"물론 살펴보지 않았습니다. 승객들이 취침중이니까요. 한밤중에 어떻게 그런 짓을 합니까?"

"낮에는 할 수 있지. 경감님 말씀이 맞아. 수색을 계속해야 해. 반드시 할 수 있도록 조치하도록. 알겠나, 색슨?"

로스트론 선장이 말했다. 색슨이 자리를 뜨자 그는 월터에게 부하의 평을 했다.

"일은 잘하지만 왜 훌륭한 형사가 될 수 없는지 아시겠죠? 경감님, 전 이만 함교에 가 봐야 합니다. 앰브로즈 등대도 곧 시야에 들어올 테고, 도선사도 승선할 테니까요. 가능하다면 입항한 후에 뵙고 싶군요."

"물론이죠."

갑판에 나가자 객실에 있던 트렁크들이 밖으로 나와 있었다. 월터는 트렁크를 피하면서 앞으로 나가 미국 땅을 바라보았다. 바다 위에 떠 있는 진한 청색 띠가 바로 미국이었다. 그는 미소를 지었다.

배는 부속선들을 접안시키기 위해 멈춰 서 있었다. 승객들은 난간에 모여 작은 형체의 사람들이 밧줄 사다리를 타고 올라오는 모습을 바라보았다. 뱃고동이 울려 퍼졌다. 배가 움직이기 시작했다. 샌디 곶을 지나 로어 만을 통과하여 내로 해협으로 향하는 것이었다.

배가 두 번째로 멈춘 곳은 검역소가 있는 스태튼 섬이었다. 이민국 관리가 배에 올랐다. 그와 함께 우편물도 도착했다.

사무 보좌관이 월터에게 와 기자들을 만나겠느냐고 물었다. 그는 아무런 할 말이 없다며 거절 의사를 밝혔다. 짐을 꾸리려 객실로 내려갈 생각이었다. 월터가 몸을 돌려 걸음을 떼려는 순간, 그의 앞에서 무언가 빛이 터졌다. 《키스톤》에서 듀 경감의 사진을 찍어 버린 것이었다.

바다 저편에서 맨해튼이 반짝거렸고 모리타니아 호는 도착을 알리는 뱃고동 소리를 울렸다. 처음으로 미국에 와 본 사람들은 울워스 빌딩 같은 명소를 찾아내면서 흥분했다. 자유의 여신상이 가까이 다가와 승객들을 압도해 버렸다.

갑판에서는 승객들이 승무원들에게 마지막 팁을 건넸고, 함께 식사를 하거나 카드 게임을 하면서 친해진 사람들은 석별의 정을 나누었다. 승무원들이 승강구에서 방수 장치를 제거하고 갑판 기어를 풀기 시작했다. 배가 88번 부두를 향해 천천히 들어가자, 마지막 뱃고동 소리가 울렸다.

조니가 하선 수속에 대해 설명을 하는 동안 앨마는 그의 팔을 꼭 붙잡고 있었다. 항만 노동자들이 알파벳 순서에 따라 짐을 부두에 늘어놓았다. 바라노프의 B와 핀치의 F가 육칠십 미터쯤 떨어져 있었기 때문에, 두 사람은 잠시 헤어져야만 했다.

"걱정하지 말아요. 짐이 도착했는지 확인한 다음 세관원에게 검사를 맡도록 해요. 다 끝나면 내가 올 때까지 기다려요. 나는 란체스터를 하역하는 걸 지켜봐야 하니까. 오래 걸리지는 않을 겁니다. 다 끝나면 월도프 호텔에서 맛있는 점심 식사를 하자고요."

한 시간 후 앨마는 조니의 결점 하나를 찾아냈다. 그는 지나치게 낙천적이었다. 통로를 지나 알파벳으로 번호가 매겨진 부두에 와 보니, 객실에 있던 트렁크 하나를 제외하면 나머지는 아직 도착하지 않았다. 란체스터도 아직 창고에서 대기중이었다. 그녀는 커다란 상자와 기중기, 웅웅거리는 소리를 내는 발전기, 시끄러운 소리를 내며 작업하는 사람들 같은 광경을 보자 가슴이 두근거렸다.

"아직 기다리고 있어요?"

그녀가 돌아보니 월터가 옆에 와 있었다.

"도와줄 일이 있을까 해서 와 봤어요."

고마움이 솟았다. 그는 언제나 친절하게 대해 주었다.

1920년대 큐나드 해운 회사의 수하물 태그

"아직 짐이 다 도착하지 않았어요. 리디아의 트렁크가 몇 개 있는데."

"세 개인데. 저기 있군요."

짐은 B열에서 몇 미터 떨어진, 앨마가 생각지도 못한 장소에 놓여 있었다. 월터는 부두 노동자를 불러 앨마가 직접 들고 내린 짐 옆으로 트렁크를 가져오도록 한 다음, 세관원을 불러 조사를 하도록 했다. 조사가 진행되는 동안 선수 쪽 2번 창고에서 란체스터가 밧줄에 매달려 공중으로 떠오르는 모습이 보였다. 부두 위에 높이 매달려 있으니 불안해 보였지만 사고 없이 무사히 아래로 내려왔고, 밑에서는 조니가 빛나는 차체에 흠집이 생기지 않도록 장애물을 치우고 있었다.

"갑시다. 작은 짐을 들고 따라와요."

월터가 말했다.

"당신 짐은 어떻게 하고요?"

"나중에 가지러 가죠. 어차피 다시 승선해서 선장을 만나기로 했으니까."

그는 트렁크를 들고 앨마를 이끌면서 수없이 많은 화물 더미를 지나 자동차들이 하역되는 곳으로 향했다. 조니는 차체에 흠집이 나지 않았는지 살펴보다가 앨마의 모습을 발견하고 다가왔다.

"굉장히 친절하시군요. 감사합니다. 경감님."

"아닙니다. 짐은 자동차 트렁크에 넣을까요?"

"그냥 두세요. 먼저 잠긴 트렁크를 열어야 하니까요."

조니는 열쇠를 찾아 주머니를 뒤졌다.

"그러실 필요 없습니다. 열려 있을 테니까요."

월터는 트렁크 손잡이를 잡고 위로 들어 올렸다.

"대체 이 무슨⋯⋯."

조니가 놀라 소리를 질렀다.

트렁크 안에는 담요로 몸을 반쯤 덮은 리비 코델이 있었다. 리비는 햇빛에 부신 눈을 깜빡이다가 일어나 앉았다.

"당신일 줄 알았습니다, 경감님."

그는 체념한 듯 월터에게 말했다.

그러나 월터는 앨마를 바라보고 있었다. 그의 미소가 만족을 뜻하는지 아니면 놀라움을 뜻하는지는 알 수 없었다.

023
☆☆☆

"경감님, 어떻게 감사를 드려야 할지 모르겠습니다."

로스트론 선장이 말했다.

"그야말로 수사 기술의 승리로군요. 크리펜 사건을 능가하는 것 같습니다. 전 세계 사람들이 이 소식을 알게 되겠군요."

"감사합니다."

월터가 말했다.

"하지만 사람들이 호들갑 떠는 모습은 보고 싶지 않습니다."

선장은 미소를 지었다.

"경감님 바람대로 될 수 있을지는 모르겠습니다. 뉴욕 기자단이 당신을 기다리고 있거든요. 귀빈 대접을 받으실 겁니다. 그만한 일을 하셨으니까요."

"그런 건 바라지 않습니다, 선장님."

월터는 신경질적으로 옷깃을 만지작거렸다.

"혼자 있고 싶은데요. 이 상황을 피할 수 있는 방법이 있을까요?"

"뭐, 그럼 배에서 내리지 않으셔도 됩니다."

"월터의 눈의 휘둥그레졌다.

"진심입니다. 원하신다면 일등실 객실에 그대로 머무르셔도 좋습니다."

"오랫동안 머무를 수야 없지 않겠습니까? 이 채는 영국으로 돌아갈 텐데요."

"음."

선장은 손가락 하나를 위로 들어 보이며 말했다.

"그러지 않아도 말씀드리려던 참이었습니다."

"무슨 말씀이시죠?"

"위스키 한 잔 더 하시겠습니까? 죄송스럽지만 내일 저와 함께 영국으로 돌아가자는 부탁을 드릴 생각이었습니다."

"뭐라고요?"

"설명을 드리도록 하겠습니다. 저는 당신이 경찰이 아니라는 사실을 알고 있습니다."

월터는 위스키를 단숨에 들이켰다.

"은퇴하셨으니 말입니다. 그래서 상황이 짜증 날 정도로 불편하게 됐다는 건 알고 있습니다. 하지만 달리 제가 무슨 말씀을 드릴 수 있겠습니까? 코델은 영국 법정에 서야 하고, 당신은 그의 범행을 밝혀내신 분이니……."

"하지만 코델은 미국인 아닙니까? 여기 법정에 세우면 되지 않습니까?"

"우리나라 법을 잊으시다니요."

선장은 웃으며 말했다.

"코델은 공해상을 항해중인 영국 배에서 기소 가능한 범죄를 저질렀습니다. 반드시 영국으로 데리고 가야 합니다. 물론 사우샘프턴에 도착하면 경찰에게 그를 호송하도록 할 생각입니다. 경감님이 모습을 드러낼 필요는 없습니다. 하지만 치안 판사 법정에서는 경감님이 필요합니다. 솔직히 말씀드리면, 경감님의 협조 없이는 기소가 성립되지 않습니다."

"하지만 저는 이곳에서 할 일이 있습니다."

"보상은 섭섭하지 않게 해 드리겠습니다."

월터는 말없이 선장을 바라보았다.

"지체할 시간이 별로 없습니다."

선장은 월터가 충격을 받지 않도록 신경을 쓰며 말했다.

"이번에는 바로 돌아갑니다. 내일 출항할 예정입니다."

그는 월터의 팔을 잡으며 말했다.

"경찰로부터 대단한 환대를 받으실 겁니다."

Part 6

이
민
자

The Immigrant

001
☆☆☆

다음 날 자정이 되자 모리타니아 호는 노스 리버까지 예인되어, 그곳에서 방향을 바꿔 대서양으로 향했다. 동쪽으로 향하는 이번 항해에는 평소보다 적은 승객이 탑승했다. 1921년 유럽의 휴가 기간이 사실상 끝났기 때문이다. 승객 명단에 적힌 이름들은 대개 실업가들이었다. 이등실 승객 명단에는 월터 브라운이라는 이름이 있었다.

월터는 식사를 자신의 객실로 가져오도록 했다. 운동은 갑판에 사람이 없는 시간을 노려서 했다. 월터는 이제 유명인이었다. 모리타니아 호의 살인범을 밝혀내는 듀 경감의 매혹적인 이야기가 뉴욕의 일간지 헤드라인을 장식했다. 뉴욕의 모든 신문에 그의 사진이 1면을 커다랗게 장식했다.

선장의 명령에 따라 호기심 많은 승객들과 혹시 있을지도 모를 기자의 침입에 대비하여 만반의 준비를 취했다. 객실 담당 승무원을 제외하면 그의 방에 출입하는 사람은 의사뿐이었다. 의사는 매일같이 찾아와 어깨 상처의 붕대를 갈아 주었다. 월터는 감사의 인사를 하며 이제 다 나은 것 같으니 의사의 시간을 더 이상 빼앗을 수 없다고 말했다.

"맞습니다. 경과는 괜찮습니다. 하지만 조금이라도 감염의 위험이 있다면 피해야 합니다. 사우샘프턴에 도착할 때까지는 완치되셔야 하니까요. 기자들이 떼 지어 달려들 텐데 어깨가 불편하시면 곤란하지 않겠습니까?"

월터가 영국에서 어떤 대접을 받게 될지 의구심을 품었다고 할지라도, 그 의구심은 무선실에 도착하는 대규모의 전보 더미 속에 묻혀 버렸을 터였다. 축하 메시지도 있었고, 초대장도 있었으며, 후한 사례를 약속하는 각종 언론사의 독점 인터뷰 제안도 있었다.

토요일에 의사가 말했다.

"들으셨습니까? 《데일리 스케치》에서 당신이 듀 경감이 아니라고 주장하는 사람을 워딩에서 찾아냈다고 합니다. 자신이 크리펜을 체포한 사람이라나요. 그렇게까지 신문에 나오고 싶었나 봅니다."

같은 날 밤 월터는 안부를 물을 겸 찾아온 선장의 방문을 받았다.

"편히 지내고 계시겠지요? 사생활을 방해하는 사람은 아무도 없었고요?"

"굉장히 편하고 조용하게 지내고 있습니다. 감사합니다, 선장님."

"다행입니다. 영국에서 대소동이 일어났다는 소식은 들으셨죠?"

"조금은요."

"이만저만한 부담이 아닐 테지요. 당신이 곤란을 겪고 있다는 걸 아는 사람도 있습니다. 검찰청에서 전보가 한 통 왔습니다."

월터는 전문을 받아서 읽었다.

"월터 듀 경감께 보도진의 위협을 피해 셰르부르에서 하선하도록 연락을 취해 주기를 바람."

"굉장히 사려가 깊으시군요."

"젠장. 이번 일로 성가시게 해 드린 것을 감안하면 적어도 이 정도는 해 드려야지요. 화요일 오전에 셰르부르에 도착할 예정입니다. 검찰청에서 마중 나올 사람을 보낼 겁니다."

항해는 평온했고, 따라서 시간은 느릿느릿 흐르는 것처럼 느껴졌다. 월요일 밤 늦게 비숍 곶의 등대 불빛이 수평선에 나타나자, 월터는 갑판으로 나갔다. 자정이 지나자 좌현에서 영국 남쪽 해안의 반짝이는 불빛을 볼 수 있었다. 월터는 그 모습을 보다가 잠자리에 들었다.

아침이 되자 비가 내리고 있었다. 내항까지 승객을 실어 나르는 부속선은 방파제에서 갈아타야 했다. 그곳에서는 셰르부르의 풍경이 거의 보이지 않았다. 월터는 외투 옷깃을 세워 기자처럼 보이는 사람에게서 멀리 떨어지려 했다. 그가 땅에 발을 내딛는 순간, 제복

차림의 남자가 다가와 영국 억양으로 말을 걸었다.

"실례합니다. 월터 바라노프 씨가 맞으시죠?"

월터는 안면 근육이 마비되는 것 같았지만 부인하지는 않았다. 그는 고개를 끄덕였다.

"만나 뵙게 되어 기쁩니다."

남자가 입고 있는 제복은 경찰 복장이 아니었다. 그는 챙이 달린 모자에 단추로 여미는 상의를 걸치고, 운전기사들이 사용하는 각반을 착용하고 있었다.

"이쪽으로 오시겠습니까? 형식적인 통관 절차만 거치시면 됩니다. 짐은 곧 도착할 겁니다."

월터는 그의 뒤를 따라 항구를 가로질러 세관으로 향했다. 즉시 통관 허가가 내려졌다.

밖으로 나서자 두 사람은 자갈이 깔린 안뜰을 지나 검정 리무진이 대기하고 있는 곳까지 걸어갔다.

"어디로 데려가는 겁니까?"

월터가 물었다. 운전기사는 뒷좌석 문을 열었다.

"차에 타시겠습니까?"

월터는 고개를 숙이고 한쪽 발을 발판에 얹다가 이내 얼어붙고 말았다. 안에는 한 여자가 타고 있었다.

"월터! 아니면 경감님이라고 부를까?"

리디아였다.

002

"그 전보 정말 똑똑한 발상이었지?"

두 사람이 캉 시에 있는 바가 딸린 레스토랑 야외 테이블에 자리를 잡자 리디아가 물었다.

"혹시 물어볼 때를 대비해서 귀찮게 담당 검사 이름까지 알아봤다니까. 새끼 양처럼 순순히 넘어오던데?"

그녀는 웃음을 터뜨렸다.

"당신도 좀 걱정했지?"

"그래."

그의 얼굴은 아직도 창백했다.

"내가 듀 경감 행세를 했다는 걸 어떻게 알았어?"

"신문에 실린 사진을 봤어. 그걸 보고 얼마나 놀랐는지. 처음에 봤을 때는 아무 생각도 안 들더라니까. 사랑스러운 남편이 《데일리 메일》에 나온 거잖아. 그리고 그 아래 듀 경감이라는 이름을 읽고는 이렇게 생각했지. 세상에는 꼭 닮은 사람이 한 명은 있다더니, 이게 그 짝이네. 그런데 이틀 후에 자기가 진짜 월터 듀라고 주장하는 사람이 신문에 났더라고. 그래서 그 사람이 진짜라면 이 사진 속에 있는 수수께끼의 인물은 누굴까 싶었어. 그제야 확실히 알겠더라. 세상에, 남편이 무슨 짓을 한 거지? 이런 생각도 들었고. 당신이 탄 배가 사우샘프턴에 도착하면 곤경에 처하리라는 건 뻔했어.

기자들이 얼마나 지독한 줄 모르지? 경찰은 말할 것도 없고. 이제 그 수수께끼의 인물은 절대 찾지 못할 거야."

"나도 그렇기를 바라고 있어. 고마워, 리디아."

리디아는 월터의 손을 꼭 잡았다.

"여보, 당신이 그렇게 멋진 모습을 보여 줬는데 나도 그 정도는 해야지."

"멋졌다고?"

리디아는 키득거렸다.

"역시 내가 아는 월터 그대로야. 절대로 잘난 척하지 않잖아? 작별의 키스를 나눈 후 역시 아내 없이는 살 수 없다는 사실을 깨닫고는 대서양 횡단 여객선에서 다시 만날 계획을 비밀리에 꾸미는 남편만큼 멋지고 낭만적인 사람이 또 어디 있겠어? 정말 감동적이야. 비록 내가 그 배에 타고 있지 않아서 안타까운 비극이 되고 말았지만."

월터는 얼굴을 찌푸렸다.

"하지만 당신은 배에 탔었잖아. 당신이 승선하는 모습을 봤어. 당신 짐도 객실에 있었고. 거기서 몇 시간이나 기다렸다고."

리디아는 엄지와 검지로 그의 볼을 살짝 꼬집었다.

"이 구제 불능의 남자 같으니. 당신이 무슨 계획을 하고 있었는지 내가 어떻게 알았겠어?"

그녀는 한숨을 쉬었다.

"생각하면 할수록 아쉬워 죽겠네. 여보, 이렇게 된 거야. 당신도 봤듯이, 객실로 가서 짐을 풀었어. 배가 움직이기 시작했는데, 뱃멀미 조심하라는 당신 말이 떠올라서 점심도 거르고 그대로 객실에 앉아 있었어. 침대에 앉아서 중간에 사 온 신문을 읽었지."

"나도 침대 위에 있는 신문을 봤어."

"당신도 읽었어, 월터? 나도 읽고 나서 당황했어. 1면에 찰리 채플린이 영국에 도착할 거라는 기사가 실려 있지 뭐야! 올림픽 호를 타고 이틀 후에 사우샘프턴에 도착한다는 거야. 그런데 난 그를 만나기 위해 바다를 건너 반대 방향으로 가고 있다니, 원. 얼마나 황당했는지 몰라. 엉엉 울면서 갑판으로 뛰어나와 얼마나 멀리까지 왔는지 살펴봤어. 벌써 몇 킬로미터는 떨어져 있었지. 내가 뭘 할 수 있었겠어? 당장 배에서 내리느냐, 아니면 영화 일을 시작할 수 있는 기회를 날려 보내느냐 둘 중 하나였지. 그래서 내가 어떻게 했을 것 같아?"

월터는 고개를 저었다.

"셰르부르에서 내리지는 않았잖아. 젊은 여자 한 명이 내렸지만 그 외에는 아무도 없었는데."

"아니야, 여보. 당신의 기지 넘치는 리디아는 그때는 이미 내린 후였지. 부속선을 타고 말이야. 내가 어떻게 하면 좋을지 필사적으로 생각을 하고 있는데, 마침 부속선이 배에 바짝 붙더라. 그래서 사우샘프턴에서 내릴 기회를 놓친 사람들을 따라 바로 부속선에 올라탔어. 짐을 챙길 여유도 없었지."

"그랬구나."

리디아는 다시 월터의 손을 꼭 잡았다.

"불쌍한 월터! 내 걱정 많이 했지? 바다에라도 빠진 줄 알았어? 그래서 어떻게 했어? 경보라도 울린 거야?"

월터는 사실대로 털어놓았다.

"그냥 앉아서 당신을 기다렸어. 짐이 있으니 당신은 틀림없이 배 안에 있을 거라고 생각했거든."

그녀는 눈을 동그랗게 떴다.

"무슨 생각을 했는지 알겠어. 다른 남자랑 함께 배를 탔다고 생각한 거지? 오, 월터, 나를 어떤 여자로 생각한 거야?"

그는 질문에 대답하지 않았다. 대신 이렇게 말했다.

"한밤중이 되자 이등실에 잡아 놓은 내 객실로 돌아왔어."

"듀 경감이라는 이름으로 이등실을 예약했던 거야?"

"아니, 듀라는 이름으로. 사람들이 경감이라고 제멋대로 착각해 버린 거야."

그녀는 몸을 들썩이며 웃었다.

"그리고 당신은 수줍어서 부인도 못했겠지. 월터, 당신 정말 멋져. 그런데 가명 같은 건 왜 쓴 거야?"

"당신을 놀래 주려고."

그녀의 얼굴이 환하게 빛났다.

"어쩜 그렇게 멋진 생각을 할 수가 있어? 여보, 나 너무 감동했어. 이렇게 낭만적인 일은 생각도 못해 봤어. 그런데 멍청하게도 내가 망쳐 버렸네. 게다가 그렇게 애써 배에서 내린 코람도 없었고."

"무슨 소리야? 채플린을 만나지 못했어?"

"아, 그 사람이 묵고 있는 리츠 호텔로 갔었어. 결국에는 들여보내 주더라고."

"당신을 기억하고 있어?"

"당연하지. 어제 일처럼 기억하던걸."

"영화에 출연시켜 준대?"

월터가 흥분해서 물었다.

리디아는 한숨을 쉬었다.

"문제가 생겼어. 그는 당장이라도 나를 할리우드로 데려가고 싶어 했어. 하지만 내 눈에 문제가 있어."

"눈에? 당신 눈에 문제가 있는 줄 지금까지 몰랐는데."

"그게 아니야. 색깔이 문제였어. 갈색 눈은 스크린에서 보면 검게 보여서 영화를 망쳐 버린다나."

"그런 이야기는 들어 본 적 없는데."

"나도 마찬가지야. 하지만 그걸로 됐어. 꾸며 낸 이야기 같지는 않으니까. 안 그래?"

월터는 골똘히 생각에 잠긴 듯 턱을 두드렸다.

"아무렴 이제 무슨 상관이야?"

리디아는 남은 와인을 비웠다.

"한 가지 교훈은 얻었어. 나는 아내를 정말로 아껴 주는 남자와 결혼했다는 것. 그리고 언제까지나 그 사람과 함께 지내리라는 것."

"이제 우린 앞으로 어떻게 하지?"

"분명 이 소동이 가라앉기 전까지는 영국으로 돌아갈 수 없겠지. 그래서 파리로 갈까 하는데, 지금 옷이 하나도 없거든. 옷을 산 다음에는 자동차로 프랑스 여행이나 할까?"

"그다음에는?"

"모르겠어. 당신은 생각하고 있는 거라도 있어?"

월터는 떠오르는 대로 말했다.

"유람선을 타는 건 어때?"

피터 러브시
P e t e r L o v e s e y

콜린 덱스터, 레지널드 힐 등과 함께 현대 영국 미스터리를 대표하는 거장 가운데 한 명인 피터 러브시는 1936년 영국 미들섹스의 휘튼에서 태어났다. 1958년에 문학 학사로서 우수한 성적으로 대학을 졸업하고, 1958년에서 1961년까지 영국 공군에서 교관으로 근무했다. 1969년까지 강사로 일했고 1975년까지는 해머스미스 칼리지에서 평생 교육 학과의 학과장으로 있었다.

시 대 미 스 터 리 작 가 로 서 의 러 브 시

본디 스포츠 역사가였던 피터 러브시는 맥밀런 출판사에서 후원하는 선데이 타임스 미스터리 콘테스트에 응모해 보기로 결정한다. 그의 첫 작품 『죽음을 향해 달리기 Wobble to Death』(1970)는 1,000파운드가 걸린 콘테스트에서 수상했는데 '크리브 경사'라는 빅토리아 시대의 경사가 등장하는 시리즈의 첫 작품이기도 하다. 러브시는 곧 뛰어난 역사 미스터리 작가로 손꼽히며 자리를 공고히 한다. 그는 이렇게 말하기도 했다.

"많은 독자들이 현실에서 우울함을 느낄 때 과거로 도망치고 싶어 한다는 것을 알고 있다. 나는 인간의 삶에서 많은 것들이 바뀌지 않은 채로 보존되고 있다는 것에 흥미를 느낀다. 인간 본성이 몇천 년 동안 바뀌지 않는다는 것은 재미있는 일이다."

이후의 러브시의 활약은 눈부셔서, 네 번에 걸쳐 영국 추리작가협회(CWA) 장편상을 수상하였다.

피터 다이아몬드 시리즈를 통해 현대를 배경으로 미스터리를 썼던 그는 다시 19세기로 돌아가 왕세자인 앨버트 에드워드 경이 탐정이라는 기발한 시리즈를 쓰기도 했다. 실제 에드워드 시대의 글들과 비교하면 이 시리즈가 당시의 패스티시와 역사 미스터리 사이에 위치한다는 사실을 알 수 있다.

플롯의 제왕

러브시는 균형 잡힌 사실들로 실체를 창조한다. 이것이 그가 글을 쓰는 목표이다. 역사 미스터리는 현실에서의 도피처로 작용하지만 책 속의 세계는 진짜여야 하기 때문이다. (H. R. F. 키팅, 『범죄 소설과 미스터리 작품 100선 Crime & Mystery : The Best Books 100』) 1980년대 들어 20세기로 작품의 배경을 옮겨 1921년의 모리타니아 호를 배경으로 하는 『가짜 경감 듀』(1982)

를 쓴 러브시는 눈부신 플롯을 이용해서 과거의 실제 세계로 도피할 수 있게 해 준다. 이 작품으로 그는 골드 대거 상을 수상했다.

『키스톤Keystone』(1983)은 초기 할리우드에 배경하고 있으며 영국 스턴트 맨과 배우가 마지못해 영화에 출연하게 되는데 어쩌다 보니 실제 사건을 수사하게 된다는 내용이다.

피터 다이아몬드 시리즈는 아서 코난 도일이나 존 딕슨 카의 작품과도 같은 고전 탐정 소설이다. 그는 한 잡지와의 인터뷰에서 "고전 미스터리를 쓸 때 어려운 점은 현대의 배경에서도 실제로 가능한 퍼즐을 만드는 일이다. 나는 가능성을 시험해 보는 것을 즐긴다. 이것은 마술을 부리는 것과 비슷하다"라고 말했다.

그의 소설과 이야기의 발상은 다양한 분야에서 나온다. 그는 《스트랜드 매거진》에서 아래와 같이 밝힌 바 있다.

"찻집에서 들은 이야기에서 소재를 얻기도 합니다. 어디선가 주워 읽은 것에서 소재를 얻기도 합니다. 여러 경로로 얻은 이야기들이 섞이기도 하지요. 나는 글을 쓰기 6주 전부터 줄거리를 생각하고 여기저기 적어 봅니다. 맘에 들지 않으면 집어 던지고 통할 것 같다고 생각하는 플롯을 다시 구상합니다."

그 플롯들은 전부 통했다. (버나드 A. 드루, 『가장 인기 있는 현대 미스터리 작가 100 100 Most Popular Contemporary Mystery Authors』)

/

작 품 목 록

The False Inspector Dew (1982) - 『가짜 경감 듀』(엘릭시르, 2012, 미스터리 책장 시리즈), 골드 대거 상 수상작

Keystone (1983)

Rough Cider (1986)

On the Edge (1989)

The Reaper (2000)

The Circle (2005), (Inspector Hen Mallin)

The Headhunters (2008), (Inspector Hen Mallin)

크리브 경사 시리즈

Wobble to Death (1970)

The Detective Wore Silk Drawers (1971)

Abracadaver (1972)

Mad Hatter's Holiday (1973)

Invitation to a Dynamite Party (1974) (또는 The Tick of Death)

A Case of Spirits (1975)

Swing, Swing Together (1976)

Waxwork (1978) - 실버 대거 상 수상작

피터 다이아몬드 시리즈

The Last Detective (1991) - 『마지막 형사』(시공사, 2011), 앤서니 상 수상작

Diamond Solitaire (1992) - 『다이아몬드 원맨쇼』(검은숲, 2012)

The Summons (1995) - 실버 대거 상 수상작

Bloodhounds (1996) - 실버 대거 상, 매커비티 상, 배리 상 수상작

Upon a Dark Night (1997)

The Vault (1999)

Diamond Dust (2002)

The House Sitter (2003) - 매커비티 상

The Secret Hangman (2007)

Skeleton Hill (2009)

Stagestruck (2011)

왕세자 앨버트 에드워드 시리즈

Bertie and the Tin Man (1987)

Bertie and the Seven Bodies (1990)

Bertie and the Crime of Passion (1993)

피터 리어라는 필명으로 쓴 소설

Goldengirl (1977)

Spider Girl (1980)

The Secret of Spandau (1986)

단편집

Butchers (1985)

The Staring Man and Other Stories (1989)

The Crime of Miss Oyster Brown (1994)

Do Not Exceed the Stated Dose (1998)

The Sedgemoor Strangler (2001)

Murder on the Short List (2008)

해 설

황금기에 바치는 거장의 경의

대형 호화 여객선의 뱃고동이 울린다. 승객들은 저마다 사연을 품고 미국으로 향하는 배 위에 오른다. 살인을 계획하는 사람, 사랑에 빠진 사람, 꿍꿍이를 감추고 있는 사람, 타인을 속이려는 사람들이 저마다의 욕망을 갖고 한데 뒤섞인다. 그러던 중 망망대해 위에 홀로 떠 있는 배 안에서 살인 사건이 벌어진다. 사건 해결을 위해 명망 높은 은퇴 경감이 나서고, 사건이 미궁에 빠진 가운데 배는 하루하루 목적지에 가까워진다. 이렇게 피터 러브시의 1982년 작 『가짜 경감 듀』는 반세기를 훌쩍 넘는 세월을 거슬러 올라간다.

피터 러브시의 초창기 작품들인 크리브 형사 시리즈가 빅토리아 시대 런던을 무대로 한다는 점만 놓고 봐도 작가의 고전 미스터리에 대한 애정을 익히 짐작할 수 있다. 대표작이라 할 수 있는 피터 다이아몬드 시리즈는 작품이 발표된 시기인 90년대를 배경으로 하고 있지만, 이 시리즈의 플롯이나 작중 인물의 태도 역시 고전 추리 소설과 밀접하게 맞닿아 있다. 이런 점을 감안하면 『가짜 경감 듀』가 고전 미스터리의 황금기 시대인 1920년대를 배경으로 하고 있다는 점은 어쩌면 당연하게 보이기도 한다.

현재에도 여전히 백여 년 전 시대를 배경으로 하여 작품을 발표하는 작가들을 쉽게 찾아볼 수 있다. 그중 역사 미스터리를 제외하면 대부분의 작품이 재클린 윈스피어나 라이스 보엔처럼 코지 미스터리 장르에 발을 걸치고 있다는 점은 주목해 볼 필요가 있다. 고전 퍼즐 미스터리를 가장 충실하게 계승하는 장르가 코지 미스터리인 만큼, 황금기 시대적 배경을 적극적으로 차용하려는 것 역시 당연하다고 볼 수 있다. 피터 러브시 역시 코지 미스터리가 고전 미스터리를 계승하는 방식을 충실하게 따르고 있다.

현대를 배경으로 하는 퍼즐 미스터리가 융성하지 못하는 이유로 범죄 수사 기술의 발달을 드는 경우가 많다. 물론 이는 일정 부분 사실이기도 하다. DNA 검사를 비롯한 과학수사의 발달은 초인적인 탐정이 활동할 수 있는 여지를 크게 위축시켰고, 추리 소설에서 등장하는 범죄 수사의 양상을 치열한 논리의 대결에서 과학적 사실의 검증으로 바꾸어 버렸다.

그래서 고전 시대를 다루는 현대의 많은 작품들은 이러한 제약에서 벗어나 수사를 탐정 개인의 영역에 국한시키려 하는 모습을 보이기도 한다.

그러나 이보다 더욱 중요한 점은 바로 정서의 변화이다. 셜록 홈스로 대표되는 빅토리아 시대의 추리 소설들은 이성에 대한 절대적인 확신을 대변했고, 제1차 세계 대전 이후 등장한 황금기의 작품들은 전쟁 이후 무너진 이성적인 세계에 대한 향수를 반영했다. 특히 양차 세계대전 사이의 혼란스러우면서도 독특한 정서는 고전 미스터리를 지배하는 중요한 특징이라 할 수 있다. 따라서 오늘날 고전 퍼즐 미스터리가 단순한 유희거리 이상으로 받아들여지지 못하는 이유는 바로 여기에 있다.

과거를 다루는 현대의 퍼즐 미스터리는 이러한 정서를 어느 정도 반영하고 있다. 하지만 러브시를 비롯한 현대 작가들의 작품은 단순히 과거의 정서를 재탕하는 것에서 그치지 않는다. 이들 작품에 등장하는 사건, 인물, 배경 같은 모습들은 충실한 고증을 거쳐 재창조되지만, 이를 바라보는 시선은 철저하게 현재의 가치관에 근거해 있다. 등장하는 인물의 유형은 과거의 모습이지만, 이를 독자들에게 제시하는 방식은 다분히 현대적이다. 이 시기를 바라보는 시각 역시 동시대가 아닌 현대의 역사관에서 비롯된 것이다.

『가짜 경감 듀』에서 느낄 수 있는 재미는 대부분 이 지점에서 나온다. 러브시는 작품 속에 당시의 실제 등장인물이나 작품들을 의도적으로 빈번하게, 그리고 굉장히 정확한 고증을 거쳐 삽입한다. 루시타니아 호를 비롯한 굵직한 역사적 사건을 핵심 소재로 다루고, 채플린은 물론이고 사소한 조연들까지 실존 인물로 채워 넣는다. 작품 속에 등장하는 노래나 차량을 비롯한 소품마저 철저하게 시대를 고려해서 선별할 정도이다.

그런데 이 작품에서 유일하게 시대적 배경을 벗어나는 것이 있다면 바로 각 장의 제목이다. 러브시는 재미있게도 채플린의 영화 제목을 각 장의 제목으로 절묘하게 차용한다. 작품 속에서는 철저하게 시대를 따져 가며 당시의 모습을 그려 냈지만, 제목에서만큼은 〈라임라이트〉나 〈뉴욕의 왕〉 같은 1950년대 작품들도 끼어 있는 것이다. 이러한 점은 작품을 구성하는 재료만큼은 정확한 고증을 거쳐 선별하여 그 시대에 경의를 바치지만, 이를 한데 묶어 다루는 방식은 철저하게 후대를 살아가는 자신만의 시각이라는 선언이나 다름없다.

이처럼 고전 미스터리에서 흔히 사용되었던 플롯과 정서는 이 작품에서도 고스란히 드러나 있다. 그런 모습이 독자들에게 작용하는 방식을 살펴보자면 굉장히 유쾌하면서도 비꼬는 맛이 있다고 할 수 있다. 주인공인 앨마와 월터를 비롯한 등장인물 역시 고전 미스터리의 전형적인 역할과 행동을 떠안지만, 그들의 행동거지는 서로 맞물리면서 독자들에게 고전 작품들과는 다른 의미로 받아들여지게 된다. 이로써 『가짜 경감 듀』는 고전 퍼즐 미스터리로서의 향취를 간직하면서도 현대의 독자들에게도 충분히 매력적으로 다가설 수 있는 것이다. 이는 작품 발표 후 삼십 년이 지난 오늘날에도 마찬가지이다.

이 작품에서 드러나는 특징은 빅토리아 시대를 다루었던 작가의 초기작 크리브 형사 시리즈나 90년대부터 출간되어 현재까지 이르고 있는 피터 다이아몬드 시리즈에도 일관되게 반영되어 있다. 고전 미스터리에 대한 확고한 애정과 존경, 황금기의 퍼즐 미스터리에서 영향을 받은 치밀한 복선과 플롯, 고전적인 요소를 현대적인 시각으로 녹여 내는 유려한 솜씨. 이것이 바로 피터 러브시라는 작가의 본령이라 할 수 있다.

이동윤(번역자)

가짜 경감 듀
THE FALSE INSPECTOR DEW
/

초판 발행 2012년 7월 16일

지은이 피터 러브시 / **옮긴이** 이동윤 / **펴낸이** 강병선

책임편집 지혜림 / **편집** 임지호 이현 / **디자인** 이혜경 강혜림 / **일러스트** 황성원
저작권 한문숙 박혜연 / **마케팅** 정민호 김도윤 박보람 / **온라인마케팅** 이상혁 장선아
제작 안정숙 서동관 임현식 / **제작처** 영신사

펴낸곳 (주)문학동네 / **출판등록** 1993년 10월 22일 제406-2003-000045호 / **임프린트** 엘릭시르

주소 413-756 경기도 파주시 문발동 파주출판도시 513-8
문의 031-955-1901(편집) 031-955-3576(마케팅) 031-955-8855(팩스)
전자우편 elixir@munhak.com / **홈페이지** www.elixirbooks.com

ISBN 978-89-546-1851-9 (03840)

엘릭시르는 출판그룹 문학동네의 임프린트입니다.